시간을
담는
여자

시간을 담는 여자

초판 1쇄 발행 | 2013년 5월 3일

지은이 김영리
발행인 이대식

책임편집 최하나
마케팅 임재홍 윤여민 **디자인** 모리스

주소 서울시 종로구 평창길 329(우편번호 110-848)
문의전화 02-394-1037(편집) 02-394-1047(마케팅)
팩스 0505-115-1037(02-394-1029)
홈페이지 www.saeumbook.co.kr
전자우편 saeum98@hanmail.net
블로그 saeumbook.tistory.com
페이스북 facebook.com/saeumbooks

발행처 (주)새움출판사
출판등록 1998년 8월 28일(제10-1633호)

ⓒ 김영리, 2013
ISBN 978-89-93964-56-1 03810

• 잘못된 책은 바꾸어 드립니다.
• 책값은 뒤표지에 있습니다.

시간을
담는
여자

김영리 장편소설

새움

차
례

시간 계약서

시간을 파는 사람은 킬링타임모텔과 다음과 같은 계약을 체결한다.

제1조 계약의 기간·단위·대금 및 대금 지급 방법은 다음과 같다.
    1. 기 간: 종신 계약.
    2. 단 위: 24시간을 최소 단위로 한다.
    3. 대 금: 24시간 100만 원을 기본으로 한다.
    4. 대금 지급 방법: 잠에서 깨면 현금으로 바로 지급한다.

제2조 킬링타임모텔 601호 하루 사용료는 30만 원으로 정한다.

제3조 비밀 유지 보안이 깨진 경우 결과는 다음과 같다.
    1. 직계가족에게 알린 경우 대금은 50만 원으로 줄어든다.
    2. 경찰 혹은 외부에 알린 경우 평생 고통스러운 불면증을
       얻게 된다.

제4조 가족 패키지를 이용하면 대금은 3조 1항과 상관없이
    100만 원을 받는다. 단, 가족 패키지는 함께 사는 직계가족
    3인 이상 계약 시 적용된다.

제5조 65세 이상은 건강 위험 부담이 있으므로 기본 대금이
    200만 원이다.

제6조 킬링타임모텔 지배인에게 시간의 전권을 위임한다.
    1. 지배인이 원할 때만 시간을 팔 수 있다.
    2. 지배인이 원하면 언제든지 시간을 팔아야 한다.

제7조 시간 거래 계약 종료 권한도 킬링타임모텔 지배인에게 있다.

※자, 계약을 체결하시겠습니까? 다음 장을 넘길 시에는 계약 의사가
있는 것으로 판단하고 계약이 발효됩니다.

1

킬링타임모텔

킬링타임모텔 601호에는 창문이 없었다.

그래서 밤인지 낮인지, 눈이 오는지 비가 오는지, 바깥에서 무슨 일이 벌어지는지 알 수 없었다. 어차피 시연은 그런 건 상관없었다. 사방이 벽으로 둘러싸인 공간에서 시연의 정수리 위로 내리꽂는 조명이 온기 없이 빛났다.

시연은 서랍장 문을 열었다. 그 안에는 유리 주사기들이 일렬종대로 늘어서 있었다. 시연은 왼쪽에서부터 오른쪽으로 하나씩 검열에 들어갔다. 이미 사용한 유리 주사기들은 속이 텅 비어 있었다. 오른쪽으로 향해가는 시연의 눈동자가 초조하게 흔들렸다. 설마 하나도, 하는 순간 유일하게 색을 띤 주사기가 눈에 턱 걸렸다. 시연은 흠 소리를 내며 불투명한 시간 주사기를 꺼냈다.

주사기 가장자리에 붙여진 견출지에는 길게 날짜가 쓰여 있었다. 시간을 추출해낸 제조일자였다. 그리고 시간 주사기 안에는 짙은 회색의 먼지들이 둥둥 떠다니고 있었다. 이렇게 외부로 추출된 시간은 오감 중 유일하게 시각만 허용했다. 맛볼 수도

들을 수도 만질 수도 냄새 맡을 수도 없었다. 그래서 시연은 두 눈으로 뚫어지게 보았다. 흰색보다는 검은색에 더 가까운 회색을 들여다보는 눈이 심연처럼 검었다. 하수구 속을 돌아다니는 것 같은 쥐의 빛깔이라니 몸서리치게 싫었지만, 양이 아주 적은 것을 보니 고밀도의 최상질이라는 것을 알 수 있었다. 시연은 저 밑바닥에서부터 한 줌의 용기를 끌어내려는 듯 숨을 깊게 들이마셨다.

시연은 옷소매를 팔꿈치까지 걷어붙였다. 왼쪽 팔 안쪽에 드러난 주사 자국이 밤하늘을 수놓은 별보다 많았다. 시연은 자신의 팔에 새겨진 별무리를 가만히 보다가 주저 없이 빈 공간으로 시간 주사기를 찔러 넣었다. 피스톤에 압력을 가해서 밀어 넣자 서서히 시간이 정맥 속으로 들어갔다. 시간이 혈관을 타고 빛의 속도로 온몸을 돌았다. 느낌이 오고 있었다. 하나, 둘, 세에……

내장이 튀어나올 듯 몸통이 앞으로 밀려나오면서 굽어졌던 어깨가 뒤로 젖혔다. 온몸이 부르르 떨리면서 모든 단어를 지우는 경련이 시작되었다. 혀끝에서는 진한 쇠 맛이 느껴졌고 귓바퀴에서는 폭풍 같은 천둥소리가 울렸으며 사지는 바늘에 찔린 것처럼 움찔거렸고 콧구멍은 씻을 수 없는 역병에 걸린 병자에게서 풍기는 악취로 가득 찼다.

남의 시간을 받아들이는 건 늘 이렇게 끔찍했다.

죽음 같은 정적 뒤에 시간 체화가 이루어졌다. 시계를 보니 긴 분침이 한 칸 밀려 있었다. 십 년 같은 일 분이었다. 그 사이 시연의 눈빛은 달라져 있었다. 모든 감각이 예민하게 살아나면서, 목 주위 피부를 넓게 펼치고 꼿꼿이 선 코브라처럼 집중력이 한곳으로 모였다. 원하는 건 뭐든지 할 수 있을 것 같은 자신감이 차올랐다. 지금부터 스물네 시간. 시연의 귀에 타이머 돌아가는 소리가 공격적으로 들렸다.

시연은 침대에 누워 있는 늙은 남자를 보았다. 눈자위가 움푹 패여 있는 만큼 광대뼈가 불뚝 불거져 나와 있었고, 피부는 닿으면 재로 변할 것처럼 파삭했으며, 듬성듬성 정수리가 비치는 머리카락은 투명에 가까운 흰빛으로 덮여 있었다. 슥슥 뼈 위로 도배질한 것 같은 살 위로 덮어 놓은 이불이 천천히 오르내렸다. 그 움직임만이 그가 아직 살아 있다는 걸 알려주고 있었다. 하지만 제 힘으로 눈도 제대로 뜰 수 없는 그는 살아도 살아 있는 게 아니었다. 모텔 영업정지 처분이 내려진 때부터 이 상태였으니 어느덧 일 년이었다. 시연은 그동안 이 모텔 방 안에서 오로지 그를 살리는 일에만 사력을 다해왔다. 만일 오늘도 그를 깨우지 못한다면……. 시연은 고개를 가로저었다.

시연은 어금니를 꽉 물며 그의 머리맡에 있는 노트를 집어들었다. 시간 주사를 맞지 않은 상태에서는 노트를 백날 봐도 뭐가 뭔지 알 수 없었다. 마구 휘갈겨진 용어와 숫자는 정신분 열자의 낙서처럼 보일 뿐이었다. 하지만 지금은 달랐다. 시간이 몸속에 들어오는 순간, 노트에 적힌 공식들이 종이에서 살아났다. 그러나 시연이 지금 만들려는 것은 노트에 적힌 것과는 전혀 다른 차원이었다. 바로 다른 사람의 시간을 사용하지 않고서도 몸에 주입할 시간을 인공적으로 만들어내는 것이었다.

시연은 작은 틈 하나만 있으면 얼음은 쉽게 깨질 수 있다는 믿음 아래, 책상 앞에서 손을 바쁘게 움직였다. 사발 안에서 가루가 빻아지고, 액체가 담긴 시험관이 흔들리고, 스포이트에서 떨어진 한 방울이 슬라이드 글라스 위로 번지고, 현미경의 반사경 각도가 조절되고, 알코올램프 삼발이 위에서 비커가 뜨겁게 끓었다. 한참 후……. 시연은 조심스럽게 새 주사기 안에 약물을 담은 후 침대로 향했다. 이불 속에서 그의 팔을 꺼냈다. 시연처럼 주사 자국들이 빼곡했다. 모두 실패의 흔적들이었다.

긴장한 탓에 시연의 턱이 더 뾰족해졌다. 바짝 마른 입술에 침을 바르자 들쩍지근한 침이 맨입술에 스며들었다. 숨도 멈춘 채 주사기 안의 약물을 그의 정맥 속으로 투여했다. 일 초 이 초 삼 초. 반응이 없었다. 두 주먹을 쥐고 한참을 더 기다려보았지만 마찬가지였다.

시연은 절망했다. 절망한 순간에도 째깍째깍 초침이 흘러갔다. 그것이 그의 생명이 다하는 소리처럼 들려서 심장을 쥐어짜는 듯 고통스러웠다. 가슴속에서 불길한 예감이, 소리를 잃어 동굴 속을 헤매는 박쥐처럼 날아다녔다. 이 시간 주사기가 마지막인데……. 정신 차려라, 임시연. 방금 건 앞길을 막는 바리케이드가 아니라 과속방지턱이었을 뿐이다. 시연은 침착하게 스스로를 타일렀다. 정말 그런 거라고 마음이 속아주고 뇌가 인식해서 다른 길을 보여주길 바라면서.

곧이어 물에 풀어 헤쳐진 여러 빛깔의 물감처럼 새로운 이미지가 떠오르기 시작했다. 시연은 다시 몸을 바쁘게 움직였다.

째깍째깍 초침은 계속 흐르고 있었다. 시연의 이마에 송골송골 땀이 맺혔다. 몸에서 뿜어져 나오는 열기 때문에 방 안의 공기가 후덥지근해졌다. 하지만 시연은 아까운 시간을 단 일 초도 놓칠 수 없다는 압박감에 옷을 갈아입을 수도 화장실에 갈 수도 물을 마실 수도 없었다.

마침내 말간 우유 빛깔이 주사기 속에서 찰랑거렸다. 주사기를 잡은 손끝으로 미세하게 온기가 느껴졌다. 다시 한 번, 주사기를 그의 팔에 꽂고 조금씩 몸속으로 넣었다. 제발 이번에는…….

곧이어 늙은 남자가 반응을 보이기 시작했다. 그러나 그 반응은 시연이 기대하는 바가 아니었다. 그는 금방이라도 숨이 넘어갈 것처럼 헐떡거리며 입에 거품을 물고 경련을 일으켰다. 시연은 서둘러 그의 몸을 옆으로 누이고 기도가 막히지 않도록 입 속으로 손가락을 넣어 거품을 토해내게 했다. 그런 뒤 떨리는 손으로 하나뿐인 중화제 주사기를 그의 어깨에 찔러 넣었다. 중화제는 오래전에 일 년이란 숙성 기간을 걸쳐 늙은 남자가 만들어 놓은 비상용 약물이었다. 시연은 기도하는 마음으로 절절하게 바라보았다. 그의 심장은 이를 악물고 돌아가는 낡은 기계처럼 삐걱거리며 움직였다. 시연도 그것이 느껴졌다. 자신의 심장도 꼭 그러했으니까. 시간이 지나면서 점차 그의 호흡이 안정되었다. 시연은 그제야 길게 숨을 토해냈다.

그때였다. 드릴로 두꺼운 얼음을 깨는 것처럼 두두두두 알람이 울렸다. 황급히 고개를 돌려 타이머를 보니 0이라는 숫자가 떠 있었다. 어느덧 시간이 다 된 것이었다. 피곤이 덤프트럭처럼 시연을 덮쳤다. 시연은 발밑의 땅이 무너지는 듯 바닥에 쓰러졌다. 눈꺼풀마저 닫혀버렸다.

이제 다 끝났다.

수없이 많은 시간 주사의 힘을 빌렸는데도 결국 해내지 못했다는 자책에 시연은 차마 눈을 뜰 수 없었다. 애초에 이런 시도 자체가 무모했는지도 몰랐다. 하지만 시연은 그만큼 절박했었다. 자신이 아니면 이런 일을 할 사람이 없었기에 앞뒤 재지 않고 인당수에 몸을 던진 것이었다. 용궁에 이르지 못한 채 차갑게 식은 몸으로 다시 수면 위로 불쑥 내쳐진 것처럼, 감은 눈 위로, 시간의 덫에 갇혀버린 그를 처음 마주했을 때가 떠올랐다. 점토로 덮은 것처럼 짓눌린 그의 얼굴이, 몸 곳곳에 번져 있던 피멍이, 아무리 불러도 화답해주지 않던 두 눈이…….

다음 순간 시연은 번쩍 눈을 떴다.

늙은 남자는 오늘도 눈을 뜨지 못했다. 시연은 기를 쓰고 바닥에서 일어나 침대로 향했다.

"아버지……"

시연은 사력을 다해 울음을 참으며 늙은 남자의 손을 힘껏 쥐었다.

겨울이었다.

옷깃을 여며도 자꾸만 찬바람이 몸 안쪽으로 파고들었다. 쏘반은 옷을 더 움켜쥐었다. 꺼입은 점퍼가 온몸을 싸맨 그물처럼 느껴졌다. 움직일수록 그물이 점점 더 조여 왔지만 킬링타임 모텔로 향하는 두 다리는 가위질하듯 재게 움직였다.

그런데 모텔에 도착해보니 로비가 횅했다. 쏘반은 일 회 첫 타자부터 홈런 맞은 투수처럼 몸 둘 바를 몰랐다. 시간을 불려주겠다고 세 치 혀로 구슬리는 회색 신사들은 아니더라도 누군가 모텔에 들어오는 걸 경계하는 눈초리로 검열할 거라고 생각했는데, 이건 뭐. 혹시나 싶어 구석구석 로비를 훑어봤지만 아무도 보이지 않았다.

그때 멀리 위쪽에서 드르르 벽을 뚫는 듯한 희미한 소음이 느껴졌다. 소음의 진원지를 확인하기 위해 쏘반은 익숙한 걸음으로 비상구 쪽으로 향했다. 머리 위로, 약속된 땅으로 달려가듯 발걸음이 힘찬 녹색 인간이 있었다. 그런데 비상구 문을 열려는 순간 엘리베이터가 눈을 잡아끌었다. 나 지금 일해요, 라는 표시로 머리 꼭대기에 불빛이 반짝였다. 그 순간 아차! 쏘반의 얼굴에 낭패가 떴다. 이 모텔을 처음 방문한 사람이라면 분명 비상구가 아닌 엘리베이터로 먼저 향했을 텐데. 혹시 누가 자신을 보진 않았을까 싶어 보초 서는 미어캣처럼 주위를 경계했다. 아무것도 모르는 외국인 노동자처럼 보여야 한다고, 속마음을 절대 들켜서는 안 된다고 몇 번을 되뇌었다. 과연 할 수 있을까. 쏘반은 떨리는 가슴을 누르며 저벅저벅 엘리베이터 쪽으로 걸어갔다.

쏘반은 엘리베이터 옆의 ▲버튼을 눌렀다. 엘리베이터에 타자마자 1부터 6까지 동그라미 숫자를 전부 눌렀다. 엘리베이터는 일 초마다 일 센티미터의 속도로 느릿느릿 올라가기 시작했다.

2층에서 문이 열렸다. 엘리베이터 안에 있어도 복도 전체가 한 눈에 들어오는 구조여서 쏘반은 거북이처럼 목만 빠끔 내밀었다. 물론 안전하게 몸을 숨긴 등딱지는 엘리베이터 안에 놔두었다. 복도는 천장 등이 꺼져 있어서 그런지 전체적으로 음울했다. 길게 이어진 복도 끝에 설치된 채광창에서 들어오는 햇빛이 그나마 어둠을 중화시켜 줄 뿐이었다. 쏘반은 미련 없이 닫힘 버튼을 눌렀다. 3층도 2층과 다를 바 없었다. 4층도, 5층도 아니었다.

한 층씩 올라갈 때마다 낡은 엘리베이터가 걷기 싫어서 안아

달라고 보채는 강아지처럼 낑낑대는데도 드릴 소음이 쉬지 않고 이어지는 걸 보니, 위쪽에서는 아직 낯선 이의 방문을 눈치채지 못한 것 같았다. 그것은 지금이라도 맘만 먹으면 이곳에서 멀어질 수 있다는 의미였다. 눈알이 출구를 찾아 또르르 굴러가려 했다. 하지만 쏘반은 고개를 가로저었다. 이제껏 기다려온 지난날을 생각해서라도, 집에 있는 친구들을 위해서라도, 그리고 자신을 위해서라도 여기서 물러설 순 없었다. 쏘반은 양팔을 벌려 손잡이 바를 꽉 잡았다.

드디어 맨 위층에서 문이 열렸다. 6층도 불이 꺼져 있기는 마찬가지였다. 하지만 빛과 어둠을 손으로 휘저어 놓은 수족관처럼 허공에 어둠과 빛이 떠다니고 있었다. 그리고 흐릿한 시야 저편으로 보이는 복도 끝에 여자가 있었다. 엘리베이터 문이 닫히려는 찰나 쏘반은 서둘러 열림 버튼을 누르고 내렸다.

쏘반은 고개를 옆으로 기울였다. 쏘반의 위치에서는 여자의 옆모습만 보였기 때문이다. 여자는 투박하게 생긴 나무 의자를 딛고 올라가 다리를 어깨 넓이만큼 벌리고 있었다. 낯선 남자가 자신을 향해 걸어오는 것도 모른 채 여자는 천장과 벽이 맞닿는 부분에 CCTV를 설치하느라 손을 바쁘게 움직였다. 한 발 두 발 가까이 갈수록 여자의 옆얼굴이 돋을새김처럼 쏘반의 눈에 새겨졌다.

저 여자가 그의 딸인가?

제 눈으로 직접 본 적은 없었지만 오래전 친구로부터 그에게 딸이 하나 있다는 말을 들었었다. 여자는 너무 어리지도 너무 늙지도 않은 얼굴이었다. 자신보다 서너 살 많아 보이는 게 얼추 삼십대 초반 같았다. 특히 단발머리를 귀 뒤로 넘긴 게 눈에 띄었다. 귓불 없이 선이 떨어지는 칼귀가 그와 똑같았다. 절벽으로 몰아붙이는 파도처럼 심장에 피가 몰리면서 밖으로 새어나오는 숨소리가 거칠어졌다.

쏘반은 링 위로 올라서는 권투선수처럼 거침없이 발을 내딛었다. 뻗으면 팔이 닿을 정도로 가까운 사정거리 안에 들었을 때, 여자가 뒤를 돌아보았다. 쏘반을 발견한 여자의 동공이 검은 달처럼 커졌다. 순간 여자가 무게중심을 놓치면서 발을 헛디디는 바람에 의자가 기우뚱했다. 하지만 쏘반은 마치 혈을 눌린 사람처럼 꿈쩍도 안 했다. 반사적으로 의자를 잡아준다거나 떨어지는 여자를 받으려고 팔을 뻗을 생각은 추호도 없었다. 곧이어 여자가 스스로 발끝을 움직여 균형을 잡아 흔들리는 의자를 바닥에 고정시켰다. 예기치 못한 상황에서도 기둥처럼 서 있는 쏘반을 여자가 탐탐히 주시했다.

여자의 노골적인 눈길에 쏘반의 근육이 긴장하기 시작했다. 어디선가 자신을 알아본 임 박사가 튀어나와 저 녀석은 절대 안 돼, 하고 손을 내저을 것 같았다. 아니면 자신의 친구들처럼 만들어버리려고 601호에 가둘 수도 있었다. 저수지에 던진 돌멩이 하나에 물결이 동심원을 그리며 퍼져나가는 것처럼 온갖 경우의 수가 머릿속을 메웠다. 손바닥에 땀이 진하게 배어 나왔다. 아까 의자를 잡아줬어야 했는데, 싫다는 감정이 앞선 게 겉으로 보여서는 안 되는데……. 하지만 그렇다고 이제 와서 아까 건 못 본 걸로 해달라고 부탁하거나 실수였다고 변명하는 건 통하지 않을 것 같았다. 쏘반은 지금 이 순간 제 눈이 능숙하게 거짓말하길 속으로 간절히 바랐다.

곧이어 여자가 의자에서 내려왔다. 생각보다 꽤 키가 컸다. 힐을 신어서 그런지 쏘반과 정면으로 마주 보는 위치에 눈이 있었다. 속에 커다란 우물을 담고 있는 것처럼 어둡고 깊은 눈이었다.

"생각보다 깔끔하네요?"

여자는 아무렇지 않게 톡 쏘는 말투로 쏘반에게 첫마디를 건넸다. 이에 쏘반은 부러 어눌하게 대답해주었다.

"세수 세 번 하고 왔습니다."

쏘반의 어수룩한 대답이 맘에 들었는지 곧이어 여자는 자신을 정식으로 소개했다.

"킬링타임모텔 지배인을 맡고 있는 임시연이에요."

임시연. 쏘반은 입속에서 이름을 굴렸다. 성이 같은 걸 보니 역시 임 박사의 딸인 게 확실했다. 앞으로 함께 잘해보자는 표시로 예의상 악수라도 청할 줄 알았는데 시연은 마네킹처럼 서서 쏘반을 보기만 했다.

"이런 일은 사람들 눈에 띄지 않게 움직여야 해요. 앞으로 손님들 불편하지 않게 각별히 신경 써주세요."

쏘반도 시연의 말에 동의했다. 앞으로 시연의 눈에 띄지 않게 조심스럽게 움직일 생각이었다. 마음속과는 별개로 머리가 반자동으로 끄덕여졌다. 무슨 말을 하든 시연 앞에서는 차 뒤에 설치된 인형처럼 머리를 연신 끄덕여줄 셈이었다. 뒷걸음질 치고 싶던 처음과 달리 쏘반은 조금씩 단단해져 가고 있었다.

곧이어 형식적인 절차로 쏘반에게서 이력서를 받아든 시연의 입술에 묘한 미소가 번졌다. 그런데 그 순간 6층 복도의 한 방에서 소리가 들렸다. 쏘반은 반사적으로 고개를 번쩍 들었다. 잘 보이지도 잘 들리지도 잘 말하지도 못하는 척하려 했지만 순간순간 자신도 모르게 본능적인 행동이 나와버렸던 것이다. 미세한 소리였을 뿐인데도 복도 사이로 천둥이 지나간 것처럼 무거운 침묵이 흘렀다. 쏘반과 시연의 눈이 마주쳤다. 사진작가가 렌즈의 조리개를 세밀하게 조절하는 것처럼 시연의 눈이 가늘어졌다가 커졌다. 그 모습에 쏘반은 겨드랑이에서 차가운 땀이 뚝 떨어지는 게 느껴졌다. 쏘반은 팔을 내밀면서 말했다.

"도와주겠어요."

시연은 그 말이 무슨 뜻인지 몰라 고개를 갸웃했다. 잠시 후

CCTV 설치 작업을 도와주겠다는 쏘반의 표현을 이해한 시연이 괜찮다면서 손을 내저었다.

"아직 리모델링 공사를 마무리하려면 멀었으니까 다음 주부터 출근하세요."

곧이어 시연은 어두침침한 복도를 앞장서서 걸었다. 쏘반은 아쉬운 마음에 천천히 시연의 뒤를 따랐다. 시연이 엘리베이터 옆의 ▼버튼을 누르자마자 6층에서 기다리고 있던 엘리베이터가 문을 열어주었다. 시연은 쏘반을 태운 엘리베이터 문이 닫힐 때까지 그 앞에 꼿꼿이 서 있었다.

내려가는 엘리베이터는 생각보다 빨랐다. 1층에서 내린 쏘반은 비상구 쪽으로 눈을 돌렸다. 계단으로 다시 올라가볼까. 분명 무슨 소리가 들렸는데. 하지만 지금은 행동해야 할 시기가 아니었다. 앞으로 기회는 많을 것이다.

쏘반은 찬찬히 생각을 굴리며 모텔 밖으로 나왔다. 건물 앞에는 영업정지 표지판이 세워져 있었다. 쏘반은 표지판을 가뿐하게 타고 넘었다. 그 순간 기다렸다는 듯 주머니에서 핸드폰이 울렸다. 꺼내 보니 인력소개소 사장이라고 떴다. 안 받으면 계속 귀찮게 할 인물이었다. 쏘반은 여기에 들어오기 위해 이미 많은 돈을 썼지만 인력소개소 사장의 눈에는 더 빼먹을 게 있어 보였던 모양이다. 받아보니 역시나였다. 사장은 잘됐으면 성과금을 달라고 재촉했다. 쏘반은 알았다면서 간단히 전화를 끊었다.

몇 달 전부터 쏘반은 오토바이 배달 일을 하면서 킬링타임모텔이 재개하는지 주시해왔었다. 딱히 모텔로 드나드는 사람이 보이지 않아 혹시 그들이 다른 곳으로 근거지를 옮긴 건 아닐까 내심 불안했었는데, 이제 비로소 그간 모텔 근처 식당에서 쥐꼬리 월급을 받으며 버텨온 보람을 얻은 것이다.

이곳에 돌아온 게 과연 잘한 일인지, 쏘반은 확신할 수 없었다. 자신이 소심한 놈이라는 걸 누구보다 잘 알기 때문이었다. 하지만 그쪽에서 그렇게 했는데 이쪽에서도 이만큼 질긴 감정을 품어주지 않을 수 없었다. 중요한 건 그 이유가 원망이든 희망이든 자신은 언젠가 이곳으로 다시 와야 했다는 것이다. 그리고 이제 돌아왔다. 모텔 청소부로. 쏘반은 건물 6층을 올려다보며 주먹을 쥐었다.

기필코 찾아내고 말리라.

한낮이었다.

　만석은 거실에서 낮잠을 자고 있었다. 러닝셔츠는 만세를 부르듯 배 위로 번쩍 올라가 있었고 이것이 다 인덕으로 다져진 거라고 믿고 싶은 배는 오 인분 밥사발처럼 볼록 엎어져 있었다. 똥배가 오르내리는 박자에 맞춰서 콧구멍이 날개처럼 벌어졌다. 한잠 늘어지게 자고 눈을 떠보니 텔레비전이 그대로 켜져 있었다.

　"저저 협박이 영. 쫌만 달라고 하면 까짓것 옛다 먹어라 하고 줄 텐데……."

　만석은 드라마 재방송을 보며 쯔쯔 혀를 찼다. 그런데 생각지도 못한 곳에서 갑자기 태클이 들어왔다. 팔베개를 오래 한 탓에 팔이 저려왔던 것이다. 대안으로 베개를 높게 쌓은 후 옆머리를 대봤지만 그러면 귀가 눌려 텔레비전 소리가 잘 들리지 않았다. 만석은 텔레비전 보기 딱 좋은 최상의 자세와 베개의 궁합을 찾으려고 몸을 뒤집었다 엎었다 하며 연신 바꿔보았다. 하지만 영 신통치 않았다.

그런 만석의 앞으로 백발이 성성한 대길이 빨래통을 들고 거실을 가로질러 베란다로 향했다. 베란다는 대길이 이 집에서 유일하게 마음 붙일 수 있는 공간이었다. 국민체조를 하듯 팔다리를 넓게 벌리고 선 바지랑대가 한자리 크게 차지하고 있긴 했지만 그래도 한쪽 구석에는 소박하나마 이동 낚시 의자도 있었다. 탁 트인 전망도 마음에 들었다. 저 멀리 양파 서너 개를 얹어 놓은 듯한 기괴한 건물 지붕이 좀 거슬리긴 했지만 그것만 빼면 나무랄 데가 없었다. 대길은 바지랑대 옆에 통을 내려놓은 후 허리를 굽혀 빨래를 꺼냈다. 무심코 집은 옷이 하필 며느리 정애의 거들이었다. 대길은 고개를 옆으로 돌린 채 축축한 거들을 탁탁 털었다.

때마침 현관문이 열리면서 정애가 들어왔다. 평일 이 시간에 정애가 집으로 돌아왔다는 건 한바탕 파란을 예고하는 것이었다. 정애는 새로 간 식당에서 잘린 터였다. 손님이 '이것 좀 잘라 주세요' 하면 '직접 잘라 드세요' 하고 교양 있게 응대하는 정애의 태도에 질린 사장이 그만 나가 달라고 했던 것이다. 세월이 꽤 흘렀는데도 정애는 남편의 지위에 따라 사모님에서 아줌마로 추락한 자신의 현실이 배알이 꼴려 참을 수가 없었다. 정애는 엉덩이를 씰룩거리며 거실로 걸어왔다. 한량처럼 누워 있던 만석이 정애의 레이더망에 딱 걸렸다.

"개 팔자가 따로 없네."

정애는 만석의 손에서 리모컨을 빼앗은 뒤 텔레비전 전원을 꺼버렸다.

"나야 일 구하려고 밖에 나가서 노력이라도 해 봤지, 당신은 대체 뭐하는 건데? 해가 바뀌었는데 또 집에서 이러고 있을 거야!"

하지만 만석은 나가고 싶지 않았다. 해가 바뀌었다고 날씨까지 바뀐 건 아니었으니까. 가끔 담배 사러 요 앞 슈퍼에 나가봐서 아는데, 진짜 살 떨리게 추웠다.

"내가 괜찮은 직장 구하기 어려운 거 알면서."

"그게 자랑이니? 자랑이야!"

정애는 꼭 마지막 말은 전봇대를 꽂듯이 느낌표를 몰박았다. 만석은 정애가 이럴 때마다 정 떨어지게 싫었지만 그렇다고 나도 성질 있다는 걸 보여주려고 에이씨 하면서 밖으로 나갈 수는 없었다. 올해는 유난히 추운 겨울이었다. 바야흐로 누가 더 오래 버티나 싸움이 시작되었다. 만석은 도 닦는 수도승처럼 양반다리로 앉아 꺼진 텔레비전만 쳐다보았다. 얼핏 베란다 쪽을 보니, 빨래를 다 널었는데도 심각한 분위기 때문에 거실로 못 들어오고 있는 대길이 보였다. 그 모습에 만석은 이내 고개를 돌렸다. 양옆에 눈가리개를 씌운 말처럼 오로지 앞만 보았다. 일주일에 한두 번 치르는 바가지만 견디면 나머지 오 일을 편하게 보낼 수 있었다. 귓속 달팽이관을 밀랍으로 막듯이 결의를 다졌다.

그런 만석의 속내를 손바닥처럼 들여다본 정애가 코끼리처럼 발을 쿵쾅거리며 부엌으로 향했다. 찬장에서 와인을 꺼내드는 소리가 들렸다. 정애는 생활고에도 아랑곳없이 소싯적부터 마시던 와인을 고집했다. 정애가 와인을 벌컥벌컥 들이켜는 사이 만석은 슬그머니 텔레비전을 켜서 볼륨을 1로 줄였다. 곧이어 대길이 빈 빨래통을 들고 베란다에서 나와 화장실로 향했다.

시간이 흘러 어느덧 해가 기울었는데도 정애는 여전히 와인을 홀짝이고 있었다. 술 먹고 한숨 자면 좀 풀리는 정애가 오늘따라 길게 끌었다. 이따가 영일이 들어오면 하나뿐인 자식을 창과 방패 삼아 요란하게 신세타령할 속셈 같았다. 변하지 않는 레퍼토리였으니까. 얼굴 두꺼운 만석도 그것만은 진짜 견디기 힘들었다. 그전에 정애의 맘을 좀 풀어줄 요량으로 부엌으로 간 만석은 안주라도 곁들이라면서 참치 캔을 디밀었다. 그러자 정애가 야멸치게 치워버렸다.

"이제 이 집에 물주도 없는데 막 먹어서야 되겠어? 당신 공장 말아먹은 뒤로 십 년이야. 나도 남편이 벌어오는 돈으로 밥 좀 먹어보자."

저 잔소리는 지치지도 않는지 조금만 더 지나면 속담이 될 것 같았다.

"접때 보니까 공사장 일은 적성에도 안 맞고, 결정적으로……."

만석은 헛기침을 한 후 작게 덧붙였다.

"허리가 아프다니까."

"밤에 쓸모도 없는 허리는 뭐 하러 쟁여둬? 그것도 십 년이네!"

버럭 소릴 지르는 정애의 말투에는 전혀 들러붙을 데가 없었다. 만석은 식용유를 뒤집어 쓴 기분이었다. 그때 화장실에서 나온 대길이 물을 마시러 부엌으로 왔다. 만석은 자신의 옆을 지나간 게 죄라는 듯 대길을 쏘아보았다. 만석은 대길이 가족이라는 것 그리고 제 아버지라는 것이 지독히 싫었다. 자신이 정애에게 이런 대접을 받는 게 모두 대길의 탓인 양 원수를 보듯 아버지를 노려보았다. 어디 요양원 같은 데 안 갖다 버리는 것만 해도 자신은 진짜 나라에서 상을 줘야 할 효자라고 생각하고 있었다. 거기까지 생각이 미치자 정애에게서 공격받은 상처가 좀 치유되는 느낌이었다. 집에서 서열로 치면 자신은 그래도 맨 꼬랑지는 아니었던 것이다.

얼마 후 영일이 왔다. 냉랭한 집안 분위기를 눈치채지 못한 영일은 다녀왔다고 우렁차게 인사하고는 할아버지를 찾으며 부엌으로 향했다. 대길은 영일의 가방을 받아주었다. 또래보다 유난히 체구가 작은 영일이 무거운 가방을 메고 다니는 것만 봐도 대길은 가슴이 짠했다. 대길이 영일에게 줄 간식으로 멸치주 먹밥을 만드는 동안 정애는 술기운에 붉어진 얼굴로 영일을 제 앞에 앉혔다.

"학교 끝난 지가 언젠데 이제 와?"

"놀이터에서……"

"친구가 밥 먹여주니?"

정애가 던진 말에 영일의 머리가 사양 낮은 컴퓨터처럼 위이 잉 소리를 내며 돌아갔다. 곧이어 영일은 그 말의 의도를 이해 했다는 표정으로 대답했다.

"난 친구랑 밥 먹는 거 좋은데."

정애는 방금 자신이 무슨 이야길 했었나 되짚는 표정으로 영일을 보았다. 뭐 어쨌거나 그게 중요한 건 아니라는 듯 정애 는 손에 든 와인을 단숨에 들이켰다.

"엄마, 나도 사자성어 배우는 학원 다니면 안 돼?"

아까 놀이터에서 같이 놀자고 용기 내어 다가갔더니 사자성 어 배우러 가야 한다면서 아이들이 학원 버스로 쪼르르 달려 가 버렸던 것이다. 늘 그런 식이었다. 학교에서 가르쳐주지 않는 걸 배우러 가야 한다며 아이들은 영일에게서 달아났다. 그럼 내일 학교에서 놀자고 밝게 손을 흔들었지만 아이들은 뒤돌아 보지 않았다. 영일은 자신도 학원만 다니면 아이들과 예전처럼 다시 붙어 다닐 수 있을 거라 굳게 믿었다.

하지만 학원 소리에 정애의 입술 모양이 끈을 당기면 주둥이가 작아지는 돈주머니처럼 쪼그라들었다. 정애는 돈 얘기가 나와서 말인데 지금부터 정말 중요한 이야기를 할 거라는 듯 영일의 의자를 제 쪽으로 바짝 끌어당겼다.

"영일아, 지금부터 엄마가 하는 말 잘 들어."

정애는 술 취한 사람 특유의 정색한 눈빛으로 진지하게 말했다.

"세상에 가난보다 나쁜 건 없어. 가난에 찌든 사람은 세상의 모든 고민을 다 껴안고 살아야 되는 거야."

주먹밥을 손으로 뭉치던 대길은 낮지만 분명한 어조로 애한테 무슨 그런 말을 하느냐며 끼어들었지만 정애는 아랑곳없이 영일을 보며 말을 이었다.

"그러니까 우리 영일인 나중에 돈 많이 버는 사람이 돼야 한다. 남자가 돈을 잘 벌어야 집안도 화목해지고 모든 일이 다 잘되는 거야. 알았지? 남자가 돈을 못 벌면 말이야, 그건 남자가 아닌 거야."

이에 만석은 더는 못 참겠다는 얼굴로 분연히 자리에서 일어나 소리쳤다.

"내가 드럽고 치사해서 일하고 만다!"

만석은 집을 나서기 전 영일을 가리키며 정애에게 회심의 한마디를 날렸다.

"근데 영일이가 여덟 살인 거 알지? 잘 따져보면 십 년은 아니라고!"

만석은 정애의 벙찐 얼굴을 뒤로한 채 점퍼를 들고 밖으로 나갔다.

해질녘, 거리를 쓸어오는 찬바람은 단숨에 만석의 체온을 앗아갔다. 돈 떨어지면 정도 떨어진다는 말 틀린 거 하나 없었다. 근래 만석은 아내인 정애 대신 갈빗대가 하나 더 있는 게 낫겠다고 여겼다. 만석과 정애가 서로를 싫어하면서도 갈라서지 않는 건 영일 때문이었다. 영일은 결혼 십 년 만에 얻은 아들이었다. 자식을 봐서라도 같이 살려면, 고사상에 오른 돼지 같은 정애의 입에 돈을 물려줘야 했다. 근데 추워죽겠는데 이 겨울에 무슨 수로?

미처 남쪽으로 떠나지 못한 철새처럼 잔뜩 어깨를 웅크리고 걸어가는데, 킬링타임모텔이 만석의 눈에 들어왔다. 양파 모양의 큐폴라 서너 개가 모텔 지붕 위로 정력의 상징처럼 불쑥불쑥 솟아 있었다. 유치한 색만 골라서 칠한 것 같은 양파 지붕을 보니 왠지 모스크바에 있다는 성 뭐시기 성당에 와 있는 느낌이었다. 출입문 앞에는 영업정지 표지판이 세워져 있었다. 세워둔 지 오래되어 배경 칠이 벗겨지고 지저분했지만 '영업정지'라는 붉은 글씨만은 선명했다. 이게 모두 자신의 솜씨였다. 만석은 콧물을 쓱 들이마셨다.

작년 이맘때였을 것이다. 영일이가 곧 초등학교에 입학할 텐데 아빠가 돼서 가방이라도 사줘야 될 거 아니냐는 정애의 잔소리에, 만석은 그날도 거리로 쫓겨났다. 하릴없이 어슬렁어슬렁 이 앞을 지나는데 한 사내가 쓰레기봉투 뒤에 몸을 숨긴 채 모텔 쪽을 카메라로 찍는 모습이 눈에 들어왔다. 뭐 하는 거냐고 물었지만 사내는 대꾸도 없었다. 만석은 자신도 관음증 환자와 친하게 지내고 싶은 맘 없다는 듯 휭 돌아섰다. 하지만 잠시 후 미련이 남아 호빵을 사서 다시 모텔 쪽으로 와보니 사내는 이미 사라지고 없었다. 그리고 쓰레기봉투 뒤쪽에는 렌즈 부분이 심하게 깨진 카메라가 덩그러니 남겨져 있었다. 카메라는 그 사내처럼 말이 없었다.

만석은 그 사내가 대체 뭘 찍은 건지 호기심이 일어 ▶버튼을 눌러보았다. 보나마나 불륜을 즐기는 연인의 밀회 현장이겠지만 원래 드라마도 뻔한 게 더 재미있는 법이었다. 막장이라고 욕하면서도 계속 보는 충성도 높은 시청자처럼 만석은 카메라에 눈을 고정했다. 그런데 카메라 속에는 만석이 기대한 것과는 전혀 다른 사진이 들어 있었다. 앳돼 보이는 청소년들이 모텔을 드나드는 모습이었다. 문득 만석은 시청자 제보 프로그램에서 본 게 떠올랐다. 벌금 파파라치! 그 사내는 포상금을 노리는 사냥꾼이었던 것이다. 그길로 바로 카메라를 들고 구청으로 향한 만석은 신고를 대가로 적지 않은 포상금을 챙겼다.

그 후로 만석은 기왕 이쪽에 발을 들인 거 파파라치 학원에 가서 전문적으로 배워볼까 고민도 했었다. 불법적인 일을 하는 모텔을 신고하는 텔파라치, 노래방 불법 영업을 신고하는 노파라치, 담배꽁초 무단투기를 신고하는 꽁파라치 등 그 종류도 다양했다. 게다가 불법 선거운동을 신고하는 선파라치는 포상금 상한선이 최대 오억 원이어서 파파라치들 사이에선 대어로 불렸다. 하지만 전문 파파라치가 되려면 투자비용이 만만찮았다. 학원 수강료만 오십만 원이 넘는 데다가 사진기와 녹음기, 렌즈와 본체가 분리된 특수 캠코더 등 장비 구입 대금까지 합치면 백만 원이 훌쩍 넘었다.

주먹구구로라도 해볼까 싶어서 만석은 렌즈가 말썽인 사내의 카메라를 버리고 돈 만 원 주고 일회용 카메라를 샀다. 그런데 하필 그날 만석은 다리에 기브스를 하고 절뚝이며 걸어가는 파파라치 사내와 딱 마주쳤다. 요전 날 사내는 다짜고짜 자신을 끌고 가려는 양아치들에게 몸부림치다가 그만 카메라를 놓친 것이었다. 사내는 그들에게 진심으로 되갚아주고 싶었지만 벌금 파파라치로 수백 건을 올렸던 터라 그중 어떤 놈이 양아치들을 풀었는지 알 수 없었다. 공공질서 어긴 경찰도 신고한 일이 있는지라 경찰서에서 수사도 잘 안 해주는 것 같다면서 사내는 만석이 사준 호빵 두 개에 주저리주저리 털어놓았다. 사내의 사연을 통해 큰 교훈을 얻은 만석은 고개를 주억거렸다. 파파라치에게 과욕은 절대 금물이었다.

그날로 만석은 파파라치 일을 관두고 다시 집으로 기어들어 갔다. 그 후로 일 년이었다. 오늘도 연례행사처럼 밖에 나오긴 했지만 매일 출근하는 일은 영 내키지가 않았다. 어차피 번듯하게 이력서 낼 형편도 안 되었고.

"이곳도 영업정지 풀릴 날이 얼마 안 남았네?"

만석은 추억을 회상하듯 모텔을 올려다보았다. 그 순간 맨 위층에서 커튼이 움직이는 게 보였다. 날 본 건가? 왜? 만석은 혹시 뒤에 누가 있나 싶어 돌아보았지만 아무도 없었다. 이상했다. 다시 고개를 돌려 모텔 위쪽을 보았다. 꼭 놀리는 것처럼, 가려진 커튼에선 아무런 움직임이 없었다. 잘못 본 건가 싶었지만 어딘지 모르게 찜찜했다. 만석은 미련을 못 버리고 다시 뒤를 꼼꼼하게 살폈다. 그러다가 전봇대에 붙어 있는 공사장 인부 모집 광고를 발견했다. 이건 또 무슨 얄궂은 운명인가. 세상이 내가 일하는 꼴을 보고 싶어서 안달 난 것 같았다. 만석은 짜증을 내면서 인부 모집 종이를 거칠게 떼어 바닥에 버리고는 쿵쾅거리며 골목을 벗어났다.

며칠 후 만석은 우주를 통틀어 내가 제일 피곤하다는 얼굴로 공사장에서 느릿느릿 움직이고 있었다. 어깨에 둘러멘 시멘트 포대를 바닥에 내려놓으면 그 즉시 공중부양이라도 할 수 있을 것 같았다. 하지만 그런 기분을 여유롭게 느낄 새도 없이 십장의 눈치를 보며 바로 다음 포대를 져야 했다. 시시포스의 간 먹는 독수리인지 돌 굴리며 언덕을 올라가는 놈인지 어쨌거나 그놈들보다 자신이 천만 배는 더 힘들었다. 그놈들은 지가 잘못한 죄가 있다지만 난 대체 무슨 죄란 말인가. 만석은 감수성이 한 떨기 꽃보다 섬세해진 중년 남성의 마음을 이해해주지 않는 현실이 야속했다. 게다가 사십대 중반을 넘기면서 머리카락이 가늘어지는 삼손 콤플렉스가 만석에게도 슬금슬금 마수의 손을 뻗치고 있었다. 요 근래 머리를 감으면 수챗구멍이 막힐 정도로 머리카락이 우수수 떨어졌다. 가뜩이나 민감한데 안전모까지 쓰면 기분이 더 우울해졌다. 탈모 방지에는 통풍이 아주 중요하댔는데. 진짜 일할 맛 안 났다.

해질녘이 되어서야 일을 마친 만석은 다크서클이 내려앉은 얼굴로 집으로 향했다. 빨리 집에 가서 잠이나 자고 싶었다. 만석이 세상에서 제일 좋아하는 게 잠이었고, 두 번째는 텔레비전, 세 번째는……. 만석은 삼겹살을 꼽으려다가 영일을 떠올렸다. 그래도 명색이 외동아들인데 삼겹살에 밀리면 좀 그랬다. 그렇게 순서가 가다 보면 한 방에서 침대 위아래 따로 쓰는 악덕 마누라 정애는 한 97위쯤 되었다. 100위를 안 넘어간 것도 진짜 크게 인심 쓴 거였다. 어쨌거나 만석의 위시리스트 불변의 1위는 잠이었다. 이런 강력한 유혹인 잠에서 만석을 떼어놓기 위해 어떤 빌어먹을 인간이 끔찍한 기계를 발명했는데, 바로 알람시계였다. 심장마비를 부르기에 안성맞춤인 기상 알람소리에 떠밀려 만석은 새벽부터 험난한 세상으로 나가야 했다. 젊어서 고생은 늙어서 신경통 된다는 걸 정애에게 차근차근 말해볼까.

이런저런 생각으로 걷다 보니 어느덧 만석은 킬링타임모텔 앞을 지나고 있었다. 모텔 앞은 집으로 가는 지름길이라 만석에겐 단골 길목 같은 곳이었다. 그런데 오늘은 웬일로 모텔 앞에 두 사람이 서성이는 게 보였다. 그 중 한 명은 만석도 아는 사람이었다. 공사장 십장이었다. 아까 일을 파할 때는 잠시 외출했다는 십장 대신 말단 직원이 와서 일당을 나눠줬었다. 일당을 나눠주며 거들먹거리길 좋아하는 십장이 그 얄팍한 즐거움도 버리고 대체 어딜 갔나 했더니 여기 있었던 것이다. 그런데 십장이 지배인 유니폼을 입은 여자에게 쩔쩔매고 있었다. 십장은 여자가 체크한 종이 쪼가리를 돌려받으며 쭈뼛쭈뼛 말했다.

"이제 그만 오고 싶은데…… 집에 거짓말하고 나오다 보니 마누라가 의심이 많아져서 갈라서자고 난리고, 공사판에도 자꾸 빠지니까 눈치도 보이고……."

"601호에서 기다릴게요. 이 관계를 끝낼 수 있는 건 저라는 거 잊으셨어요?"

그들의 대화에 만석은 일 등급 한우를 감별하는 것처럼 지배인을 쳐다보았다. 산에 올라가 커다란 바위를 들면 그 밑에 우글거리는 벌레와 지렁이를 발견할 수 있는 것처럼 조금만 이웃의 범죄에 촉을 세우면 이런 일이 손쉽게 걸려드는 법이었다. 이 모텔 아직도 정신 못 차렸구만. 이젠 지배인이 직접 매춘을? 곧바로 만석은 핸드폰을 꺼내들었다. 파파라치 일 다시는 안하려고 했지만 몽둥이찜질 당한 그 사내처럼 수백 건을 올리는 것도 아니고 이 정도야 뭐 겨우 두 번째였다. 물론 그 대상이 같은 곳이어서 찔리는 맘도 없지 않는지라 좀 망설여졌다. 만석은 먹이의 맛을 가늠해보고 더 먹을지 말지 고민하는 것처럼 쓴입을 다셨다. 그래도 이 모텔이 자꾸 눈에 띄는 걸 어쩌나. 신의 계시라면 받아들여야지. 이건 무조건 먹어야 되는 판이었다. 좀 떨어진 곳에서 만석은 핸드폰 카메라로 그들을 찍었다. 자신은 역시 행운의 사나이였다.

그다음 날 만석은 여느 날처럼 공사장에 출근하긴 했으나 태도는 십분 달라져 있었다. 등 뒤로 비치는 햇살이 따뜻한 곳에 자리 잡은 만석은 자체 타임을 선언한 것처럼 나 홀로 광합성을 한 시간 넘게 하면서 천천히 물이나 마셨다. 이에 십장이 분연히 걸어와 여기가 놀이터인 줄 아냐며 호통쳤다. 가까이서 보니 십장의 얼굴이 눈사람처럼 눈썹과 코와 입이 죄다 비뚤름해 보였다. 죄 많은 얼굴이었다. 만석은 피식 웃고는 허리를 두

드렸다. 열이 뻗친 십장은 금방이라도 눈으로 회를 뜰 기세로 으르렁거렸다.

"일당 안 받고 싶나 보지? 얼른 궁둥이 안 떼?"

"거 참 말 짧네. 몇 년생이쇼?"

상대가 자신보다 한참 어릴 거라는 계산에서 나온 물음이었다. 내가 뛰어다닐 때 넌 기어 다녔냐 아니면 몸을 뒤집지도 못했냐 묻는 것이었다. 만석은 그 사실이 세상에서 가장 중요한 것처럼 거만하게 굴었다.

"어디서 나이 타령이야? 이 바닥에 발도 못 붙이게 해줄까!"

까마귀를 쫓듯 쾅 발을 구르는 십장의 태도에 자기도 모르게 만석이 움찔했다. 일하던 사람들의 눈이 이쪽으로 모여들었다. 제깟 놈이 별수 있겠냐는 눈빛으로 자신을 보는 것만 같았다. 자리에서 벌떡 일어난 만석은 십장의 코앞으로 바짝 다가갔다. 어찌나 눈을 세게 부라리는지 지구 밖으로 튀어나갈 것 같았다. 이에 십장은 불쾌한 표정으로 만석의 가슴을 손바닥으로 밀쳤다. 좀 떨어지라는 의미였지만 그 즉시 만석은 쳤다 이거지 하는 얼굴로 십장의 명치를 머리로 들이받았다. 치고받은 결과 승자는 십장이었다. 뒤로 밀린 만석은 바닥에 침을 퉤 뱉었다.

"아주 힘이 남아도네? 근데 킬링타임 601호에서 뒹굴려면 힘 좀 아껴둬야 되지 않겠어? 내가 다 들었다고!"

"뭐, 뭘 들어?"

"일당만 챙겨 주면 난 땡큐베리감사야. 바람피우는 사실을 마누라한테 숨기는 데에 드는 비용치곤 너무 착하지."

어제 저녁 구청에 가서 사진을 보여줬지만 보기 좋게 비웃음만 당하고 돌아온 만석은 돈을 뜯어낼 대상을 구청에서 십장으로 바꿨던 것이다.

"바람 같은 소리 하네. 돈은 내가 아니라 그 지배인이……. 됐고, 어쨌든 번지수 잘못짚었어 이 양반아. 얼른 안 꺼져!"

"자네 마누라가 봐도 번지수 잘못짚었다고 할까?"

십장은 굳은 얼굴로 만석이 내민 핸드폰 화면을 보았다. 낮은 화소 때문에 얼굴 구분도 안 되는데다가 그저 두 사람이 서 있는 모습일 뿐이었다. 이딴 걸로 어디서 얄팍한 수를 쓰냐면서 십장은 만석의 핸드폰을 바닥에 내던졌다. 순식간에 두 동강 난 핸드폰에 만석은 속에서부터 울컥 하는 게 올라왔다. 자신이 서 있는 곳에만 산소가 부족한 것처럼 씩씩거렸다.

"에이씨, 오늘 일당 내놓으라니까!"

치고 박고 물고 뜯는 유치한 싸움이 이어졌다. 인부들이 내지르는 응원이 동서남북 할 것 없이 사방에서 밀려왔다. 그 와중에도 만석은 이참에 척추 뼈가 몇 개인지 뼛속 깊이 알려주겠다, 갈비뼈 왼쪽 오른쪽을 바꿔주겠다느니 하면서 쉴 새 없이 입을 나불거렸다. 십장도 이에 질 수 없었다. 이 자식 팔 매끈한 거 보라며 어쩜 사내새끼가 팔에 힘줄도 하나 없냐면서 비아냥거렸다. 그러자 만석이 하지정맥류를 보여주겠다면서 바지를 걷기 시작했다. 밑도 끝도 없는 싸움이 십 분 넘게 이어졌다.

한참 후 공사장 직원이 달려와 말리면서 그들은 양쪽으로 떨어졌다. 화를 어떻게 풀어야 할지 모르는 사람처럼 꼼짝 않고 노려보던 십장은 제 주머니에서 돈 뭉치를 꺼내 만석의 얼굴 위로 던졌다. 꼴랑 오만 원 실컷 처먹으라는 악담도 잊지 않았다. 곧이어 십장은 사람들과 함께 다른 곳으로 멀어져갔다.

만석은 손등으로 피가 터진 입술을 닦은 후 바닥에 떨어진 돈을 주웠다. 그런데 만 원 사이에 종이 쪼가리가 끼어 있었다. 설탕 가루를 뿌린 것처럼 종이의 반질반질한 겉면이 반짝 빛났다. 쿠폰처럼 생긴 종이에는 지난여름부터 시작된 날짜 아래 확인 도장이 찍혀 있었고, 그 뒤로 돌려보니 '잠자면 돈을 준다'는 글귀가 검은 바탕에 하얀 글씨로 멋들어지게 쓰여 있었다.

그길로 만석은 매서운 바람을 헤치며 킬링타임모텔로 향했다. 쿠폰이 있다는 것은 이런 짓을 하는 놈이 십장 말고도 더 있다는 뜻이었다. 만석은 모텔을 드나드는 딴 놈이라도 혹시 찍을 수 있지 않을까 싶어 모텔 앞을 서성였지만, 스위치를 켠 지 한참 후에 들어오는 형광등처럼 뒤늦게 현 사태를 파악했다. 운

좋게 또 다른 고객을 본들 찍을 카메라가 없었다. 못 쓰게 된 핸드폰을 생각할수록 더 열이 뻗쳤다. 이렇게 된 데엔 모텔 책임도 크다며 만석은 뚜벅뚜벅 건물 안으로 향했다.

로비에는 아무도 없었다. 만석은 1층을 기웃거리다가 엘리베이터를 타고 6층까지 올라갔다. 한 층 한 층 6층에 가까워져 갈수록 희망도 커져갔다. 어쩌면 현장을 덮칠 수도 있다는 생각 때문이었다. 그러면 바로 그 자리에서 목돈을 건질 수도 있지 않을까. 부푼 마음을 안고 6층에서 내린 만석은 601호를 향해 성큼성큼 걸어갔다. 마침 601호에서 나온 지배인이 열쇠로 문을 잠그고 있었다. 지배인이 만석을 돌아보았다.

"리모델링 중이라 당분간 영업 안 하는데요, 손님."

모순이었다. 영업 안 한다는 지배인이 유니폼은 왜 입고 있는 건지. 여기 오는 놈들은 하녀 복장이나 간호사 복장에 열광하는 것처럼 모텔 지배인 복장에 환장하는 환상을 갖고 있는게 분명했다.

"불법 영업 중인 거 같은데?"

곧이어 만석은 지배인 유니폼에 달린 명찰을 눈으로 스윽 훑었다. 고딕체로 임시연이라고 쓰여 있었다. 이제 상대의 이름도 알아냈으니 자신이 훨씬 유리한 고지에 있는 것처럼 배짱 두둑하게 나가기로 했다. 쿠폰을 꺼내 든 만석은 글자를 하나하나 짚어주며 우렁차게 말했다.

"잠, 자, 면, 돈, 을, 준, 다!"

시연은 굳은 얼굴로 쿠폰을 뚫어지게 보았다. 그 모습에 만석은 자신이 혹시 벌집을 건드린 건 아닐까 싶어서 슬그머니 걱정이 꿈틀거렸다. 하지만 언제 그랬냐는 듯 시연은 일 초 만에 표정을 바꾸었다. 빌려온 것 같은 미소를 지으며 만석에게 조곤조곤 말했다.

"저희 고객님이 분실하셨나 보네요. 이리 주세요."

하지만 만석은 쿠폰을 주머니에 넣으며 한 발 뒤로 물러섰다.

"이거 왜 이러시나. 주운 사람이 임자지. 그쪽 돈벌이에 간섭 안 할 테니 내 핸드폰 값이나 좀 보태주쇼."

"핸드폰이라뇨?"

"4동 건너 빌딩 공사판에서 일하는 십장이 내 걸 이렇게 만들었다고. 그놈은 성질이 드러워서 이성적으로 해결하려고 댁을 찾아왔는데, 흠, 간통죄가 무서운 건 알지? 많이 달라는 것도 아니고 핸드폰 값만 좀 해결합시다."

헛바람을 잔뜩 먹은 만석을 보며 시연은 대놓고 피식 웃었다.

"간통죄요? 뭔가 오해가……."

"아니다, 난 모른다, 발뺌하고 이러면 일이 복잡해진다니까. 601호에서 그 짓한다는 것도 다 알고 왔으니까 괜히 시간 낭비하지 맙시다."

만석의 당당한 태도에 시연의 한쪽 눈썹이 찌익 올라갔다.

"유치한 협박으로 돈을 쉽게 벌어보시겠다? 무고죄로 감옥 가고 싶어요?"

만석이 세상에서 제일 싫어하는 게 바로 감옥을 들먹이며 협박하는 인간이었다. 핫팩으로 도배한 것처럼 몸이 후끈해진 만석은 발악하듯이 소리쳤다.

"돈을 쉽게 버는 거야 댁이 훨씬 잘 알겠네. 모텔에서 여자 연결 해준다는 소린 간혹 들었지만 지배인이 몸소 나서서 몸 바치는 줄은 몰랐는데 말이지. 리모델링한다고? 쇼하네. 내가 여기 영업정지 먹게 할 수도 있어!"

시연은 그악스럽게 대지를 움켜쥔 뿌리처럼 꼿꼿이 서서 만석을 보았다.

"내가 시간을 줄 테니까 잘 생각해 보라고. 이상한 소문나면 좋을 거 없잖아. 거듭 말하지만 난 핸드폰 값만 말한 거니까. 흠흠, 내일 또 보자고."

만석은 앞으로의 대화가 비포장도로처럼 힘들어질지 고속도로처럼 일사천리로 뚫릴지는 그쪽 선택에 달려 있다는 식으로 의기양양하게 말하고 돌아섰다. 만석은 기고만장한 공작새마냥 가슴을 한껏 내밀며 모텔을 나왔다.

그 후 만석은 틈만 나면 모텔 앞에서 진상을 부렸다. 처음이 어려웠지 두 번 세 번은 할 만했다. 하지만 네 번이 넘어가도 시연이 끄떡없자 만석은 누가 이기나 한 번 해보자는 오기가 생겼다. 괘씸해서라도 핸드폰 값을 꼭 받아내야겠다면서 고래고래 소리를 질렀다. 그래도 시연이 요지부동이자 만석은 모텔 앞을 지나는 행인들을 붙잡고 저 모텔에서 이상한 일 하는 거 못 봤냐면서 공격적으로 시위했다. 시연이 지켜보고 있는 걸 다 알고 있다는 듯 만석은 보란 듯이 더 난동을 피워댔다.

초지일관 모르쇠로 일관하던 시연이 어느 해질녘 모텔로 만석을 불렀다. 시연은 따라오라면서 먼저 엘리베이터로 향했다. 만석이 뒤따랐다. 침묵 속에서 소음이 도드라졌다. 엘리베이터는 수명이 오래전에 다했음에도 불구하고 억지로 일하는 중이니까 불평하지 말라는 듯 위용을 뿜어냈다.

6층에서 내린 시연은 또각또각 구두 소리를 내며 601호 앞으로 걸어갔다. 시연은 열쇠로 문을 열고는 자신을 따라온 만석을 향해 도발적으로 말했다.

"궁금하지 않으세요? 제가 이 방에서 고객들과 무슨 일을 하는지."

만석은 어줍게 고개를 빼고 안을 둘러보았다. 모텔 방에 들어갈 때는 집처럼 보통 신발을 벗고 들어가야 했던 것 같은데 이 방은 개조되었는지 신발 벗는 곳이 따로 없었다. 없는 건 그

뿐만이 아니었다. 마땅히 창문이 있어야 할 곳엔 창문이 없었다. 입구 정면에서 보이는 방 끝에 화장실로 보이는 문이 있긴 했지만 닫혀 있어서 그런지 벽장식처럼 느껴졌다. 사방이 벽으로 막힌 상자 속을 들여다보는 것 같았다.

한편 성큼성큼 안으로 먼저 들어간 시연은 미니냉장고 안에서 사과를 꺼냈다. 새빨간 사과를 검은 치마에 문질러 닦고는 나무 의자에 앉았다. 사과를 한 입 베어 물자 차가운 기운이 와삭 씹히는 소리가 울렸다.

"원치 않으면 그냥 가셔도 돼요."

시연은 사과를 씹으면서 다리를 꼬았다.

"내가 혀 협박 좀 했기로서니 바로 이렇게 또 저자세로 나오면……."

만석의 말에 시연은 씹는 걸 멈추었다. 만석은 말을 이었다.

"거, 사람마다 돈 버는 방법이 다르니까 이해는 하지만……. 어쨌든 난 이런 거 관심 없수다. 잠자리 안 해도 되니까 오만 원이라도 좀……."

만석의 목소리는 리모컨 버튼으로 텔레비전 볼륨을 줄이는 것처럼 뒤로 갈수록 줄어들었다. 시연은 문밖에 서 있는 만석을 향해 도전적으로 물었다.

"오만 원이요?"

금세 기가 죽은 만석은 말꼬리가 꺼지듯이 대답했다.

"삼만 원도 좋고 이만 원도 나쁘지 않은데, 찾아보면 공짜 폰도 많고……. 이런 걸로 댁한테 줄 돈 있었으면 핸드폰 값 보태 달라고 했겠냐고. 알 만한 사람이 참 눈치 없네."

시연은 희미하게 웃으면서 점성이 느껴지는 끈적끈적한 목소리로 말했다.

"돈은 제가 드리는 건데요?"

사과를 해치운 시연은 손에 남은 끈끈한 걸 씻어내기 위해 화장실로 들어갔다. 내친김에 샤워라도 하는지 오래도록 물소리가 들렸다. 벙찐 표정으로 서 있던 만석은 조심스럽게 601호 안으로 들어갔다. 방 가운데 놓인 둥그런 침대가 무척 커 보였다. 에라, 모르겠다! 만석은 침대에 얌전히 누웠다. 도덕적으로 동정을 회복했다고 말할 수 있을 만큼 여자와 살을 섞은 지 오래되었다. 잠시 후 화장실에서 물소리가 끊기자 만석은 마른침을 삼키며 눈을 감았다. 화장실 문 열리는 소리가 들렸다. 만석은 다가오는 시연의 구두 소리가 자신의 심장 소리와 겹쳐져서 들렸다. 심장이 천둥이 치는 것처럼 쿵쾅거렸다. 만석은 수줍게 말했다.

"저, 시작해서도 돼요."

"먼저 계약서에 지장 찍으셔야죠."

시연의 말에 만석은 눈을 번쩍 떴다. 시연이 계약서를 만석의 얼굴 위에 들이대고 있었다. 시간 계약서라고 쓰인 굵은 글씨가 만석의 눈에 뛰어들었다. 만석의 표정이 좀도둑질하다 걸린 꼬마처럼 어색해졌다. '시간 계약서'라는 이름 모를 문구 아래 까다로운 조항들이 기차놀이를 하듯 꼬리를 물고 이어져 있었다.

만석이 몸을 일으켜 계약서를 받아 읽는 사이 시연은 스마트폰 줄에 매달린 동그란 케이스 뚜껑을 열었다. 여자들이 흔히 액세서리로 들고 다니는 립글로스처럼 생긴 케이스 안에는 의외로 인주가 들어 있었다.

"계약서 아래에 엄지로 찍으세요."

만석은 기다란 문장들을 끝까지 읽어보았지만 가슴이 쿵쾅거리는 통에 눈이 글씨를 따라가지 못했다.

"뭐가 이렇게 복잡해. 글씨도 깨알이네. 그냥 말로 간단하게 설명해보쇼."

"잠자는 동안 그쪽 시간을 저에게 주면, 전 그걸 나중에 필요한 고객에게 연결해주는 거죠. 같은 세상에 산다고 해서 모두 같은 시간을 쓰는 건 아니거든요."

콧대 높은 말투였다. 만석은 시연이 외계어로 말한 듯 이해가 되질 않았다.

"그럼 여기 쿠폰에 잠자면 돈을 준다는 것도, 다 그 소리라고?"

"네. 돈은 이십사 시간 즉 하루당 백만 원이에요."

시간 계약서

시간을 파는 사람은 킬링타임모텔과 다음과 같은 계약을 체결한다.

제1조 계약의 기간·단위·대금 및 대금 지급 방법은 다음과 같다.

    1. 기 간: 종신 계약.

    2. 단 위: 24시간을 최소 단위로 한다.

    3. 대 금: 24시간 100만 원을 기본으로 한다.

    4. 대금 지급 방법: 잠에서 깨면 현금으로 바로 지급한다.

제2조 킬링타임모텔 601호 하루 사용료는 30만 원으로 정한다.

제3조 비밀 유지 보안이 깨진 경우 결과는 다음과 같다.

    1. 직계가족에게 알린 경우 대금은 50만 원으로 줄어든다.

    2. 경찰 혹은 외부에 알린 경우 평생 고통스러운 불면증을
       얻게 된다.

제4조 가족 패키지를 이용하면 대금은 3조 1항과 상관없이
    100만 원을 받는다. 단, 가족 패키지는 함께 사는 직계가족
    3인 이상 계약 시 적용된다.

제5조 65세 이상은 건강 위험 부담이 있으므로 기본 대금이
    200만 원이다.

제6조 킬링타임모텔 지배인에게 시간의 전권을 위임한다.

    1. 지배인이 원할 때만 시간을 팔 수 있다.

    2. 지배인이 원하면 언제든지 시간을 팔아야 한다.

제7조 시간 거래 계약 종료 권한도 킬링타임모텔 지배인에게 있다.

시연의 말은 뱀의 혀가 되어 귀를 간질였다. 이에 만석은 한바탕 웃어젖힌 후 시연을 보았다. 음충맞은 게 능갈치는 솜씨가 보통이 아니었다.

"매춘으로 고소할까 봐 이런 되도 않는 썰을 풀어? 나 구만석이 그 정도로 멍청하진 않소이다."

만석은 시연의 얼굴 위로 쿠폰을 던진 후 침대에서 일어나 복도로 나왔다. 담배를 꺼내 입에 물다가 위를 보았더니 자신이 서 있는 방향으로 CCTV가 움직이고 있었다. 만석은 방에 있는 시연과 복도의 CCTV를 번갈아 보았다.

"누굴 호구로 아나. 이걸로 증거를 남겨서 나도 매춘 공범으로 만들려고?"

만석은 주먹 쥔 손 가운데에 담배를 끼워서 엿 먹이는 포즈로 CCTV를 향해 슈퍼맨처럼 번쩍 팔을 들었다. 이건 앞으로 나가면 지고 뒤로 물러나면 이기는 줄다리기였다.

만석은 모텔을 박차고 나와 집으로 향했다. 그런데 초인종을 아무리 눌러봐도 반응이 없었다. 저녁 먹을 시간인데 이상했다. 아무도 없나 싶어 열쇠를 꺼냈지만 걸쇠에 걸려 문이 반 뼘도 채 열리지 않았다. 문틈으로 보니 정애가 눈을 부릅뜨고 장승처럼 서 있었다.

요 며칠 만석이 공사장을 안 나간 거야 정애도 알고 있었다.

겨우 사나흘 나갔나? 작심삼일은 이럴 때 쓰라고 있는 말이 아니었다. 더는 봐줄 수 없었다. 정애의 결의는 굳건했다. 돈 벌어오기 전까지 집에 들어올 생각 말라는 것이었다.

"아까도 집주인 할망구가 찾아와서는 자식들 등록금이 너무 올랐다는 핑계를 대면서 이번 재계약엔 전세금을 꼭 좀 올렸으면 좋겠다고 말하는 걸, 내가 세 시간이나 사정사정해서 겨우 다음번으로 미뤘어."

사실 이 집 전세금은 시세에 비해 싼 편이었다. 집주인도 만석의 가족도 잘 알고 있었다. 하지만 그런 실랑이야 하루 이틀이 아니었다. 만석은 그런 얘기로 정애가 새삼 왜 꼬투릴 잡는지 이해할 수 없단 얼굴로 돌처럼 서 있었다.

"당신, 집에 쌀 떨어진 것도 모르지? 영일이 계속 라면이나 먹일래!"

정애가 몸을 비켜서자 식탁에 앉아 라면을 먹는 영일의 모습이 보였다. 후후 불어가며 맛있게 라면을 먹던 영일은 정애의 사나운 눈짓에 주눅 들어 젓가락을 내려놓았다. 입에 넣은 라면 몇 가닥은 씹어야 할지 뱉어야 할지 몰라 튀어나온 볼 그대로 입안에 담고 있었다. 영일은 요 며칠 평탄치 않은 집안 분위기에 잔뜩 기가 죽어 있었다. 난 라면도 좋아하지만 지금은 진짜 체했어요, 하는 얼굴이었다. 내 새끼한테 밥도 못 먹이는 못난 가장이라는 욕만 배부르게 처먹고 만석은 돌아섰다.

만석은 남은 돈을 털어 포장마차에서 소주를 시켰다. 자신의 몸무게만큼 많은 술을 들이켤 셈이었다. 내일이면 숙취로 고생하겠지만 이제 마땅히 할 일도 없었다. 만석에게 시간이란 엘리베이터 자유이용권처럼 무용지물이었다.

"잠만 자면 백만 원 준다는 게 말이나 되냐고. 안 되지. 안 되는데. 했다가 돈 안 주면 거짓말로 날 속였다고 고소하면 되잖아. 사기죄로 협박하면 돈 좀 주려나."

생각 없이 살아오다가 간만에 머리 좀 굴리려니 골 아파 죽을 것 같았다. 인생에 예고 없이 닥치는 게 두 가지가 있는데 바로 기회와 재앙이었다. 오랜만에 닥친 기회 혹은 재앙 사이에서 고민의 저울추가 미친년 널뛰듯 올라갔다 내려갔다 신나게 방아를 찧었다. 어차피 사람은 인생의 삼 분의 일을 잠으로 보낸다고 했다. 대략 한 삼십 년 되려나. 텔레비전 볼 수도 없고 맛있는 걸 먹을 수도 없으며 사랑을 나눌 수도 없는 게 바로 잠자는 시간이었다. 그런 시간을 돈으로 바꾼다고? 그렇게 편하게? 생각해보면 시연의 제안이 나쁜 것만도 아니었다. 자신이 가장 좋아하는 잠을 자면서 돈을 버는 것이었다. 이 추운 겨울날 이보다 더 쉬운 일이 있을까.

"아니지, 혹시 자는 동안 콩팥이라도 빼가는 거 아니야? 미치겠네. 이거."

왠지 사파리 일박 이일 숙박권을 선물 받은 느낌이었다. 만석은 비듬을 털듯 고민으로 얼룩진 머리를 사정없이 흐트러뜨렸다.

그 밤 모텔 로비로 비틀거리며 들어선 만석은 무덤에서 한 오백 년 썩다 나온 얼굴로 모텔이 무너져라 악을 써댔다.

"도온 다라고! 해드포온! 오마너 조!"

카운터 뒷방에서 나온 시연이 카운터 테이블을 두 주먹으로 두드리며 시위하는 만석을 동상 같은 표정으로 보았다. 진상도 이런 진상이 없었다. 돈을 줘버리려고 금고를 여는데 별안간 하마가 쓰러지듯 쿵 소리가 났다. 앞을 보니 만석이 보이지 않았다. 설마 하고 카운터에서 나와 보니 만석이 바닥에 쓰레기처럼 널브러져 있었다. 만석을 보는 시연의 눈매가 대리석처럼 딱딱하게 굳어졌다. 시연은 만석의 점퍼 주머니에 오만 원을 넣으려고 손을 뻗었다. 그 순간 벌떡 일어난 만석이 시연의 어깨를 잡았다. 만석은 시연을 노려보며 옹알이하듯이 입을 오물거렸다.

"뭐라고요? 똑바로 말해요."

만석은 내 입 냄새를 그대에게 보낸다는 듯 후우 뿜었다. 냄새가 어퍼컷을 먹이듯 시연의 코를 훅 자극했다. 시연은 숨을 참았다. 눈으로도 악취가 들어오는 것 같아 질끈 감았다. 그때였다. 시연의 무릎 위로 핫팩을 얹어 놓은 것 같은 느낌이 들었다. 핫팩일 리가 없었다. 이 소리와 냄새와 흘러내리는 느낌은……. 시연은 끔찍한 재앙을 확인하기 위해 눈을 떴다. 만석이 입을 쫙 벌리고 고질라처럼 시연의 치마 위로 토하고 있었다. 아직도 끝나지 않았던 것이다. 마지막 찌꺼기까지 모두 토해낸 후 만석은 속이 편하다는 듯 희미한 미소를 지으며 다시 뒤로 쓰러졌다.

다음 날 만석은 침대에서 일어났다. 눈은 떴지만 아직 주변의 사물이 시야 속으로 잘 인식되지 않는 듯 눈을 끔뻑거렸다. 목이 말라 쩝쩝 입을 다시자 부드러운 손이 만석에게 물 한 잔을 건넸다. 만석은 물을 들이켠 후 주위를 둘러보았다. 601호 안이었다. 그리고 시연이 침대 옆에 서서 만족스러운 표정으로 웃고 있었다. 발밑에서 다이너마이트를 터뜨린 것처럼 화들짝 놀란 만석은 본능적으로 제 몸을 이불로 가렸다. 만석이 놀라거나 말거나 시연은 태연하게 걸어가 미니냉장고 위에 있는 서랍장 안에 무언가를 넣었다. 그런 후 다시 침대로 걸어온 시연은 만석에게 두툼한 봉투를 건넸다. 만석은 얼결에 받으면서도 이게 뭔가 싶었다.

"601호 하루 사용료와 세탁비는 제했어요." 만석은 에이 설마 하는 눈빛으로 시연을 보았다. 시연은 왜 이러시나 하는 눈빛으로 받아쳤다. 만석의 눈이 왼쪽 위로 향하면서 지난밤의 기억이 실을 당기듯이 휘리릭 끌려왔다.

어젯밤 시연은 1층 화장실에서 퍼온 물바가지를 만석에게 거침없이 들이부었다. 곧이어 만석은 어푸 입으로 물을 뱉으며 화다닥 잠에서 깼다. 만석에게 오만 원 지폐를 내던진 시연은 내영토에서 썩 꺼지라는 듯 손가락으로 출입문을 가리켰다.

"돈 가지고 집에 가서 주무세요!"

만석은 눈을 크게 끔뻑이며 시연이 준 돈을 보았다. 그리고 말했다.

"까짓것 한번 해봅시다."

시연은 대답 없이 만석의 눈을 집어삼킬 듯이 들여다보았다. 시연의 두 눈은 커다란 검은 거울 같았다. 그 거울은 만석의 깊은 곳을 비추고 있었다. 잠시 후 시연은 손을 들어 만석의 뺨을 세게 때렸다. 만석의 얼굴이 째까닥 옆으로 돌아갔다.

"계약 후에 번복은 안 돼요. 설사 술 취했다고 해도 계약은 유효합니다."

만석은 새해를 알리는 보신각종이 된 것처럼 얼얼한 뺨을 매만졌다.

"안 취했는데……."

만석은 꼿꼿하게 대답하고 싶었지만 어찌나 아픈지 울먹이듯이 대답하고 말았다.

"하나 더. 중요한 거니까 잘 새겨들으세요. 구만석 씨가 원할 때 시간 거래를 하는 게 아니에요. 제가 필요하면 언제든지 시간을 줘야 해요. 그리고 계약은 저만 끝낼 수 있어요. 한마디로 구만석 씬 그럴 권한이 없다는 거죠."

옴짝달싹 못하게 조여드는 말투였다.

"남는 게 시간인데, 일도 안 하고 잠만 자면 돈을 준다는 거 아니오? 하자니까."

만석은 손을 내밀어 시연과 악수했다.

2
잠자면 돈을 준다

킬링타임모텔 601호 앞, 쏘반이 서 있었다.

이 방 문고리를 잡은 게 참 오랜만이었다. 차가운 기운이 손바닥을 통해 전해져왔다. 문득 쏘반은 자신이 뱀파이어처럼 느껴졌다. 들어오라고 초대받아야 안으로 들어갈 수 있는 뱀파이어처럼 문을 사이에 두고 밖에 서 있어야 했다. 혹시 하는 기대에 쏘반은 문고리를 잡아서 돌려보았다. 땀에 젖어서 그런지 손이 미끄러졌다. 바지에 손바닥을 닦은 후 다시 한 번 문고리를 오른쪽으로 돌렸다. 잠겨 있었다. 예상한 일이었지만 씁쓸했다.

쏘반은 고개를 돌려 복도 끝 창문 쪽을 보았다. 창문은 역기를 들듯이 위로 번쩍 올라가 있었다. 반쯤 몸을 내밀어 밖을 내다보았다. 벽을 타고 방 안으로 들어갈 수 있지 않을까 싶어서였다. 하지만 벽면은 액션영화에 자주 등장하는 아슬아슬한 난간도 하나 없이 매끄러웠다. 돌출 부분이라도 있으면 디딤돌 삼아서 슈퍼마리오처럼 통통 튀어 이동할 수 있지 않을까. 하지만 그러다 떨어져 바닥과 하이파이브라도 하게 된다면…… 차라리 저 문을 바주카포로 쏘아 날려버리는 게 훨씬 더 나을 텐데…… 엉뚱한 상상들이 몽글몽글 피어나면서 긴장이 조금 풀어졌다. 비참하고 절박한 현실에서 자신을 지켜주는 건 이렇게 말도 안 되는 상상들이었다. 상식으로 맞설 수 없는 것투성이인 세상에서 그런 것들은 말이 되지 않아서 오히려 더 미더웠다.

손바닥 땀이 스르르 걷히려는 찰나 뒤쪽에서 숨소리가 들렸다. 마치 자신이 왔다는 걸 마지막 순간 직전에서야 알리기로 결심한 것처럼 갑작스럽게 청각을 자극했다. 쏘반은 황급히 창가의 난간을 꽉 쥐었다. 뒤를 돌아보면 얼굴을 봤다는 죄로 천 길 낭떠러지로 떨어질 것처럼 으스스했다. 소금 기둥처럼 선 채 쏘반은 앞도 뒤도 아닌 곳을 보았다. 시선은 멀리 보이는 산 밑 아파트를 향해 있었지만 온몸의 모든 감각은 등 뒤로 서늘하게 촉을 세우고 있었다. 누굴까. 이 거친 숨소리는 분명 남자의 것이었다. 그럼 혹시 임 박사? 임 박사! 일 년 동안 매일 기다려온 순간이었다. 뒤돌아봐. 기습 공격을 해! 움직이란 말이다. 쏘반의 마음은 소리 없이 아우성쳤다.

"여기서 뭐해요?"

젊은 남자의 평범한 말이 떨어지자 쏘반은 흑마술에서 풀려난 것처럼 뒤를 돌아보았다. 처음 보는 남자였다. 남자는 불편하게 느낄 수 있는 거리까지 쏘반 앞으로 바짝 다가와 있었다. 쏘반의 시선에는 남자의 눈만 잡혔다. 캡 모자를 푹 눌러써서 그늘져 있었지만 눈빛만은 날카롭게 빛나고 있었다.

"그게……."

쏘반이 입을 열자 단내가 훅 끼쳤다. 그러자 남자는 숨구멍을 열어주듯 한 발짝 뒤로 물러섰다. 남자의 작은 배려에 쏘반은 낯선 긴장이 조금 누그러들었다.

"청소 장소를 위에 와서 미리 둘러봅니다."

어금니에 솜을 문 것처럼 흐릿하게 대답했다. 변명처럼 들릴 수도 있었고 그와 상관없이 미처 흩어내지 못한 긴장이 고스란히 전해질 수도 있었다. 한 가닥 희망이 있다면 자신이 한 말이 모국어가 아닌 한국말이었다는 것이다. 쏘반은 자연스럽지 못한 이 상황을 타지인이라는 핸디캡이 방어해주길 바랐다.

"그렇게 열심히 안 해도 되는데……."

남자가 작게 중얼거렸지만 쏘반은 작은 소리도 놓치지 않았다. 갈대숲이 바람에 흔들리는 소리 속에서도 가까이 다가오는 표범의 움직임을 포착해내는 얼룩말처럼 쏘반의 귀는 예민하게 열려 있었다. 생존 본능 같은 것이었다.

"남선우예요. 앞으로 잘 부탁해요."

그제야 쏘반의 눈에 상대방이 입은 청색 유니폼이 보였다.

"쏘반이라고 불러요. 반가워요."

쏘반도 제 소개를 했는데 이번엔 아까보다 훨씬 안정된 억양이었다. 수천 번 해 본 말이어서 그런지 음성만 들어서는 한국인이라고 해도 믿을 정도였다. 선우는 쏘반이 한국말을 잘한다는 걸 놀라워하면서 비상구 계단 쪽으로 앞서 걸었다. 첫 만남에 인사치레로 하는 소리일 수도 있었지만 쏘반은 자신이 한국말을 잘한다고 생각했다. 사실 어느 정도 한국말로 의사소통이 되면서 센터에선 통역 대접을 받을 뿐 아니라 동료들 간에는 리더로 추앙받으면서 독보적인 존재로 등극했다. 한국인 중에서도 캄보디아 말을 잘하는 사람이 거의 없었기 때문이다. 쏘반의 장점은 중저음에서 오는 편안함이었다. 그래서 한국말을 더 잘하는 것처럼 들리는 것도 있었다. 그걸 속임수라고 비난하는 사람은 없었다. 쏘반은 자신이 선우라는 남자도 속아 넘긴 것 같아 조금 우쭐해졌다. 그때 선우가 쏘반에게 툭 질문을 던졌다.

"한국에 온 지는 얼마나 됐어요?"

"오래 됐어요."

걸음을 멈춘 쏘반이 딱딱하게 대답했다. 쏘반으로서는 타지에서 제 자신을 보호하기 위한 갑옷 같은 말이었지만 근무 첫날 보이는 태도로는 완전 꽝이었다. 말을 다시 주워 담을 수도 없는 난감한 상황에 쏘반은 내려가야 할 계단만 말없이 보았다. 천년 같은 침묵이 흘렀다. 먼저 입을 연 건 선우였다. 선우는 마음 쓰지 말라고 가볍게 말한 뒤 다시 앞서 걸었다. 쏘반은 부지런히 계단을 내려가는 선우의 뒷모습을 바라보았다. 나쁜 사람 같지는 않았다.

계단으로 1층까지 내려온 선우는 카운터 쪽으로 향했다. 선우는 비어 있는 카운터 안쪽 맨 아래 칸에서 옷을 꺼내서 건넸다. 유니폼을 받아든 쏘반이 1층 화장실에서 갈아입고 나오자마자 선우는 해야 할 일을 알려주었다. 킬링타임모텔은 이십사 시간 맞교대제로 운영되었다. 보통 사장 아래 지배인, 지배인 아래 청소팀, 청소와 주차와 카운터 업무를 종횡무진 담당하는 당번과 카운터 업무만 보는 캐셔, 청소 위주의 잡무를 담당하는 보조가 있기 마련이다. 하지만 이 모텔은 경기가 안 좋다는 명목으로 남자인 선우와 그보다 임금이 더 싼 외국인 노동자 쏘반만 고용한 것이었다.

지배인인 시연의 일과는 휴일 없이 매일 똑같았다. 오전 아홉시부터 밤 열두시까지 카운터를 담당했다. 그 사이 아홉 시간의 공백이 있었다. 아마도 잠을 자기 위한 시간 같았다. 시연은 시간 거래에 휘말려 들지 않은 건가. 아니면 그런 척 연기하는 걸까. 쏘반은 선우의 설명을 들으면서도 속으로는 딴생각 중이었다.

"6층 특실은 우리가 청소할 필요 없으니까 앞으로 참고해."

6층을 언급한 선우의 말이 생각의 그물에서 쏘반을 건져 올렸다. 아까 6층에 올라갔던 것에 대한 경고일까. 아니면 단순히 청소 팁을 알려주는 걸까. 그런데 선우는 은근히 반말이었다.

쏘반은 한국말을 배울 때의 제 1법칙이 떠올랐다. 무조건 존댓말을 쓰라고 했었다. 그러면 말을 잘 못해도 겸손하고 좋게 보여서 일을 실수해도 덜 혼난다는 것이었다. 괜찮은 놈인 줄 알았더니 이놈도 결국 나 같은 놈을 얕보는 그렇고 그런 한국놈인 건가. 말이 없어진 쏘반을 선우가 쳐다보고 있었다. 선우는 외계에서 오는 신호를 놓치지 않으려는 커다란 안테나처럼 고개를 갸웃했다. 그리고 물끄러미 쏘반을 보다가 덧붙였다.

"이력서 보니까 나보다 두 살 어리던데, 말 놔도 괜찮지?"

아, 나이 때문이라면 나쁠 것도 없었다. 캄보디아에서도 나이가 계급이라도 되는 양 툭 하면 그걸로 찍어 누르려는 사람들이 많았으니까. 쏘반은 네, 하고 공손히 대답했다. 이러다가 호형호제까지 허락하는 거 아닐까, 쏘반은 선우를 보았다. 하지만 선우는 청소 도구 사용법에 대해 설명을 늘어놓았다. 기본적인 설명이 끝난 후 유니폼 상의를 캐주얼 남방으로 갈아입으며 선우가 물었다.

"더 물어볼 거 없지?"

쏘반은 아까부터 생각하고 있던 질문을 문득 떠오른 것처럼 물었다.

"6층은 왜 청소 안 해요?"

"지배인이 직접 처리한다고 알고 있는데……"

말꼬리가 분명치 않았다. 왠지 선우도 잘 모르는 것 같아서 쏘반은 더 묻지 않았다. 쏘반은 자신이 청소할 곳이 한 층 줄어서 마냥 좋은 것처럼 빙그레 웃었다.

"난 5층 귀퉁이 방을 쓰는데……"

코트를 걸치면서 선우는 그래도 이 말은 해야 하지 않을까 하는 얼굴로 쏘반에게 말했다. 모텔에서 일하는 대부분의 사람들이 숙박비를 아낄 겸 모텔의 남은 방에서 잔다는 건 인력소개소의 설명을 통해서 들은 바 있었다.

"집이 멀면 여기 와서 자는 게 어때?"

왠지 떠보는 듯한 말투였다. 매우 구미가 당기는 조건이었지만 쏘반은 그럴 수 없었다. 옥탑방에서 기다리고 있을 친구들 때문이었다. 쏘반이 거절하자 선우는 은근히 안도하는 표정이었다. 하긴 손님들이 몰릴 경우 두 남자가 방을 같이 써야 할 텐데 그건 친절해 보이는 선우에게도 달갑지 않은 일이겠지. 짐작하고도 남았다.

잠시 후 선우는 인수인계는 끝났다는 듯 밖으로 나갔다. 이십사 시간 꼬박 근무 했는데 자러 가지 않는다? 혹시 저치도? 쏘반이 의심이 생기려는 순간 선우가 말했다.

"스트레스가 쌓이면 잠도 뒤척이게 되거든. 게임으로 좀 풀어줘야지."

선우는 묻지도 않은 말을 하며 길 건너 PC방으로 향했다. 선우는 사람의 가려운 곳을 긁어주는 이상한 매력이 있었다. 이게 궁금하다 싶으면 아 그건 말이야 하면서 호기심을 해결해준다고나 할까. 혹시 내 얼굴에 그런 표정이 다 드러나는 걸까. 이곳에서 버티기 위해서는 무엇보다 포커페이스가 절실했다. 감정을 드러내는 건 곧 날 잡아잡수 하고 목을 내미는 꼴이었다. 쏘반은 표정을 지워야 한다고 속으로 되뇌며 모텔 안으로 다시 들어왔다.

모텔은 정상적으로 운영되는 것 같았다. 그 말은 즉 일하느라 정신없이 바쁘다는 뜻이었다. 제일 먼저 처리해야 할 일은 오전 일과인 복도 청소였다. 점심시간에 맞추려면 부지런히 청소해야 했다. 점심시간 짬을 이용해 욕구를 해소하러 오는 손님들이 꽤 있었기 때문이다. 청소 후에는 대실 위주의 낮 손님을 맞을 준비를 했다. 하루 종일 어느 때고 손님이 퇴실할 때마다 그 방에 들어가 침대 시트도 갈아야 했다. 돈이 돈을 벌어준다는 말처럼 일이 일을 계속 물어오는 것 같았다.

이렇게 부지런히 손을 놀리는 중에도 쏘반의 머릿속은 온통 임 박사로 가득 차 있었다. 설마 다른 곳에 숨어 있는 건 아니겠지? 살아 있겠지? 임 박사의 나이가 적지 않음을 감안할 때 꼭 살아 있으리라는 보장도 없었다. 어쩌면 그래서 그의 딸이 모텔을 다시 연 게 아닐까. 시연이라는 사람은 왜 모텔을 다시 열었을까. 모텔 장사로 돈 벌려고? 쏘반은 고개를 저었다. 그렇다면 6층에 얼씬도 못하게 할 리가 없었다. 게다가 시연은 그날

CCTV를 설치하고 있었다. 분명 뭔가 있었다.

그제야 쏘반은 자신의 실수를 깨달았다. 601호 앞에 설치된 CCTV. 아까 대체 무슨 생각으로 그곳에 간 걸까. 조급함이 빚은 실수였다. 선우가 6층에 올라온 게 과연 우연이었을까. 그럴 리가. 그도 알았던 것이다. 지배인이 가지 말라고 했던 6층에 웬 남자가 어슬렁거리고 있음을. 비상구 계단에 앉아 김밥두 줄로 늦은 점심을 때우던 쏘반은 목이 막혔다. 정수기에서 떠온 물을 들이켰다. 쏘반은 비상구 문을 열어 눈을 가늘게 뜨고 6층 복도 끝 천장을 보았다. CCTV는 601호를 향해 있었다. 601호부터 606호까지 총 6개의 방이 있었지만 모두 감시하는 것 같지는 않았다. 분명 시연은 601호 때문에 저 망할 걸 설치한 거였다. 손오공의 머리를 죄어드는 금고아를 쓴 것처럼 피로가 머리를 옥죄었다. 그 원인이 뭔지 스스로 너무도 잘 알고 있기에 더욱더 여기서 물러설 수 없었다. 쏘반은 자신이 선 위치를 확인했다. 저 카메라의 매 같은 눈에 어디까지 보이는 걸까. 반경 몇 미터까지인지 알아내려면 CCTV가 연결된 곳을 찾아야 했다.

쏘반은 급히 계단을 내려가서 1층 비상구 문을 열었다. 시연은 점심을 먹으러 갔는지 로비에는 아무도 없었다. 쏘반은 뚜벅뚜벅 카운터 안쪽으로 걸어갔다. 그런데 CCTV로 지켜보는 화면이 없었다. 소리가 지워진 듯한 고요함만 느껴졌다. 혹시 돌고

래만 들을 수 있는 낮은 소리가 끊임없이 오고가는데 나만 모르는 건 아닐까. 의심이 짙어지자 쏘반은 카운터를 벗어날 수가 없었다.

그때 미간을 찌푸린 쏘반 앞에 그림자가 드리워졌다. 눈을 들어보니 중년 남자가 카운터 앞에 서 있었고, 일행으로 보이는 젊은 여자가 출입구 쪽에 서 있었다. 쏘반은 그제야 정신이 번쩍 들었다. 손님이었다.

"대실은 사만 원입니다."

"복층 구조로 된 방은 없어?"

중년 남자는 트집이라도 잡을 요량인 듯 소리 높여 물었다.

"없는데요."

"그래?"

중년 남자는 꽤 아쉽다는 듯이 계속 큰소리로 말하면서 지갑을 열었다. 목소리의 크기로 보아 아무래도 멀찍이 떨어진 젊은 여자가 듣기를 바라는 것 같았다. 쏘반은 중년 남자가 툭 던진 돈을 받은 후 304호 열쇠를 건넸다. 곧이어 중년 남자와 젊은 여자는 서로 거리를 두며 엘리베이터로 향했다. 쏘반은 응당 그래야 하는 것처럼 카운터를 정리하는 척하며 그들과의 시선을 피했다. 잠시 후 엘리베이터 올라가는 소리가 들리자 쏘반은 다시 허둥지둥 카운터 곳곳을 뒤졌다. 하지만 역시나 감시화면은 보이지 않았다.

포기하고 나가려다가 문득 뒤를 돌아보았다. 지배인 전용 방이라고 들은 곳이 눈에 들어왔다. 혹시나 하고 문고리를 돌려보았다. 너무 가볍게 열렸다. 외출한 게 아니라 안에서 눈이라도 붙이고 있나 싶어 쏘반은 긴장했다. 하지만 안에는 아무도 없었다. 601호가 잠겨 있던 것과는 대조적으로 지배인의 방은 언제나 환영이라는 듯 열려 있었다. 방 안을 둘러본 쏘반은 그 이유를 알 수 있었다. 단출한 옷 몇 가지와 화장품, 작은 거울이 놓인 화장대와 소파 겸용 침대가 전부였다. 감출 것도 없다는 듯 속 시원하게 오픈되어 있었다. 그러나 고단수의 위장일 수도 있었다. 쏘반은 방을 꼼꼼히 살폈다. 그런 쏘반을 비웃듯이 특별한 것은 아무것도 보이지 않았다.

그때 밖에서 차임벨이 울리는 소리가 들렸다. 카운터 뒷방에서 나와보니, 아까 그 중년 남자였다. 젊은 여자는 그새 나간 건지 보이지 않았다. 시계를 보니 입실한 지 겨우 20여 분이 지나 있었다.

"여자친구가 방이 마음에 안 든다네. 30분 안 지났으니까 환불 되지?"

중년 남자는 당연한 권리를 요구하듯 쏘반을 보았다. 쏘반은 뭔가 이상한 느낌에 그럴 수 없다고 대답했다. 환불이 안 된다고 하자 중년 남자는 고압적인 태도로 쏘반을 윽박질렀다.

"너 한국인 아니지? 불법 체류 같은 거 아니야?"

중년 남자의 목소리로 모텔이 찌렁찌렁 울렸다. 꼬투리를 잡아서라도 돈을 꼭 받아내고 말겠다는 의지가 두 눈에 이글거렸다. 강시를 만난 것처럼 쏘반은 숨을 흡 멈추었다. 불같은 한국인들의 감정싸움에 휘말려선 안 된다고 쉼터에서 귀에 못이 박히도록 들어왔기 때문이다. 쏘반은 실수하지 않기 위해 부러 말줄임표 여섯 개의 점으로 방어막을 치고 침묵을 고수했다.

그때 선우가 비상구 계단으로 뛰어내려왔다. 선우는 이런 일을 여러 번 겪은 사람처럼 중년 남자에게 싹싹하게 굴며 바로 환불해주었다.

"방 조명이 너무 밝아. 나중에 사장한테 꼭 말해라, 어?"

"네, 죄송합니다. 다음에 또 오세요."

쏘반은 밖으로 나가는 중년 남자에게 깍듯이 인사하는 선우를 보았다. 언제 돌아온 걸까. 일터에서 먹고 자면 그게 제일 안 좋은 점이라는 듯 선우의 얼굴에는 피곤이 역력했다. 선우는 데이트 사이트에 소문이라도 잘못 퍼지면 손해 보니까 적당히 환불해주고 말라고 충고했다. 이런 일에 빠삭한 것 같았다. 근데 선우는 왜 이런 일을 하는 걸까. 멀쩡하게 생긴 데다 한국 사람이면서.

쏘반이 호기심 어린 눈으로 선우를 보는데 곧이어 시연이 엘리베이터를 타고 로비로 내려왔다. 시연은 카운터 안에 들어가 있는 쏘반을 불편한 눈길로 쳐다보았다. 시연이 웃음기를 쫙 뺀 얼굴로 둘 다 비키라고 눈짓하자 쏘반과 선우가 카운터 밖으로 나왔다. 쏘반은 자신을 감싸주는 변명이라도 하지 않을까 싶어서 선우를 보았다. 하지만 선우는 말없이 시연을 보고만 있었다. 많은 말을 하고 싶은데 아무 말도 하지 않는 것 같기도 하고 굳이 말이 필요 없다고 생각하는 것 같기도 했다. 아무래도 시연에게 반해서 젊은 나이에 이 모텔에 갇혀 이런 일이나 하는 것 같았다.

쏘반은 몸을 돌려 3층으로 향했다. 304호 문을 열었더니 어지럽혀진 침대가 눈에 들어왔다. 그 짧은 시간에 할 거 다 해놓고는 조명 평계를 댄 것이었다. 쏘반은 거칠게 시트를 벗겨내고 새 걸로 갈았다. 그래놓고 불법 체류자니 뭐니 하면서 소리치던 중년 남자의 뻔뻔함이 떠올라 화가 났다. 청소를 끝내고 나오려는데 바닥에 떨어진 콘돔이 보였다. 죽은 해파리처럼 흐물흐물해져 있었다. 쏘반은 거칠게 콘돔을 주워 봉지에 넣고 복도로 나왔다. 그런데 느낌이 이상했다. 손을 보니 끈적끈적한 게 묻어 있었다. 최악이었다.

그 즉시 쏘반은 손을 씻으러 1층 공용화장실로 향했다. 그런데 그곳에 예상치 못한 인물이 있었다. 구만석이었다. 만석은 화장실 구석에서 몰래 돈을 세고 있었다. 처음 알게 된 후로 시간이 많이 흘렀지만 쏘반은 만석을 단번에 알아보았다. 원수는 외나무다리에서 만난다더니 세상도 참 좁았다. 자신이 이렇게 된 데에는 만석도 책임이 없진 않았다. 무능력도 죄니까. 쏘반의 귀에 환청처럼 '썹썹하이'라고 인사하던 만석의 경쾌한 목소리가 떠올랐다. 썹썹하이, 캄보디아어로 안녕이라는 뜻이었다. 만석이 아는 유일한 캄보디아어이기도 했다. 만석은 쏘반과 그의 친구들을 향해 인사하고는 혼자 웃곤 했다. 나중에야 알게 되었다. 캄보디아 인사말이 한국말 섭섭하다와 비슷해서 놀렸다는 것을. 진짜 재미없는 유머 코드였다. 그런데 오늘은 썹썹하이 인사가 없었다. 자신을 못 알아본 것이었다. 만석은 돈 봉투를 점퍼 안에 넣고 청소부 유니폼을 입은 쏘반 옆을 무심히 지나쳐갔다.

한몫 잡은 얼굴로 희희낙락 모텔을 나서는 만석의 뒷모습을 보며 쏘반은 생각에 잠겼다. 두툼한 돈 봉투로 미루어 짐작하건대, 만석은 현재 601호의 고객이었다. 이런 일이나 하는 걸 보니 요즘 마땅히 하는 일도 없어 보였다. 아니면 가장의 책임을 다하려고 이런 일까지 하는 걸까? 흐르는 물에 손을 씻던 쏘반의 손길이 느려졌다. 가장이라……. 아내가 임신했다면서 만석이 치킨집으로 전 직원을 데리고 가 골든벨을 울리던 때가 엊그제 같은데, 그게 벌써 십 년 전 일이다. 쏘반은 옛 기억에 말랑해지려는 마음을 다잡았다. 저런 인간이 가장 노릇을 제대로 할 리가 없었다. 성질도 이랬다 저랬다 변덕스러워가지고 좋았다 흐렸다 화냈다 웃었다 종잡을 수도 없고. 가장? 그건 아

71

무나 하나.

프놈펜에선 남자들 대부분이 씨클로나 뚝뚝을 몰며 손님을 태우기 위한 호객행위도 서슴지 않았다. 그렇게 해야 가장 구실을 할 수 있기 때문이었다. 하루 오 달러를 벌기가 호락호락한 일이 아니었다. 그에 비하면 여기서는 잠만 자고도 하루에 백만 원을 벌 수 있으니……. 거기서는 별세계로 보일 것이다.

돈이 중요한 세상이었다. 단 한시도 돈의 소중함을 잊지 말라는 듯이 자신의 이름 역시 금이라는 뜻이 담겨 있었다. 돈을 많이 벌어 금처럼 호화로운 인생을 살라는 바람 때문이었다. 쏘반도 알고 있었다. 하지만 안다고 해서 이해할 수 있는 건 아니었다. 쏘반이란 이름을 지어준 건 가장의 역할을 맡고 있는 어머니였다. 어머니. 말하지 말아야 할 금기어를 말한 것처럼 쏘반은 입을 꾹 다물었다. 쏘반의 얼굴은 석 달 열흘 밖에 내놓은 떡처럼 딱딱하게 굳어졌다. 더러워진 시트를 모아 지하 세탁실로 향했다.

쏘반은 화풀이하듯이 세탁기 안에 시트와 세제를 왕창 넣었다. 세탁기는 고향 집에는 없는 물건이었다. 물이 그려진 버튼을 누르자 물이 흘러나왔다. 배불뚝이 ET와 손가락이 닿으면 살이 감쪽같이 아물던 영화 속 한 장면처럼, 쏘반에게도 모든 게 신기하고 두렵고 또 감사한 날들이 있었다. 그러나 지금은 아니었다. 쏘반은 세탁기에서 물이 나오는 걸 감시하듯 버티고 서 있었다. 물이 약속된 지점까지 차오르자 곧이어 세탁기가 굉음을 내며 돌아가기 시작했다. 그 소리가 꼭 뚝뚝과 닮아 있었다.

어머니는 여자인데도 프놈펜에서 당당히 뚝뚝을 몰고 다녔다. 뚝뚝은 서민들의 발 역할을 하는 대중교통 수단이었다. 오토바이를 개조한 뚝뚝은 뒤쪽에 마차를 연결해 손님이 탈 수 있도록 만든 건데 마차 모양은 뚝뚝마다 천차만별이었다. 어머니는 먼 친척들에게 돈을 빌려서 뚝뚝을 겨우 구입했다. 그런데 얼마 지나지 않아 프놈펜 시청은 미관을 해치고 교통 정체를 유발한다며 주요 간선도로에서 뚝뚝의 운행을 금했다. 엎친데 덮친 격으로 택시까지 등장하면서 수입은 곤두박질쳤다. 어머니의 목표는 택시를 운전하는 것으로 바뀌었지만 친척들의 빚도 갚지 못한 상태에서 택시는 요원한 꿈이었다.

하지만 꿈은 이루어지라고 있는 것이다. 어머니는 재빨리 가족 구성원을 스캔했다. 아버지는 믿을 만한 사람이 못 되었다. 시엠립 도심에 있는 시하누크 전 국왕 별장 앞 광장에서 관광객을 상대로 기념 촬영을 했는데, 디지털카메라와 휴대폰 카메라가 등장하면서 일거리가 뚝 떨어졌는데도 아버지는 다른 일자리를 찾지 않았다. 사진관을 차리는 게 꿈이었기 때문이다. 돈이 없으면 이루지 못할 꿈이었다.

어머니는 자식들로 눈을 돌렸다. 장남인 형은 골칫덩어리였고 둘째가 쏘반이었고 그 밑으로 어린 남동생이 있었다.

동생은 억척스러운 어머니의 성화에 푸른빛을 띠는 바나나를 가지째 꺾어 자전거에 싣고 다니며 팔았다. 수완 좋은 판매업자들은 보통 오십 여 개, 불교 행사가 열릴 때는 이백 여 개나 팔았지만 수줍은 동생은 하루에 열 개 팔까 말까였다. 요령 없기는 영락없이 아버지를 빼닮아 뭐든지 더뎠다.

결국 어머니의 레이더망에 걸린 건 쏘반이었다. 외국인 관광객들에게 바나나를 팔려고 영어 몇 마디를 배운 게 화근이었다. 가족 중에서 외국말을 가장 빨리 배운다는 이유로 어머니는 쏘반을 택했다. 그날 이후로 어머니는 새벽 늦게까지 역 주변을 배회하며 뚝뚝을 몰았고 아버지는 결혼식장 등을 돌며 닥치는 대로 사진을 찍었다. 동생도 출근하듯이 매일 바나나를 떼왔다. 마지막으로 마약에 찌든 형은 국으로 가만히 있어주는 게 돈을 보태주는 것과 같았다. 그렇게 온가족이 돈을 모아 브로커 비용을 만들어 한국행 비행기에 쏘반을 태워 보낸 것이었다.

하지만 몇 년 전 마지막으로 일하던 공장에서 잘못 쏜 못총 때문에 발가락을 잃었을 때 쏘반은 모든 책임을 가족의 탓으로 돌렸다. 딱히 꿈이 없다는 이유로 자신이 가족의 꿈까지 짊어져야 할 이유는 어디에도 없었다. 쏘반은 이제껏 참아왔던 제 자신이 미련해서 견딜 수가 없었다. 한국의 열악한 공장 사지로 자신을 밀어낸 가족 역시 미워죽을 것 같았다. 그래서 파상풍 때문에 발가락을 자른 날 다시는 캄보디아로 돌아가지 않겠노라고 결심했던 것이다. 그 후 일절 연락을 끊어서 지금은 그들이 살았는지 죽었는지도 모를 일이었다. 하지만 쏘반은 확신했다. 그들은 끈질기게 살아 있을 것이다. 안 봐도 훤하다는 듯 쏘반의 눈은 세탁기에 고정되어 있었다. 세탁기가 휘휘 돌아갔다. 더러운 빨래들이 얽히고 있었다.

그 모습을 보고 있자니 점점 숨이 막혀왔다. 쏘반은 살려고 발버둥 치는 것처럼 급하게 계단을 뛰어올라갔다. 1층에 올라오자마자 허리를 굽히고 숨을 몰아쉬는데 뒤쪽에서 시연이 쏘반을 불렀다. 손님 차를 주차하라는 것이었다. 쏘반은 차 열쇠를 받아 라인에 맞게 주차했다. 그런데 순간 열쇠를 빼려던 손이 멈춰졌다. 만약 지금 이 차를 몰고 이곳을 빠져나간다면? 참을 수 없는 욕망이 끓어올랐다. 캄보디아에 있는 가족만 생각하면 금방이라도 그들의 얼굴이 말벌처럼 쫓아올 것 같았다. 더 멀리 도망가고 더 깊숙이 숨고 싶었다. 하지만 더 도망칠 곳도 더 숨을 곳도 없었다. 여기가 인생의 마지노선이었다. 이제 쏘반에게 있어 남은 가족은 킬링타임모텔로부터 버림받은 친구들뿐이었다. 친구들에게서 단물만 빨아먹고 껍데기를 버린 놈이 바로 시연의 아버지 임필중 박사였다. 임 박사는 불법 체류자들에게서 시간을 빼내 임상 실험을 했던 것이다. 쏘반은 친구들의 얼굴이란 무거운 돌로 도주의 욕망을 누르고 차에서 내렸다.

주차장을 나오자마자 시연이 또 불렀다. 쏘반은 딴 생각할 틈도 없이 장기판의 말처럼 종횡무진 움직였다. 밀려드는 손님들 차 주차하고 대실 손님방이 비면 청소하고 세탁이 끝난 빨래도 널어야 했다. 몸이 열 개라도 모자랄 지경이었다.

숙박 손님들이 방을 채우면서 한숨 돌릴 때쯤 시계를 보니 어느새 자정이 지나 있었다. 시연이 퇴근한 후 혼자 카운터를 지키던 쏘반은 뒷방 문과 엘리베이터를 번갈아 보았다. 쏘반은 화장실 가는 척 자연스럽게 카운터를 나와 6층으로 향했다.

6층 복도 벽에는 별이 박힌 것처럼 중간 중간에 꼬마전구가 심어져 깜빡깜빡 점멸하고 있었다. 쏘반은 대걸레를 밀면서 601호 쪽으로 서서히 다가갔다. 혹시 여긴 왜 왔냐고 물으면 청소하러 왔다고 대답할 셈이었다. 6층은 청소하지 말란 말 못 들었냐고 하면 아 이제 생각났다고 얼굴색 하나 안 바꾸고 태연하게 대꾸해줘야지, 결심했다. 혹시 모른다는 생각에 쏘반은 606호부터 605호, 604호, 603호 문고리를 돌려보았다. 역시나 모두 잠겨 있었다. 청소는 그렇다 쳐도 문고리를 잡는 건 너무 큰 모험이었지만 손이 멈추질 않았다. 그날 분명 이 부근에서 소리가 들렸었는데…… 쏘반은 대걸레질을 멈추었다. 혹시 그게 만석이었을까. 그럴 수도 있었다. 문득 쏘반은 자신이 아는 게 너무 없다는 사실을 깨달았다. 이래가지고서야 모텔에 온 목적을 이룰 수 있을지, 스스로가 한심해졌다. 다시 대걸레를 밀면서 602호 문고리를 돌렸다. 그런데 문이 열렸다. 열려라 참깨도 없이.

쏘반은 한동안 멍한 눈으로 스르르 열린 문 앞에 서 있었다. 너무 긴장한 탓에 쏘반의 불알 밑에 땀이 촉촉해졌다. CCTV 카메라의 위치로 보건대 602호부터 사정권인 것 같았다. 그렇다면? 쏘반은 손바닥으로 문을 밀었다. 방 안이 한눈에 들어왔다. 여느 모텔 방과 다르지 않았다. 침대가 있고 붙박이장이 있고 그 옆으로 화장대가 놓여 있고 미니냉장고 옆에 화장실 문이 보였다. 쏘반은 거침없이 방 안으로 들어가 여기저기 살펴보았다. 미니냉장고도 열어보고 화장대 서랍도 열어보고 침대 밑도 살펴보았지만 아무것도 보이지 않았다. 여긴 아닌가. 쏘반은 고개를 돌려 601호와 맞닿아 있는 벽을 바라보았다.

아까와는 달리 601호의 문도 열려 있을지 모른다는 생각에 쏘반은 복도로 황급히 나왔다. 그런데 602호 문 앞에 시연이 스마트폰을 든 채 서 있었다. 언제 온 건지 알 수 없었다. 하지만 가슴이 크게 오르내리는 걸 보니 방금 뛰어올라온 것 같았다. 화강암처럼 경직된 시연의 눈빛으로 인해 실내 온도가 15도는 내려간 것 같았다. 쏘반은 무거운 침묵을 깨고 어버버 입을 열었다.

"처, 청소하러……."

대걸레를 보여주려고 했는데 손에 아무것도 없었다. 대걸레는 시연의 뒤로 복도에 널브러져 있었다. 쏘반은 이럴 줄 알았으면 비상용으로 손걸레라도 가지고 올 걸 하는 후회가 들었다. 시연은 당황해서 더듬는 쏘반의 말을 끊으며 차갑게 말했다.

"그렇게 궁금했어요? 6층 방이?"

시연은 한 발 앞으로 내딛어서 현미경으로 들여다보는 것처럼 쏘반을 압박했다.

"네? 아니, 그게 아니라……."

"그럼 같이 보도록 하죠. 방금 602호는 본 것 같은데, 별거 없었죠? 자, 그다음은 어디가 궁금하죠? 603호? 여기는 봤어요?"

시연은 주머니에서 열쇠 꾸러미를 꺼내 그중의 하나로 603호를 열었다. 603호도 602호와 크게 다르지 않아 보였다. 시연은 흥분한 기색을 대놓고 드러내며 발작적으로 604호, 605호, 606호 문까지 연이어 열었다. 쏘반은 야단맞은 아이처럼 아무 말 없이 시연을 따라가며 힐긋 방 안을 쳐다보았다. 심장이 한 박자씩 건너뛰었다. 하지만 다른 방 역시 크게 다를 바 없었다. 침대, 붙박이장, 미니냉장고, 화장대 등이 심심하게 놓여 있었다.

"좀 더 자세하게 봐야죠? 그렇게 힐긋 봐서 성에 차겠어요?"

시연은 606호부터 직접 들어가서 화장실 문도 열고 변기 뚜껑도 열어 안을 보여주고 화장대 서랍도 열고 미니냉장고 문도 열고 침대 시트도 걷어내고 붙박이장 문도 활짝 열어 놓았다. 그렇게 603호까지 끝낸 후 시연은 쏘반을 돌아보았다. 이제 만족하냐는 듯 묻고 있었다. 쏘반은 시연을 정면으로 보다가 앞서 걸었다. 그리고 601호 앞에 서서 입을 열었다.

"여기도 청소 안 해도 되나요?"

시연은 대답 없이 열쇠 꾸러미에서 1이라고 견출지가 붙은 열쇠를 문고리에 집어넣었다. 열쇠가 오른쪽으로 돌아가면서 곧이어 601호 문이 열렸다. 쏘반은 홀린 듯한 표정으로 601호 안으로 들어갔다. 그때처럼 창문이 없었다. 쏘반의 손이 떨렸다. 빨리 모든 걸 뒤집어서 찾고 싶었다. 하지만 그다음은? 그렇게 하고 난 다음엔 어떡하지? 시연에게 뭐라고 하지? 머리가 여러 가지 경우의 수로 복잡한 사이 시연이 쏘반을 따라 들어왔다. 쏘반의 눈에서 욕망을 읽은 것처럼 시연이 곧이어 미니냉장고 문도 열어주고 화장대 서랍도 열어주고 침대 커버도 벗겨주며 꼼꼼히 확인시켜주었다. 역시나 쏘반이 찾고 있는 건 없었다.

"여긴 깨끗해요. 그러니까 청소 따윈 필요 없죠."

시연의 말에 쏘반은 터덜터덜 방 밖으로 나올 수밖에 없었다. 쏘반의 눈에도 아무것도 보이지 않았던 것이다. 전혀 생각지도 못한 일이었다. 대체 이곳이 아니라면 어디에 있을지 짐작도 가지 않았다. 정말 존재하기는 할까. 과연 찾을 수 있을까.

곧이어 쏘반은 시연과 함께 엘리베이터를 타고 1층 로비로 내려왔다. 시연은 아무 말 없이 카운터 뒷방으로 다시 들어간 후 등 뒤로 문을 닫았다. 쏘반은 벌서듯 카운터를 지키고 앉았다. 월요일이어서 그런지 밤 손님은 없었다.

오전 아홉 시, 어느덧 이십사 시간이 흘렀다. 모래시계의 좁은 입구 사이로 마지막 모래가 떨어지는 기분이었다. 곧이어 선우가 비상구 계단으로 1층을 향해 내려왔다. 로비에서 쏘반은 간단하게 인수인계를 했다. 피로가 등허리에 딱 달라붙어 있었다. 쏘반은 어깨를 웅크린 채 모텔 밖으로 나왔다. 겨울바람이 사정없이 몰아쳤다. 찬바람 따귀를 맞는 기분이었다.

킬링타임모텔 601호 앞, 만석이 서 있었다.

만석에게 이 모텔은 노다지였다. 좋아하는 잠을 실컷 자면서 돈까지 벌 수 있는 이곳은 만석에게 무릉도원이요 유토피아요 신세계였다. 만석이 흐뭇한 얼굴로 문을 열고 안으로 들어가려는데, 시연이 열쇠를 든 손으로 문고리를 잡으며 만석을 막았다.

"잊은 거 없어요?"

시연의 말에 만석은 미간에 주름이 지면서 마뜩찮은 표정이 새겨졌다. 한 번도 그냥 넘어가는 법이 없었다. 이렇게 꼬박꼬박 돈을 내야 할 때만큼은 이 방이 뒷머리가 삐죽 솟을 만큼 짜증나게 싫었다. 하지만 통과의례라면 차라리 빨리 줘버리는 게 나았다. 반창고도 잽싸게 떼어버리면 아픔이 좀 덜하니까. 만석은 새끼손가락으로 귓구멍을 파서 나온 왕건이 귀지를 입바람으로 날린 후 시연에게 돈 봉투를 내밀었다.

"삼십만 원 맞죠? 오늘은 안 세어봐도 되겠죠?"

"나 자는 동안 하나하나 세어보든가."

퉁명스러운 대답과 함께 만석은 양반걸음으로 먼저 방에 들어갔다. 복도에 선 시연이 은행원처럼 착착 소리를 내며 능숙하게 돈을 셌다. 그런데 시연의 손길이 점점 느려졌다. 뒤쪽에 누군가 있었던 것이다. 시연은 적의 동태를 파악하려는 것처럼 눈을 가늘게 뜨고 귀를 쫑긋 세웠다. 돈을 다시 봉투에 넣는 척하면서 시연은 복도 끝 창문을 힐끗 보았다. 창문 위로 멀리 사람의 반쪽 형상이 비쳤다. 역시나였다. 사람들이란 행동하는 게 어쩜 이렇게 빤한지. 시연은 야릇한 웃음을 흘리며 낭랑한 목소리로 말했다.

"편한 옷으로 갈아입으세요, 구만석 씨."

방으로 들어온 시연은 등 뒤로 가만히 문을 닫았다. 그 자세로 잠시 기다렸지만, 아무 일도 일어나지 않았다. 바로 쫓아 들어올 자신감은 없는 건가. 아니면 카메라라도 가지러 가려고? 시연은 긴장을 늦추지 않은 표정으로 돈 봉투를 손바닥에 톡톡 두드렸다. 시연의 눈이 만석에게로 향했다. 만석은 자석 같은 인물이었다. 사람을 딸려오게 만드는 재주가 있었다. 종이에 스며드는 먹물처럼 시연의 입가에 어두운 미소가 번졌다.

한편 그 사이 만석은 침대에 누워 이불까지 덮고 있었다. 만석은 베개를 움직여 가장 편안한 위치를 잡으며 천장을 올려다보았다. 둥근 침대와 세트인 것처럼 원 모양의 붉은 등이 만석이 누운 침대를 내려다보고 있었다. 천장 중앙에 자리 잡은 등은 태양을 이 방 안으로 끌어온 것처럼 뜨겁게 붉었다. 게슴츠레 눈을 뜨고 보다 보면 조명을 감싸고 있는 붉은 천이 얼핏, 속이 비치는 얇은 여자 속옷처럼 보였다. 홀린 듯 붉은 등을 보다가 시연 쪽으로 고개를 돌렸다. 시연의 실루엣이 눈을 잡아끌었다. 길게 뻗은 다리, 군살 없는 몸매, 그리고 윤기가 흐르는 머리카락. 중심에서부터 서서히 몸이 뜨거워졌다. 상상 정도야 괜찮지 않을까. 기분 좋은 긴장이 몸을 감싸려는 찰나, 철커덕 쇳소리가 들렸다. 고개를 빼서 보니, 시연이 자신에게서 받은 돈 봉투를 화장대에 놓인 투박하게 생긴 금고에 넣고 있었다. 쇠로 된 이가 맞물리는 소리와 함께 아까운 돈이 눈앞에서 사라져버렸다.

"아, 내 돈"

속으로 생각한 말이 자신도 모르게 입 밖으로 방출되었다. 풍 걸린 환자가 밥을 씹다가 저도 모르게 바깥으로 흘린 것처럼 조금 민망한 상황이었다.

"아까워하지 마세요. 고객님의 안전을 위한 비용이니까요."

시연은 감정이 없는 사람처럼 부드럽고도 냉정하게 말했다. 만석이 볼 때 시연은 이제껏 단 한 번도 양파를 잘라보지 않은 여자 같았다. 아니, 그 옛날 미국 드라마에서 브이가 생쥐를 단숨에 삼켰던 것처럼 생양파를 통째로 입에 넣고도 붉은 입술로 손가락의 매운 기를 쪽쪽 빨아먹을 것 같았다. 이 모텔 지붕이 괜히 양파처럼 생긴 게 아니라며 만석은 고개를 주억거렸다. 만석은 시연에게 준 돈이 못내 아까웠다. 백만 원에 혹해서 너무 쉽게 모텔 사용료로 삼십만 원을 포기한 건 아닌가 하는 생각에 반쯤 몸을 일으켰다.

"잠만 자는 건데 대체 안전이랑 뭔 상관이오?"

만석의 물음에 시연은 몸을 돌려 화장대에 걸치듯이 엉덩이를 기댔다. 시간이야 많으니 하루 종일이라도 상대해줄 수 있다는 태도였다.

"시간을 빼는 동안 식물인간처럼 꼼짝할 수 없는 상태가 되어버리는데 그 사이 무슨 일이라도 생기면 어쩌시려고요. 집에 불이 날 수도 있고 강도가 들어와서 해를 입힐 수도 있고 그리고 무엇보다도 비밀 유지가 중요하잖아요. 제 홈그라운드에서 해야 저도 안심이거든요. 계약서 조항 잊지 않으셨죠?"

시연은 나불나불 잘도 말했다. 지겨운 잔소리에 만석은 손가락으로 귀를 뻑뻑 씻었다. 여자들은 왜 하나같이 했던 말 또 하고 했던 말 또 하는지, 원. 만석은 불만으로 입을 이죽거렸다. 남자를 바보로 아나 아니면 나만 무시하나.

"참, 난 왜 쿠폰같이 생긴 거 안 주쇼? 거 저번에 십장한테 줬던 거."

만석의 재촉에도 시연은 여유로운 표정으로 말없이 주사기 두 개를 꺼냈다. 왼쪽 건 시간 주사기고 오른쪽에 있는 건 수면

제 주사기였다. 만석도 그 정도는 알고 있었다. 시연은 오른쪽 주사기를 꺼내들며 홀리듯이 말했다.

"비밀 유지에 부적절하다고 결론지었어요. 그분처럼 되지 않도록 조심하세요."

"그분? 혹시 십장이 무슨 일······."

그 순간 시연이 만석의 팔에 수면제 주사를 놓자 곧 만석은 곯아떨어졌다.

이십사 시간이 지난 후, 만석은 코끝을 간질이는 돈 냄새에 스르르 잠에서 깨어났다. 베개 옆에 두툼한 돈 봉투가 놓여 있었다. 시연은 약속을 잘 지키는 여자였다. 만석이 반쯤 몸을 일으키는데 화장실 쪽에서 물 흐르는 소리가 들렸다. 시연이 손을 씻는 것 같았다. 결벽증에 걸린 사람처럼 왜 저렇게 손을 씻어대는지 만석은 알 수 없었다. 혹시 내 몸에서 나오는 시간이 끈적거리는 건 아닌지 의심스럽기도 했다. 피를 가져갔다는 표시를 남겨두는 발칙한 모기처럼 시간 주사기의 흔적이 빨간 점으로 팔에 남아 있는 걸 보면, 자신이 잠든 사이 주사기로 시간을 빼낸다는 건 만석도 미루어 짐작하고 있었다. 하지만 제 눈으로 직접 시간을 본 적은 없었다. 석유처럼 진득할까. 만석은 자신의 시간이 어떻게 생겼는지 자못 궁금했다.

만석은 발뒤꿈치를 들고 살금살금 서랍장으로 향했다. 고리를 잡아당겨서 서랍장 문을 열려고 해보았지만 끄떡도 없었다. 끙끙대다가 몸을 떼고 서랍장 문을 자세히 보니 열쇠 구멍이 있었다. 하긴 주사기를 넣어 놓는 곳인데 허술할 리가 없지. 만석은 숨을 쌕쌕 내쉬며 다시 침대로 돌아와 앉았다.

아까 십장 일도 그렇고 앞으로 질문을 좀 줄여야겠다고 결심했다. 툭 하면 보안을 내세우며 알 권리를 차단하는 시연에게 자꾸 이것저것 물었다가는, 아저씨는 귀찮아서 안 되겠다며 시간 거래를 그만하자고 할까 봐 덜컥 겁이 났던 것이다. 십장과 만나서 우리도 이제 같은 방을 나눠 쓰는 사이니 지난날은 잊고 친하게 지내자며 살갑게 굴 것도 아닌데 굳이 그에 대해 알아야 할 필요는 없었다.

만석은 침대에 앉아 이런저런 생각으로 시간을 죽이며 정면을 응시했다. 텔레비전이 걸린 벽 뒤로는 화장실이었다. 만석은 601호 화장실에 들어가본 적이 없었다. 그곳은 만석이 들어가서는 안 되는 금지구역 같은 오라를 내뿜었다. 이제나 저제나 기다려도 시연이 나오지 않자, 만석은 신발을 신으려고 머리를 숙였다. 피가 쏠리는 것처럼 약간 어지러웠다. 아까 서랍장을 향해 맨발로 뛸 때는 느끼지 못한 현기증이었다. 나른해지는 게, 뜨거운 목욕탕에서 나온 것처럼 힘이 하나도 없었다. 게으르게 축 늘어지고 싶은 기분이랄까. 피 뽑는 것도 이럴까. 어쩌면. 하지만 만석은 그 기분을 알 수 없었다. 대한민국 남자라면

군대에서 한 번쯤 초코파이와 바꿔가며 헌혈에 동참한 경험이 있기 마련이지만, 만석은 피검사에서 철분이 너무 부족하다는 이유로 열외돼서 그 느낌이 어떤지 알 수 없었다. 그렇기에 만석에게 시간을 파는 행위는 남자다움을 확인하는 또 다른 방편이기도 했다. 시간을 파는 게 어디 흔한 일인가. 피를 팔아서 건강을 확인했던 이십 세기 사내대장부처럼 만석은 시간을 파는 행동에 묘한 자부심을 갖고 있었다. 거기에 돈까지 버니 이건 도랑 치고 가재 잡고 꿩 먹고 알 먹고 누이 좋고 매부 좋고, 나도 좋고 가족도 좋은 일이었다.

만석은 기합 소리와 함께 몸을 일으키면서 화장실 쪽을 건너다보았다. 시연은 시간을 얻은 후에는 배웅해주는 법이 없었다. 갈증이 나는 것처럼 잔기침을 터뜨려봤지만 시연은 나오지 않았다. 첫날 물 서비스는 예외였다는 듯이 그 이후로는 늘 이렇게 냉대였다. 토사구팽이란 어려운 한자는 이럴 때 쓰라고 만든 말인지도 몰랐다. 만석은 기분을 바꾸려는 듯 팽, 코를 풀었다. 어차피 며칠 뒤면 시연은 자신에게 먼저 연락해서 모텔로 시간을 빼러 오라면서 사근거릴 테였다. 내 쪽이 분명 갑이라면서 만석은 돈 봉투를 챙긴 뒤 의기양양하게 모텔 밖으로 나왔다.

하루를 건너뛰었는데도 세상은 여전히 잘 돌아가고 있었다. 출출한 만석은 요즘 최고가를 매일 경신하는 삼겹살집으로 당당히 들어갔다. 혼자 불판 앞에 앉아 마파람에 게 눈 감추듯 삼겹살 오 인분을 해치운 뒤 튀어나온 배를 토닥거렸다. 그곳에서 돈의 힘이라도 느껴지는 것처럼.

포식 후 만석은 돈 자랑을 하기 위해 백화점으로 향했다. 집는 물건마다 가격표 숫자가 전화번호처럼 길었다. 그래, 뒤에 0이 이 정도는 붙어야지. 태생이 부자인 것처럼 명품관으로 성큼성큼 걸어갔다. 제집 안방처럼 태연한 얼굴로 들어갔지만 명품관 직원의 태도는 데데하기 짝이 없었다. 직원은 턱을 아래로 당긴 채 만석을 위아래로 훑었다. 고객님과 구경꾼을 구분하는 그들만의 감별법에 딱 걸린 것 같았다. 직원은 눈요기나 하고 가세요 하듯 설렁설렁 만석의 뒤를 따르며 맞춰주었다. 만석은 나 돈 있다는 걸 과시하며 여기 사장 나오라 그래 같은 신파를 펼칠 생각은 없었다. 왠지 남자 혼자 쇼핑을 하면 기러기 아니면 제비 같은 조류로 보진 않을까 하는 기우가 들었기 때문이다. 흥, 이래뵈도 돈 쓸 곳은 천지라고. 만석은 미련 없다는 듯 백화점을 나와버렸다.

만석은 핸드폰을 꺼내 터치 한 번으로 전화번호부를 차르르 넘기며 검색했다. 친구 폴더에 번호들이 몇 개 있었지만 느닷없이 연락해서 만나자고 하기에는 좀 거시기한 사이였다. 옛날 옛적에 공장에서 동고동락하던 이들 앞에 갑자기 나타나 으스대다 보면 자연스레 그들이 돈의 출처를 물어볼 테고 그러다 보면……. 흠. 만석은 시연이 매번 강조하는 비밀 유지 조항이 새삼 떠올랐다. 불면증이 무서운 건 아니었지만 굳이 경고 조항에 맞설 생각도 없었다. 무엇보다 만석은 그들을 진정한 친구라고 생각지 않았기 때문이다. 자신이 감옥에 들어갔을 때 개중 사식 넣어준 놈 하나 없었다. 사는 게 바쁘다는 건 얼마나 좋은 핑계거리인지. 고로 자신의 인생에서 친구 따윈 없었다. 이래저래 만석은 바깥에서는 마땅히 돈 쓸 곳이 없었다. 뭐니 뭐니 해도 집이 편했다. 만석은 어청어청 걸어 집으로 향했다.

예전부터 만석이 집돌이였던 것은 아니었다. 몇 년 전 집의 소중함을 뼈저리게 느끼게 한 계기가 있었다. 공장 부도 책임으로 감옥에 들어갔었던 것이다. 그때 만석은 느꼈다. 사람들이 왜 그렇게 집에 집착하는지. 한 몸 누이는 장소가 얼마나 중요한지. 그리고 제집과 감옥의 차이는 또 얼마나 큰지 깨달았다. 이제야 내 인생도 좀 펴지려는데 감옥 같은 꿀꿀한 생각이라니……. 만석은 감옥이란 두 글자를 사전에서 영원히 지우려는 것처럼 머리를 세차게 흔들었다.

역시 마음껏 으스댈 수 있는 건 가족밖에 없었다. 돈다발을 안겨줄 때마다 자신을 현금인출기처럼 우러러보는 정애 앞에선 특히나 돈 자랑할 맛이 났다. 요즘 기분 같아선 무림 고수처럼 날아가는 새의 잔등을 사뿐히 밟고 하늘로 치솟을 수도 있을 것 같았다.

초저녁쯤 만석은 집으로 돌아왔다. 온가족이 현관문 앞에 줄서서 기쁨의 훌라댄스라도 추며 귀가를 반겨줄 거라고 생각했는데, 집안 분위기는 영 아니올시다였다. 만석은 안테나를 세운 뒤 집안을 쫙 훑었다. 대길은 부엌에서 설거지하고 있었지만 이 저기압의 근원은 대길이 아니었다. 대길은 어차피 집안 분위기를 변화시킬 힘도 없는 인물이었다. 만석의 눈길이 정애에게로 향했다. 정애는 식탁에서 와인을 마시면서 안주로 꺼낸 한우를 잘근잘근 씹어 먹고 있었다. 살살이는 다시 악덕 마누라 버전으로 바뀌어 있었다. 여자는 갈대라지만 이런 변덕에는 도저히 당해낼 재간이 없었다. 오늘은 한 푼도 주지 말아야지. 그거야말로 악덕 마누라에게 할 수 있는 최대의 복수라는 듯 만석은 주머니에 손을 넣어 돈 봉투를 꽉 쥐었다.

한편 정애는 만석이 집에 들어오는 소리를 들었으면서도 저 놈이 어쩌나 보려고 모른 척하고 있었다. 이제껏 저 뻔뻔한 종자가 어떤 얼굴로 집에 오나 똑똑히 봐주려고 똬리를 틀고 기다렸던 것이다. 그런데 만석은 아무 일도 없었다는 듯 태평한 얼굴로 안방으로 들어가버렸다. 기가 막힐 노릇이었다. 정애는 술잔을 꽉 쥔 후 입속으로 털어 넣었다. 술이 준 힘을 그대로 목청에 실어서 작은방을 향해 영일이 좀 나와보라고 소리쳤다. 곧이어 영일이 식탁으로 나와서 앉았다. 그사이 눈치가 일 밀리미터쯤 늘어난 영일은 정애가 구워 놓은 고기를 먹어도 될까 안 될까 속으로 생각하며 얌전히 앉아 있었다. 제 자식이 무슨 생각을 하는지도 모르고 정애는 최후통첩처럼 비장한 어조로 영일에게 물었다.

"엄마랑 아빠 중에 누구랑 살 거야?"

정애는 이 가정을 여러 번 파투 내고 싶었지만 영일에게 애비 없는 설움을 줄 수 없다는 생각에 그간 꾹꾹 참아왔다. 하지만 더는 참을 수 없었다. 여자 문제는 참아서는 안 되는 거다. 모텔 방으로 들어가는 현장까지 뻔히 봐놓고도 발을 돌려 집으로 온 건 하늘이 무너진 듯 혼란스러워서였다. 요즘 들어 갑자기 만석이 집에 돈을 많이 가져오는 게 미심쩍어서 몰래 뒤를 밟았을 때만 해도 이런 일은 상상도 못했었다. 외박하는 날이 많은 걸 보아 어디서 밤이슬 맞으며 남의 집 담이라도 넘는 건 아닌지 걱정했던 자신이 바보 같았다. 더는 바보 천치처럼 당해주지 않으리라. 이제 이판사판이었다.

얼른 대답하라는 재촉에 영일은 눈을 크게 감았다 떴다. 아무래도 같이 고기 먹자고 부른 건 아닌 것 같았다. 영일은 혹시 하는 생각에 호주머니에 손을 넣어 돈을 만지작거렸다. 이것 때문에? 영일은 안방 쪽을 흘깃하다가 다시 정애를 보았다.

"엄마랑 아빠 중에 누굴 더 좋아하는지 묻는 거야?"

"그래, 누구랑 살 거야? 엄마야, 아빠야?"

대길은 식탁 언저리를 행주로 훔치며 정애에게 나직이 말했다.

"에미 넌 애한테 왜 그런 걸 묻고 그러냐"

하지만 정애는 대길의 말이 들리지 않는 듯 다시 영일을 다
그쳤다. 호주머니 속 돈을 지키기로 결심한 영일은 구원투수처
럼 대길을 보았다.

"난 할아버지랑 살래."

영일은 대길의 옆구리를 껴안으며 밝게 대답했다. 대길은 그
런 영일의 머리를 쓰다듬어 주었지만 얼굴에는 착잡한 표정이
감돌았다.

"엄마가 지금 장난치는 것 같아!"

뚜껑이 열린 정애는 젓가락을 내팽개치며 빽 소릴 질렀다. 그
소리에 안방에서 부엌으로 나온 만석이 영일을 막아서며 정애
에게 한소리 했다.

"당신은 대체 뭐가 그렇게 불만이야? 내가 요즘 돈도 벌어오
잖아!"

"흥, 돈? 돈!"

크레센도 지시에 따르는 것처럼 점점 커지는 정애의 목소리
에 영일은 개미지옥을 깔고 앉은 것마냥 안절부절못했다. 지금
이라도 자수해서 광명 찾지 않으면 다리몽둥이를 부러뜨리겠
다는 으름장 같았다. 이윽고 영일은 호주머니에서 만 원을 꺼내
내밀며 아빠가 그저께 준 거라고 죄를 고하듯이 밝혔다. 만석이

시간을 팔아서 번 돈을 영일에게 준 것이었다. 만석은 그건 용돈 준 거라며 넣어두라고 했지만 영일은 고개를 가로저었다. 모든 게 자신 때문이었다. 학원 얘기를 꺼냈을 때도 돈 때문에 엄마 아빠가 목소릴 높이더니 이번엔 용돈 준 것 때문에 또 싸우고 있었다.

한편 정애는 자신의 상처에만 마음이 쏠려 영일의 자책감을 보지 못했다. 정애는 애한테는 꼴랑 만 원 준 거냐며 다시 만석을 향해 발톱을 세웠다.

"자식한테 주는 돈은 아까웠나 보지? 흥! 그래, 돈만 벌어오라지. 새파랗게 젊은 년이랑 뒹굴든 말든 지금처럼 돈만 벌어오면 되지!"

만석은 눈을 홉뜨고 무슨 소리냐고 물었다. 대답 대신 정애에게서 뾰족한 목소리가 날아왔다.

"팔팔한 년이랑 모텔에서 놀아나니까 나 같은 게 눈에 들어왔겠어?"

모텔? 펄럭. 영일의 귀가 펴졌다. 대길은 양손으로 급하게 영일의 머리를 감싸 귀를 막으며 말했다.

"애 앞에 두고……. 그런 얘긴 가려서 해야지. 그리고 만석이 너는 밖에서 뭘 어쨌기에 에미가 이리 난리를 치냐, 응?"

만석은 당황스러웠다. 상상해본 적은 있었지만 상상이야 누구나 하는 거 아닌가. 그리고 601호에 처음 간 날 오해가 좀 있긴 했지만 그거야 뭐. 그거는 진짜 아무것도 아니었다. 반면 정애는 뱀장어를 삼킨 것 같은 만석의 표정에서 귀신같이 죄책감을 읽어냈다. 정애는 당신 아들 좀 보소 하는 얼굴로 대길을 향해 울분을 토했다.

"모텔에서 그년한테 삼십만 원이나 줍디다. 아이고 내 팔자야."

만석은 뜨거운 철판에서 이리 치이고 저리 치이는 것처럼 정신이 없었다.

"그년이라니. 그 여자는……. 아니 근데 당신은 남편을 그렇게 못 믿어!"

해명하려던 만석은 이런 오해를 받아야 하는 상황에 화가 나서 버럭 소리를 질렀다. 콧김이 하마처럼 푹푹 뿜어져 나왔고 삐져나온 코털은 발버둥치는 개미 다리처럼 버둥버둥 움직거렸다. 정애도 질 수 없었다. 동네 사람들 다 들으라고 더 크게 목청을 돋우었다.

"남편 구실도 안 하는 게 어디서 남편이라고 유세야!"

엄마 아빠의 맞고함에 영일이 어깨를 들썩이며 눈을 꼭 감고 울었다.

"내가 커서 돈 많이 벌게. 엄마 아빠 싸우지 마."

늦은 밤, 작은방에서 나온 대길이 조심스럽게 문을 닫았다.

거실로 걸어오며 정애와 만석을 향해 나직이 타일렀다.

"겨우 잠들었다. 모쪼록 애 앞에서는 서로들 자제해야지."

와인을 병째 든 채 소파에 한쪽 무릎을 세우고 앉은 정애는 술에 취한 눈빛으로 흥 콧김을 쏘았고, 거실에 어정쩡하게 선 만석은 책임을 떠넘기는 얼굴로 딴 곳을 보며 뒷머리를 흩뜨렸다. 그 모습에 대길은 한숨을 삼키며 부엌으로 가서 컵에 물을 따랐다. 조끼 안주머니에서 작은 약병을 꺼낸 뒤 익숙한 동작으로 알약 하나를 물과 함께 넘겼다. 약병에 담긴 약은 여유분이 많았지만 대길의 마음은 그렇지 못했다. 컵을 개수대에 넣은 후 다시 거실로 나왔다. 대길은 상황을 정리해보자며 말을 이었다.

"그러니까 만석이 네가 자는 시간을 그 지배인이 빼가는 대신 백만 원을 주는데, 그 601호 사용료가 삼십만 원이라는 거냐."

"웃기고 있네."

정애는 참을 수 없다는 듯 대길의 말을 무지르며 끼어들었다. 분노의 시선이 만석의 이마를 딱따구리처럼 쪼아댔다.

"진짜냐."

"진짜라니까."

대길의 물음에 만석이 빛의 속도로 고개를 끄덕이며 대답했다. 연이어 만석은 자신이 왜 이걸 해명해야 하는지 모르겠다는 표정을 지었지만, 정애는 어림 반 푼어치도 없는 소리 말라는 듯 흥 코로 대답했다. 정애의 냉소적인 콧방귀는 아줌마용 썬캡만 쓰면 자동으로 나오는 경보 자세처럼 술만 마셨다 하면 반자동이었다. 대길은 그런 만석과 정애를 번갈아 보았다. 참으려 했지만 한숨이 절로 새어져 나왔다. 내 아들이지만 이런 상황에선 좀 더 거짓말을 잘했으면 싶었다. 대길은 며느리 보기가 차마 부끄러운 표정으로 혼잣말처럼 중얼거렸다.

"영일을 생각해서라도 이혼은 안 되는데……."

이에 만석은 난 진짜 억울하다며 제 가슴을 주먹으로 쳤다. 과장된 액션이 몹시 거슬리는 듯 정애의 날선 시선이 만석에게로 박혔다.

"왜 비싼 돈 내고 모텔에 가는데? 집에서 자면 되지. 앞뒤가 안 맞잖아."

"나도 거기서 자는 거 싫다니까. 잠깐만 기다려봐."

만석은 핸드폰을 꺼내서 모텔로 전화했다.

"나 구만석인데, 방금 가족이 다 알게 됐는데……. 비밀 유지 그건 나도 아는데 마누라가 미행을 해서……. 지금 그게 문제가 아니라, 어쨌든 기왕 이렇게 된 거 이제 집에서 잘 거요. 안전은 가족이 지켜주겠지. 되는지 안 되는지 그것만……."

그 순간 갑자기 정애가 만석의 핸드폰을 빼앗아 고래고래 소리 질렀다.

"너 내가 간통죄로 처넣을 거야. 그러니까 존 말할 때 받은 돈 다 토해내!"

만석은 정애에게서 다시 핸드폰을 빼앗아 시연에게 말했다.

"지금 상황이 구라가 아니라니까 그러네."

정애는 만석이 든 핸드폰에 들리라고 옆에서 까치발을 들고 고함을 쳤다.

"남의 가정 파탄 내면서 돈 버니까 좋냐, 이년아!"

"굳이 그럴 것까지야……."

만석은 저쪽에서 일방적으로 통화가 끊기자 핸드폰을 귀에서 뗐다. 뭐라고 하냐는 대길의 물음에 만석이 난처한 표정으로 대답했다.

"지금 일루 온다는데……."

시연은 융통성 없어 보이는 네모난 가방을 들고 만석의 집으로 왔다. 시연의 눈에 어정쩡하게 서 있는 대길이 보였다. 대길을 보는 시연의 눈동자가 자정이 가까운 밤처럼 어두웠다. 시연은 붉은 입술을 감물고 가볍게 목례하듯이 고개를 숙였다. 하지만 다시 고개를 들지 않았다. 눈을 피하듯 살짝 숙인 채로 안방으로 향했다.

한편 안방 앞에 황소처럼 막아선 정애는 투우사가 흔드는 붉은 천을 대하듯 시연을 쏘아보았다. 정애는 할퀴려는 듯한 기세로 말했다.

"네년을 안방까지 들이라고? 허 정말 뻔뻔하기가."

"거짓말이면 그때 머리끄덩이 잡으시죠."

시연은 정애를 제치고 안방으로 들어갔다. 침대 위에는 준비 다 됐다는 표정으로 만석이 얌전히 누워 있었다. 안방으로 따라 들어온 대길이 불안한 눈으로 시연을 보았다. 시연이 가방을 열어 장비를 꺼냈다. 두 개의 주사기가 전부였다. 대길의 눈이 흔들렸다. 시간을 빼는 장비가 너무 단순해서 더 위험해 보였다. 도저히 내 자식을 보호해줄 것 같지가 않았다.

"만석아. 애비가 믿어줄 테니까 없던 일로 하고……."

대길이 눈썹을 길게 늘어뜨린 채 말렸지만 만석은 단호했다.

"한두 번 해본 것도 아닌데 괜히 나서지 마요."

대길을 무시하는 만석의 모습에도 시연은 감정을 숨긴 채 주사기를 손끝으로 털며 착착 준비해나갔다. 마침내 시연의 붉은 입술이 움직였다.

"비밀 유지 보안이 일차로 깨진 거니까 액수는 반으로 줄어 듭니다. 아시죠?"

만석은 황당한 표정으로 시연을 올려다보았다. 이에 아랑곳 없이 시연이 주사기를 만석의 팔에 놓으려고 하자 정애가 내 남편 건들지 말라는 듯 시연의 팔을 턱 잡았다. 정애는 말도 안 되는 손해배상 청구서라도 받은 듯한 표정으로 시연에게 따따

부따 따졌다.

"그 모텔 사용 안 한다는데 백만 원 줘야지, 이게 무슨 경우야."

"가족에게 알렸으니까 액수는 오십이죠."

시연은 손목을 비틀어 정애에게서 자신의 팔을 빼낸 후 명확하게 말했다. 시연과 정애의 눈빛이 한겨울 전깃줄처럼 팽팽하게 맞섰다. 그 계약서 좀 보자면서 정애는 시연을 향해 바짝 다가섰다.

"무슨 계약서요?"

"내 남편이 지장 찍었다던데?"

시연은 만석을 돌아보았다. 601호에 들어온 첫날 본 계약서를 말하는 것이었다. 엄밀히 말하면 그날 만석은 엄지에 인주도 찍지 않고 내뺐었다. 자신을 매춘이나 하는 여자로 몰면서. 물론 그 밤 다시 돌아와 시간을 팔긴 했지만, 궁지에 몰리자 제멋대로 부풀린 만석의 기억을 정정해줄까 하다가, 생각을 고쳐먹었다. 시연은 희미하게 미소를 머금고 정애에게 대응했다.

"아, 그거요? 구만석 씨에게서 그 계약서 본 적 없죠? 원래 계약서라는 게 양쪽이 한 부씩 가지고 있어야 되는 거잖아요."

"그럼 이 계약이 무효라는 거야? 무효지? 이 나쁜 년!"

정애는 꼬투리를 잡아 시연을 드잡이하려 들었다. 그동안의 분노를 터뜨려 머릿속부터 소질 있게 조질 참이었다. 하지만 시연은 가볍게 몸을 뒤로 빼서 피했다.

"무효라면 제가 돈을 드렸겠어요? 나이가 좀 있으신 분들은 계약서에 도장이나 지장을 확실히 찍어야 된다고 보시니까요."

"잔말 말고 그 계약서 이리 줘봐."

정애는 점쟁이 팬스를 훔쳐 입은 것처럼 눈치가 빨랐다. 시연은 그런 정애를 물끄러미 쳐다보다가 가방 밑부분에 숨겨져 있던 인쇄물을 꺼내서 주었다. 정애는 검지에 침을 발라 종이를 획획 넘겨보았지만 술기운이 남아 있어서 그런지 글자가 영 눈에 안 들어왔다. 정애는 아버님이 좀 확인해보라며 대길에게 인쇄물을 주었지만, 대길은 노안으로 눈이 침침한지라 깨알 같은 글씨 앞에서 난감해했다. 그때 해결사처럼 시연이 나섰다.

"계약서라기보단 안내서에 가까워요. 여기 제4조를 보면 3조 1항의 비밀 유지 보안 사항에 따른 결과와 상관없이, 가족 패키지를 이용하면 다시 백만 원을 받을 수 있다고 되어 있죠."

정애는 잠시 고민하더니 일단 만석에게 주사기를 꽂으라고 했다. 하지만 시연은 주사기를 다시 가방에 넣은 후 뚜껑을 닫았다. 왜 안 하냐는 물음에 시연은 친절하게 알려주었다.

"시간을 뺀 지 몇 시간 만에 또 뺄 수는 없어요. 욕심이 과하시군요."

시연의 말에 만석은 엉덩이를 걷어차인 표정으로 침대에서 몸을 일으켰다. 정애는 이년이 우릴 갖고 놀았다며 불끈해서 다시 드잡이를 하려고 팔을 어깨 위로 올렸다. 하지만 만석이 그 손버릇 좀 참으라며 정애를 뒤에서 껴안아 막았다.

"킬링타임모텔 601호로 오세요. 첫 계약은 거기서 하니까요."

시연은 그 말을 남기고 가버렸다. 만석과 정애 그리고 대길은 서로를 보았다. 시간이 정지된 것만 같았다.

시연은 모텔 로비에 서서 기다리고 있었다.

오전 아홉시 십 분, 정애가 로비로 들어섰다. 갈고닦은 무기처럼 시연은 화사한 미소를 휘두르며 정애를 맞이했다. 벌써 다섯 번째였다. 첫 대면 이후 한 달이 지나 있었다. 그동안 시연은 적지 않은 시간을 모았지만 그중에 원하는 시간은 하나도 얻지 못한 상태였다.

엘리베이터 속에서 시연은 옆에 있는 정애를 보았다. 정애의 얼굴은 한층 여유로워 보였다. 그간 받은 돈이 효자 노릇을 톡톡히 했던 것이다. 만석과 정애는 시간이 필요하다고 하면, 램프만 문지르면 나오는 지니처럼 쪼르르 모텔로 달려왔다. 돈에 참 충직한 사람들이었다.

601호로 들어간 시연은 정애가 편한 옷으로 갈아입을 동안 주사기의 여분을 확인했다. 만석과 정애로부터 채취한 시간들은 다른 곳으로 이미 옮긴 터라 서랍장에는 개봉하지 않은 수면제 주사기와 시간 주사기만 들어 있었다. 둘 다 수량이 바닥나고 있었다. 특히 시간 주사기는 겉보기에는 속이 빈 것 같지만 그 안에는 젤처럼 생긴 투명한 물질이 담겨 있었다. 그것이 사람의 몸속에서 생체 시계 세포만 잡아내서 주사기 안으로 다시 끌어당기는 역할을 했다. 이건 노트에도 필요한 재료만 나와 있지 제조 방법은 적혀 있지 않아 시연이 혼자서 준비할 수 없는 영역이었다. 그 물질은 오로지 필중만 만들 수 있었다.

어떻게든 필중이 깨어난다고 해도 문제는 끝나지 않았다. 재료를 사려면 꽤 많은 돈이 필요했기 때문이다. 산 넘어 산이었다. 사만 원, 칠만 원 들어오는 모텔 대실과 숙박료 푼돈으로는 어림없었다. 그 돈으로 쏘반에게 월급 주고 전기세, 수도세 등 세금을 치르고 나면 남는 게 없었다. 가장 큰 문제는 만석과 정애에게 이중으로 치르는 시간 비용이었다. 그동안 모아둔 돈으로 이제껏 겨우 버텨왔지만 보름 전부터는 어쩔 수 없이 마이너스 통장을 쓰고 있었다. 머리 주변으로 휙휙 지나가는 숫자들이 보이는 착각이 들 정도로 자금 압박이 심했지만, 시연은 만석의 가족 앞에서는 두꺼운 얼음 밑에 감춰둔 것처럼 속내를 숨기고 있었다. 때때로 밑에서 검은 그림자가 스윽 지나가는 게 얼음 위로 비칠 때면 시연은 불안한 표정을 감추느라 입이 바짝 탔다. 오래전에 먹어버린 아이스바 나무 막대기를 입에 계속 물고 있는 것처럼 혀가 말랐다.

"왜 집에서 안 하세요?"

시연이 주사기 두 개를 꺼낸 후 서랍장 문을 닫으며 무심한 어조로 물었다. 마치 조금이라도 돈을 더 드리고 싶은데 참 아쉽다는 듯이.

"애 때문에……."

정애는 침대로 누우면서 자신 없게 대답했다. 안방에서 시간을 뺄 동안 만석이 책임지고 영일이 못 들어오게 해야 하는데 종일 텔레비전만 끼고 사는 남편이 과연 잘할 수 있을지 믿을 수 없었던 것이다. 그리고 무엇보다 시간을 파는 걸 못마땅하게 여기는 대길의 잔소리가 가장 큰 걸림돌이자 불편이었다. 그러느니 모텔로 오는 게 차라리 맘 편했다.

"저기, 가족 패키지 세 명이 '가족'이기만 하면 되는 건가?"

반짝이는 물음에 시연이 표정 없이 정애를 보았다. 만석과 정애에게 있어 가족은 그저 시간 거래 동업 파트너일 뿐이었다. 생각할수록 이 가족을 선택하길 잘했단 생각이 들었다.

"그건 왜 물으시죠?"

"내 여동생한테 말해보면 어떨까 해서. 가족 패키지로 어떻게 안 될까."

시연은 아이큐 오십 짜리를 대하듯 짠하게 정애를 보며 단호하게 말했다.

"같이 살고 있는 직계가족이어야 해요."

정애는 시연의 냉정함에 약간 질리는 표정이었다. 수면제 주사기를 꺼내들며 시연은 가족이 더 있지 않느냐면서 어르듯 말했다. 그러자 정애는 한숨을 삼키며 속사정을 털어놓았다.

"노인네가 설득이 안 되서 그러지. 어찌나 쇠고집인지 벽창호가 따로 없다니까. 저기, 아가씨가 직접 만나서 차근차근 말해 보면 어떨까."

시연은 가타부타 대답 없이 정애의 팔에 수면제 주사를 넣었다. 곧이어 약에 반응하듯 정애의 눈꺼풀이 창가를 덮는 롤스크린처럼 닫혔다. 정확히 일 분 후 시연은 정애의 뺨을 짝 소리나게 때렸다. 볼이 벌겋게 부어올랐는데도 정애는 깨지 않았다. 깊이 잠들었다는 걸 확인한 시연은 시간 주사기를 정애의 팔에 꽂은 후 피스톤을 끝까지 눌렀다. 그러자 투명한 물질이 정애의 몸속으로 들어가면서 공격적으로 혈관을 타고 순환했다. 꿈틀꿈틀 움직이는 게 얇은 피부 표면 위로 보였다. 얼마 지나지 않아 시간 주사기는 사람의 팔에 박은 모기의 침처럼 허공에 뜬채 정애의 몸속에서 시간을 빼내기 시작했다. 시간 주사기는 원하는 양이 다 차면 주사기가 45도 각도로 허공에 떠오르는 원리로 되어 있었다.

나무 의자에 앉아 잠시 주사기를 내려다보던 시연이 몸을 벌떡 일으켰다. 시간 주사기를 다른 사람의 몸에 꽂고 난 후와 빼고 난 후면 시연은 곧장 화장실 세면대로 달려갔다. 제 몸을 숨기듯이 화장실로 들어온 시연은 흐르는 물에 계속해서 손을 씻고 또 씻었다.

바늘처럼 꽂히는 정오의 햇볕을 견디며 시연은 찜질기가 그려진 상자를 들고 모텔 입구에 서 있었다. 한 시간째였다. 점심시간에 들르겠다던 십장은 여태 감감무소식이었다. 정수리는 화상 입은 것처럼 뜨거웠고 발가락은 동상 입은 것처럼 차가웠다. 가끔 지나는 사람들이 벌서는 듯 서 있는 시연을 의아한 눈초리로 흘긋거렸지만 시연은 오기로 버텼다. 이 짓도 오늘이 마지막이다.

한참 후에야 십장이 이쑤시개를 씹으며 모텔 쪽으로 걸어왔다. 시연이 모텔 앞에 나와 있을 줄은 몰랐다는 듯 십장의 눈썹이 올라갔다. 곧이어 시연이 십장을 향해 미소 지어 보였다. 굳은 얼굴에서 얼음이 떨어져나가는 것 같은 음침한 미소였다. 십장은 계면쩍은 듯 서너 걸음 뛰어왔다.

"오래 기다렸나 보네. 점심에 반주 좀 하느라고."

십장의 입에서는 술 냄새가 풀풀 풍겼다. 십장은 추우니 안으로 들어가자고 했지만 시연은 고집스럽게 서 있었다. 결코 만만히 볼 수 없는 성깔이 드러났다. 십장도 성깔이라면 지지 않는 인물이었다. 그래서 일부러 반주까지 하고 느지막이 모텔 앞에 나타난 것이었다. 커피숍 구석진 자리라든지 야밤 한강고수부지라든지 선팅된 차 안이라든지 충분히 비밀스러운 공간이 많은데도, 이 여자는 어제 저녁 전화로 굳이 모텔 앞에서 보자고 약속 장소를 정했던 것이다. 그래서 이쪽도 만만치 않다는 걸 보여주기 위해 내일 점심에 가겠다고 하고 전화를 뚝 끊어버렸었다. 아무리 그래도 그렇지, 이렇게 일인 시위하듯이 서 있을 줄이야. 십장은 혀를 내두르는 얼굴로 시연을 보았다.

침묵 속에서 시연은 찜질기 상자를 십장에게 건넸다. 꽤 무거웠는지 시연의 손가락이 하얗게 질려 있었다. 십장이 상자 안을 확인해보니 빈틈없이 지폐가 꽉꽉 들어차 있었다. 십장의 오케이 사인에 시연은 우리의 계산은 끝났다는 듯 몸을 돌렸다. 이제 그는 고속도로 반대쪽을 질주하는 차만큼이나 시연에게 의미가 없었다. 하지만 십장은 가려는 시연을 질문으로 붙잡았다.

"근데 시간을 판다는 거, 진짜요?"

느닷없는 질문에 시연이 돌아보았다. 십장은 멋쩍어하면서도 말을 이었다.

"여기서 자는 동안 시간을 빼고 돈 받는 척하는 게 내 역할이었잖아."

시연은 종이에 쓰인 목소리처럼 진지하게 물었다.

"정말로 그런 일이 벌어진다고 생각하는 건가요?"

"그럼 아니라는 거요? 이게 다 구만석한테 그저 사기 치기 위한 거였다고? 돈까지 줘 가면서? 대체 나중에 어떻게 물먹으려고…… 그렇게나 원한이 깊었나?"

시연은 긍정도 부정도 않는 얼굴로 미소를 띤 채 십장을 바라보았다.

"시간을 빼서 다른 사람에게 판다, 재미있네요. 근데 만약 그런 재미있는 생각이 영화처럼 현실이 된다면, 살 생각 있어요?"

"당신이라면 안 살 거요?"

시연은 한 치의 고민도 없이 대답하는 십장을 응시했다. 십장의 재정능력으로 시간을 살 수 있는지 가늠해보는 것처럼 눈이 가로로 길어졌다.

"시간을 사서 뭘 할 건데요?"

"뭐든 하겠지. 시간이 늘어나면, 약조한 시간 내에 공사 끝내라고 쪼아대는 윗대가리들한테 벌금조로 내는 돈도 아낄 수 있을 거고, 고3인 아들 녀석 시험 공부할 때도 주고, 매일 늙는다고 투덜대는 마누라한테도 주면 좋아하겠지. 젊을 때 남들보다 두 배로 사는 거니 할망구 됐을 때 잔소리도 덜하지 않겠어. 그리고 바이올린 연습시간이 부족해서 힘들어하는 막내한테도 주고…… 우리 막내딸은 나 같지 않거든."

십장은 막내딸 모습이 눈앞에 아른거리는 듯 묻지도 않은 말을 덧붙였다. 그는 비싼 만큼 소리가 다르다는 바이올린을 사줄 능력이 없었다. 하지만 막내딸은 좋은 악기 없어도 연습 시간만 늘리면 콩쿠르에서 일등 할 수 있다면서 못난 아빠를 안심시켜왔던 것이다. 십장은 믿을 수 없다는 듯 되물었다.

"근데 그게 다 사기라고?"

시연은 십장을 정면으로 보았다. 문득 머릿속에 일만 시간의 법칙이 떠올랐다. 바이올린이든 컴퓨터 프로그래밍이든 소설이든 어떤 일에 매일 세 시간씩 십 년간 투자하면 그 분야의 전문가가 될 수 있다는 것이었다. 물론 막연한 미래에 대한 두려움과 싸우면서 자기 꿈에 대한 절대적인 믿음으로 하루도 빠짐없이 십 년 동안 바치면 그렇다는 것이다. 만약 지금 십장에게 시간 주사 몇 번으로 그 십 년을 비약적으로 건너뛸 수도 있다는 걸 알려주면, 십장은 거만한 태도를 싹 버리고 당장 내 앞에 엎드릴 것이다. 어쩌면 나를 신처럼 경외할지도. 욕망이 들끓었다. 하지만 시연은 지그시 아랫입술을 깨물었다. 시간을 사고판다는 것을 일반인이 알아서는 안 되었다. 특히 킬링타임모텔과 만석 그리고 자신의 삼각 꼭짓점을 모두 알고 있는 십장은 더더욱.

"그런 엄청난 일이 실제로 벌어지는 것 같아요? 이 모텔에서?"

시연은 여기가 그렇게 대단해 보이냐면서 싸구려 간판을 턱짓으로 가리켰다.

"하긴 그렇지. 그런 건 뭐, 설사 한다고 해도 군인들을 위한 실험용으로 지하 벙커나 뭐 그런 데서 할 테니까. 한마디로 영화지, 영화. 그럼 이게 다 그 구씨를 혼꾸멍내주기 위한 거였다는 거네. 작년에 영업정지로 모텔 물 먹인 거 복수로."

십장은 놀랐냐는 듯 턱을 치켜들고 뾰족한 목소리로 찔렀다. 시연은 감정이 입력되지 않은 로봇처럼 십장을 보았다. 새삼스러울 것도 없는 얘기였다.

예전부터 필중은 모텔 운영에는 뒷전이었다. 미성년자들이 이곳을 물로 보고 번번이 출입했지만 연구에 빠진 필중은 그런 것쯤은 별일 아니라고 생각했었다. 하지만 법 관계자들의 생각은 달랐다. 그간의 누적된 경고를 무시했다면서 결국 영업정지를 내렸다. 그것도 폐쇄까지 가야 하는데 정상참작을 인정받아 영업정지 일 년으로 감경한 것이었다. 시연은 그 당시 한국에 없어서 그 사건 이후 필중이 쓰러지게 된 경위에 대해서는 잘 몰랐지만, 초짜 파파라치 구만석의 신고로부터 모든 일이 비롯됐다는 것은 알고 있었다. 그런데 이 사실을 십장이 왜 되짚어 주는 걸까. 시간을 진짜 파냐고 방금 물었던 것도 왠지 구만석에 대한 원한을 확인하기 위한 떡밥 같았다. 자신이 이쪽저쪽 오갈 수 있다는 걸 빌미로 더 우려먹어 보겠다는 건가.

"더 깊이 발을 들이면 화살이 그쪽에게도 미칠 텐데, 괜찮겠어요?"

시연은 언제라도 당신을 명부에 올릴 수 있다는 듯 저승사자처럼 십장을 보았다. 더 달라고 보채다간 제일 먼저 도살장으로 끌려가는 살찐 돼지 신세가 될 터였다. 시연의 싸늘한 대구에 십장은 눈꼬리가 바늘에 찔린 듯 움찔거렸다. 구씨를 회처

먹든 지져 먹든 내 알 바 아니라는 듯 손사래를 치면서 자신은 지방에 대규모 공사가 잡혀 있어서 어차피 내일이면 내려갈 테니 안심하라고 덧붙였다.

하지만 십장이 사라지는 모습을 보는 시연의 얼굴은 어두웠다. 만약 십장이 이쪽을 돌아본다면 소금 기둥으로 만들어 산산이 부숴버릴 것처럼 매서운 눈길이었다. 그런 줄도 모르고 십장은 술에 취한 걸음으로 비틀거리며 멀어져갔다.

"내가 처리할까?"

시연이 고개를 돌려보니 오늘 근무자인 선우가 옆에 와 있었다. X표에 클릭하면 사라질 게임 캐릭터를 보듯이 선우는 십장을 주시했다. 시연은 꿰뚫는 눈으로 선우를 보았다. 그 눈길에 선우가 시연에게로 고개를 돌렸다.

"못할 것 같아?"

선우는 시연을 위해서라면 뭐든지 할 수 있었다. 시연이 미국에 있는 동안 필중의 말에 복종하며 온갖 잡일을 처리하면서 때때로 가해지는 모멸을 참았던 것도 모두 시연 때문이었다.

"난 네가 하필이면 왜 불법 체류자를 모텔 직원으로 두는지 모르겠어."

선우는 말을 뱉은 뒤 담배를 입에 물고 주머니를 뒤졌다. 그런데 라이터가 없었다. 낭패였다. 그때 시연이 치마 주머니에서 지포 라이터를 꺼내 불을 붙여주었다. 라이터라니, 시연이 혹시 담배를? 선우는 낯선 사람처럼 시연을 보았다. 그 시선을 즐기듯 시연은 뚜껑을 닫은 후 능숙하게 지포 라이터를 손가락 위에서 굴렸다.

"왜 불법 체류자를 직원으로 두냐고? 좋잖아. 스릴 있고. 그쪽도 찔리는 게 있으니까 비밀 유지에도 안성맞춤이지. 설사 현장을 목격한다고 해도 쪼르르 경찰서에 갈 수도 없을 테고."

시연은 간단한 논리라는 듯 명쾌하게 대답했다. 선우는 불이 붙은 담배 한 모금을 빨았다. 스릴이라. 자신 역시 쏘반에게 모텔에 와서 숙식을 해결하는 게 어떻겠냐고 떠보았었지만 그런 위험천만한 질문을 던진 이유는 6층을 어슬렁거리는 그의 행동이 의심스러웠기 때문에 정공법으로 들어갔던 것이다. 그런데 시연은 어떤 목적을 숨기고 있는 걸까. 한때 선우는 세상 누구보다 자신이 시연을 제일 잘 안다고 생각했었다. 하지만 그건 오만이었다. 요즘 시연은 어디로 튈지 모르는 공 같았다. 담배 끝이 빨갛게 타들어갔다.

"내 말은 그게 아니잖아."

"나한테 할 말 없어?"

시연은 선우를 응시했다. 필중이 쓰러지던 날에 대해 묻고 있다는 것을 선우도 알고 있었다. 오늘도 선우는 대답 대신 침묵을 택했다. 그 모습에 시연은 그럴 줄 알았다는 듯이 피식 웃으며 선우가 물고 있던 담배를 빼앗아 깊게 빨아들였다. 뜨겁고 매운 연기가 폐 속으로 회오리를 만들며 스르르 혈관에 퍼지는 게 느껴졌다. 느릿느릿 매듭이 풀어지듯 담배 연기가 사방으로 흩어졌다.

"근데 그건 뭐야? 못 보던 건데."

화제를 돌리는 선우의 물음에 시연은 손에 든 지포 라이터를 보았다. 미국에서 유명한 광고쟁이가 사람들에게 자신을 홍보하기 위해 나눠준 것이었다. 뚜껑을 열어 불을 붙이면 하얀 물감으로 그려진 머리에서 불꽃이 타는 것처럼 보이도록, 그가 직접 디자인한 거라고 했었다. 자신의 머릿속에는 아이디어가 활활 타오른다면서. 혈기 넘치는 광고쟁이의 뜨거운 재치였다. 시연은 쓴웃음을 지으며 지포 라이터를 쥔 손에 꽉 힘을 주었다.

늦은 오후, 시연은 청바지에 가죽 재킷 차림으로 커피숍 창가에 앉아 있었다. 선글라스로 얼굴의 반을 가린 채 바깥으로 시선을 던졌다. 건너편에는 초등학교가 있었다. 알록달록한 우산을 손에 들고 정문 앞에서 기다리는 부모들 중에 대길의 모습이 보였다. 시연은 에스프레소를 한 모금 마시며 그 모습을 지켜보고 있었다.

추적추적 겨울비가 내리는데도 밖으로 나오는 아이들의 얼굴은 더없이 밝았다. 서로 장난을 치며 콩콩 뛰어나오는 아이들 사이로 느릿느릿 걸어오는 아이가 유독 눈에 띄었다. 시연은 저도 모르게 그 아이에게 시선을 빼앗겼다. 축 처진 어깨로 운동장을 가로지르며 얼음이 녹는 속도로 천천히 정문 쪽으로 걸어오는 아이는, 영일이었다. 시연은 눈을 가늘게 뜨고 영일의 얼굴을 확인했다. 모텔 리모델링 때 선우가 미리 조사해 온 만석의 가족사진에서 본 얼굴과 똑같았다. 시연은 아이에게서 눈을 거두고 다시 대길에게로 향했다. 대길은 영일을 못 봤는지 우산을 쓰고 정문 앞 횡단보도를 건너는 아이들에게 줄곧 시선을 두고 있었다. 시연은 다시 영일 쪽으로 눈을 돌렸다. 대길이 정문 앞에 서 있는 걸 발견한 영일이 재빨리 기둥 뒤로 몸을 숨겼다. 시연은 선글라스를 벗고 그 모습을 유심히 보았다.

대길은 그것도 모른 채 일 학년 일 반 명찰을 차고 나오는 아이를 붙잡고 영일에 대해 물었다. 아이는 친구들을 돌아보며 영일이가 누구냐고 쑥덕거렸다. 잠시 후 무리 중 한 명이 영일이 누군지 기억났다는 듯 걔 벌써 갔을 거라고 말했다. 대길은 길이 엇갈렸다고 생각했는지 서둘러 집으로 향했다.

시연은 선글라스를 가죽 재킷 주머니에 꽂고 커피숍 바깥으로 나왔다. 이슬비여서 맞을 만했다. 횡단보도 앞에서 정문 쪽을 응시했다. 잠시 후 영일이 주위를 살피며 학교 밖으로 조심조심 나와 대길이 걸음을 재촉하는 뒷모습을 우두커니 보았다. 곧이어 결심을 굳힌 듯 영일은 대길과 반대 방향인 왼쪽으로 발을 돌렸다. 시연은 고개를 한쪽으로 기울였다. 이상했다. 선우가 조사해 온 바에 따르면 영일이란 아이는 그저 대책 없이 밝은 애라고 했었는데, 때 이른 반항기인가.

시연이 생각하는 사이 신호등이 파란불로 바뀌었다. 영일과 대길이 왼쪽 오른쪽 서로 다른 방향으로 멀어지고 있었다. 빨간불로 바뀌는 것과 동시에 시연은 정문에 도착했다. 오른쪽으로 가면 대길과 단둘이 이야기할 수 있는 절호의 기회였다. 시연은 오른쪽을 향해 자신감 있게 오른발을 내디뎠다. 왼발이 따라올 차례였다. 하지만 왼발은 동작 그만 주문에 걸린 것처럼 꼼짝도 하지 않았다. 시연은 고개를 돌려 영일이 멀어지는 쪽을 돌아보았다.

눈이 섞인 이슬비는 그 힘이 다했는지 조금 내리다 말았다. 영일은 쇼윈도 창에 자신을 비춰보며 이마에 난 상처를 가려보려고 앞머리를 내리려 애썼다. 가정폭력? 혹시 만석이? 시연은 잔인한 호기심으로 영일의 뒤를 계속 밟았다.

영일이 당도한 곳은 놀이터였다. 애들 몇몇이 터를 잡고 있었다. 한 아이가 다른 아이의 문제지 답을 베끼고 있었다. 학원 숙제였다. 문제지가 젖지 않게 자신의 무릎에 대고 급하게 휘갈겨 쓰고 있었다.

"내가 도와줄까?"

아이들은 다가오는 영일에게 까마귀를 쫓듯 발을 쾅 굴렀다. 영일은 뒤로 물러서긴 했지만 여전히 그 자리에 있었다. 한두 번 겪은 것도 아니었고 어제오늘 일도 아니었다. 이 정도는 이제 익숙했다. 영일은 자신이 더 노력하면 다시 아이들과 친구가 될 수 있을 거라고 믿었다. 구체적으로 무엇을 어떻게 더 노력해야 하는지는 알 수 없었지만 아이들이 무서운 표정을 지으며 겁줘도 더는 꼬맹이처럼 울지 않는 것도 노력 중 하나라고 믿었다.

하지만 그럴수록 아이들은 영일이 싫었다. 지치지도 않고 정에 굶주린 강아지처럼 졸졸 따라다니는 영일이 귀찮았다. 나랑 친구해줘, 응, 제발, 아이스크림 달라고 조르듯 매달리는 영일이 부담스러웠다. 같이 놀기 싫은 자신들이 꼭 친구를 왕따 시키는 나쁜 애가 된 것 같아 영일이 더 미워졌다.

한 아이가 좀 떨어지라면서 영일을 밀쳐냈다. 체구가 작은 영일은 엉덩방아를 찧으며 넘어졌다. 아이는 가벼운 몸싸움에도 저 녀석은 꼭 과장해서 넘어진다며 짜증냈다. 어른들 말로 치면 저건 할리우드 액션이었다. 아까 운동장에서 하도 놀아달라고 졸라서 딱밤 먹이기를 했는데 그때도 저렇게 밀려서 바보같이 철봉에 머리를 박았다. 그래서 상처가 난 거였는데, 선생님은 친구들끼리 사이좋게 지내야 한다면서 엄하게 아이들을 타일렀었다. 특히 반장은 친구들을 더 잘 챙겨줘야 할 의무가 있다면서. 오늘로 반장 임기가 끝난 아이가 영일에게 화풀이를 했다.

"너 2학년 때 반장 선거에 나갈 거라고 했다면서? 니 짝이 그러던데?"

"반장은 아무나 되는 줄 아냐. 학원도 못 다녀서 친구도 없는 주제에."

아이들은 지렁이한테 여의주가 가당키나 하냐는 듯 영일을 무시했다. 그때 영일의 머리에 알전구가 켜진 것처럼 학원이란 단어가 반짝 빛났다. 혹시 했는데 그게 이유였구나. 반장 선거에 나가지 않아도 친구를 만들 수 있는 방법이 있다는 생각에 들뜬 영일이 아이들에게 다가가 물었다.

"학원 어디 다녀?"

아이들은 서둘러 자신들이 든 학원 가방을 고사리 손으로 가렸다. 영일은 고개를 빼고 가방을 보았다. 저번에 본 사자성어 학원은 아닌 것 같았다. 가방 색깔이 그때와 달랐던 것이다. 영일은 학원 가방에 적힌 상호를 보려고 기웃거렸지만 아이들은 철통 방어를 했다. 영일의 몸 주위로 절취선이 그려진 것 같았다. 아이들은 가위로 영일을 잘라내 자신들의 영역에서 몰아내려는 듯 모질게 굴었다. 자꾸만 영일이 목을 빼고 기웃거리자 반장 옆에 있던 아이가 영일을 밀어냈다. 이번엔 절대 밀리지 않기 위해 영일은 발에 힘을 주었지만, 밀쳐내는 작은 힘이 태풍처럼 느껴져 휘청 몸이 흔들리는 바람에 또다시 엉덩방아를 찧고 말았다. 태양계 가장자리에 있는 명왕성 언저리로 밀쳐진 듯 영일은 다시 일어서지 않았다. 울지 않기 위해 입술을 꼭 다문 채 아이들을 올려다보았다.

좀 떨어진 곳에 서서 시연은 그 모습을 보고 있었다. 계속 보고 있다간 자신도 모르게 소용돌이에 휘말려들 것 같았다. 그때 핸드폰이 울렸다. 정적을 깨는 벨소리에 영일과 아이들이 시연 쪽으로 돌아보았다. 시연은 급하게 몸을 돌려 전화를 받았다. 약속시간이 지났는데 왜 안 오냐는 사채업자의 재촉 전화였다. 시연은 곧 가겠다고 한 뒤 끊었다. 등 뒤로 끈덕지게 달라붙는 아이들의 시선이 느껴졌다. 하지만 시연은 아무것도 못 본 것처럼, 꼬맹이들에겐 볼일 없다는 듯 냉정하게 척척 걸어가 버렸다.

사채업 문을 연 지 얼마 안 되는 사장은 드디어 손님이 왔다는 사실에 입이 귀에 걸려 반갑게 시연을 맞이했다. 그 옆으로는 깍두기 머리의 표본인 듯한 어깨들이 병풍처럼 대기하고 있었다. 소도 때려잡을 만한 거구의 사채업자일 거란 시연의 예상과 달리 사채업 사장의 인상은 의외로 평범했다. 뱀눈도 아니었고 솥뚜껑만 한 손도 아니었으며 왕발도 아니었다. 하지만 이런 일을 하는 사람이 평범할 리 없었다. 시연은 긴장의 끈을 풀지 않았다.

"일 퍼센트 이자 낮추고 일수로 하지."

사장은 큰 배려라도 하듯이 시연에게 제안했다. 그 순간 시연은 이놈의 비장의 무기가 세 치 혀임을 직감했다. 시연은, 파충류처럼 웃으면서 모텔로 매일 찾아올 사채업자를 상대해줄 생각이 전혀 없었다.

"이자를 십 퍼센트 더 높이는 대신 월수로 하죠. 영업 방해는 절대 사양입니다."

시연의 파격적인 제안에 사장이 등을 기댄 사무용 의자가 이해타산의 저울추가 왔다 갔다 하는 것처럼 삐걱거리기 시작했다. 앞뒤로 움직이는 의자에서 나는 숨넘어갈 듯한 소리와 대놓고 시연의 몸을 훑는 사장의 눈길이 사무실을 압도했다. 잠시 후 사장은 그렇게 하자면서 고개를 끄덕였다.

시연은 석고팩을 바른 것처럼 속을 감춘 표정으로 찬찬히 사채업자들을 훑어보았다. 월수로 한다고 해서 위험이 줄어드는 건 아니었다. 백 퍼센트, 이백 퍼센트, 천 퍼센트가 넘는 계산법으로 자금 회수를 성마르게 요구하며 모텔을 통째로 먹으려 들지도 몰랐다. 그렇게 되기까지 이놈들이 언제 어떤 방법으로 불법 추심을 할지 또한 알 수 없었고, 게다가 이 사장이란 놈은 그의 사전에 뻔뻔하다는 단어가 맨 첫 장에 올라 있는 것처럼 시종일관 무람없이 굴었다. 미인이시라 특별히 월수로 해주는 거라는 배려에는 사장의 음흉한 목적이 느껴졌다. 시연은 자신의 옷을 하나씩 벗기는 듯 집요하게 들러붙는 사장의 눈길을 이를 악물고 견디며 돈 가방을 챙겼다.

해질녘이 되어서야 모텔로 돌아온 시연은 생각을 떨쳐내지 못한 얼굴로 의자에 주저앉았다. 자꾸 영일의 얼굴이 떠올랐다. 영일과 한 세트인 만석과 정애 그리고 대길도. 속이 따끔거렸다. 시연은 마음을 안정시키기 위해 지포 라이터를 꺼내 물끄러미 바라보았다. 이 지포 라이터로 미국에서 뭘 했었느냐 하면, 대마초를 피웠었다.

세계 최대의 광고시장에서 광고쟁이로 살아남으려면 대표작이 있어야 했지만 시연에게는 히트작이 없었다. 그게 아니면 어떻게든 돈 많은 광고주를 물어와야 했다. 상사들은 시연에게 몸에 착 달라붙는 치파오를 건네기도 했다. 시연은 내가 한국인인 걸 모르냐고 물었지만 그들은 한복은 너무 헐렁해서 매력 없다며 일축했다. 무한 경쟁을 최고의 가치로 치는 곳에서 시연은 1달러의 가치도 안 되는 자존심과 매일매일 전쟁하듯 싸워야 했다.

시연은 광고쟁이로서 아이디어가 부족한 스스로를 위로하기 위해 대마초를 피웠다. 때와 장소를 가리지 않고 대마초에 빠져 실없이 웃는 날들이 많았다. 내가 탑인 것처럼 당당하게.

세상을 다 가진 사람처럼 행복하게. 실제로는 대마초가 없으면 죽을 것 같으면서도 약에 중독되지 않은 것처럼 연기를 썩 잘 해냈다. 속으로는 썩어 문드러져가고 있으면서도 겉으로는 싱싱한 척. 매달 필중이 보내는 돈으로 지구 반대편에서 대마초를 사면서도 아버지가 걱정할까 봐 잘 지내고 있다. 이번에 준비하는 광고가 대박날 것 같다고 늘 거짓말을 해댔다. 입만 열면 거짓말이었다.

정애는 시간을 빼러 올 때마다 영일에게 뭐라고 거짓말을 하고 나올까. 만석은 영일에게 시간 거래를 한다는 걸 말했을까. 영일은 시간 거래에 대해 알고 있을까. 자식을 지키기 위해서 하는 만석과 정애의 거짓말은 정당한 걸까. 알아서 좋을 게 없으니까? 죄다 거짓말쟁이들이었다. 마음이 중심을 잃은 팽이처럼 흔들렸다.

"사채 써서 받아 온 거야?"

카운터로 다가온 선우가 커다란 가방을 보며 물었다. 시연은 정신이 번쩍 들었다. 그렇다고 고개를 끄덕였다. 이런 상황에 남의 가족 걱정이라니. 내 코가 석 자였다. 사채에 손을 댄 것도 따지고 보면 만석의 가족에게 돈을 주기 위해서였다. 언제까지 이 짓을 해야 하는 걸까. 이렇게 제 발 밑에 있는 구멍을 파내려 가다가는 곧 그 자리가 무덤이 될 것 같았다.

무거운 침묵 끝에 선우가 필중에게 가봐야겠다면서 돌아섰다. 면도기로 수염을 밀고 뜨거운 물수건으로 몸을 닦아주고 영양제 링거를 교체하고 욕창을 방지하기 위해 두 시간마다 자세도 바꿔줘야 했다. 선우는 시연의 일을 대신하고 있었다.

시연은 멀어지는 선우의 뒷모습을 보았다. 자신의 곁을 오래도록 지켜온 그를 너무 힘들게 놔둔 건 아닌가 하는 생각에 마음이 쓸쓸해졌다. 달이 반쪽만 빛나도 보이는 것이 전부는 아니다. 달은 언제나 둥글지만 그 모습을 다 드러내 보이지 않을 뿐이다. 시연의 마음도 달과 같았다. 때론 변덕스러워 보이고 요즘은 잘 드러내지도 않았지만 마음은 언제나 선우를 향해 있었다. 선우에게 그것만은 꼭 알려주고 싶었다.

"선우야"

시연이 부르자 선우가 돌아보았다. 시연은 꿈꾸듯이 말했다.

"우리 도망갈까?"

선우는 그런 시연을 물끄러미 보았다. 진심이냐고 묻는 듯이. 곧이어 진심이라는 걸 증명하려는 것처럼 시연은 중언부언 말이 많아졌다.

"계곡, 아니다. 산은 싫어. 움직일 수 없는 나무들 보는 거 진저리나. 바다 본 지 오래됐다. 제멋대로 들어왔다 나갔다 파도치는 바다. 바다가 좋겠다."

시연은 우왕좌왕 갈 길을 잃은 사람처럼 조급해했다. 선우는 의자에 앉아 있는 시연에게로 걸어왔다. 그리고 시연의 머리카락을 가만히 넘겨주었다.

"왜 대답이 없어? 싫은 거야?"

"내 대답은, 이미 알잖아."

선우의 음색이 부드럽게 시연을 감쌌다. 시연도 알고 있었다. 선우가 뭐라고 할지.

"그래. 안 돼. 안 될 일이지."

시연은 선우에게서 시선을 피한 채 중얼거렸다. 농담이었어, 라고 쿨한 척 덧붙이고 싶었지만 차마 그 말은 나오지 않았다. 농담인지 진담인지 스스로도 알지 못했다. 머리가 피잉 돌 듯한 감정이 솟구쳐서 갈팡질팡 어지러웠다. 선우는 한쪽 무릎을 꿇고 시연을 올려다보았다. 하지만 시연은 선우의 시선을 계속 피했다.

"시연아, 우리 지금이라도……."

"다음에."

시연은 선우의 말을 잘랐다. 더 이상 말하지 말아달라는 애원이었다. 선우는 시연을 보았다. 시연이 왜 갑자기 도망가자고 하는지 그래놓고는 왜 또 안 된다고 말을 바꾸는지 알기에 가슴이 아렸다. 모두 임 박사 때문이었다. 시연이 어렸을 때부터 맺힌 응어리를 풀지 못하고 내뺀다면, 아무리 멀리, 설사 지구 밖으로 도망간다고 한들 아무 소용없었다. 십 년을 사귀며 결혼까지 약속한 시연이 돌연 미국행을 결정했을 때 두말없이 지원해줬던 것도 그간의 맘고생을 알기 때문이었다. 하지만 그런 시연을 너무나 잘 알면서도 결국 다시 한국으로 불러들인 건, 다른 누구도 아닌 바로 자신이었다. 선우는 시연을 다시 이곳으로 불러들인 자신의 선택을 매일 곱씹으며 생각했다. 씹을수록 쓰디썼다.

"그래. 다음에 꼭 같이 가자."

잠시 선우의 입술이 시연의 이마에 머물렀다. 곧이어 선우가 뒤돌아갔다. 시연은 멀어지는 선우를 보았다. 자신도 알고 있었다. 지금 자신이 끝없이 스스로를 생채기 내고 있다는 것을. 할 수 있다는 오만으로 시간 거래에 뛰어든 것부터가 잘못이었다. 자신은 시간에 관한 전문가가 아니었다. 이 시간 거래는 다른 사람의 질 좋은 시간을 주입함으로써 최고의 컨디션으로 최상의 몰입을 끌어내게 해주지만, 시연에게 시간 연구는 버거웠다. 도저히 필중의 연구를 따라갈 수 없었다. 결론은 하나였다. 무조건 필중을 깨워야 했다.

시연은 시계를 보았다. 밤 아홉 시였다. 술에 취한 숙박 손님들이 들이닥칠 시간이었다. 거울을 보니 아직도 청바지에 가죽 재킷 차림이었고 화장도 거의 다 지워져 있었다. 소스라치게 놀란 시연은 급히 화장실로 달려갔다. 세수를 한 후 카운터 뒷방으로 돌아와 지배인 유니폼으로 갈아입었다. 지배인 유니폼은 나를 보여주지 않으려고 입기 시작했는데 어느덧 내 자신을 보여주는 옷이 되어 있었다.

거울 앞에 선 시연은 자화상을 그리듯 화장을 시작했다. 화장기는 약했지만 입술만은 양보할 수 없었다. 자기 자신에 대한 약속 같은 것이었다. 난 임시연이 아니다. 킬링타임모텔 지배인이다. 그리고…… 아버지의 딸이다. 풀숲에서 뛰어오르려고 준비하는 뱀처럼 단단히 마음먹었다.

이제 한 명 남았다.

시연은 가면을 쓰듯 붉은 립스틱을 짙게 발랐다.

3

그대로 멈춰라

"아무리 생각해도 그건 아닌 것 같다. 너무 오래 자면 필시 몸도 축날 텐데……. 그리고 시간을 판다는 게 순리에도 안 맞는 것 같고……."

대길은 팔(八) 자 모양으로 눈썹을 늘어뜨린 채 오늘도 만석을 붙잡고 말렸다.

"이제 와서 신경 써주는 척은. 아버지가 나한테 해준 게 뭐가 있소?"

나한테 해준 게 뭐가 있냐는 자식의 말은 한순간에 부모를 작아지게 만드는 마법 같은 말이었다. 대길은 고개를 떨어뜨렸다. 그 일이 얼마나 자식에게 상처가 되었을지 대길도 알고 있었지만 이렇게 한 번씩 날것의 눈으로 들이댈 때면 견디기 힘들었다. 가슴 언저리에서 일어난 거미 서너 마리가 한 발 한 발 움직여 사지로 퍼져나가는 것 같았다. 대길은 가슴을 쥐고 일어나서 부엌으로 향했다. 하지만 물통이 비어 있었다. 뒷산 약수터에 가서 물을 떠와야 하는데 깜빡 잊었던 것이다. 대길은 약통에서 약을 꺼내 물도 없이 삼켰다. 약을 먹었는데도 가슴이 진정되지 않았다. 약 하나를 더 꺼내 좁은 목구멍으로 가까스로 밀어 넣었다. 대길은 약효가 일어나기도 전에 뒤돌아섰다. 다시 한 번 만석에게 말해보기 위해서였다. 그런데 그사이 거실 텔레비전 소리가 높아져 있었다. 더는 말 섞고 싶지 않다는 만석의 표시였다. 자신은 이렇게 늙어가는데 자식은 자라지 않는 것 같았다. 대길은 긴 한숨을 삼키며 물통을 챙겨서 밖으로 나갔다.

만석은 현관문 닫히는 소릴 들었으면서도 볼륨을 두 계단 더 높였다. 만석은 이런 제 자신이 싫었다. 하지만 아버지에 대한 원망은 쉬이 가라앉질 않았다. 세상 사람들이 진짜 못났다고 자신을 욕하면 차라리 그 욕 더 처먹고 불사신으로 살면 될 일이었다. 반성 같은 거, 이제 와서 개심할 생각 따위 발톱의 때만큼도 없었다. 이런 불편한 마음의 소리를 무시하려고 텔레비전 소리를 더 더 높였다.

텔레비전에서는 홈쇼핑 방송이 나오고 있었다. 47인치의 텔레비전으로 집에서도 영화관 같은 분위기를 느낄 수 있다며 신뢰감 드는 목소리로 쇼 호스트가 말했다. 만석은 전화기를 들어 바로 주문했다.

한편 정애는 이렇게 집에만 있는 만석이 맘에 차지 않았다. 사람이 무릇 돈을 버는 이유는 남들에게 과시하기 위해서였다. 그러려면 밖으로 나가야 했다. 오랜만에 여고 동창회를 열어볼까 고민하던 정애의 눈에 기죽은 얼굴로 학교에 가는 영일이 포착됐다. 그길로 한껏 차려입은 정애는 학교로 향했다. 마침 학부모회 날이었던 것이다.

끝까지 촌지를 사양하는 영일의 담임 때문에 무안해진 정애는 엄마들을 이끌고 갈비집으로 가서 골든벨을 울렸다. 정애는 젊은 엄마들의 뜨거운 호응에 취해 날마다 맛집을 찾아다니며 돈을 써댔다. 이게 다 하나뿐인 자식을 위해서라는 말로 포장했지만 원래 목적은 잊은 지 오래였다.

그러던 어느 날 정애는 시간을 팔고 나오다가 목욕탕 바구니를 팔에 낀 젊은 엄마와 거리에서 딱 마주치고 말았다. 정애는 모텔에서 나오는 모습이 이상하게 비쳐질까 봐 모텔에 가게 세를 받아가는 길이라며 돈 봉투를 보여주었다. 이에 젊은 엄마는 자신의 민낯이 민망한지 네네 거리더니 서둘러 목욕탕 쪽으로 사라졌다.

그날 이후로 젊은 엄마들은 정애의 연락을 받지 않았다. 언니언니 하며 째깍째깍 달려오던 것들이 핑계를 대며 피하자 정애는 초조해졌다. 끈질긴 추궁 끝에 한 엄마로부터 그 이유를 들어보니, 영일 엄마가 바람나서 동네 모텔에 드나든다고 소문이 파다하게 난 것이었다. 근데 그게 사실 바람이 아니라더라, 돈 많은 늙은이를 물어서 용돈 벌이하나 보더라, 그 돈으로 여태 우리한테 으스댔던 거냐며 뒷소리가 말도 못하게 많았다. 호

박씨 까는 것에 맛 들린 젊은 엄마들은 처음에 정애가 학부모 회에 나왔을 때 애 할머니인 줄 알았다면서 사실 우리와 어울 리려든다는 게 말이나 되냐며 정애를 무리의 금 밖으로 밀쳐냈 다. 불쾌한 소문보다 노땅 취급에 더 눈이 뒤집힌 정애는 젊은 엄마들을 상대로 제대로 드잡이를 했다. 젊은 엄마들은 나이배 기인 노련한 아줌마의 신들린 솜씨에 맥을 못 추고 나가떨어졌 다.

집에 와도 화가 풀리지 않은 정애는 제 앞으로 영일을 불러 앉혔다. 정확히 이름을 불러주면서 앞으로 누구 누구 누구와 놀지 말라고 따끔히 일렀다. 식식대는 정애 앞에서 영일은 차마 말할 수 없었다. 어차피 걔들은 나랑 놀지 않는다고. 서서히 영 일의 가슴속에 불안의 씨앗이 심어졌다. 햇빛 한 줄기 들지 않 는 그늘진 곳에 홀로 핀 버섯 곰팡이처럼 평생 친구 하나 없이 외톨이로 살아가게 될 자신의 모습이 기정사실처럼 느껴졌다. 이제 어떡해야 하나. 영일은 무거운 몸을 이끌고 다시 작은방으 로 들어갔다.

그 사건 이후 정애는 동안으로 인정받는 게 삶의 유일한 목 표인 것처럼 집요하게 피부과를 다녔다. 어찌나 레이저를 많이 맞는지 레이저 인간이 따로 없었다. 외계인이 나타나 총을 쏘려 들면 '기미에 세 방 놔주세요' 할 사람이 바로 정애였다. 열렬히 레이저를 맞은 탓에 정애는 당분간 외출 금물이었다. 자외선을 피해 집에 틀어박혀 있는 동안 정애는 만석과 함께 텔레비전을 보았다. 낮 시간이면 채널은 언제나 홈쇼핑에 고정되어 있었고 부부는 홈쇼핑 마니아로 거듭나 있었다. 홈쇼핑에서 파는 물건들의 효과는 발모제 광고처럼 사실이라고 믿기에는 지나치게 완벽해 보이는 이야기였지만, 만석과 정애는 자신감에 찬 쇼 호스트의 이야기를 들으면서 그 물건에 감정이입을 하는 게 좋았다. 그 가격에 쉽게 만나볼 수 없는 한정된 수량의 물건을 획득하는 건, 조선시대로 치면 천민에서 양반으로 초고속 신분 상승을 이룬 듯한 우월감을 주었다.

집집마다 외출로 바쁜 주말 오후에도 만석과 정애는 집에서 홈쇼핑 방송을 함께 시청했다. 주말 특가로 란제리 특집 방송 중이었다. 만석이 정애가 뭐라고 할까 봐 헛기침을 하며 채널을 돌리려고 리모컨을 드는데, 정애가 그냥 보자면서 끼어들었다. 다른 여자의 몸매를 감상해도 된다는 건가? 만석은 아내의 화통함에 내심 놀랐다. 그런데 이어지는 쇼 호스트의 멘트가 의미심장했다.

"부부간의 애정을 확인할 수 있는 뜨거운 밤, 지금 바로 선물하세요."

만석이 옆을 보니 정애는 웬일로 빨래를 개고 있었다. 수많은 빨래 중에서도 아까부터 낡아빠진 자신의 속옷만 폈다 갰다 반복했다. 만석도 알고 있었다. 전화기를 들어 저 속옷을 주문하는 순간 꼼짝없이 뜨거운 밤을 책임져야 한다는 것을. 뭐, 괜찮을 것 같기도 한데. 하지만 마음의 틈으로 레이저로 뒤집은 정애의 얼굴이 비집고 들어와 고민의 불씨를 지폈다. 어떻게 할까 갈등하던 만석은 안방 불을 꼭 꺼야겠다고 결심한 후 전화기를 들었다.

그 외에도 홈쇼핑으로 살 수 있는 물건은 많았다. 정애는 자신의 가치를 높여주는 명품백과 화려하게 세팅된 보석 외에도 동면에 들어가기 위해 준비하는 곰처럼 냉장고가 넘칠 정도의 반찬거리를 주문했다. 반면 만석은 왠지 이번 여름에 꼭 필요할 것 같은 에어컨, 옆 사람이 아무리 뒤척여도 숙면을 취할 수 있는 킹사이즈 침대, 필드에 나가본 적은 없지만 중년 남자라면 이 정도는 꼭 갖춰야 할 골프채 등을 마구잡이로 사들였다. 택배 기사가 하루에도 몇 번씩 만석의 집 문을 두드렸다. 외출 시에 만석은 물건들을 아파트 경비실에 맡겨두라고 택배기사에게 일렀다. 계속 배달되는 물건 때문에 요즘 만석네가 복권에라도 당첨됐는지 돈방석에 앉았더라는 소문이 경비원의 가벼운 입을 통해 퍼지면서 이윽고 집주인의 귀에 들어갔다.

얼마 지나지 않아 집주인이 그간 못 올린 금액과 시세를 감안해서 이번에 전셋값을 오천만 원 올리겠다고 통보해왔다. 오천은 만석에게는 달나라 여행이라도 다녀올 수 있을 만한 거액이었다.

대길이 영일이 중학교 올라갈 때 가방과 운동화를 사주려고 반찬값 아껴가며 모은 돈이 있긴 했지만, 그래봐야 백만 원도 채 되지 않았다. 그리고 그동안 만석과 정애가 시간을 팔아서 번 돈은 들어오는 족족 블랙홀 속으로 사라져버리고 없었다. 그 구멍의 존재를 증명하듯 물건들이 집안 곳곳에 쌓여 있었다. 만석은 다급한 마음에 일부를 반품해보았지만 이미 사용한 데다가 환불 기간이 지난 것도 많아 그마저도 쉽지 않았다. 고객센터와 한참 실랑이를 벌여 반품이 수락된 몇몇 물건들은 택배기사가 와서 수거해 갔다.

하지만 물건들이 빠진 텅 빈 자리를 보는 건 반품 실랑이를 벌일 때보다 훨씬 더 괴로웠다. 든 자리는 몰라도 난 자리는 안다는 말이 바로 이거였다. 그득히 쌓여 있던 물건들이 빠질 때마다 가슴에 대포알만 한 구멍이 숭숭 뚫리는 것 같았다. 만석은 좀 싼 걸로라도 그 빈자리를 채우기 위해 다시 전화기를 들었다. 하지만 홈쇼핑 고객센터에서는 상품의 재고가 없다는 식으로 주문을 거절했다. 갑자기 대량으로 반품 신청을 하자 블랙리스트에 만석의 이름이 올라 있었던 것이다. 만석은 더 이상 반품할 수도 없었고 물건을 살 수도 없었다.

전세 재계약 여부를 결정해야 하는 날이 다가올수록 만석은 머리 가죽을 잡아 뜯는 것처럼 스트레스가 차올랐다. 배 한 척을 멀리 밀 수 있을 정도로 크게 한숨이 나왔다. 전세난 속에 만석이 기댈 곳은 킬링타임모텔뿐이었다.

오늘따라 모텔로 가는 길이 멀어 보였다. 파란불로 신호가 바뀌자 만석은 종종걸음으로 횡단보도를 건너갔다. 그런데 옆을 보니 똥배가 유난히 볼록한 비둘기가 짧은 다리로 횡단보도를 같이 걸어가고 있었다. 저런 게 평화의 상징이라니. 괜히 심술이 난 만석은 발을 쾅 굴러서 비둘기를 쫓았다. 하지만 비둘기는 날지 않고 경보로 만석보다 저만치 앞서 달아나버렸다. 만석은 비둘기가 왠지 자신을 무시하는 것 같아 기분이 상했다.

모텔에 도착한 만석은 전에 없이 위축된 어깨로 로비에 들어섰다. 카운터를 정리하던 시연이 만석이 온 것을 보고는 뒤쪽 선반으로 검은 상자를 옮겼다. 혹시 저게 금고인가. 뭐 눈엔 뭐만 보인다고 저번에 601호에서 본 금고와는 생김새가 많이 달랐지만 시연이 그사이 돈을 옮긴 걸 수도 있었다. 만석의 눈이 번뜩였다. 시연은 발을 옮겨 몸으로 검은 상자를 가렸다.

"오늘은 약속한 날짜가 아닐 텐데요?"

"가불 좀 했으면 하는데……."

"여기는 화수분이 아니에요."

시연은 마음에 금을 그으려는 듯 고개를 꼿꼿이 들고 두 손을 단단히 맞잡아 깍지 꼈다. 이 모텔이 화수분이 아니라는 말은 손해 보고 판다는 장사치의 말처럼 거짓으로 들렸지만 만석은 확인할 길이 없었다. 돈을 구걸하는 순간 무게 중심이 옮겨가면서 시연은 갑으로 만석은 을로 바뀌어버렸던 것이다.

"아무튼."

시연은 쓸데없는 건 집어치우자는 식으로 이야기를 이었다.

"시간을 가져오세요. 그럼 돈을 지불하죠."

만석은 시연이 말하는 시간이 무엇을 의미하는지 알고 있었다. 가족 중 제삼의 인물이 필요하다는 것이었다. 정애와 만석만으로는 돈이 안 되니까. 만석은 마른손으로 얼굴을 쓸어내리다가 문득 십장은 어떻게 지내냐고 물었다.

"그는 비밀 유지 보안에 실패했어요. 그 결과 구만석 씨 가족이 저에게 오게 된 거죠."

시연은 이미 잘 알고 있지 않느냐는 듯 만석에게 요점을 되짚어주었다. 텔레비전 리모컨으로 전원을 누르면 화면이 나오고 음소거를 누르면 소리가 사라져야 하듯 모델은 만석에게 원하고 있었다. 시간을 가져오라고.

만석은 쓸쓸히 모델을 나섰다. 골목을 돌아서는데 핸드폰이 울렸다. 요즘 만석은 벨소리만 들어도 멀리서 사냥개 소리를 들은 탈옥수 표정이 되었다. 역시나 택배기사였다. 며칠 전 만석이 새롭게 문을 연 홈쇼핑에 물건을 주문했던 것이다. 라디오

주파수가 하나 밀린 것처럼 전화기 감이 멀었다. 아예 안 들린다고 해버리고 끊어버릴까 싶었지만 그래봐야 손해인 건 이쪽이었다.

"그 물건 반품했으면 좋겠는데……."

만석이 운을 떼자 상대 쪽에서 물건도 보기 전에 무슨 소리냐며 화를 냈다. 벌써 네 번째니 짜증날 법도 했다. 하지만 이쪽은 왕보다 귀한 고객이었다. 만석은 이런 식으로 나오면 택배 기사 불만 접수를 하겠다고 으름장을 놓았다. 그러고는 상대가 대꾸할 겨를도 주지 않고 전화를 끊었다. 적과의 접전에서 반드시 명심해야 할 기본 수칙은 공격 측에서 마지막 말을 해야 한다는 것이다. 핸드폰 종료 버튼을 누르고 헝클어진 머리를 뒤로 넘기는데, 문득 편의점 유리에 비친 미치광이가 눈에 들어왔다. 벌겋게 달아오른 얼굴로 핸드폰을 든 손을 부들부들 떨고 있는 건 자신의 모습이었다. 만석은 양심으로부터 돌아서듯 편의점 유리에서 거리 쪽으로 눈을 돌렸다. 그런데 그 순간 편의점 문을 열고 밖으로 나오던 쏘반과 정면으로 눈이 마주쳤다. 쏘반은 점심으로 천 원짜리 김밥 두 줄을 사서 나오는 길이었다. 만석은 그제야 쏘반을 알아보았다. 그런데 쏘반이 입은 청소부 유니폼이 어딘지 모르게 익숙했다. 곧이어 킬링타임모텔 화장실에서 봤던 유니폼이었던 게 기억났다. 만석은 '어, 너!' 하고 금방이라도 '반갑다 친구야'를 외치며 악수하자고 손을 내밀 것처럼 친근하게 쏘반에게 다가갔다.

"어, 썹썹하이."

쏘반이 모르는 척 지나가려 하자, 만석이 너 나 알잖아 하듯이 쏘반의 검은 봉지를 잡았다. 그러자 쏘반은 본능적으로 김밥이 든 봉지도 내팽개치고 냅다 뛰었다. 이에 만석은 자신도 모르게 반사적으로 쏘반을 뒤쫓았다. 쏘반은 목 잘린 닭처럼 사력을 다해 달렸다. 온몸의 구멍이 쩍쩍 벌어졌다. 체력적으로도 신체적으로도 쏘반이 훨씬 유리했지만, 이 동네에 산 것만 십 년차라 모든 골목을 꿰고 있는 만석에게 기어이 잡히고 말았다. 만석은 숨을 헐떡거리며 쏘반의 허리를 껴안고 물었다.

"썹썹하이, 너 맞지?"

쏘반은 나한테 진짜 왜 이러냐고 짜증내면서 만석의 팔을 풀었다. 그제야 만석은 자신이 쏘반과 반갑게 인사할 사이가 아니라는 걸 깨달았다. 이렇게 쫓아올 주제도 아닌데 어쩌자고 다짜고짜 따라왔을까. 겸연쩍은 듯 만석은 옷매무새를 가다듬으며 쏘반에게서 한 발짝 떨어졌다. 한때 자신은 염색 공장 사장이었지만 결국 부도를 막지 못해 쏘반과 그 친구들을 하루아침에 거리로 내몬 인물이었다. 입이 백 개라도 할 말이 없어야 마땅했다.

"그래도 한때 한솥밥 먹던 사람들끼리 섭섭하게."

만석은 말끝에 입을 씰룩였다. 진지한 얘기만 해도 통하지 않을 법한 분위기였지만 오랜만에 만난 기념으로 그 말 뒤에 농담을 달고 싶었던 것이다.

"안 그래, 썹썹하이?"

쏘반은 썹썹하이는 내 이름이 아니라고 정정해주지 않았다. 근무하러 들어가야 한다고 쌀쌀맞게 말하고 먼저 가려는데, 만석이 앞을 막아섰다.

"저기, 킬링타임에서 일한 지 얼마나 됐지?"

쏘반은 대답하는 데에 알레르기라도 있는 것처럼 침묵했다.

"혹시 601호에서 십장 본 적 있나. 그러니까 십장이 어떻게 생겼냐 하면……."

601호라는 만석의 말에 쏘반의 눈동자가 쟁반만큼 커졌다. 만석은 쏘반의 반응에 놀라 순간 지퍼를 채우듯 입을 다물었다. '너 내가 귀신 봤다고 말하지 말랬지!' 하는 공포 이야기의 마지막이 떠올랐다. 더불어 비밀 유지 보안 조항도. 만석은 말을 꿀꺽 삼켰다. 이 녀석도 시연과 관계되어 있을지 몰랐다. 이제껏 나를 모른 척 해온 놈 아닌가. 아무도 믿을 수 없었다. 만석은 아니라고 고개를 젓고는 그만 가보라며 쏘반에게 길을 터주었다.

"다음에 술이나 한잔 마시자고."

만석은 지키지도 않을 약속을 남발했다. 이에 쏘반은 대꾸도 없이 뚜벅뚜벅 걸어가다가 뒤돌아보았다. 만석도 발뒤축에 뭐가 묻은 것처럼 괜히 미련이 남아 뒤를 돌아보았다. 얼결에 두 사람의 눈이 마주쳤다. 남녀 사이였으면 야릇한 통함이고 절체절명의 기회였겠지만 스무 살 터울의 사내 둘이 이러는 건 좀 아니다 싶었다. 아이서 사탕을 깨문 아이처럼 서로 기분 나쁜 얼굴이었다.

눈길이 먼저 풀어진 쪽은 만석이었다. 생각해보니 자신의 공장에서 처음 봤던 게 햇수로 십 년 전이니까 쏘반은 외국인 근로자 고용 기간이 훨씬 지나 있었다. 아까 무작정 도망갔던 것도 그렇고 불법 체류자일 확률이 높았다. 예전에 공장에서 함께 일하던 쏘반 친구들의 얼굴도 떠올랐다. 모텔에서 시간을 팔았다면 돈을 많이 받을 테니 고되게 청소 일이나 하지 않을 거라는 생각이 들자 만석은 쏘반에 대한 경계가 풀어졌다. 요즘 집 때문에 쪼들리긴 하지만 그래도 이 녀석에 비하면 자신은 편하게 지내는 축 같았다. 집은 제대로 있을까. 어디 쪽방촌 같은 데를 전전하는 건 아닌지, 문득 짠한 마음이 들었다. 만석은 쏘반에게 걸어갔다.

"뺑이랑 몽키랑 같이 술 마시라고."

만석은 주머니에서 꺼낸 만 원 몇 장을 쏘반의 주머니에 찔러주면서 덧붙였다. 예상치 못한 만석의 행동에 쏘반의 눈빛이 흔들렸다. 십칠 년산 우유를 마신 것처럼 찡그린 얼굴로 쏘반은 자신의 주머니를 보았다. 순간 만석은 쏘반이 젊은 혈기에 돈을 주머니에서 꺼내 바닥에 메다꽂는 과격한 액션을 취하진 않을까 긴장했지만, 쏘반은 그러지 않았다. 생각이 많아진 얼굴로 그 자리에 서 있었다. 역시 이 녀석도 힘들게 사는구나 하는 생각에 만석은 힘내라며 쏘반의 어깨를 툭툭 두드린 뒤 뒤돌아서 갔다. 자신의 행동이 만족스러운 듯 멋지게 반대 방향으로 걸어가는데 불현듯 멀리 떨어진 곳으로부터 쏘반의 목소리가 들려왔다. 만석은 쏘반 쪽을 돌아보았다.

"아껴 써요!"

순간 골목 사이로 차가 속도를 내며 지나가는 바람에 만석은 목적어를 놓쳐버렸다. 뭘 아껴 쓰라는 거지? 물? 전기? 돈? 혹시 시간? 만석은 멀어진 쏘반을 뒤쫓아가 볼까 하다가 걸음을 돌렸다. 이제 어디로 가나.

거리를 방황하던 만석은 혹시 십장을 만날 수 있지 않을까 하는 희망에 공사장으로 향했다. 십장은 없었고 건물은 완공을 눈앞에 두고 있었다. 만석은 건물 앞 벤치에 앉았다. 시연이 자신에게 시간을 팔아 돈을 벌어보겠냐고 제안했던 날이 떠올랐다. 행운을 잡은 줄 알았는데 혹시 그것이 늪으로 끌어가는 해골 손은 아니었을까. 만석은 눈 덮인 산에서 조난당한 것만 같았다. 체력은 점점 떨어지고 먹을 것도 없는데 제힘으로 더는 아무것도 할 수 없을 것 같은 무력감이 밀려왔다.

"돈 좀 구해왔어?"

집에 들어서자마자 만석을 향해 정애가 물었다. 만석이 신발도 벗기 전이었다. 기분이 확 잡친 만석은 퉁명스럽게 맞받아쳤다.

"내가 돈 벌어오는 기계야?"

"당신이 기계면 차라리 반품하거나 환불이라도 받지."

"뭐가 어쩌고 어째!"

만석은 왜 당신은 명품백이고 화장품이고 반품 안 하는 거냐고 대거리를 했고 정애는 화장품은 반이나 썼고 명품백 샀다고 자꾸 눈치 주는데 돈 백도 안 되는 백 가지고 몰아세우지 말라며 언성을 높였다. 되팔지 않은 서로의 물건들을 들먹이며 정애와 만석이 큰소리로 다투자 베란다에 앉아 있던 대길이 그들을 말리기 위해 거실로 들어왔다. 정애는 대길을 보자 오늘은 말을 해야겠다는 듯 속내를 드러냈다.

"아버님, 저 솔직히 아버님한테 많이 서운해요. 아버님 시간은 저희가 하는 것보다 훨씬 더 많이……."

"그만해!"

만석이 정애의 말을 막았다. 작은방에서 나온 영일이 이쪽을 보고 있었던 것이다. 정애는 상한 조개처럼 입을 꽉 다물었다. 정적이 죄어들어왔다. 거실에 정애와 대길을 둔 채 만석이 작은방 쪽으로 걸어갔다. 그리고 영일을 데리고 안으로 들어갔다.

만석이 낮은 목소리로 얼른 자라고 영일에게 일렀다. 영일은 침대 위로 올라가서 이불을 덮고 누웠다. 이제 불만 꺼주고 나가면 되는데, 만석은 못 박힌 듯 서 있었다. 거실로 나가봤자 불편한 얼굴로 또 돈 얘기나 할 텐데. 게다가 영일에게 들키지 않게 조심해야 하니까 밖에 나가서 얘기해야 할지도 모른단 생각이 줄줄이 이어지자 몸에 힘이 주욱 빠졌다. 하루가 참 길었다.

"아빠, 시간이 뭐예요?"

만석이 문을 열고 나가려는 순간 영일이 물어왔다. 만석은 깜짝 놀라서 돌아보았다. 대체 어디까지 들은 걸까.

"갑자기 그건 왜……."

"그냥, 궁금해서……."

궁금할 게 많은 나이였다. 어쩌면 아까 정애가 대길에게 한 이야기를 들었는지도 몰랐다. 아버님 시간, 그 단어 가지고 설마, 모를 것이다. 만석은 간단하게 시간이 뭔지 말해주려 했지만 도무지 설명을 할 수 없었다. 물론 만석은 지금 이 순간에도 시간을 느끼고 있었다. 하지만 영일이 시간이 뭐냐고 묻는 순간 시간에 대해 아무것도 모르는 멍청이가 되어버린 느낌이었다. 그렇다고 애한테 시간이 곧 돈이라는 경제적 명언을 해줄수도 없었다. 한참 후 만석은 입을 뗐다.

"그냥 자라."

그 후로 시간은 손아귀를 쑥쑥 빠져나갔고 결국 집주인에게서 부동산에 집 내놓겠다는 말까지 나왔다. 통보를 들은 지 한 시간도 채 지나지 않아 집을 좀 보러 오겠다면서 집에 사람 있느냐며 부동산에서 전화가 왔다. 더 이상 꾸물거릴 시간이 없었다. 전화를 끊은 즉시 만석은 부동산으로 달려갔다. 바짝 약이 오른 고추처럼 만석은 요구하는 전세금에 웃돈까지 얹어줄 테니 우리 집 절대 내놓지 말라고 부동산업자와 집주인에게 큰소리치고 나왔다.

거리로 나온 만석은 혹시 하는 생각에 멀리 떨어진 다른 부동산에 가서 근처의 전세 매물을 알아봤지만 결과는 참담했다. 지금 사는 집의 반도 안 되는 평수에 이천이나 많은 가격을 요구했다. 평수를 유지하려면 무조건 월세였고 조금 조건이 나은 건 반월세였지만 그나마도 이사 시기가 맞지 않았다. 일억이 채 되지 않는 돈으로 방 세 개짜리 전셋집을 구하는 건 하늘의 별 따기였다. 산 끄트머리에 걸쳐진 바윗돌이 금방이라도 머리 위로 떨어지려는 것처럼 흔들흔들 몸을 움직이고 있었다.

결국 만석은 고혈을 짜내는 심정으로 중고 가구 판매업자를 찾아가 반품을 거절당한 대형 가전제품들을 헐값에 팔았다. 그런데도 돈이 턱없이 부족했다. 만석은 바람이 불면 힘없이 꺼질 촛불처럼 자신이 초라하게 느껴졌다.

터덜터덜 집으로 가는 길에 만석은 영일이 얼굴이나 보려고 놀이터로 향했다. 아이들이 없는 놀이터에 대길과 영일이 시소를 타며 한때를 보내고 있었다. 집 문제가 온가족에게 떨어졌는데 왜 나만 세상 모든 고민을 껴안은 것처럼 죽어라 애를 써야 하는 걸까. 문득 만석은 쓸쓸해졌다. 내 짐 좀 들어달라고 투정부리고 싶은 순간 대길과 눈이 마주쳤다.

만석과 대길은 혼자 그네를 타며 노는 영일에게서 멀리 떨어진 벤치에 자리를 잡고 앉았다. 만석은 무슨 이야기가 나올지 너무도 뻔해서 오히려 입 떼기가 더 어려웠다. 하지만 가만 생각해보면 말하지 못할 것도 없었다. 늙은 아버지를 공사판으로 내몰아 혹사시키는 것도 아니고 고물이라도 주워오라고 시키는 것도 아니고 고려장 같은 건 더더욱 아니었다. 그럼에도 불구하고 이렇게 뜸을 들이는 건 모락모락 피어오르는 왠지 모를 불안감 때문이었다. 만석은 그 이유가 아버지한테 기대고 싶지 않은 백 원짜리 자존심 때문이라고 생각했다. 하지만 자존심 내세울 때가 아니었다. 만석은 자신도 철들었다고 자신할 수 있었다. 만석은 숨도 안 쉬고 내뱉었다.

"그게 막말로 장기를 파는 거요 아님 머리카락 잘라서 파는 거요. 그저 남아도는 시간을 파는 거 아니요. 한마디로 그 모텔은 우리 가족한텐 노다지요. 가족 패키지는 그중에서도 왕건이고. 그냥 푹 한숨 자다 오면 돈이 굴러들어 온다는데 안 하겠다고 버티는 것도 아버지 고집이오."

"꼭 해야 쓰겠냐. 내가 자버리면 영일인 누가 돌보고."

영일을 돌보는 건 만석도 정애도 할 수 있는 일이었다. 그에 반해 만석은 지금 누구나 할 수 있는 일이 아닌 대길만 할 수 있는 일을 요구하는 것이었다. 게다가 따져보면 누가 상황을 여기까지 몰고 왔는데. 만석은 발끈했다.

"내가 이런 말까진 안 하려고 했는데, 솔직히 아부지가 그때 다단계에 홀려갖고는 내 사업이고 집이고 다 말아먹었잖소. 이제 아들놈이 다시 돈 벌어서 우리 가족이 행복해질 수 있게 해보겠다는데 제발 좀 합시다. 네?"

만석은 결코 아물지 않는 상처인 옛일을 들먹였다. 대길이 다단계에 빠져 여러 사람에게 빚을 지고 결국 공장이 부도 처리되면서 빚쟁이들이 개떼처럼 몰려들었을 때 만석은 꼼짝없이 감옥행이 예약되어 있었다. 그때 만석도 대길의 꿈에 같이 부풀어서 공장 일을 등한시하는 바람에 불량이 늘어나 대기업 수주가 떨어져나가는 등 자신이 대길보다 더 미쳐 날뛰었다는 건 말하지 않았다.

사장이 그 모양인데 아랫사람들이 일을 제대로 할 리가 없었다. 눈치 빠른 한국인들이 원단이고 염료고 뒤로 빼돌렸고 한국에 처음 온 몇몇 외국인들은 어리바리하게 원래 그런가 보다 하고 점점 일도 안 하고 퍼질러졌다. 결국 납기일을 못 맞추면서 크게 돈을 물어주었고 온도를 잘못 맞춰서 옷감도 망쳐 내

버려야 했다. 하지만 만석은 그런 재수 없는 다단계를 물어온 건 아버지였다는 것만 기억했다. 만석에겐 그게 중요했다.

"그땐 내가 뭐에 씌었지. 근데 만석아, 구십 평 대궐 같은 빌라에 살 때 행복하던? 넌 친구들이랑 술 마신다고 늘 나가 있고 에미도 모임 있다면서 집에 붙어 있는 날이 없고……. 내가 니들 옷 빨래도 하고 밥도 챙겨주고 이러는 게 몸은 좀 고되다만, 애비는 지금만큼 행복해본 적이 없다. 만석아, 우리 그 돈 없어도 산다. 응?"

"그렇게 하기 싫소? 나도 입 아프게 더는 말 안 할라오. 직계가족 삼 인 이상이니까 아부지가 싫다면 영일이가 하면 되지. 애니까 잠 많이 자면 키도 쑥쑥 클 거고."

만석은 되는대로 뱉었다. 생각해오던 일은 아니었지만 까짓것 못할 것도 없다면서 흥분했다. 영일이 개근상만 포기하면 될 일이었다. 만석도 어렸을 때 개근상 받아봤지만 나중에 사회생활 하는 데에 눈곱만큼도 도움 되지 않았다. 콧김을 홍홍 뿜는 만석을 안쓰럽게 보던 대길은 천진난만하게 노는 영일에게로 고개를 돌렸다.

"어린것이 내리 자면 배도 곯을 텐데……."

영일을 보던 대길의 시선이 중력의 힘을 이기지 못한 듯 아래로 떨어졌다. 자신의 그림자가 보였다. 나이가 들면서 몸은 줄어들고 그림자는 커져가고 있었다. 그 일을 해서 내 새끼들을 보호할 수 있다면……. 대길은 무겁게 고개를 끄덕였다.

"대신 한 가지 약조허자. 영일인 안 된다. 만석이 니가 내 자식이듯이 영일인 네 하나뿐인 자식이니까 꼭 잘 챙기고 또……."

"알았다니까 그러네. 영일인 이따 내가 집에 데려갈 테니까 아부진 모텔 갔다 오쇼. 첫날만 601호서 자면 되니까 끝나면 바로 집으로 오시고."

만석은 놀이터 가운데에 있는 뺑뺑이에 영일을 태운 후 달려가면서 힘차게 돌려주었다. 뺑뺑이 속도가 빨라질수록 영일은 아찔함에 즐거운 비명을 질렀다. 그러는 사이 대길은 몸을 돌려 놀이터 밖으로 걸어갔다. 노다지 캐러 모텔로 향하는 대길의 뒷모습이 쓸쓸했다. 아스팔트 바닥을 가로지르는 그림자가 길었다.

시연은 시계를 보았다.

아직이었다. 이제 십삼 초가 지났을 뿐이다. 시연은 두 손을 어쩌지 못해 주먹을 쥐었다 폈다 꺾었다 털었다 다시 모았다. 필중의 팔에는 시간 주사기가 꽂혀 있었다. 모두 다 넣었는데 어찌 된 일인지 반응이 없었다. 이 순간을 위해 대길까지 끌어들였는데, 이럴 순 없었다. 시연은 아랫입술을 깨물었다.

생체 나이가 맞아야만 효과가 나타난다는 것은 시간 연구의 한계점 중 하나였다. 이렇게 시간 연구는 작은 자극에도 극도로 예민한 액상 상태의 니트로글리세린처럼 불안정한 점이 많았다. 규조토와 결합시켜 드디어 안정적인 다이너마이트를 탄생시킨 것처럼 시간 연구는 노벨과 같은 인물을 기다리고 있었다. 시연은 필중의 얼굴을 보았다. 흑백 화면으로 보면 회색처럼 보일 것 같았다. 하얀 빛에도 검은 어둠에도 속하지 못한 채 중간에서 서성대는 잿빛. 시연은 전자시계로 눈을 돌렸다. 젠장. 마지막으로 시간을 확인한 때로부터 사 초가 지나 있었다. 요동치는 마음을 진정시키려고 숨을 크게 들이마셨다.

그때였다. 필중의 얼굴이 조금씩 일그러지기 시작했다. 고통의 힘이 필중의 눈꺼풀을 밀어 올렸다. 필중의 눈 속에 고통이 새겨지고 있었다. 뼈마디 마디를 새로 맞추는 것 같았고 총알 세례가 피부 전체를 아슬아슬하게 스쳐 지나가는 것 같았다. 난생처음 겪어보는 고통에 사지가 찢겨나가는 것처럼 전율했다. 하지만 그런 필중을 바라보는 시연의 얼굴은 감출 수 없는 환희로 가득 차 있었다. 곧 괜찮아질 거라면서 시연은 그 고통을 나누려는 듯 필중의 손을 힘껏 잡았다. 고통의 파도가 지나간 후 필중의 안색이 흑백에서 컬러로 바뀌는 것처럼 서서히 핏기가 돌기 시작했다. 시연은 필중의 눈을 다시 들여다보았다. 태풍이 지나간 바다처럼 언제 그랬냐는 듯 고요해져 있었다. 아버지의 또렷한 눈매 그대로였다. 시연은 필중을 뜨겁게 안았다.

"네가 날 깨울 줄 알았다."

필중의 온화한 눈길에 시연은 필중이 좋아하던 생강차를 내밀었다. 하지만 생강차는 이미 식어 있었다. 시연은 다시 데워 오겠다면서 일어섰지만 필중은 괜찮다면서 차를 조금씩 마셨다. 목구멍으로 무언가를 넘기는 게 오랜만이었다. 천천히 톡 쏘는 맛을 음미하며 눈을 감았다. 시연은 그것이 잠시뿐이란 걸 알면서도 필중이 조금이라도 오래 눈을 감고 있으면 불안해졌다. 그런 시연의 불안을 느꼈는지 필중이 다시 눈을 떴다.

"시간 주사가 이런 느낌이었군."

필중은 혼잣말하듯이 읊조리면서 방을 둘러보았다. 좁은 방이었지만 필요한 건 다 구비되어 있었다. 한 가지 거슬리는 게 있다면 자신이 앉아 있는 침대가 연구실의 삼 분의 이나 되는 공간을 염치없이 차지하고 있다는 것이었다. 이건 이제 빼도 되겠다 싶었지만, 생각해보니 이십사 시간 후에는 자신의 의지와 상관없이 다시 이 침대에 누워야 했다. 필중은 시계를 보았다. 벌써 피 같은 십여 분이 지나 있었다. 필중은 시연에게 자신을 책상까지 부축해달라고 했다. 시연은 뭐 좀 드셔야 되지 않겠냐고 물어봤지만 필중은 고개를 저었다. 시연은 더 권하지 않았다. 자신도 시간 주사를 맞아봐서 그 느낌을 잘 알기 때문이다. 무엇인가에 몰두하고 싶은 강한 욕망 때문에 허기가 끼어들 틈이 없었다. 시연은 필중을 책상 앞에 놓인 의자로 부축했다.

필중은 조심스럽게 팔을 움직이며 주먹을 쥐었다 폈다. 잠시 후 운신할 수 있을 정도가 되자 기뻐할 새도 없이 필중은 바로 연구에 빠져들었다. 시간이 흘러가는 게 아까웠던 것이다. 엄밀히 말하면 이십사 시간이었고 시간 주사 덕분에 사십팔 시간을 활용하는 것과 같았지만 그래봤자 이틀 남짓에 불과한 시간이었다. 쓰러져 있는 동안 속절없이 버려야 했던 시간에 비하면 거대한 강물에서 겨우 한 사발을 떠올린 것처럼 적은 시간이었다. 또한 획기적인 연구 결과를 만들어내는 데에도 빠듯한 시간이었다. 물론 남들이 보기에는 그마저도 불가능한 시간이었지만, 필중은 자신 있었다.

시연은 침대에 걸터앉아 필중의 등을 보았다. 이런 불상사가 반복되지 않으려면 필중이 쓰러진 그날에 대해 상세히 알아야 했다.

"그때, 한국에 돌아와서 아버지를 봤을 때 몸 여기저기에 멍이……"

"이미 지난 일이다."

필중은 시연의 말을 끊어버렸다. 그러고는 사람이란 무릇 뒤돌아보느라 시간을 낭비하지 말고 무조건 앞을 향해 달려가야 한다는 듯이 오로지 연구에만 몰두했다. 너무 오랜만에 사용해서 그런지 근육들이 잘 움직여주지 않았지만 근육이 완전히 돌아오기까지의 시간도 허투루 쓸 생각이 없었다. 시연과의 해후에 더 시간을 쏟는다거나 옛날 일을 헤집어 바꿀 수도 없는 과거에 대해 이러쿵저러쿵 떠든다는 건 금쪽같은 시간을 하수구에 버리는 것보다 더 몹쓸 짓이었다. 필중은 노트에 빼곡하게 적힌 가설과 암호로 적어 놓은 해법의 단서들을 살펴보면서 새로운 방향을 제시하는 대안을 그 옆에 적어나갔다.

필중이 오순도순 김치찌개나 끓여 먹으며 자신과 시간을 보내지 않을 거란 건 예상했지만 그래도 이건 너무……. 시연은 서운한 마음을 삼키듯 목 뒤로 침을 넘긴 뒤 다시 입을 열었다.

"시간을 많이 빼면 부작용이 예상된다고 적혀 있던데, 어떤 부작용이에요?"

필중은 대답 없이 오늘 해야 할 연구 방향과 공식만 노트에 적어나갔다.

"노트를 봐서 이미 예상하고 계시겠지만, 전 아버지를 깨우기 위해 한 가족의 시간을 뺐어요. 돈을 원하는 그들을 만족시키기 위해 당장 필요한 게 아닌데도 사십대 가장과 그 아내의 시간도 꽤 여러 번 빼냈고요. 특히 그 가장은……."

어린 자식도 있어요라고 말하려다 숨을 고르듯 입을 다물었다. 불필요한 말이었다. 시연은 감상적으로 보이고 싶지 않은 듯 연구 이야기로 돌아갔다.

"무한정 시간을 뺄 순 없잖아요. 아버지도 분명 노트에 그렇게 적으셨고요. 하지만 그 한계점이 어딘지 모르겠어요. 벌써 목전까지 와 있는지도 모르고요. 그 지점을 알 수 있는 방법이 없을까요. 코피를 흘린다든지 혈색이 나빠진다든지 혈중 내 특정 효소 수치가 올라간다든지 뭔가 우리가 놓친 그들의 증상이 분명 있을 거예요. 부작용이 일어난 후 되돌릴 수 없다면 그 전에 멈춰야 할 순간을 알고 싶어요."

필기 소리가 멈춰져 있었다. 필중은 노트에서 고개를 들었다. 이제껏 시연의 이야기를 듣고 있었다는 표시였다. 노트 곳곳에 적힌 낯선 필체로 보아 시연이 꽤 오랜 기간 시간 연구를 했다는 것을 알 수 있었다. 시연이 똑똑하긴 했지만 이 정도는 아니었다. 그런데도 자신의 연구를 이 정도까지 따라왔다는 것은 그동안 시간 주사의 힘을 빌렸다는 의미였다.

"흠."

닫힌 입에서 무음과 같은 탄식이 터져 나왔다. 필중은 시연을 돌아보았다.

"너도 시간 주사를 맞았겠구나."

필중의 말에 시연은 눈을 내리깔며 고개를 끄덕였다.

"다 썼어요."

죄를 고백하듯 손목을 무릎 앞으로 내밀며 시연이 말했다. 그러자 필중이 나지막한 음성으로 시연에게 위로하듯 말을 건넸다.

"많이 아팠겠구나."

시연은 자신이 잘못 들은 건가 싶어 고개를 들어 필중을 바라보았다. 하지만 필중은 시연과 눈을 맞추지 않은 채 노트를 다시 바라보며 말을 이었다.

"너도 겪어봐서 알겠지만, 난 시간을 받는 사람의 고통을 해결해야 한다."

시간을 파는 사람의 부작용과 시간을 사는 사람의 고통 사이에서 저울은 이미 기울어져 있었다. 시간을 사는 사람 쪽이었다. 이래가지고서는 수요가 공급을 따라가지 못할 게 자명했다. 고통의 수위를 낮추지 못한다면 시간 수여자가 심장마비를 일으킬 수도 있었다.

"네가 더 성숙해지면 큰 그림을 이해하게 될 거다."

말을 잇지 못하는 시연을 뒤로하고 필중은 다시 연구에 몰두했다. 망치로 맞은 것 같은 충격에 시연은 입을 꾹 다물었다. 속으로 자신이 아는 것과 모르는 것에 대해 생각해보았다. 필중의 말처럼 시연도 그 고통을 알고 있었다. 하지만 시간을 빼내는 사람도 고통이 없는 건 아니었다. 노트 앞쪽에 쓰인 동물실험 결과에 따르면 맨 정신인 상태에서 시간을 뺐을 때 대부분의 쥐들이 고통스러운 비명을 지르며 죽어갔다. 그래서 수면 마취를 하게 된 것이다. 하지만 시간을 넣을 때에는 마취 자체를 할 수가 없었다. 마취를 하면 시간을 넣어도 아무 효과가 없기 때문이다. 마취제 주입 후 시간 주사를 맞은 쥐들은 치즈가 있는 곳으로 가지 못한 채 미로 속에서 빌빌거렸다. 그것이 시간을 넣을 때와 뺄 때 왜 다른지 생체 시계와 마취제 사이의 연결 문제를 해결해야 했다. 시간을 주고받는 사람의 생체 나이를 맞추는 것도 쥐 실험으로 수많은 작은 생명을 죽음에 이르게 하고서야 얻어낸 방법이었다. 살아온 시간이 크게 차이가 날 경우 쥐들은 고통 속에 몸부림치다가 시간을 체화하지 못하고 죽어버렸다. 그나마 다행이라면 성별과는 관계가 없다는 것이었다.

시연은 필중의 몸에 주입했던 시간 주사기로 눈을 돌렸다. 대길의 시간이 담겨 있던 주사기를 치우려고 손으로 들었다. 그런데 유리 주사기 안에 흙처럼 생긴 작은 시간 알갱이가 보였다. 다 넣었다고 생각했는데 용케 하나가 남아 있었던 것이다. 세상 사람들은 모르는 시간의 실체였다.

평생 뇌의 십 퍼센트도 채 못 쓰고 죽는다는 세기의 과학자의 말에 사로잡혀 수많은 학자들이 뇌 활용법에 대해 연구할 때, 필중은 다르게 보았다. 집중이 잘되는 날에는 연구 성과가 뛰어났지만 그렇지 않은 날에는 아무것도 할 수가 없었다. 그걸 대부분의 사람들은 변덕스러운 컨디션이나 스트레스 혹은 아이큐 탓으로 돌렸지만 필중은 그걸 시간이란 코드에 맞춰서 보았다. 당연하다고 인정되는 법칙을 버리자 필중에겐 새로운 관점이 보였던 것이다. 필중은 그때부터 몰입 시간을 획기적으로 늘리는 것에 초점을 맞춰 연구를 시작했다.

물론 필중이 생체 시계 연구의 최초 선구자는 아니었다. 알렉산더 대왕 원정에 따라갔던 한 철학자가 식물이 낮에 태양을 향해 잎을 들어 올렸다가 밤에 내리는 것을 언급한 것으로부터 그 연원을 거슬러 올라갈 수 있었다. 그 단순한 관찰을 연구로 발전시킨 건 십팔 세기 프랑스에서였다. 암실에서 잎의 움직임을 관찰하던 중 빛이 없을 때에도 잎이 주기적으로 움직여 낮이라고 여겨지는 때에는 올라가고 밤이라고 여겨지는 때에는 내려가는 것을 검증한 것이었다. 그 후 시간이 흘러 이십 세기 중반 초파리 생체 시계의 메커니즘을 탐구하면서 과학자들도 생체 시계의 존재를 너나없이 인정했다. 하지만 한 단계 더 나아가는 길은 요원하기만 했다.

젊은 시절 필중은 제약회사를 돌아다니며 생체 시계 연구의 필요성을 설파했다. 대륙 간 비행기 여행자들을 괴롭히는 시차병이 교대 근무를 하는 사람에게도 나타나는 건 우연이 아니었다. 게다가 가장 비극적인 산업 참사인 체르노빌과 스리마일 섬의 원자로 고장, 보팔 화학 공장 폭발은 근무자들이 이른 새벽에 실수를 저질러서 일어난 것이었다. 사람들이 새벽에 집중력이 가장 떨어지는 것은 생리적 주기에 따른 결과였다. 그러던 중 1970년대에 이루어진 동물 연구에서 하루 중 특정한 때에 투약하면 항암제 효과가 더 커진다는 게 밝혀지면서 필중의 생체 시계 연구의 중요성에 힘을 실어주었다. 결국 필중은 거대 제약회사에서 막대한 투자를 받으며 연구할 기회를 얻었다.

그곳에서 필중은 먼저 동물에 대해 연구를 시작했다. 동물은 체중이 무거울수록 템포가 느렸다. 심장이 뛰는 간격, 혈액이 몸을 한 바퀴 도는 데 걸리는 시간, 추울 때 떨림의 주기, 근육 수축시간, 적혈구 등 세포의 수명, 성체가 될 때까지의 시간, 임신기간, 수명 등이 모두 생체 시계와 관련이 있었다. 단백질의 양을 조절하는 마이너스 피드백 구조와 쥐 실험을 통해 이십사 시간 주기 리듬을 밝혀냈으나 제약회사는 원론적인 연구가 아닌 당장 상용화가 가능한 결과를 원했다. 인체에 있는 백 조 개의 세포에는 각각 생체 시계가 하나씩 들어 있어서 주기 를 조절하지만 그들이 원하는 것은 모든 반지를 지배하는 절대 반지처럼 모든 생체 시계를 통제할 수 있는 절대적인 신약이었 다.

결국 제자리걸음인 필중의 프로젝트는 폐지되었다. 그 후 제 약회사 측에서는 필중의 비상한 두뇌와 열의를 인정했기에 그 에게 다른 연구를 해볼 것을 제안했다. 하지만 필중은 더 이상 의 간섭 없이 제 힘으로 생체 시계 연구를 해서 삼 년 안에 깜 짝 놀랄 만한 성과를 보이겠다고 호언장담하고 돌아섰다. 하지 만 삼 년은 구 년이 되었고 구 년은 이십칠 년의 세월을 더 잡 아먹어버렸다. 그럼에도 불구하고 필중이 연구를 멈추지 않은 것은 확실한 믿음이 있기 때문이었다.

그러던 어느 날 인생의 추를 바꿔줄 획기적인 사건이 일어났 다. 자연 상태에서 태어난 햄스터에서 생체 시계 돌연변이 타우 가 발견되었던 것이다. 이 돌연변이는 하루 주기가 이십 시간으 로 줄어 있었다. 생체 시계는 뇌의 두 반구에 손가락 두 개 정 도의 거리를 두고 좌우의 시신경이 교차하는 곳의 조금 윗부분 에 위치한 시신경교차상핵에 있었다. 이 쌀알만 한 한 쌍의 신 경절에서 만들어지는 이십사 시간 주기의 신호가 말초 조직에 전해지는 것이었다. 연구 결과를 토대로 돌연변이 햄스터에게 정상 햄스터의 시신경교차상핵을 이식해보았더니 이십사 시간 주기의 행동 리듬이 부활했다. 그때부터 필중의 머릿속은 온통 생체 시계의 원리를 조금씩 빼낼 수 있는 방법을 연구해야 한다는 일념뿐이었다. 시계 유전자를 잡아낼 수 있는 것을 중심으로 다시 연구를 시작한 결과 시연이 보고 있는 시간 주사기가 탄생하게 된 것이었다.

시연은 빈 시간 주사기를 트렁크에 넣었다. 달칵 잠기는 소리가 좁은 연구실 안에 울렸다. 오늘은 쏘반이 나오지 않는 날이기 때문에 소리에 조심할 필요가 없었다. 문득 시연은 필중에게 왜 시간을 빼는 대상자로 불법 체류자를 택했었냐고 묻고 싶어졌다. 그들이 약자라서? 아니면 전 세계적으로 시간 거래 상용화를 만들기 위해 다른 민족 간에도 가능한지 알아보고 싶어서? 목구멍이 오그라들었다. 시연은 꺼내지 못할 질문과 함께 트렁크를 침대 밑으로 밀어 넣었다.

몸을 일으키려는데 책상에 놓인 액자가 보였다. 필중이 일어날 때를 위해서 시연이 일부러 부녀가 함께 찍은 사진을 놓아둔 것이었다. 하지만 필중의 눈은 그 사진이 아닌 노트에만 꽂혀 있었다. 시연은 서운해지려는 마음을 애써 감추며 돌아섰다.

그런데 방을 나가려는 순간 오래전 필중과 병문안을 갔을 때가 떠올랐다. 어린 시연이 임종이 가까운 고모할머니의 호스피스 면회를 마치고 나와보니 복도가 부산스러웠다. 장기기증 코디네이터가 뇌사 추정자의 생명의 불꽃을 다른 곳으로 잇기 위해 옆방을 분주히 드나들자, 보호자는 내 아내를 죽은 사람 취급하지 말라며 울부짖고 있었던 것이다. 필중은 복도에 서서 식물인간을 보며 읊조리듯 말했었다.

"귀한 시간이 옳은 곳에 쓰이지 못한다는 건 안타까운 일이다."

이제야 그 말의 의미를 알 것 같았다. 시연은 독감에 걸린 듯 온몸이 달아올랐다.

"아버지의 최종목표는 식물인간들에게서 시간을 빼서 사용하는 건가요?"

헐거워진 잭나이프에서 칼날이 툭 떨어지듯 시연은 질문을 던졌다. 낯빛이 어두워진 필중은 아니라고 정정해주지 않았다. 필중은 대답 대신 연구에 더 몰두했다. 시연은 기도하듯이 눈을 감았다가 천천히 떴다. 숨을 들이마셨다가 내쉬며 호흡을 가다듬었다. 떨리는 목소리는 내고 싶지 않았다.

"하지만 그건, 그들에게서 기적의 희망을 빼앗는 거예요."

시연은 필중이 대답하지 않을 걸 알면서도 말했다. 그런데 필중은 주사기에 넣는 용액의 양을 주시하면서도 한 음 내려간 음성으로 시연에게 대답해주었다. 옳지 않은 건 꼭 바로 잡아야 된다는 듯이.

"그런 낮은 확률에 기대서 사는 건 옳지 않다. 큰 그림을 봐라."

필중은 시간 주사야말로 소수의 위대한 사람들을 평범하고 무지한 사람들이 도울 수 있는 최상의 방법이라고 생각하고 있었다. 20 대 80 법칙이 아니라 2 대 98이었다. 우매한 대중을 끌고 나갈 각 분야의 뛰어난 인재를 위해 값싼 동정심에 휘둘려선 안 된다. 그래야만 점점 황폐해져가는 세상을 하루빨리 바로잡을 수 있다. 그게 필중의 신념이었다. 연구에 몰입한 필중은 야생에서 사냥을 하기 직전 온신경이 집중된 표범의 눈빛처럼 두 눈이 형형히 빛났다. 그런 필중의 모습에 시연은 더 이상 자신이 이 방에 있는 게 아무런 의미가 없다고 느껴졌다. 곧이어 시연은 연구실에서 나와 홀연히 건물 밖으로 나갔다.

큰 그림. 도대체 얼마나 뒤로 물러서야 큰 그림을 볼 수 있는 걸까.

시연이 도착한 곳은 자신을 낳은 여자가 사는 집 앞이었다. 아버지가 연구에만 골몰한 사이 어린 시절 자신을 두고 떠나버린 여자였다. 시연은 생각했다. 왜 그때 날 데려가지 않았을까. 겨자를 한 입 먹은 것처럼 코가 찡 울렸다.

끼이익 소리와 함께 대문이 열렸다. 중년 여자가 장바구니를 들고 소녀와 함께 나왔다. 시연은 황급히 전봇대 뒤에 몸을 숨겼다. 지배인 유니폼을 입은 채 나왔던 것이다. 옷 핑계를 대고 서라도 시연은 제 모습을 보이고 싶지 않았다. 어차피 알아보지도 못할 테지만. 시연은 멀어지는 그들의 모습을 보았다. 중년 여자 옆에 딱 붙어서 걷는 건 그녀의 중학생 딸이었다. 그 여자가 일찍이 재혼해서 잘 살고 있다는 건 말하기 좋아하는 친척들로부터 들어서 이미 알고 있었다. 시연은 허수아비처럼 자리에 못 박혀 그 모습을 지켜보았다. 큰 그림 따위 모르겠다. 그것이 그림이든 사진이든 내 가족이 들어 있길 바랄 뿐이었다.

시연은 스마트폰을 꺼내서 화면을 보았다. 필중의 연구실 책상에 올려놓은 액자 속과 같은 사진이 바탕화면으로 떴다. 사진은 지나버릴 수 있는 한 순간을 동결시켜 보여주고 있었다. 사진 속에서 시연은 필중에게 다정하게 팔짱을 끼고 있었다. 필중은 흰머리만 더 늘었을 뿐 그때와 외양이 비슷했지만 시연은 좀 달라져 있었다. 중학생이던 시연은 양 갈래로 길게 땋아 내린 머리를 뽐내고 있었다. 사춘기 시절 친구들과 달리 머리를 길게 기르고 싶은 마음에 시연은 필중에게 앞으로 자신은 한국 무용을 배워야 해서 머리를 길러야 한다고 담임에게 말해달라며 꾀를 냈던 것이다. 필중은 살가운 정을 먼저 보여주진 않았지만 시연이 요구하는 걸 거절하는 법이 없었다. 그것은 늘 연구에 매달려 딸을 돌보지 못한 데에 대한 미안함일 수도 있었고, 사소한 것들은 다 들어줄 테니 연구할 때 귀찮게 해서는 안 된다는 조건일 수도 있었지만 시연은 전자로 생각했었다.

지금 가슴 위로는 지배인 임시연이라는 명찰이 빛날 뿐 길게 내려왔던 머리카락은 없었다. 머리카락은 자라겠지만 내버려두지 않을 셈이었다. 길면 자르고 길면 자르고 그렇게 자꾸만 자라는 불편한 마음도 자를 생각이었다.

시연은 여자가 딸과 함께 멀어져간 골목을 보며 생각에 잠겼다.

저 여자는 왜 아버지와 결혼한 것일까. 아버지가 오로지 연구밖에 관심 없다는 걸 모르지 않았을 텐데. 친척들 입방아에 따르면 장남인 아버지 앞으로 남은 거액의 유산을 보고 결혼했다는 말이 있었다. 그렇다면 나는 왜 낳은 것일까. 자식이 생기면 아버지의 마음이 가족에게로 돌아서지 않을까 싶어서? 만약 그런 거라면. 나는 실패작이었다. 내가 갓 돌이 지났을 때 저 여자는 재산 분할 소송에서 졌다. 남편의 무관심을 결혼 파탄의 이유로 들었지만 사람들의 눈을 피해 벌여왔던 외도 사실이 만천하에 드러났던 것이다. 친척들이 고용한 특A급 변호사들의 노력 덕분에 밝혀진 진실이었다.

현재 여자가 사는 집은 꽤 으리으리했다. 두 번째 남편은 잘 잡은 것이다. 자신의 딸도 버리지 않고 저 나이가 되도록 다정하게 잘 사는 걸 보면.

시연은 스마트폰을 다시 들여다보았다. 카메라 보는 시간도 아깝다며 필중이 손에 든 책으로 눈을 돌리는 바람에 시선이 따로 놀고 있어서 사진은 엉망이었다. 하지만 시연은 이 사진이 좋았다. 필중의 평소 모습이 고스란히 드러나 있어서. 이런 추억 속에 저 여자는 없었다. 저 여자는 사진 찍기를 싫어한 걸까, 나와 찍는 게 싫었던 걸까, 아니면 떠나면서 함께 찍었던 모든 사진을 없앤 걸까. 이유는 알 수 없었다. 지금 자신에게 남은 건 아버지 임필중 박사뿐이었다.

한참이 흐른 후 시연은 무거운 걸음을 돌려 회귀본능처럼 킬링타임모텔로 향했다. 걸어가는 시연이 종이 인형처럼 보였다. 바람이 불어오면, 어쩔 수 없네요 하고 날아가버릴 것처럼 위태위태했다.

시연은 어딜 가든 킬링타임모텔로 돌아오고야 마는 스스로의 모습에 씁쓸했다. 이곳은 일터이면서 집이었다. 절대 분리될 수 없는 샴쌍둥이와 같았다. 시연은 어깨에 무거운 짐을 진 얼굴로 로비로 들어섰다. 로비엔 아무도 없었다. 선우가 자리를 비운 것이었다. 하지만 시연은 카운터를 지킬 수가 없었다. 내일은 이게 아니다. 시연은 치파오처럼 몸에 착 달라붙는 유니폼이 갑갑하게 느껴졌다.

시연은 카운터를 벗어나 비상구 계단으로 향했다. 2층 복도를 걸었다. 방이 손님으로 채워져 있는지 안쪽에서부터 낮은 신음이 흘러나왔다. 시연은 복도 끝까지 걸었다가 턴을 찍고 비상구 쪽으로 돌아왔다. 3층은 비어 있었고 4층에서는 코고는 소리가 들렸다. 시연은 모텔에 들러붙은 유령처럼 돌아다녔다.

이 모텔은 필중이 사들인 것이었다. 필중이 연구에만 매달려 실험 비용과 생활비를 축내는 동안 필중의 재산은 야금야금 사라져가고 있었다. 결국 이혼 후 남은 건 시골에 있는 약간의 전답과 서울 금싸라기 땅에 지은 3층짜리 단독주택이 전부였다. 그것을 모두 처리한 필중은 경매로 나온 모텔 건물을 사들였었다.

시연은 이제야 알 수 있었다. 필중이 전 재산을 들여 친척들 모두 반대하던 이 모텔을 사들인 이유를. 시간을 팔러 오는 사람을 투숙객으로 위장하기 위해서도 아니었고 숙박비를 벌어 연구비에 보태기 위한 것도 아니었다. 그저 필중은 모텔의 모든 방이 시간을 빼는 사람들로 가득 차길 바랐던 것이다. 등줄기로 서늘한 땀이 한 줄기 흘렀다. 곧이어 고산병이 온 것처럼 정신이 혼미해지고 피로가 몰려왔다. 에베레스트 같은 높은 산에 오르려 들면 어김없이 찾아오는 고산병, 그것을 더는 접근하지 말라고 신이 보내는 신호라고 말하는 이도 있었다. 시연은 모든 게 고단하게 느껴졌다. 그만해도 될까. 그만하고 싶었다.

시연은 자학하는 것처럼 6층으로 걸어 올라갔다. 복도 벽에 박힌 꼬마전구가 밤하늘의 별처럼 깜빡깜빡 점멸하고 있었다.

시연은 오돌토돌 벽 위로 튀어나온 꼬마전구를 손가락 끝으로 느끼며 필중의 연구실을 향해 걸어갔다. 꼬마전구에 불이 들어올 때마다 얇은 전류와 함께 미미한 온기가 느껴졌다.

필중의 연구실에 다다랐을 때 시연은 안에서 나오던 선우와 마주쳤다. 선우는 혹시 시연이 안에서의 이야기를 들었을까 싶어 당황했지만, 시연의 얼굴에선 그런 흔적을 찾을 수 없었다. 그런데 표정이 왜. 그간의 노력에 대한 보상으로 필중이 깨어났으니 오랜만에 시연이 웃는 모습을 볼 수 있을 거라 기대했는데 오히려 시연은 더 지쳐 보였다. 선우는 시연의 뺨을 두 손으로 감싸며 괜찮냐고 물었다. 시연은 선우의 손을 내리며 애써 미소 지었다.

"괜찮아."

입이 웃고 있어도 눈이 슬프면 그건 슬픈 얼굴이었다. 선우는 시연을 더 붙잡고 싶었지만, 시연은 손에서 빠져나가는 모래처럼 필중의 연구실로 들어가 버렸다. 시연 역시 속마음을 드러내지 않는 자신 때문에 선우가 힘들어한다는 걸 알고 있었지만, 지금은 선우에게 마음을 보여줄 수가 없었다. 이렇게 치졸하고 초라한 마음은 차라리 안 보여주는 게 나았다.

시연이 연구실에 들어서자 필중은 초조한 눈길로 시연을 보았다. 어느덧 한 시간도 채 남지 않았던 것이다. 고통 문제는 해결 보지 못한 것 같았다.

"하루치기로는 연구에 몰두할 수가 없구나. 연속된 시간이 더 많이 필요한데……."

시간 주사기는 받는 사람이나 빼는 사람이나 한 번 사용하고 나면 며칠간은 사용하지 못했다. 쥐의 떼죽음으로 얻은 무시할 수 없는 결과였다. 애가 탄 필중이 말을 이었다. 이제 몸이 달아오른 건 시연이 아니라 필중이었다.

"사람이 지닌 집중된 시간의 양이 많다 하더라도 빼내는 과정에서 압축되다 보니 적은 양밖에 추출하지 못하는 약점도 있고, 이 문제도 해결해야 하는데……."

케첩으로 치면 반도 채 못 짜고 버려야 하는 것과 같았다. 하지만 필중은 그 말은 입에 올리지 않았다. 혹시라도 시연이 아까 기적이니 희망이니 말하던 것처럼 자신을 이해하지 못하겠다는 시선으로 바라볼까 저어해서가 아니었다. 케첩이란 단어에서 어느새 시간 연구로 점프해 몰입한 것이었다. 구멍에 문제가 있는 건 아닐까, 어쩌면 병 자체의 문제일지도. 케첩을 모두 끄집어내려면 그런 병에 그런 구멍이어서는 안 된다는 것에 생각이 미쳤다.

시연은 말이 없어진 대신 손이 바빠진 필중을 바라보았다. 짐작하고 있었다. 또 시간 연구 세계로 빠져들었다는 것을. 언제나 필중에겐 연구가 최우선이었다. 만약 필중이 부를 축적하는 데에 목적이 있었다면 그는 이 성과를 들고 기업으로 향했을 것이다. 혹은 명예가 목적이었다면 학생을 지도하는 잡다한 업무로 시간을 낭비하게 만든다면서 최연소 대학 교수직을 박차고 나오지도 않았을 것이다. 또한 필중은 실험 결과를 맛있게 꾸며 조작하는 요리하기 또는 데이터 마사지라고 부르는 다듬기 등 과학에서 벌어지는 여러 사기 행각들을 단 한 번도 벌이지 않았다. 시연도 알고 있었다. 필중은 사사로운 욕심에 의해 시간을 연구하는 사람이 아니었다. 그랬기에 지금껏 필중의 곁을 지킨 것이다.

그런데 필중의 진짜 목적은 무엇일까. 시간 연구 그 자체? 그런 철학적이고 뜬구름 잡는 이야기는 어불성설이다. 아니면 미스코리아가 입이 마르고 닳도록 말하는, 또 악당들이 그토록 깨고 싶어 하는 '세계 평화'를 위해서? 낚싯대 던지듯 생각해 본 것이지만 그 낚시 갈고리에 자신이 걸려든 것처럼 시연이 꿈틀했다. 그럴 수도 있었다. 필중에게는 그래서 이 연구가 그만큼 절실하고 중요한 것이다. 필중은 시간 거래로 이 세계가 더 나아질 것이라 믿고 있었다. 시연은 이제야 필중의 마음을 조금이나마 알 것 같았다.

생각의 고리는 계속 이어졌다. 시연이 배운 광고의 제1원칙은 '행복'이었다. 이걸 입으면 멋져요, 이걸 먹으면 좋아져요, 이걸 타고 가면 신분이 상승돼요 하는 식으로 각기 다른 방식으로 행복을 말하는 게 광고였다. 시간도 마찬가지였다. 시간을 사고

팜으로써 시간을 파는 사람도 좋고 시간을 사는 사람도 좋아야 한다. 행복해야 한다. 그런데 시간을 파는 사람은 부작용 때문에 괴롭고 시간을 사는 사람은 끔찍한 고통 때문에 괴롭다. 그럼에도 불구하고 시간을 사고팔아야 하는 이유? 무지한 사람들의 시간을 대단한 사람들이 유용하게 쓸 수 있으니까. 그래야 단기간에 더 많은 업적을 이룰 수 있으며 그래야 더 빠르게 발전할 수 있고 그래야 더, 행복할 수 있다. 대단한 사람들이란 과연 어떤 사람들일까. 시연은 필중을 보았다. 바로 자신의 눈앞에 있는 사람. 시간이 모두에게 공평하다는 것을 인정할 수 없는 사람이 자신의 아버지였다. 이것이 바로 임필중 박사의 행복론이었다.

그런데 필중은 왜 그렇게 조급해하는 걸까. 시간을 재분배해서라도 성장 속도를 가속화시켜야 하는 이유가 뭘까. 설마 스크린을 압도하던 블록버스터 재난 영화의 제목처럼, 머지않아 지구 종말이 도래한다고 믿고 있는 걸까. 물론 시연도 그에 대해서 모르지 않았다. 이십 세기 최고의 물리학자가 식물 번식과 열매에 영향을 미치는 꿀벌이 사라지면 사 년 이내 인류가 멸망한다고 언급했는데, 이미 몇 년 전부터 미국과 유럽을 시작으로 아시아와 아프리카 중동까지 꿀벌 감소 현상이 진행되고 있었다. 이외에도 태양 폭발설, 자기장 역전설, 행성 충돌설 등 지구가 곧 망해야 할 증거는 세계 곳곳에 널려 있었다. 남들이 아는 만큼 그녀도 알고 있었다. 그러니 시간 거래로 선택과 집중에 주력해 더 빨리 성장하게 되면 지구 멸망을 막을 것이고 조만간 세계 평화가 올 거라고?

시연은 숨을 들이마시기 위해 필중에게서 등을 돌렸다. 침대가 보였다. 침대에 앉아 이불을 만졌다. 이 시간이 다하면 필중은 또다시 침대에 누워야 한다. 아무것도 느끼지 못하고 움직일 수 없는 시간의 덫에 갇혀서. 그것이 세계 평화를 위해 자신이 옳다고 생각한 방법으로 성실하게 한 우물만 파고 달려온 사람이 받아야 할 벌이라면, 너무 가혹했다. 그는 누가 뭐래도 자신의 아버지였다. 하지만 자신이 과연 '세계 평화'를 위해서 무엇을 할 수 있을까. 적어도 이것 하나만은 확실했다. 이 방에서 지금 자신이 할 수 있는 일은 없다. 찍어 누르는 듯한 침묵 속에서 시연은 몸을 일으켜 벽 쪽으로 다가갔다.

"우리 딸도 더 오래 봤으면 좋겠구나."

시연을 붙잡으려는 필중의 목소리였다. 고주파 충격을 받은 듯 굳게 다문 입가가 떨리면서 시연의 발이 멈추었다. 어린 시절부터 시연은 늘 궁금했다. 아내라는 여자가 이혼을 요구했을 때 그때 왜 자신을 버리지 않았는지. 어차피 연구에만 골몰하는 아버지에게 딸이 중요했을까. 시연은 자신할 수 없었다. 자신이 아버지에게 대단한 존재라고 믿고 싶었지만 그냥 어쩌다 보니 그렇게 됐네 하는 무심한 대답이 돌아올까 봐 두렵기도 했다. 결코 물어볼 수 없는 질문이었다. 그 질문이 마음속에 자리 잡은 사춘기부터 시연은 제 안에서 꿈틀대는 욕망을 느끼고 있었다. 자신이 아버지에게 인정받고 싶어 한다는 것을. 공부도 열심히 해보았지만 연구실에만 틀어박힌 필중은 시연을 봐주지 않았다. 그래서 홀연 미국으로 떠났다. 한국에서도 할 수 있는 일을 군이 태평양 건너가서 해야 한다고 한사코 고집을 부렸었다. 내가 눈앞에 보이지 않으면 아버지가 분명 날 그리워할 거라는 치기 어린 감정에서 시작된 일이었다. 그렇게 혼자 우뚝 서서 치열한 정글에서 고군분투하는 동안 시연은 서서히 아버지에게 인정받고 싶은 지독한 욕망에서 조금 비켜날 수 있었다. 자신이 더는 아버지에게 칭찬받길 바라는 어린아이가 아니라고 생각한 순간, 쾅! 선우로부터 아버지가 쓰러졌다는 연락을 받은 것이었다.

등에 철심을 박은 것처럼 꼿꼿하게 선 시연은 돌아보지 않기 위해 발끝에 힘을 주었다. 하지만 버티기가 어려웠다. 얼마 지나지 않아 이 좁은 방으로 난 또 돌아오겠지. 아버지는 이곳에서 자신에게 이런 시간이 오길 계속 기다리겠지.

쏘반은 지친 얼굴로 옥탑방으로 올라갔다.

마당에 도착하는 순간 쏘반의 표정은 바깥에 사흘 넘게 둔 떡처럼 딱딱하게 굳어졌다. 뼈으가 시계를 귀에 댄 채 아슴아슴한 눈으로 마당을 걸어 다니고 있었던 것이다. 영화 속에 나오는 얼빠진 좀비 같았다. 뼈으는 쏘반이 온 줄도 모르는 듯 걷고 또 걷다가 옥상 난간 앞으로 그만 몸이 쏠렸다. 쏘반은 손에 들고 있던 편의점 비닐봉지를 던져버리고 전광석화 같은 속도로 뛰어가 뼈으를 뒤에서 붙잡았다.

"방에만 있으라고 했잖아!"

화를 내 보아도 뼈으는 대답이 없었다. 쏘반은 뼈으의 팔을 잡아끌어 평상에 앉혔다. 애초에 정신 빠진 친구들에게 옥탑방은 최악의 선택이었을지도 모른다. 하지만 셋이 머물 1, 2층 방을 구하기에는 그들이 가진 돈이 턱없이 부족했다. 값이 싸다는 이유로 지하 쪽도 알아봤지만 그곳에 들어서는 순간 이번에는 몽수의 증세가 더 심해져서 아래쪽은 생각할 수도 없었다.

쏘반은 바닥에 떨어진 비닐봉지를 다시 주워들고 옥탑방 쪽으로 향했다. 문을 열자 온통 시계 천지였다. 어둠 속에서 달빛에 반사되는 시계의 유리면을 볼 때면 때때로 섬뜩해져왔다. 불을 켜자 시계가 돌아가는 소리가 들렸다. 하도 들었더니 이제는 시계 초침 소리가 백색소음처럼 들렸다. 이 옥탑방이 유리병이라면 자신들은 그 안에 갇힌 파리 같았다. 탈출 구멍은 보이지 않았다.

"밥 먹어."

쏘반이 비닐봉지에서 꺼낸 도시락을 내밀자마자 뼈으와 몽수가 허겁지겁 달려들었다. 그러면서도 뼈으는 시계를 귀에 대고 있었고 몽수는 눈으로 벽시계를 이리저리 바꿔가며 시간이 잘 가고 있는지 확인해댔다. 뽑힌 털을 제 구멍에 꽂아야 직성이 풀리는 사람처럼 한시도 감시의 레이더를 거두지 않았다. 시계로 도배된 이 방에서 시계로부터 숨을 수 있는 곳은 없었다.

뼈으와 몽수는 주변에 시계가 없으면 불안해서 패닉 상태가 되었다. 손목시계를 차고 밖에 나간 적도 있었지만 시계에 정신이 팔린 채 걷다 보니 쏘반이 잠깐 눈 돌린 사이 차에 치일 뻔한 적도 많았다. 신호도 무시하고 도로로 걸어간 그들 때문에 급정거를 한 차 주인은 뼈으와 몽수에게 시계 병신들이라며 삿대질을 했다. 시계가 목숨보다 더 소중한 그들의 모습이 다른 사람의 잣대로 보면 병신이었던 것이다. 하지만 차 주인이 욕한번 하고 잊어버릴 시계 병신들이 쏘반에게는 가족과도 같은 친구들이었다. 한국에 와서 만석의 공장에서 안면을 트게 된 뼈으와 몽수는 어느덧 쏘반과는 십년지기였다. 하지만 뒤치다 꺼리를 떠안기에는 함께한 시간이 너무 짧다고 느껴지는 순간 이 많았다.

바닥에 주저앉은 쏘반은 봉지 안에서 건전지를 꺼냈다. 시계 가 멈췄을 때 일어날 불상사를 막기 위해 정기적으로 시계의 건전지를 갈아주기 위해서였다. 건전지를 싸고 있는 비닐을 까 려고 했지만 잘 되지 않았다. 아까 모텔에서 청소하다가 검지 손톱이 부러지는 바람에 끝부분을 세심하게 뜯어낼 수 없었던 것이다. 짜증이 팍 일었다. 쏘반은 아직 일어나지도 않은 일을 막는 것 따위에 손 하나 까딱하기 싫었다. 만사가 귀찮아 한쪽 에 건전지를 던져두고는 대신 봉지 밑바닥에 깔려 있던 맥주를 꺼냈다. 쏘반은 맥주를 쭉 들이켠 후 친구들을 바라보았다.

뼈으는 막내였다. 캄보디아에서는 전통적으로 맏이보다 막 내를 더 귀하게 여겼다. 그래서 막내에게 막내라는 뜻의 뼈으란 이름을 지어준 것이다. 한국에 온 뒤 뼈으는 명품에 빠져 돈을 흥청망청 써댔다. 그래서 뼈으의 얄팍한 월급은 늘 스치듯 안녕 이었다. 들어오는 즉시 카드 값으로 빠져나가 버렸던 것이다. 그 렇게 뼈으는 신분 상승을 한 것 같은 기분에 취해 명품들을 사 재꼈다. 밖에 나가면 사람들에게 멸시받았지만 명품들이 가득 한 자신의 방에서 그는 재벌 못지않은 상류층이었다. 가끔 잘 사는 유치원생처럼 빼입고 모자와 시계와 가방 등 명품을 두르고 외출했지만 아무도 뻐으가 들고 다니는 게 진짜라고 생각하지 않았다. 이태원 뒷골목에서 파는 흔해빠진 가짜라고들 여겼다.

하지만 이제 뻐으의 명품은 남아 있는 게 하나도 없었다. 대부분 전당포에 맡겼고 일부는 다른 노동자들에게 팔았던 것이다. 그걸로 겨우 이 방을 마련할 수 있었다. 쏘반이 뻐으의 물건을 팔려고 할 때 처음엔 도둑으로 오해받는 경우도 종종 있었다. 하지만 집에 와서 뻐으의 상태를 직접 본 사람들은 안쓰러운 눈으로 뻐으를 보다가 물건을 꽤 후한 값에 사주기도 했다. 쏘반이 뻐으가 오토바이 타고 배달 일 가다가 불법 유턴 차에 받혀서 이렇게 된 거라고 설명해줬기 때문이다.

"합의금 칠백 받은 게 전부다. 그니까 안전 헬멧 이만 원 아끼지 마."

충고까지 덧붙여주면 다들 쏘반의 말을 철석같이 믿었다. 날이 갈수록 거짓말만 늘고 있었다. 쏘반은 미지근해진 맥주를 한 모금 더 들이켰다.

몽수는 비 도박 때문에 음식점을 날려 빈곤층이 된 아버지 때문에 고향에서 하루아침에 신분이 추락한 경우였다. 인생이 흘러 흘러 종당에는 한국까지 오게 된 것이다. 비가 오는 날이면 몽수는 비 도박이 뭔지 아냐면서 자조적으로 이야기를 들려주곤 했다. 그때 몽수는 지금의 쏘반처럼 맥주를 마시고 있었다.

몽수의 고향 바탐방주에는 새벽부터 해질 때까지 하늘을 쳐다보며 구름의 움직임을 주의 깊게 관찰하는 사람들이 많았다. 비가 내릴지를 두고 내기를 걸었기 때문이다. 취미라고 하기엔 그 참가자만 수천 명에 달했다. 하지만 도박은 불법이기 때문에 계와 비슷한 모임으로 비밀리에 운영되었다. 내기 방법은 대개 시간대를 정해 놓았는데 오전 여섯 시부터 정오까지, 정오부터 새벽 두 시까지, 다시 새벽 두 시에서 오전 여섯 시까지 총세 개의 시간대로 나뉘었다. 전문가 수준의 도박꾼은 여러 명의 보조원을 통해 날씨 정보를 핸드폰으로 실시간으로 전달받았다. 도박꾼들은 이런 정보를 바탕으로 내기를 했다.

비 도박에 빠진 몽수의 아버지는 일에 집중하지 못하고 날씨를 살피기 위해 틈만 나면 뻔질나게 바깥을 쳐다보았다. 하루 종일 비와 관련된 정보에 귀를 기울이느라 장사도 내팽개치고 손에 쥔 무전기에만 신경 썼다. 밤에 내기를 했을 때는 잠을 자지 못해 낮에 꾸벅꾸벅 졸기 일쑤였다.

그러던 어느 날 밤 몽수는 전날 마신 술 때문에 요의가 느껴져 화장실을 가려고 일어났다가 뜻밖의 광경을 보았다. 한밤중에 일어난 아버지가 집 앞에서 비를 맞으며 덩실덩실 춤을 추고 있었던 것이다. 그것이 몽수가 캄보디아를 떠나기 전 보았던 아버지의 마지막 모습이었다. 몽수는 그런 아버지 때문에 비 도박꾼을 경멸했다. 하지만 한국에 쉽사리 적응을 못 하고 겉돌던 몽수가 결국 택한 건 외국인 전용 도박장이었다. 아버지와 다른 점이 있다면 몽수는 합법적인 도박을 했다는 것이다. 염색 공장이 부도난 후 건설현장에서 일당 칠만 원을 받고 일하던 몽수는 서울역에서 오 분 거리에 있는 호텔 카지노에 자주 갔었다. 공짜로 밥도 주고 음료수도 준다고 해서 구경 삼아 갔던 게 점차 일요일마다 가지 않으면 미칠 지경으로 변해버렸다.

외국인 근로자들의 카지노 출입이 늘다 보니 이들을 상대로 전문적으로 노름 밑천을 빌려주는 사채업자까지 등장했다. 그들은 자동차나 귀금속 등을 담보로 잡고 엄청난 고금리로 삼백만 원까지 빌려주었다. 하지만 몽수는 보증인을 못 세워서 사채를 못 빌렸다. 그 당시 셋 중 그나마 일자리가 번듯했던 쏘반이 사채는 절대 안 된다며 단칼에 거절했던 것이다. 그쯤이었다. 몽수가 서울역을 어슬렁거리다가 임필중 박사를 만난 게.

그 후 얼마 지나지 않아 몽수의 두 눈동자가 잭팟을 터뜨린 것처럼 빛나기 시작했다. 쏘반은 몽수가 사채를 쓰는 건 막았지만 다른 길로 가는 것까지 막을 순 없었다. 오히려 쏘반 역시 몽수와 뻐으에 이어 킬링타임모텔을 문지방이 닳도록 드나들기 시작했다. 모텔에서 하루 이틀 잠만 자면 월급보다 많은 돈을 현찰로 바로 준다는데 거부할 이유가 없었다. 가장 낮은 곳에서 노동력을 착취당하던 그들에게 임 박사의 제안은 없는 줄로만 알았던 신이 내민 구원의 손길이었다.

쉼터에서 가끔 얼굴을 마주치는 캄보디아 노동자들은 강도를 당한 충격으로 몽수가 폐인이 된 줄 알고 있었다. 쏘반은 그들의 추측을 굳이 정정해주지 않았다. 그들이 그토록 쏘반을 믿는 건 그때까지만 해도 쏘반이 리더였기 때문이다. 한국말을 잘하는 것은 덩치나 나이, 경험 모두를 앞서는 대단한 것이었다. 한국말을 잘하는 쏘반은 의무와 권리로부터 그들을 지켜주는 수호신 같은 존재였다. 하지만 결국 쏘반은 뼈으와 몽수를 킬링타임모텔의 마수로부터 지켜주지 못했다. 그간 사는 게 힘들었는데 마침 잘되었다면서 오히려 킬링타임의 장단에 같이 놀아나고 말았다.

이제 쏘반과 친구들은 제대로 된 대화를 나눌 수도 없었고 눈 마주치는 것조차 힘들었다. 귀찮다는 마음이 생긴 지 오래였지만 흔들리는 자신이 못나 보여서 겨우 참고 있었다. 가족도 등졌는데 친구들까지 버릴 수 없다는 의리로 쏘반은 버텨왔다.

"니들은 여기 이러고 있으니까 아무것도 모르지. 편해?"

쏘반은 술에 취한 것처럼 시비 걸듯이 뼈으와 몽수를 향해 말을 던졌다.

"그때 왜 니들 둘이서만 거기에 갔던 거냐. 왜 날 깨우지 않았어. 그랬으면 모든 게 달라졌을지도 모르는데…… 일부러 나만 남겨둔 거지? 혹시라도 잘못되면 내가 니들을 구해줄 거라고 생각해서?"

그럴 리 없다는 걸 알면서도 쏘반은 어떻게든 화를 내려고 작정한 사람처럼 뼈으와 몽수의 어깨를 쥐고 흔들었다. 하지만 뼈으와 몽수는 아무런 반응이 없었다. 그들의 눈은 여전히 시계에만 꽂혀 있었다.

쏘반은 짐승의 소변을 마신 것 같은 표정으로 맥주 캔을 우그러뜨렸다. 몸을 일으켜 편한 옷으로 갈아입으면서 양말을 벗었다. 쏘반은 두 번째 발가락이 없었다. 지금은 쌀쌀한 편이어서 괜찮았지만 여름이 오면 밖에 나가는 게 끔찍했다. 슬리퍼를 신을 수 없기 때문이다. 고향은 푹푹 찌는 여름의 반복이었다. 그리고 그곳에는 헐벗은 가족이 있었다. 쏘반은 머리를 좌우로 흔들며 생각을 몰아냈다. 몇 시간 후에는 또 모텔로 출근해야 하니 잠깐이라도 누워 있어야 했다. 잠들지 못하더라도 눈감고 누워 있는 것만으로도 조금은 체력이 회복되니까.

쏘반은 지독한 불면증 때문에 고통을 겪고 있었다. 뼈으와 몽수와는 또 다른 고통이었다. 쏘반은 시간이 흘러가게 해주는 고마운 존재인 잠을 시간 낭비라며 폄하하는 인간들을 이해할 수 없었다. 애국자가 갑자기 거짓 선언문에 서명하고 용의자가 하지도 않은 범죄를 했다고 인정하는 이유는 모두 잠을 못 자게 하는 고문 때문이었다. 쏘반은 진짜 잠 좀 자고 싶었다. 불면증이 시작된 날부터 쏘반은 커피, 차, 초콜릿, 탄산음료 같은 흥분 성분이 함유된 모든 종류의 카페인을 피했다. 천연 수면제라 불리는 우유를 데워서 마셔보기도 했고 긴장된 근육을 풀기 위해 잠자기 전에 뜨거운 물로 목욕도 해봤다. 하지만 그 어느 것도 도움이 되지 않았다.

어차피 잠도 오지 않을 거 쏘반은 눈을 감은 채 생각을 이어 갔다. 잠자는 권리를 파괴당한 자는 쓸데없는 생각이 많아지는 법이다. 잠은 이런 생각병으로부터 구해주기 위해 존재하는 건지도 몰랐다. 멈추지 않는 수레처럼 생각이 밀려내려 갈 때면 사람이 미치는 건 순간이구나 싶었다.

눈을 뜬 쏘반은 몸을 옆으로 돌렸다. 뻐으는 벽에 등을 기대고 있었고 몽수는 여전히 면벽한 채로 있었다. 뻐으는 잠귀신이라고 불릴 만큼 잠을 좋아해서 공장에서 졸 때가 많았었는데, 그리고 몽수는 화투 치자고 할 때면 자다가도 벌떡 일어났었는데…… 뻐으와 몽수는 이제 쏘반에게 과거형이 되어버렸다. 그들과의 이야기를 꺼내려면 기억 속으로 뒷걸음질 쳐야 했다. 천장의 누런 쥐 오줌 자국이 자신을 비웃는 듯 점점 넓어져갔다.

쏘반은 두려웠다. 킬링타임모텔에서 친구들과 자신의 시간 주사기를 되찾을 희망도 요원해졌는데, 이렇게 한 치 앞도 모른 채 혼자서 쳇바퀴 돌다가 인생이 끝날까 봐. 오늘따라 째깍째깍 흘러가는 시계 소리가 더 크게 들렸다.

시연은 거울 앞에 서서 공들여 화장을 했다.

마지막으로 립스틱을 바르려고 하는데 화장대 위에서 스마트폰이 진동했다. CCTV 센서를 연결시켜 놓은 스마트폰은 601호 앞에 사람이 움직이면 자동으로 진동하게 되어 있었다. 시연은 립스틱 대신 스마트폰을 손에 들었다. 눈을 가늘게 뜨고 화면을 보았다. 아이였다.

왜 아이가…….

시연은 그대로 달려 나가 엘리베이터를 탄 후 급히 6층을 눌렀다. 엘리베이터는 시연의 다급한 마음과는 별개로 천천히 움직였다. 리모델링 때 제일 먼저 엘리베이터부터 교체했어야 했는데, 후회가 들었다. 불빛이 1에서 2로 느리게 넘어가는 걸 올려다보며 시연은 킬링타임모텔의 지리적 위치에 대해 생각했다. 이런 곳은 애들이 찾아올 수 없게 어디 산 속 깊은 곳이나 차 없으면 갈 수 없는 한적한 도로에 있어야 했다. 그런데 모텔은 뻔뻔하게도 학교 주변에 그것도 동네 한가운데에 버젓이 서 있었다. 마치 사람들을 조롱하듯이.

천년 같은 시간이 흐른 뒤에야 6층에서 엘리베이터 문이 열렸다. 어깨에 가방을 멘 남자 아이가 601호 호수판을 올려다보고 있었다. 엘리베이터 철문이 둔탁하게 열리는 소리에 남자 아이가 시연 쪽으로 몸을 돌렸다. 설마 했는데, 영일이었다.

"여긴 소개를 받아야만 들어올 수 있는 곳이야."

시연은 띄어쓰기에 맞춤법까지 지키면서 이모티콘 한 개도 허락하지 않겠다는 견고한 말투로 영일에게 말했다. 어차피 모텔은 애들이 올 곳이 아니라고 내쫓아봤자 통하지 않을 것 같았기 때문이다. 그래서 나는 너를 소개받은 적이 없다. 고로 넌 이곳에 발을 들일 수 없다고, 시연은 분명히 금을 그었다.

그러자 영일은 기어들어가는 목소리로 말했다.

"저번에 아빠한테 들었는데……"

시연은 얼굴에서 피가 빠져나가는 듯 창백해졌다. 자기 자식까지 이곳으로 내몬 건가. 설마. 믿을 수 없었다. 아니, 충분히 그러고도 남을 위인이었다. 만석은 돈을 위해 시간을 팔기 싫어하는 늙은 아비도 모텔로 보내지 않았던가. 하지만 만석은 그렇다 쳐도 정애는? 아이에 대한 걱정 때문에 굳이 사용료를 내면서까지 모텔로 와서 시간을 팔던 정애가 갑자기 변심해서 만석과 한통속이 되어서는 애를 이곳으로 오게 만들었다고? 어딘가 미심쩍었다. 시연은 몸에 난 털을 세듯 집요한 눈길로 영일을 응시하며 엄마는 뭐라고 안 하셨냐고 물었다. 그러자 영일이

쭈뼛거리며 대답했다.

"그게, 엄마한테 주말에 친구들이랑 봄방학 캠프 다녀온다고 했어요."

그렇게 간단히 속아 넘어갔다니, 시연은 헛웃음조차 나오지 않았다. 어쩌면 정애는 아이가 집에 없는 게 낫다고 여겼을지도 모른다. 만석과 대길이 일주일 동안 보이지 않는 이유를 어디 시골에 잠깐 내려갔다고 거짓말로 잘 둘러댔다고 해도 전에 없이 안방 문이 잠겨 있는 이유를 설명하기란 쉽지 않았을 테니까. 그렇다고 해도 이건 예상치 못한 상황이었다. 시연은 자조하듯 쓴웃음을 지었다. 온가족이 나서서 시간을 팔다니, 어쩔 수 없는 콩가루 집안이었다. 시연은 치마 주머니에서 열쇠를 꺼내 601호 문을 열었다.

영일은 호기심 어린 눈으로 601호 안을 둘러보았다. 처음 와본 모텔이라 이 방의 분위기가 보통 모텔과 같은 것인지 아니면 다른 모텔과 달리 특별한 것인지 통 알 수 없었다. 그 차이를 알아내려는 것처럼 영일은 방 여기저기를 걸어 다니며 살폈다. 사실 영일은 자신이 시간을 사고파는 장소에 와 있다는 게 무척 신기했다. 내 안에 있다고 하지만 한 번도 눈으로 본 적 없는 시간을 판다는 것은 매일 밤 12시가 되면 전국 모든 초등학교의 동상들이 눈을 뜨고 하루 일과를 시작한다는 괴담처럼 느껴졌던 것이다. 믿기로 하면 믿을 수 있을 것 같기도 한데 믿지 않자고 들면 다 우스워 보였다. 꼬마다운 치기로 영일은 침대 위로 번쩍 뛰어올라 걸터앉았다. 짧은 다리가 바닥에 닿지 못하고 달랑달랑 움직였다.

"시간은 왜 사요?"

갑작스러운 질문에 시연은 영일에게로 몸을 돌렸다. 시연은 눈도 깜빡이지 않은 채 영일을 응시했다. 그리고 당연하다는 듯 대답했다.

"필요하니까."

"시간을 사서 뭘 하는데요?"

"팔지."

"누구한테요?"

"사람한테."

영일은 더 질문하려다가 입을 다물었다. 전축 위에서 바늘을 들어 올렸을 때처럼 갑자기 대화가 멈추었다. 시연은 영일을 가만히 바라보았다. 영일의 다문 입에서는 더 질문하고 싶어 근질거리는데도 참는 게 뻔히 보였다. 호기심이 많은 녀석이었다. 새는 어떻게 나뭇가지에 가볍게 앉을 수 있는지 물고기 집은 어디인지 바람은 왜 불었다 안 불었다 이리 불었다 저리 불었다 변덕스러운지, 한번 묻자고 들면 삼백육십오 일 계속 물을 수 있을 것처럼 영일의 눈엔 궁금증이 어려 있었다. 그런데 영일은 그 수많은 질문 중 시간에 대해 묻고 있었다.

시연은 미니냉장고로 향했다. 늘 그렇듯 새빨간 사과와 오백 밀리리터 물병이 들어 있었다. 시연의 눈이 사과와 물 사이를 오갔다. 그러다 문득 이런 걸로 고민하는 것 자체가 우스워진 듯 시연은 손을 뻗어 물병을 꺼냈다. 테이블 쪽으로 걸어와 시연은 엎어두었던 유리컵을 바로 세우고 그 안으로 천천히 물을 따랐다. 조용히 흐르는 물소리로 방 안이 채워졌다. 시연은 유리컵을 들고 의자에 앉은 후 물을 한 모금 마셨다. 입안에 차가운 기운이 퍼졌다. 시연은 설명하기 위해 입을 뗐다.

"누구나 좋아하는 일을 집중해서 할 땐 시간이 금방 가지. 게임할 때나 재미있는 오락 프로그램을 볼 때 느껴봤을 거야. 사람은 얼마나 시간을 집중해서 쓰느냐에 따라 인생이 달라지거든. 여기서는 그런 시간의 조각을 빼서 저장해놓는 거고."

영일은 이해하는 것처럼 보이려고 어색하게 고개를 끄덕였다. 이해 못한 게 부끄럽기도 했거니와 기껏 이야기해줬는데 이해 못했다고 하면 시연이 실망할까 봐 그러는 것이었다. 시연은 음, 사이를 두고 다시 이야기를 시작했다.

"옛날에 어느 부부가 아기를 낳았는데 아기는 머리가 유난히 무겁고 비정상적으로 컸어. 아기는 자랄수록 이리 비틀 저리 비틀 위태롭게 다니다가 어느 날 계단에서 굴러떨어졌지. 다행히 머리는 깨지지 않았지만 아이의 머리카락에 금 부스러기가 묻어 있었던 거야. 그때 부모는 아이의 뇌가 금으로 되어 있는 걸 알게 되었지. 부모는 아이가 크자 이렇게 말했어. 너는 뇌가 황금으로 되어 있는 특별한 아이란다. 이때까지 너를 힘들게 키워 주었으니 네 머리에 있는 황금을 조금 떼어다오. 그러자 착한 아이는 머리에서 자신의 황금 뇌를 떼어 부모에게 주었지."

시연은 말을 멈추었다. 묻고 싶었다. 너도 황금을 꺼내 부모에게 갖다 줄 거냐고.

"그 다음은 어떻게 됐어요?"

"글쎄, 어떻게 됐을까."

시연은 습관처럼 입술을 감물었다. 그런데 맨입술 맛이 느껴졌다. 서둘러 올라오느라 립스틱을 바르는 걸 빼먹고 왔다는 걸 그제야 깨달았다. 알몸인 것처럼 갑자기 자리가 불편해졌다. 시연은 검지로 입술을 매만지면서 빨리 이 방을 나가고 싶어 문 쪽으로 시선을 돌렸다. 반면 영일은 계속 시연을 보고 있었다. 시연은 예뻤지만 어딘지 모르게 무서웠다. 그리고 슬퍼 보였다. 영일은 용기를 내서 말했다.

"행복하게 살았을 거예요."

영일의 말에 시연의 한쪽 눈썹이 찌익 올라갔다.

"왜 그렇게 생각해?"

"동화니까요."

영일은 확신에 차서 말했다. 시연은 영일을 집어삼킬 듯이 뚫어지게 보았다. 이 아이는 인어공주도 월트디즈니 버전의 행복한 결말만 알고 있는 걸까. 마법에 걸린 빨간 구두를 신은 여자가 끊임없이 춤춰야 하는 저주에 걸려 발을 잘라내고서야 춤이 멈추었다는 무시무시한 이야기 같은 건 모르는 걸까. 시연은 굳게 입을 다문 채 시선을 내리깔았다. 문득 침묵 속에서 영일은 황금 뇌를 가진 사나이에 대해 열심히 생각해보았다. 그리고 시연에게 물었다.

"난 특별한 아이인가요?"

시연은 눈을 들어 영일을 보았다. 영일은 대답을 기다리고 있었다. 시연은 영일에게 다가갔다. 그리고 영일의 머리를 쓰다듬었다.

"우리는 모두 특별하지."

얼마 지나지 않아 시연은 홀로 601호에서 나왔다. 시연의 손은 물기 없이 말라 있었다. 일부러 영일에게 수면 마취제만 놓고 나왔는데도 아침부터 진이 다 빠진 느낌이었다. 시연은 엘리베이터에 몸을 싣고 1층으로 내려갔다.

띵 소리와 함께 1층에서 엘리베이터 문이 열렸다. 그리고 시간이 지나자 다시 문이 닫혔다. 버튼이 눌러지지 않은 엘리베이터는 가만히 그 자리에 서 있었다. 시연은 움직이지 않는 엘리베이터 안에서 멍하니 서 있었다. 한참 후 시연은 지친 얼굴로 열림 버튼을 눌렀다. 그리고 로비로 천천히 걸어 나왔다.

쏘반이 퀭한 얼굴로 청소 카트를 밀며 시연의 앞을 지나갔다. 겨우 하룻밤 샜을 뿐인데 쏘반의 얼굴은 만성 불면증에 걸린 사람처럼 세상만사 다 귀찮아 보였다. 바닥을 보니 청소를 제대로 하지 않았는지 쏘반이 지나간 자리에 얼룩이 그대로 남아 있었다.

시연은 한 소리 하려다가 발길을 돌렸다. 잔소리도 에너지가 필요한 일이었다. 커튼을 치듯 마음을 닫아걸었다. 그런데 카운터로 향하는 시연의 걸음이 점차 느려졌다. 시간을 팔려고 킬링타임모텔에 찾아온 영일, 필중이 쓰러진 날 온몸에 남아 있던 멍, 선우가 숨기려고 했던 진실. 시연의 머릿속에서 세 가지 꼬치가 린치라는 꼬챙이에 의해 한 줄로 꿰어졌다. 그렇다면 린치를 가한 묘령의 시간 제공자는…….

시연은 쏘반 쪽을 돌아보았다. 쏘반은 퇴근 시간만 기다리는 듯 핸드폰 액정 화면을 보며 시간을 계속 확인하고 있었다. 시연도 시계를 보았다. 곧 오전 아홉시였다. 지체할 시간이 없었다. 시연은 카운터 뒷방으로 들어가 평상복으로 갈아입었다. 벽거울에 흥분해서 달뜬 모습이 비쳤다. 시연은 립스틱을 들어 입술에 발랐다. 날것 위에 페인트를 바르는 것처럼 숨도 못 쉬게 덮어버렸다.

종종걸음으로 거리로 나오니 저쪽에서 쏘반이 버스를 기다리는 게 보였다. 그제야 시연은 화장대 위에 스마트폰을 놓고 온 게 생각났지만 다시 돌아가서 챙겨올 마음의 여유가 없었다. 시연은 가까운 공중전화기로 급히 뛰어가서 선우에게 전화를 걸어 잠깐 외출할 테니 카운터 일도 봐달라고 부탁했다. 그러고는 바로 택시를 잡아탄 후 쏘반이 사는 동네로 향했다.

시연은 옥탑방 쪽을 올려다보았다. 쏘반이 들어간 지 삼십 분이 지나 있었다. 설마 종일 집에 있을 생각은 아니겠지? 초조함에 주변을 훑었다. 주택가 골목에 있는 집들은 재개발을 기다리는 것처럼 손대면 톡 하고 쓰러질 것만 같았다. 수거 딱지도 없이 막무가내로 거리에 내놓은 가구는 트럭이 좁은 골목길을 통과하다가 범퍼로 박았는지 볼품없이 찌그러져 있었고 그 옆에는 빠개진 가구 조각들이 널브러져 있었다. 개중에는 방망이처럼 휘두를 만한 막대기도 눈에 띄었다. 시연은 아랫입술을 지그시 깨물었다. 복수라는 거창한 명분은 아니었다. 아직은 가설이었고 저들이 그들이란 확신도 없었다. 일단 두 눈으로 확인하는 게 먼저였다.

곧이어 쏘반이 옥탑방에서부터 계단으로 내려오는 소리가 들렸다. 쏘반이 골목 끝으로 나가서 사라지는 걸 끈기 있게 기다린 후, 시연은 옥탑방을 올려다보았다.

옥상에는 가운데 놓인 평상과 함께 집이라고 하기엔 좀 작은 방이 있었다. 시연은 문 앞으로 향했다. 혹시 해서 문고리를 돌려보았지만 잠겨 있었다. 창문으로 어떻게 할 수 없을까 싶어서 가까이 다가가 보았다. 하지만 창문에는 방범용 창살이 빼곡했다. 젠장. 그 순간 커튼이 움직이더니 안쪽에서 느닷없이 남자가 나타났다. 시연은 높직이 뛰는 가슴을 진정시키고 침착한 어조로 물었다.

"문 좀 열어줄래요?"

하지만 한쪽으로 얼굴을 기울인 남자는 시연을 보고 있는 것 같지 않았다.

"쏘반 친구인데, 뭐 좀 물어볼 게 있어서요."

대답은 없었고 커튼은 이미 내려진 상태였다. 안 되는 건가 싶은 순간 문이 열렸다. 쏘반 이름을 대서 열어준 건가. 아니면 아무나 열어 주나. 어쨌거나 중요한 건 문이 열린 것이었다. 시연은 겁도 없이 방으로 성큼성큼 들어섰다.

문을 열어준 사내는 얼굴 아래로 죄다 묵인 것처럼 깡마른 체형이었다. 작은 체구의 사내는 귀에 탁상시계를 댄 채 고개를 옆으로 기울이고 있었다. 그의 눈에는 시연이 풍경 속으로 사라진 듯 보이지 않는 것 같았다. 시연은 제 숨소리가 시계소리보다 커져서 혹시라도 그를 거슬리게 할까 봐 긴장했다. 불안해 보이는 눈동자로 보아 언제 어떻게 돌변할지 몰랐다.

방으로 몇 발자국 들어서자 이번에는 구석에서 몸을 앞뒤로 왔다 갔다 하면서 벽시계들을 일일이 눈으로 확인하는 남자가 보였다. 앉아 있었지만 덩치가 곰처럼 컸다. 그는 마지막으로 씻은 게 언제인지, 보는 사람도 간지럽게 만들 만큼 머리카락이 떡져 있었다. 이들은 모든 에너지와 시간을 시계에 쏟고 있는 듯했다.

옥탑방은 온통 시계 천지였다. 모서리가 깨진 시계도 있었고 시침 분침 초침을 보호해주는 유리가 빠진 시계도 있었다. 관공서에나 어울릴 법한 특색 없는 원형 벽걸이 시계도 있었고 유명한 만화 캐릭터의 볼록 튀어나온 배에 자리 잡은 시계도 있었다. 눈에 잡힌 시계는 죄다 끌어온 듯 별별 시계가 중구난방으로 벽에 걸려 있었고 서랍장 위에 옹기종기 모여 있었으며 방바닥에 아무렇게나 방치되어 있었다. 호러 영화 속 한 장면에 우격다짐으로 들어온 것만 같았다. 방을 가득 채운 시계 소리는 조금씩 어긋나 있어서 조율하지 않은 악기처럼 귀에 거슬렸다. 가슴이 콱 오그라들었다. 지옥의 불길 한가운데에서 숨을 쉬는 것 같았다. 시계로 가득 찬 방을 본 순간 시연은 확신했다. 이놈들이 내 아버지에게 시간을 팔러 왔던 그 사람들이었고 또한 내 아버지를 때려서 그 지경으로 만든 놈들이었다. 그러니까 이제 복수를? 하지만 그럴 필요가 없었다. 그들은 이미 벌을 받고 있었다. 그것도 끔찍한 방법으로.

시연은 작은 남자를 돌아보았다. 시계의 초침에 자신을 지배할 권리를 넘긴 그의 눈은 백색 풍경에 갇힌 것처럼 공허했다.

마치 눈꺼풀이 없어 눈을 뜬 채로 잠을 자는 물고기 같았다. 시연은 찬물을 뒤집어쓴 것처럼 양팔에 소름이 오소소 돋았다. 끔찍한 사고를 목격한 사람이 그러하듯 시연은 그들에게서 등을 돌렸다.

하지만 시연의 몸과 눈은 여전히 방 안에 머물러 있었다. 도저히 눈을 감을 수가 없었다. 감시하는 CCTV처럼 주위를 둘러보다 눈이 한곳에서 멈추었다. 낮은 서랍장 위에 뜯다 만 건전지 뒤로 액자가 보였다. 액자는 반품 처리 당한 것처럼 쓸쓸하게 놓여 있었다. 사진에는 작은 남자, 쏘반, 큰 남자가 어깨동무를 한 모습이 담겨 있었다. 세 사람은 세상을 다 가진 것처럼 웃고 있었다. 이렇게 밝은 웃음을 지닌 사람들이었구나. 시연은 그중에서 가운데 있는 쏘반을 응시했다.

모텔을 다시 열기 전 시연은 인력소개소에 동남아시아 출신의 피부가 검은 불법 체류자를 청소부로 원한다고 말해두었었다. 그때의 그 사람들을 찾아서 현재 상태를 확인하려는 마음에서였다. 확률? 알 수 없었다. 로또 맞을 확률일 수도 있었고 구회 말 투아웃 끝내기 역전 만루 홈런 공을 관중석에서 거머쥘 확률일 수도 있었다. 그러나 시연은 모텔을 다시 연다고 하면 그들 중 한 명쯤은 다시 올지도 모른다고 기대를 걸었던 것이다. 아버지가 연구 중에 놓친 부분이 있다면, 그래서 그로 인해 고통받는 사람이 있다면 내가 아버지를 설득해서 그들을 다시 바로잡을 수 있게 해줘야 하지 않을까, 시연은 생각했었다. 하지만 그날 일에 대해 말하길 꺼리는 선우와 필중 때문에 이 제껏 시연이 아는 정보는 극히 제한적이었다. 그래서 시연이 직접 나선 것이었다. 그래도 설마 하는 마음이 어딘가에 남아 있었는데, 막상 그들을 보고 나니 모든 것이 얽히고설키어 있었다. 성냥개비로 쌓아 올린 집처럼.

그때 별안간 덩치 큰 남자가 으아아 소리를 질렀다. 그가 바라보던 시계가 멈춰버린 것이었다. 작은 남자는 자신의 것을 빼앗길까 봐 탁상시계를 가슴에 꼭 끌어안고서 큰 남자로부터 최대한 멀리 떨어졌다. 큰 남자는 하늘이 무너진 듯 어떻게 해야 할지 몰라 안절부절못했다. 급기야 큰 남자는 머리에 피가 날 정도로 시계에 머리를 찧으며 자학했다. 그러고는 시계도 내팽개치고 머리를 두 손으로 감싸 쥐며 절을 하듯 바닥에 엎드렸다. 인간을 지옥으로 떨어뜨린 듯한 절망 그 자체였다.

그 모습에 경악한 시연은 급하게 밖으로 나가려고 했지만 하이힐에 발이 잘 들어가지 않았다. 신발도 버리고 나가려는데 뒤에서 소리가 들렸다.

"월리어 위리어……"

시연은 자신이 끔찍한 사건 앞에서 묵묵히 사진만 찍는 전쟁 사진작가가 된 기분이었다. 잠시 후 시연은 다시 방 안으로 들어가 액자 앞에 있는 건전지를 큰 남자가 팽개친 시계 뒤편에

끼웠다. 손이 떨려서 잘 들어가지 않아 억지로 힘을 써야 했다. 그래도 작동하지 않았다. 젠장, 거꾸로 넣은 것이었다. 시연은 침을 삼키고 다시 플러스마이너스를 맞춰서 제대로 넣었다. 그러자 시계가 다시 움직이기 시작했다. 큰 남자가 시계가 움직이는 소리에 놀라 고개를 들더니 시연이 들고 있는 시계 쪽으로 눈을 돌렸다. 하지만 시계 속 시간을 확인한 그는 몹시 괴로워했다. 다른 시계들과 시간이 조금 어긋나 있었던 것이다. 시연은 다른 시계의 시간을 보면서 초침을 돌려 시간을 정확히 맞춰주었다. 곧이어 큰 남자는 안정을 되찾은 듯 쓰러질 듯 쓰러지지 않는 오뚝이처럼 몸을 앞뒤로 왔다 갔다 하며 시계를 보았다. 그에겐 시계가 깨지면 시간이 깨지는 것이었고 시계가 멈추면 시간이 멈추는 것이었다. 시계가 시간과 동일시되어 버린 것이었다. 그들은 생체 시계에서 시간 유전자가 너무 많이 빠져서인지 시계에 집착하고 있었다. 시연은 다리에 힘이 풀려 주저앉았다. 아까 영일에게 말하지 않은 이야기의 뒷부분이 머릿속에 맴돌았다.

사나이는 자신의 머리에 황금 뇌가 있다는 걸 알고 나자 점점 사치스러워졌다. 머리에서 꺼낸 황금을 마구 써댔고 사람들은 그의 머리에 황금이 넘쳐난다고 생각했다. 하지만 황금은 쓰는 대로 줄어들고 있었다. 모든 이야기가 그렇듯이 사나이에겐 여자가 있었고 그녀를 위해 황금을 꺼내 쓰다 결국.

시연은 생각했다. 일평생 사람이 몰입할 수 있는 시간은 의지에 따라 무한히 늘어날 수 있을 거라고. 하지만 인위적으로 생체 시계에 구멍을 내서 몸 바깥으로 야금야금 빼내는 순간 그때부터 모든 게 달라지는 건 아닐까. 결국 무리한 시간 채취로 인해 지금 그들에게 남은 건 무의미한 시간뿐이었다.

시연은 자신과 나이가 엇비슷해 보이는 그들의 얼굴을 다시금 보았다. 내가 마지막으로 받아들였던 짙은 회색의 시간은 이들 중 누구의 것이었을까. 순간 목구멍에 뭔가 얽혀드는 것 같았다. 갑자기 토기가 밀려왔다. 분수대 스위치를 방금 켠 것처럼 밑에서부터 맹렬하게 치고 올라오는 게 느껴졌다. 시연은 방을 뛰쳐나갔다.

넘어질 듯이 휘청거리는 다리로 계단을 내려와 거리에 다다른 시연은 전봇대를 붙잡았다. 고개를 숙이자마자 폭포처럼 바닥에 토사물이 쏟아져 내렸다. 위가 말려 올라갈 것처럼 토한 후에야 시연은 겨우 숨을 쉴 수 있었다. 코끝이 맵고 눈가가 더워졌다. 자신의 심장 고동 소리만 고막에서 떨리고 있었다.

한참 후 시연은 붉은 입술을 깨물었다. 그러고는 감정을 차단하듯 몸을 일으켰다. 한 발 한 발 내딛었다. 빛과 그림자를 구분 짓는 것처럼 마음속에 금을 그었다. 당신들은 거기, 난 여기. 쇠가 오랜 시간 햇빛에 노출되고 빗물에 부식돼서 녹이 생기듯이 시연은 갑옷처럼 제 몸 위에 녹을 만들어 씌워서 자신을 그들에게서 분리시켰다. 저들은 내 사람이 아니다. 내 가족이 아니다. 이제 와서 뭘 어쩌겠는가. 아버지도 안 된다고 한 일을. 계속 앞으로 가는 수밖에. 한 발자국 한 발자국이 힘겨운 투쟁이었다.

쏘반은 캄보디아인들의 쉼터 역할을 겸하고 있는 레스토랑으로 향했다.

얼마 전부터 주방장이 레스토랑에 한 번 들르라고 계속 연락해오는 통에 마지못해 얼굴이나 드밀려고 온 것이었다. 오지랖 넓은 주방장이 무슨 일 때문에 부르는지 안 봐도 비디오였다. 숙제를 해오지 못한 아이가 교무실에 끌려가는 것처럼 레스토랑 문을 열고 들어가는 쏘반의 얼굴은 어두웠다.

주말인데도 레스토랑 안은 한산한 편이었다. 쏘반은 볶음면 미차를 시켜서 한 그릇을 뚝딱 비웠다. 차로 입가심을 할 때쯤 바깥에서 잠깐 담배를 피우고 들어온 주방장이 출입국 관리소 동태를 알려주겠다며 안쪽으로 쏘반을 불렀다.

주방장은 단속에 걸렸을 때 큰길로 뛰면 죽자 사자 쫓아오진 않는다면서 참고하라고 일러주었다. 강제로 연행하는 모습에 눈살을 찌푸리며 간혹 출입국 직원을 말리는 열혈 시민이 있기 때문이다. 하지만 무작정 큰길 쪽으로 뛰는 건 위험하다. 급박한 상황에 자신도 모르게 도로로 뛰어들었다가 차에 부딪혀 다치기도 부지기수기 때문이다. 그는 얼마 전엔 도망치다가 옥상에서 뛰어내린 베트남 사람이 크게 다치면서 출입국 관리소에서 토끼몰이 식으로 단속하지 말라고 지침이 내려왔다는 말도, 하지만 그와는 반대로 '불법체류자 십오만으로 줄이기' 고지가 눈앞이라 연말까지 단속에 더 박차를 가할 거라며 경계를 늦추지 말아야 한다는 말도 전해주었다. 그렇다고 집에만 틀어박혀 있을 순 없는 노릇이다. 이래저래 단속을 피하는 건 쉽지 않은 일이었다.

요긴한 정보가 쏟아졌지만 쏘반의 귀에는 잘 들어오지 않았다. 어차피 그런 말들이야 어제 오늘 일도 아니었다. 그리고 주방장이 쏘반을 부른 이유도 그런 걸 알려주기 위해서만은 아니란 걸 서로 잘 알고 있었다.

"뻬일 월리어 다으 른 나ㅎ"

시간이 참 빨리 간다며 캄보디아어로 넋두리를 놓던 주방장이 걔네들은 잘 지내냐며 뻐으와 몽수의 안부를 물어왔다. 드디어 본론을 꺼내는 것이었다. 쏘반은 늘 그렇지 하는 표정으로 대답을 대신 했다. 주방장은 고개를 끄덕이더니 채굴하는 중장비처럼 두툼한 손바닥으로 쏘반의 어깨를 꽉 잡아주었다. 그러고는 쏘반에게 볶음밥 바이차와 카레코코넛찜 아목이 넉넉하게 담긴 봉지를 건네주었다. 번번이 이랬다. 쏘반은 자꾸 이러면 부담스러워 못 온다고 했지만 주방장은 혼자서 친구들을 감당하기 얼마나 힘드냐면서 받아가라고 연신 권했다.

쏘반은 이럴 때마다 난감했다. 사고를 당해서 캄보디아인의 쉼터 앞에 버려진 친구들을 거둔 후 오늘날까지 돌보는 의리 있는 사나이의 표정을 도대체 어떻게 지어야 할지 몰랐다. 쏘반은 찡그리듯이 미소 지으며 봉지를 받아들고 레스토랑을 나왔다.

늦은 오후 쏘반은 버스를 타고 자신이 사는 동네로 돌아왔다. 낮게 드리운 구름이 얼룩처럼 골목을 뒤덮고 있었다. 쏘반은 발끝을 둘러싸고 있는 검은 가장자리를 보았다. 자신의 그림자가 가장 큰 얼룩처럼 보였다. 오늘따라 손에 든 봉지도 더 무겁게 느껴졌다. 무릎마저 고무가 되어버린 듯 휘청거렸지만 쏘반은 옥탑방으로 부지런히 걸었다. 빨리 집에 가서 이 봉지를 처리해 버리고 싶은 마음뿐이었다.

그런데 문득 저쪽에서 걸어가는 여자의 모습이 쏘반의 눈에 들어왔다. 거리가 꽤 멀어서 확신할 순 없었지만 왠지 시연 같았다. 여자는 지배인 유니폼을 입지도 않았을 뿐더러 시연이 자신이 사는 동네를 알 리 없었지만, 이상하게도 시연 같다는 느낌을 지울 수가 없었다. 쏘반은 봉지를 한 손에 든 채 다른 손으로 눈을 비볐다. 손을 치우고 다시 그 자리를 보았을 때 여자는 없었다. 아무래도 요즘 잠을 제대로 못 자서 헛것이 보이는 것 같았다. 쏘반은 쓰게 웃으며 옥탑방 계단을 올라갔다.

방 안을 둘러보니 뭔가 상한 것처럼 희미하게 피 냄새가 나는 것 같았다. 틀린 그림 찾기를 하듯 자세히 살펴보니 서랍장 위에 있던 액자가 순간 이동 한 것처럼 위치가 달라져 있었다. 혹시 쟤네들이 옮겨 놓았나. 혼자 있을 때 밥도 안 챙겨 먹는 녀석들이 갑자기 액자는 왜 만졌는지 알 수 없었다.

쏘반은 서랍장 쪽으로 걸어가 액자 속 사진을 보았다. 셋이서는 사진을 찍으면 안 된다는 캄보디아 미신이 있었다. 가운데 있는 사람이 빨리 죽거나 귀신이 들러붙는 등 재수가 없기 때문이었다. 그래서 보통 한 명을 빼서 둘이 찍거나 아무라도 한 명을 더해서 넷이서 찍었다. 하지만 쏘반은 의기양양하게 자신이 가운데에서 찍겠다며 호기를 부렸었다. 여긴 한국이다. 다른 나라에서는 캄보디아 미신이 못 따라온다. 내가 깨 보이겠다. 그랬던 쏘반이었다. 쏘반은 미신을 믿고 싶지 않았다. 그건 미신이니까. 하지만 이렇게 일이 안 풀리는 걸 보면 그건 미신이 아니었다. 사람들이 미신에 기대는 이유는 자신에게 해답이 없다는 걸 알 만큼 똑똑하기 때문이었다. 또 인생은 곳곳에 지뢰밭을 쳐놓고 있어서 누가 그 안으로 자빠질지 알 수 없었다. 그런데 내가 그보다 똑똑하다고 잘난 척했으니 이 모든 게 벌을 받는 걸지도 몰랐다.

쏘반은 바닥에 털썩 주저앉았다. 그런데 바닥을 짚은 손에

201

두꺼운 비닐이 만져졌다. 뜯어진 건전지 포장지였다. 이상한 느낌에 고개를 돌려 몽수를 쳐다보았다. 몽수는 평온한 얼굴로 벽시계들을 쳐다보고 있었다. 쏘반은 몽수에게 다가가 그의 머리통을 돌려가며 살펴보았다. 옆머리 쪽에 말라붙은 핏자국이 있었다. 또 시계에 머리를 찧은 것이었다. 모서리 끝에 피가 묻어 있는 벽시계는 건전지를 갈아 끼웠는지 제대로 돌아가고 있었다. 쏘반은 송충이가 등 위로 기어오른 것처럼 소름이 돋았다. 누가 이걸 멈춰줬을까. 설마…… 쏘반은 옥탑방으로 오는 길에 본 여자의 모습이 떠올랐다. 아까 환영을 본 게 아니었다. 시연이 이 방에 왔었던 것이다. 그런데 왜. 그리고 이력서 주소에 실제 거주지를 적지 않았는데 여긴 무슨 수로 안 걸까. 어디까지 알고 있는 걸까. 설마 모두 다?

  다음 날 오전 쏘반은 모텔에 왔던 첫날처럼 쿵쾅거리는 가슴으로 로비로 들어섰다. 그날처럼 로비는 비어 있었다. 카운터 뒷방 문을 열어보았지만 그곳에도 시연은 없었다. 쏘반은 엘리베이터 쪽으로 향했다. 숫자를 보니 6에 멈춰져 있었다. 쏘반은 비상구 계단으로 올라갔다. 6층 비상구 문을 열려고 하는데, 복도가 부산스러웠다. 문을 조금 열고 복도를 내다보니 601호에서 시연이 누군가와 나오고 있었다. 시연과 함께 있는 사람은 체구가 몹시 작았다. 설마 하는 눈으로 쏘반은 눈에 힘을 주고 얼굴을 자세히 보았다. 판박이였다. 누군지 단박에 알 수 있었다. 그 아이는 바로 만석의 아들이었다.

그 순간 쏘반은 자신의 아들이 세상에 나온 기념으로 치킨과 맥주를 돌리던 만석의 모습이 떠올랐다. 오늘 아들 이름을 빛날 영에 기뻐할 일로 짓고 오는 길이라면서 만석은 앞으로 우리 영일이와 함께 기쁨으로 빛날 일만 펼쳐질 거라며 온세상이 다 들으라는 듯 큰소리로 호기롭게 외쳤었다.

그런데 지금 쏘반의 눈앞에서 영일은 기쁨으로 빛나는 얼굴로 시연이 주는 돈 봉투를 받아들고 있었다. 영일은 가방 깊숙이 돈 봉투를 넣고는 시연과 함께 복도를 따라 이쪽으로 걸어왔다. 쏘반은 본능적으로 비상구 문 뒤에 몸을 숨겼다. 곧이어 시연이 영일을 엘리베이터까지 배웅해주었다. 엘리베이터 문이 닫히자마자 시연은 크게 숨을 들이마신 뒤 복도를 따라 다시 601호로 향했다. 또각또각 걸어가는 시연의 발소리가 이 세상의 약자들을 짓밟는 소리처럼 들렸다.

쏘반은 치를 떨었다. 갑작스러운 냉기가 쏘반을 덮쳤다. 이가 딱딱 부딪칠 만큼 추웠다. 몸 안에 생긴 뾰족한 얼음 가시가 밖으로 뚫고 나오기 위해 몸부림쳤다. 이 모텔은 악마와 같은 곳이다. 이런 끔찍한 곳을 움직이는 시연은 악마 중에서도 제일 악독한 악마다. 쏘반은 성큼성큼 걸어서 601호 문을 열고 들어갔다. 침대 시트를 정리 중이던 시연이 길고 가는 목을 천천히 쏘반에게로 돌렸다.

"어떻게 그런 짓을……. 너 사람 아니야."

쏘반은 짓씹어뱉었다. 하지만 시연의 입은 빗장을 채운 듯 닫혀 있었다.

"저 애는 아직 꼬마야. 꼬마라고!"

쏘반은 비명을 지르듯이 시연에게 퍼부었다. 갈비뼈 사이사이로 불의 혀가 넘나들었다. 시연은 쏘반 앞으로 바짝 다가가 대담하게 입술 끝을 비틀어 올렸다.

"네가 뭘 할 수 있는데?"

질문은 정확히 쏘반에게 날아가 과녁 중심에 꽂혔다. 곧이어 그 질문은 젓가락 두 개가 되어 쏘반을 크게 휘저었다. 쏘반은 자신이 형편없이 풀어진 계란 같았다. 이런 식으로 자극해서 날 물러서게 하려고? 온몸이 부르르 떨렸다. 쏘반은 냉혈한의 심장에 말뚝을 박고 싶었지만 그런다고 시연이 죽을 것 같지도 않았다.

"넌 악마야! 악마의 자식이라고!"

"네 말대로 이 방에서 이루어지는 건 악마와의 계약이지. 정당하게 보호될 리 없잖아. 지나치게 달콤할 때 의심했었어야지. 모든 일에는 결과가 따르는 법이니까."

두 마리의 뱀처럼 시연의 입술이 왔다 갔다 했다. 쏘반의 주먹이 부르르 떨렸다. 두 주먹에서는 살의가 느껴졌다. 시연은 그런 쏘반의 얼굴 위로 냉소를 확 끼얹어 주었다.

"저 애는 네 애가 아니야. 네가 같이 사는 그 사람들은 네 핏줄이 아니야. 타인일 뿐이지. 지금이라도 돌아서서 모른 척할 수 있는 사람들 이야기야."

가족도 아닌 일에 함부로 나서지 말라는 듯 시연은 정확하게 금을 그어주었다. 마치 지금 자신은 쏘반에게 살 길을 알려주는 은혜를 베풀고 있다는 듯이. 쏘반은 그런 시연의 한 마디한 마디가 채찍처럼 몸에 휘감기는 것 같았다. 시연이 한 단어씩 말하면서 쏘반을 향해 발을 내딛을 때마다 한 발씩 뒤로 밀린 쏘반의 몸은 어느새 601호 문 밖에 있었다. 쏘반은 아무 말도 하지 못했다. 잠시 후 시연은 숨을 깊게 들이마신 후 쏘반에게 다시 한 번 기회를 주겠다는 듯이 말했다.

"오늘은 모텔 사정상 하루 문 닫을 테니 그만 집으로 돌아가서 쉬어요. 그리고 내일모레 아침 아홉시에 다시 보도록 하죠."

시연은 쏘반의 코앞에서 601호 문을 닫아버렸다. 문 닫히는 소리가 장총을 장전하는 것처럼 들렸다. 복도에 홀로 남겨진 쏘반은 문과 대치하는 것처럼 그대로 서 있었다. 비명이든 고함이든 지르고 싶은데 입에서는 가혹한 숨소리만 나왔다. 스스로의 한계를 뼈저리게 느끼며 자조했다. 자신은 이렇게 만석의 아이를 모른 척해버리고 마는, 이것밖에 안 되는 놈이었다. 쏘반은 뒤돌아서 모텔을 나왔다.

오랜만에 만석과 대길이 거실 소파에 나란히 앉아 있었다.

텔레비전은 켜져 있었지만 대길의 시선은 비어 있었다. 눈 밑의 주름 주머니는 집배원 가방처럼 늘어져 있었고 볼은 곶감처럼 쪼글쪼글했다.

"영일이가 늦는구나. 밥 챙겨줘야 하는데……."

만석은 고개를 돌려 초췌한 대길의 옆모습을 보았다.

"방금 같이 먹어 놓고는, 혹시 밥 또 드시고 싶소?"

"밥 차려줄까?"

"아니, 나는 됐고 아부지가……."

만석은 말을 하다가 끊었다. 아무래도 요즘 대길이 이상했다.

"괜찮소?"

"괜찮다마다."

하지만 대길은 괜찮지 않아 보였다. 눈은 초점 없이 먼 곳을 향해 있었고 아래턱은 호두까기 인형처럼 아래로 떨어져 있었다. 사막을 건너는 낙타처럼 구부러진 등에서 불현듯 대길의 나이가 느껴졌다. 그 위로 종잇장 하나만 더 얹어도 무너져 내릴 것 같았다.

"이러지 말고 사채 씁시다."

만석의 말에 대길은 절대 안 된다고 말렸다. 배보다 배꼽이 더 큰 사채 이자를 감당할 능력도 없으면서 무턱대고 손을 댔다가 또 수렁으로 들어갈 수는 없었다.

"십 년 전 거리에 나앉았을 때처럼 되고 싶냐. 영일이도 점점 자라는데 그건 안 된다. 집은 꼭 있어야 한다."

만석 역시 그 말이 구구절절 옳은 걸 알기에 더 토를 달지 않았다. 집에서 시간을 뺀다고 했을 때 하루당 대길이 이백만 원, 만석이 백만 원, 정애가 백만 원이었다. 사백만 원은 큰돈이었지만 시간을 뺄 수 있는 기회는 일주일에 많아야 두 번이었다. 게다가 시연이 정기적으로 부르는 것도 아니었다. 지난주에는 만석과 정애는 부르지 않고 대길만 두 번 부르고는 끝이었다.

그럴수록 만석은 점점 초조해졌다. 백만 원에 비해 자신에게서 추출되는 시간의 엑기스가 적어서 그러는 건 아닐까 싶어 걱정이 태산이었다. 고장 난 청소기를 손수 고치기 위해 제품 설명서를 들여다보다가도 이런 하찮은 일에 집중하느라 시간을 써버리면 모텔에서 팔 수 있는 시간의 양이 더 줄어들진 않을까 불안해졌다. 그래서 간단하고 쉬운 일도 제대로 끝마칠 수가 없었다. 만석은 늘 실수 연발이었고 안절부절못했다. 그렇게 시연의 연락이 오길 기다리며 침대에 누워 멍하니 천장만 보는 날이 많아졌다. 그런 만석을 대길은 안쓰러운 눈으로 바라보았다.

그러던 어느 날 킬링타임모텔로 시연을 따로 찾아간 대길이 연속된 시간 거래에 참여하기로 했다고 만석에게 알려왔다. 일주일만 자면 모든 걸 끝낼 수 있다는 것이었다. 만석은 자신도 대길과 함께하겠다고 고집을 부렸다. 시연이 약속한 금액은 둘이 합쳐 오천만 원이었다. 그 돈이면 집을 그대로 지킬 수 있다. 뿐만 아니라 최근에 모은 돈과 합치면 온가족이 반년은 더 버틸 수 있는 생활비까지 마련되어 한시름 놓을 수 있다. 만석과 대길은 모텔 사용료를 줄이기 위해 집 안방에서 정애의 보살핌을 받으며 일주일 동안 자기로 했다.

만석은 대길을 안방 침대에 눕히고 자신은 바닥에 요를 깔고 누웠다. 주사를 맞기 직전 만석은 대길을 올려다보았다. 수면제를 맞은 대길이 먼저 잠들어 있었다. 평안한 표정으로 눈을 감은 대길의 숨소리가 규칙적으로 들려왔다. 그 다음은 만석의 차례였다. 몸속으로 수면제가 들어오면서 저 멀리 어둠의 터널 속에서 희끄무레한 빛이 밝아져 오는 게 보였다. 터널이 끝나는 곳에서 기다리던 빛을 본 것인지 아니면 그것이 마주 오는 기차였는지 확인하지 못한 채 만석은 잠에서 깨어났다.

　만석은 눈을 떴다. 꿈도 없이 깨서 그런지 시간이 얼마나 지났는지 알 수 없었다. 찰나와 같은 순간이 지난 것 같았지만 노곤한 몸 상태로 보건대 꽤 오래 누워 있었던 것 같았다. 만석은 아버지는 혹시 꿈을 꿨느냐고 묻기 위해 천천히 몸을 일으켰다. 그런데 침대에 대길이 보이지 않았다. 벌써 깨서 밖으로 나갔나. 내가 잠을 너무 오래 자버린 걸까.

　그런데 움직이려던 만석의 눈에 자신의 팔에 꽂혀 있는 시간 주사기가 들어왔다. 시간 주사기를 본 건 처음이었다. 더불어 자신의 시간 색깔이 연보랏빛을 띠는 것도 처음 알게 되었다. 만석은 신기한 눈으로 시간을 들여다보았다. 그런데 이건 시연이 분리해줘야 하는 거 아니었나. 시연은 어디에 있지? 만석은 방 안을 둘러보았지만 시연 역시 없었다. 결국 만석은 제 손으로 시간 주사기를 처리해야 했다. 천천히 시간 주사기를 팔에서 빼자 곧이어 뽁 소리와 함께 몸에서 분리되었다. 가느다란 바늘 틈 사이로 무언가 새어 나오지 않을까 싶었는데 자동으로 잠기는 장치가 되어 있는지 그대로 밀봉되어 버렸다. 다른 팔에 꽂혀 있는 영양제 주사기도 빼놓았다.

　만석은 주사기들을 뽑은 후 주위를 다시 둘러보았다. 집 안에 아무도 없는 것 같았다. 베개 옆에 있는 핸드폰을 켜보았지만 배터리가 다 닳아 꺼져 있었다. 일주일이면 그러고도 남을 시간이었다.

만석은 후들거리는 다리를 일으켜 침대 옆에 놓여 있는 전화기로 향했다. 수화기를 들었으나 010 다음 번호 앞에서 손이 멈춰졌다. 늘 단축 번호를 누르다 보니 정애의 핸드폰 번호가 가물거렸던 것이다. 꽤 오래 생각한 끝에 번호가 떠올랐다. 한참 후에야 정애가 전화를 받았다.

"당신 깼구나."

만석은 응, 이라고 대답하려 했지만 목소리가 잘 나오지 않았다. 그런데 당신은 목소리가 왜 그렇게 가라앉아 있냐고 물으려는데, 정애가 먼저 입을 열었다.

"여기 병원이야."

만석은 충격 받은 얼굴로 비어 있는 침대를 보았다. 자세히 보니 대길의 시간 주사기가 다 채워지지 않은 채 이불 위에 덩그러니 놓여 있었다.

병원에 도착하니 대길은 사경을 헤매고 있었다. 정애는 넋이 빠져 있었고 영일은 침대에 누워 있는 대길의 옆구리로 파고들어 잠들어 있었다. 어떻게 된 일이냐고 묻는 만석의 사나운 눈길에 정애가 두서없이 말을 흘렸다.

그러니까 어제였다. 이제 하루만 더 지나면 만석과 대길이 일어날 터였다. 정애는 열쇠로 방문을 열고 들어가 침대에 누워 있는 대길에게로 향했다. 팔에 꽂혀진 시간 주사기가 가득 차가는 게 눈에 보였다. 정애는 시간 주사기를 건들지 않도록 조심하면서 대길의 옷을 가슴께까지 올렸다. 욕창을 방지하기 위해 두 시간마다 물수건으로 침대에 닿는 몸의 부분을 세심히 닦아주었던 것이다.

"내일 깨시면 드실 수 있게 아버님 좋아하는 갈비 맛있게 재워놓을게요."

정애는 윗옷을 내린 후 물끄러미 대길의 얼굴을 들여다보았다.

"아버님 얼굴 찬찬히 보는 게 시집와서 처음인 것 같네요. 갓 시집왔을 땐 무서워서 못 봤고 예전에 다단계 일 터진 뒤로는 너무 미워서 못 보겠더라고요. 아버님도 그동안 버릇없는 며느리 때문에 욕보셨어요."

정애는 대길의 가슴께까지 이불을 올려 덮어준 후 시계를 보았다. 갈비 재워놓으려면 지금쯤 사와야 했다. 그렇게 서둘러 지갑을 들고 방을 나서느라 그만 안방 문을 열쇠로 잠그는 걸 깜빡했다. 정애가 다시 돌아왔을 때 집에 온 영일이 안방에서 대길을 흔들고 있었다.

"할아버지 시골 간 거 아니었어? 할아버지 자? 할아버지, 일어나. 일어나 빨리!"

영일은 대길이 이상하다며 울먹였다. 정애는 대길에게 가까이 다가가 보았다. 확실히 만석과 대길의 얼굴이 달랐다. 만석이 평온한 얼굴로 잠들어 있는 반면 대길의 얼굴은 줄 하나를 겨우 붙들고 있는 것처럼 힘겨워 보였다. 대길의 갈라진 입술은 살짝 벌어져 있었고 입술색도 황토 빛이 도는 것 같았다. 정애는 대길의 가슴에 귀를 댔다. 심장 박동이 산 하나 건너서 들려오는 북소리처럼 잘 들리지 않았다. 조리 있게 생각할 겨를도 없이 바로 대길을 들쳐 업었다. 그 바람에 팔에 꽂혀 있던 시간주사기가 빠진 것 같았지만 개의치 않았다. 정애는 신발을 구겨 신고 거리로 뛰었다. 영일은 축 늘어진 대길의 손을 꼭 잡은 채 울면서 정애를 따라왔다. 그렇게 택시를 타고 병원으로 달려왔는데……

만석은 정애의 말이 끝나기도 전에 뒤돌아 가버렸다.

"여보. 어디 가. 의사선생님이 꼭 붙어 있으랬어. 언제……."

정애는 차마 다음 말을 꺼내지 못했다. 하지만 만석은 계속 걸었다. 시냇물 속에 비뚤비뚤 놓인 징검다리를 건너는 듯 금방이라도 넘어질 것 같았지만 만석은 걷고 또 걸었다. 병원 앞에서 택시를 타고 킬링타임모텔로 향했다.

늦은 밤 시연은 평상시와 다름없이 카운터에 앉아 있었다. 평소와 다른 점이라면 요 며칠 시연은 세상만사에 관심이 없는 사람처럼 넋 놓고 있을 때가 많다는 것이었다. 시연은 퀭한 눈으로 무언가를 내려다보고 있었다. 만석이 가까이 가서 보니 시연이 지포 라이터 불빛을 들여다보고 있었다. 불 속으로 뛰어들려는 불나방처럼. 만석은 그런 시연의 모습을 노려보았다. 불빛에 일렁이는 검은 머리도 하얀 얼굴도 붉은 입술도 모두 혐오스러웠다.

잠시 후 자신에게 내리꽂히는 불같은 시선에 그제야 만석이 온 걸 느낀 시연이 지포 라이터 뚜껑을 닫았다. 자리에서 일어난 시연이 시계를 확인하며 카운터 앞으로 나왔다.

"집으로 직접 가지러 갔어야 했는데……."

시연은 만석과 대길의 시간을 제때 챙기지 못한 게 면구스러운 듯 갈퀴손으로 머리카락을 뒤로 넘겼다. 하지만 만석의 얼굴은 바위처럼 굳어 있었다. 시연은 뭔가 이상한 느낌에 낮은 목소리로 물었다.

"그런데 시간은 어디 있어요?"

만석은 시연을 보았다. 시간이 어디 있냐고? 시간이……

"아버지가 쓰러지셨어."

목에 유리 가루가 잔뜩 낀 것 같았다. 일주일 만에 처음 입을 연 것이었다. 하지만 시연은 무슨 말인지 모르는 듯한 시선으로 만석을 보았다. 잠시 후 시간차 공격처럼 그 말을 이해한 시연이 저도 모르게 한 발 뒤로 물러섰다. 그렇게 놔둘 만석이 아니었다. 만석은 거침없이 시연의 멱살을 잡았다.

"어떻게 할 거야? 어떻게 할 거냐고."

만석의 재촉에, 말을 해보려고 움직이던 시연의 입술이 일그러졌다. 떨리고 있었다. 시연은 무언가 말을 하려다가 입을 다물어버렸다.

"넌 이렇게 될 줄 다 알고 있었던 거 아니야?"

만석은 시연을 절벽으로 몰아세우듯 다그쳤다. 그러자 시연이 아랫입술을 깨물고 만석을 마주 쏘아보았다.

"그럴 리가 없잖아요."

"그럼 이런 일이 벌어질 줄도 모르고 우리를 끌어들였다고? 진짜 몰랐어?"

만석은 고함을 퍼부었다. 열 번이고 백 번이고 계속 소리칠 수 있다는 듯 시연을 사납게 노려보았다. 시연은 자신은 이런 대우를 받을 이유가 하등 없다는 듯 나지막이 말했다.

"위험부담에 대한 추가 수당은 이미……."

만석이 시연의 뺨을 모질게 때렸다. 바닥에 나가떨어진 시연의 입술에서 피가 배어나왔다. 시연은 손바닥으로 입술을 훔쳤다. 시연의 눈이 독해졌다.

"웃기지 마. 당신만 피해자라는 거야? 다 뿌린 대로 거두는 거야."

낮은 목소리였지만 만석의 심장을 겨눈 듯 날이 서 있었다.

시연은 팽팽하게 차 있던 공의 마개가 툭 풀린 것처럼 만석을 향해 쏘아붙였다.

"저번에 십장에 대해서 물었지? 애당초 그놈도 나한테 돈 받고 일한 거였어. 너와 네 가족을 끌어들이기 위해 여기 와서 시간을 파는 척한 거였다고."

화살처럼 날아와 꽂히는 말에 만석은 불안정한 저울처럼 파르르 떨렸다. 커다란 주먹 안에서 구겨지는 종이 뭉치가 된 기분이었다.

"처음부터 내가 목적이었어? 왜…… 설마 모텔 영업정지 먹인 일 때문에?"

시연은 대답 없이 흥 웃었다. 시연의 눈이 뱀에 박힌 유리 눈처럼 차갑게 빛났다. 만석은 대답하라고 소리치며 멱살을 틀어쥐었다. 그렇게 듣고 싶어 한다면 말 못 할 것도 없다는 듯이 시연이 입을 열었다.

"그거나 이거나 돈 쉽게 벌려는 건 매한가지지. 그래서 쉽게 돈 벌어서 좋았잖아. 더 큰돈 벌고 싶어서 한 거잖아. 근데 왜 여기 와서 따져."

만석은 고개를 흔들었다. 지금 상황을 빠져나가려고 수 쓰나 본데. 어림없었다.

"그딴 말 다 필요 없고, 가자. 우리 아버지한테 가자고."

만석은 시연의 머리채를 휘어잡고 질질 끌고 갔다. 시연은 이

거 놓으라며 거칠게 저항했지만 만석의 손아귀에서 벗어날 수가 없었다. 분노로 제 자신조차 가누지 못하는 인간에게 저항하는 건 자연재해에 맞서려는 몸부림처럼 애초에 힘든 싸움이었다. 시연은 속수무책으로 로비 바닥에 온몸이 쓸리며 끌려갔다.

"가서 니가 다시 제대로 해놓으라고!"

만석의 성난 목소리가 모텔에 쩌렁쩌렁 울려 퍼졌다. 그때 칠흑처럼 검은 시연의 눈동자가 쏟아질 듯이 커졌다. 곧이어 만석의 시야 끝에서 그림자가 움직였다. 뭐지 하는 순간 만석은 세게 뒤통수를 가격당했다. 만석은 그대로 바닥에 쓰러졌다.

얼마나 지났을까. 힘겹게 눈을 뜬 만석이 반쯤 몸을 일으켰다. 시간이 지났다는 건 알겠는데 어느 정도나 흘렀는지 알 수 없었다. 그때 입구 쪽에서 쏘반이 걸어오는 게 보였다. 쏘반은 만석을 보고 놀란 눈치였다. 만석은 주위를 훑어보았다.

"어디 갔어?"

만석의 물음에 쏘반은 누구를 말하는 건지 모르겠다는 눈으로 고개를 갸웃했다.

"그년 어디 갔어? 딴 놈도 있었던 것 같은데, 날 뒤에서 내려친 놈 어디 있어?"

쏘반은 큰 눈을 끔뻑이며 만석을 보다가 딴 놈이란 소리에 혹시 하는 눈빛이 스쳤다. 옳거니, 걸렸구나. 만석은 너 알지 하면서 쏘반을 다그쳐 물었다.

"나랑 이십사 시간 교대로 일하는 남자가 있긴 한데……."

쏘반의 말에 만석은 용수철을 깔고 앉은 듯 튀어 올라 1층 로비를 샅샅이 둘러보았지만 직원이고 나발이고 미지의 남자는 보이지 않았다. 화가 난 만석은 쏘반에게 넌 여기 왜 있는 거냐고 날선 어조로 물었다.

"교대 시간이라 나왔는데……."

쏘반의 대답에 만석이 황급히 고개를 들어 밖을 내다보니 어느새 아침이었다.

"아버지."

만석은 모텔 밖으로 뛰쳐나갔다. 쏘반도 불길한 예감에 함께 달려 나왔다. 만석은 대로변으로 뛰어나가 병원 이름을 외치며 택시를 잡으려 해보았지만 쉽지 않았다. 그대로 도로에 뛰어들었다가 마주 오는 택시에 치일 뻔했다. 뒷자리에 손님을 태우고 있던 택시 기사는 만석에게 삿대질을 퍼부은 후 가버렸다.

그때 쏘반이 오토바이를 끌고 만석 곁으로 왔다. 만석이 뒤쪽을 보니 모텔 건너편에 있는 식당 주인이 미친 새끼라고 욕하면서 이쪽을 향해 뒤뚱거리며 달려오고 있었다. 식당 주인은 어찌나 뚱뚱한지 앞치마 위로 툭 튀어나온 배가 꼭 농구공을 삼킨 것처럼 크게 부풀어 있었다.

"조금 빌린다고!"

쏘반은 뒤에 대고 소리쳤다. 만석은 혼란스러웠지만 남들 눈치 볼 여력이 없었다. 쏘반 역시 만석에게 빨리 타라고 눈짓했다. 만석은 오토바이 뒤에 설치된 플라스틱 박스를 발로 차서 떼어버린 후 서둘러 올라탔다. 그 모습에 식당 주인이 머리 위로 삿대질을 하며 빠른 속도로 달려왔다. 쏘반은 그런 식당 주인을 비웃듯이 굉음을 내며 오토바이를 몰고 달려 나갔다.

병원 앞에 도착하자마자 만석은 오토바이에서 내려 안으로 달려 들어갔다. 고막에서는 거친 숨소리와 신발이 바닥을 때리는 소리가 울렸다. 그러나 늦었다. 이미 대길의 몸 위로 천이 덮여 있었다. 천을 부여잡고 울부짖는 정애 옆에서 영일은 얼빠진 얼굴로 눈물만 흘리고 있었다. 만석은 천을 걷고 두 손으로 아버지 얼굴을 만지려다가 허공에서 손을 멈추었다. 봄인데, 봄이 왔는데, 흰 눈이 끝없이 펼쳐진 남극에 내던져진 것처럼 시야에 아무것도 들어오지 않았다.

슬퍼할 새도 없이 장례식이 진행되었다. 만석이 빈소 한쪽에 있을 동안 정애가 장례식장 이용 상담을 하고 임대차 계약서를 작성했다. 정애도 만석처럼 넋 놓고 싶었지만 사람들은 끊임없이 빈소를 오가면서 부음 발송 여부와 장의 용품 준비 목록과 입관 시간 등을 결정해야 한다고 말했다. 그들이 옳았다. 그리고 만석과 정애 중 누군가는 해야 할 일이었다. 정애는 여동생 집에 영일을 맡긴 후 장례식장을 종횡무진 누볐다. 이런 잡다한 일들이 정애에게는 비통한 파도에 휩쓸려가지 않도록 해주는 버팀목이었다.

한편 쏘반은 장례식장 주변을 맴돌며 계속 통화 중이었다. 전화 건너편에서 개새끼 소새끼 다 대고 있는지 쏘반의 얼굴이 불편하게 조여져 있었다. 자꾸 그렇게 나오면 이쪽에서도 가만 있지 않겠다는 듯 쏘반이 입을 열었다.

"예전에 나한테 배달 월급 안 준 거 다 합치면……"

도리어 역효과가 났는지 전화 저쪽에서 목소리가 더 커졌다. 쏘반은 찌푸린 얼굴로 핸드폰을 귀에서 뗐다.

"뻑하면 신고 신고. 지금 오토바이 갖다 준다고."

뚝 전화를 끊고 돌아선 쏘반은 빈소 한쪽에 앉아 있던 만석과 눈이 마주쳤다. 만석이 자신을 물끄러미 보고 있었다. 뭐라고 해야 할지 잘 몰라 쏘반이 우물거리는 사이 정애가 만석 쪽으로 걸어왔다.

"담당 의사 선생님 찾았어."

그 즉시 만석은 쏘반에게서 등을 돌린 채 정애를 따라 진료실로 향했다.

의사는 대길이 심근경색이었다고 알려주었다. 좋다 싫다 제 감정이 빠진 말투였다.

"구대길 씨가 알리지 않으셨나 보군요."

의사는 만석의 표정을 읽고는 덧붙였다. 그간 이 병원에서 약을 타 간 기록이 있다면서 서류를 보여주었다. 의사는 부지 런히 설명했다.

"심장으로 산소와 영양분을 공급하는 관상동맥이 막혀버리 면 심장에 피가 통하지 못해서 순식간에 심장 근육이 파괴됩니 다. 안타깝게도 병원에 도착하시기 전에 이미 쇼크 상태였습니 다."

만석은 의사의 말을 믿을 수 없었다. 당신의 말을 안 믿는다 고 하면 이 거짓말 같은 이야기도 끝날까.

"평소에 심장이 나쁘신 것 같진 않았는데……."

정애의 말에 의사는 설명을 덧붙였다.

"스트레스가 원인이 될 수도 있습니다. 며칠 전부터 가슴이 답답하다든지 어지럼증 같은 전조 증세가 보였을 겁니다."

만석은 비통한 표정으로 이를 악물었다. 관자놀이가 펄떡펄 떡 뛰었다.

그때 의사가 다른 환자의 상태가 급변했다는 간호사의 보고 를 받고 급하게 진료실 밖으로 나갔다. 만석은 복도를 뛰어가 는 의사의 뒷모습을 보았다. 한 사람이라도 더 살리기 위해 뛰 어다니는 의사에게 뭐라고 더 할 말이 없었다.

만석과 정애는 다시 장례식장으로 돌아왔다. 정애가 빈소에 도착하자마자 장례식 담당 직원이 다가왔다. 빠진 게 있었던 것이다. 빈소에 대길의 사진이 없었다. 영정 사진이 없으면 주민등록증 사진으로 대체할 수 있다는 직원의 말을 들으며 정애는 만석을 건너다보았다. 만석은 아까 그 자리에 그대로 다시 앉아 있었다. 알았다며 직원을 보낸 뒤 정애가 만석에게 다가왔다.

"아버님 사진이 필요해. 당신도 다 들었지?"

만석은 고개를 들어 정애를 보았다. 들었다고 인정하고 싶지 않은 얼굴이었다. 정애는 마음을 굳게 먹고 만석의 손을 모아 쥐며 말했다.

"집에 가서 챙겨다줘. 그리고 입관식 시간을 정해 달라는데 이것만은 난 못하겠어. 당신이 정해줘. 아버님 마지막으로 보낼 시간을……"

정애의 말이 끝나기도 전에 만석은 현실을 부정하려는 사람처럼 고개를 저은 후 밖으로 뛰쳐나갔다. 택시도 쏘반의 오토바이도 보이지 않았다. 만석은 그대로 집으로 달려갔다. 대길의 영정사진으로 쓸 만한 사진을 찾기 위해서도, 상주가 입어야 할 검은 양복을 챙기기 위해서도 아니었다. 만석은 집에 가서 꼭 챙겨야 할 물건이 있었고 그 물건을 들고 가야 할 곳이 있었다.

열쇠 없이도 집 문이 열렸다. 어제 저녁 정애와 통화한 후 자신이 문을 잠그고 나왔었는지 기억이 나지 않았다. 하지만 지금 그런 건 중요치 않았다. 만석은 제발 있기를 바라면서 안방으로 향했다. 그러나 안방에는 대길의 시간 주사기가 없었다. 만석의 것도 없었고 영양제 주사기도 다 치워져 있었다.

그 순간 옷장이 보였다. 만석은 옷장 문을 열어젖혔다. 정애의 명품백과 화장품이 즐비해 있었고 코트를 걸어놓을 수 있는 칸에는 자신이 사 모았던 골프채 세트가 세워져 있었다. 끝끝내 처리하지 못한 채 쥐고 있던 물건들을 봉지에 그러모아 어깨에 멘 후 터뜨리지 않은 감정을 어금니에 눌러 담고 모텔로 향했다. 악다문 이의 틈새로 바람이 들어와 입안이 말라갔다.

모텔 주변엔 화려한 네온사인이 가득했다. 현란한 빛깔의 곤충이 꿈틀대는 것 같았다. 그런데 그 사이에 있는 모텔만 불이 꺼져 있었다. 황급히 안으로 들어가 보니 믿을 수 없는 광경이 펼쳐져 있었다. 모텔이 황폐하게 변해 있었던 것이다. 흠씬 두들겨 맞은 기분이었다. 6층으로 올라간 만석은 커다란 봉지를 내려놓고 601호 문을 열어보았다. 그 안도 마찬가지로 폐허가 되어 있었다. 문에 붙은 601호 호수판 아래 붉은 스프레이로 낙서가 휘갈겨져 있었다.

꺼져 버려!

만석은 찬물 세례를 당한 것처럼 소름이 돋았다. 이걸 남길 때 차갑게 번뜩이던 시선이 문 위에 붙어서 기다리다가 만석이 붉은 글씨를 발견한 순간 전속력으로 달려와 창살이 되어 찌르는 것 같았다. 시뻘건 낙서를 만져보니 아직 마르지 않은 스프레이가 손에 묻어났다. 복도에는 시연이 곧잘 앉던 나무 의자가 덩그러니 있었다.

"얼른 나와. 장난치지 말고."

목이 잠긴 만석의 입에서 새듯이 소리가 나왔다.

"나오란 말이야."

목소리의 떨림이 온몸에 퍼지고 눈 밑의 살이 푸들푸들 떨렸다. 만석은 주먹을 쥔 채 위를 보았다. 뒤이어 검은 봉지에서 골프채, 명품백, 돈다발 등을 모두 꺼냈다. 제물을 바치듯 쌓아놓은 후 무릎을 꿇고 CCTV를 향해 애원했다.

"이거 다 줄 테니까 딱 하루만 우리 아버지 살려주세요. 그게 안 되면 한 시간, 오 분만이라도. 앞으로 일주일이고 한 달이고 자라고 하면 내가 그대로 따를게."

CCTV는 움직이지 않았다.

"저번에 그랬지. 우리가 판 시간 다른 사람에게 비싼 값 받고 판다고. 내가 이 돈 주고 아버지 시간 살게. 내가 다시 그 시간 사겠다고!"

애가 탄 만석은 무릎걸음으로 CCTV 쪽으로 가까이 다가가 싹싹 빌었다.

"살려주세요. 내가 잘못했으니까 딱 한 번만 봐주세요. 전세금 나오면 그 돈도 다 줄 테니까 제발 한 번만……."

아무리 울며 빌어도 CCTV는 반응이 없었다. 설마, 하는 생각에 만석은 급히 복도에 나뒹굴던 의자를 거칠게 끌어왔다. 의자에 올라가 CCTV 뒤를 보니 연결선이 잘려 있었다. 보이지 않는 손에 목이 졸리는 것처럼 숨이 막혔다. 만석은 씩씩 숨을 몰아쉬며 CCTV를 뽑아 바닥에 내리꽂았다. 이 빌어먹을 현실을 받아들일 수 없었다. 광기에 사로잡힌 만석은 가져온 물건들을 온 사방에 던져버렸다. 분노를 이기지 못해 손에 잡은 골프채를 부러뜨리려 무릎에 대고 힘을 주었지만 꿈쩍도 안 했다. 만석은 미친 사람처럼 울부짖으며 골프채를 야구방망이처럼 쥐고 601호 문을 죽어라 찍어댔다. 이 빌어먹을 곳이 내 아버지를 죽음에 이르게 한 것이다. 철저히 부숴주겠다면서 망치로 제 가슴을 내리치듯이 폭풍처럼 퍼부었다.

태풍이 휩쓸고 간 자리에 처참한 잔해만 남았다. 그동안 자신이 팔았던 건 단순히 시간이 아니었다. 아무것도 아니라고 치부해왔지만 자신의 전부와도 같았던 중심축을 팔아버렸고 그 대가로 이제 아버지를 영영 잃고 만 것이다.

601호 문에 쓰러지듯이 몸을 기댄 만석은 짐승처럼 오열했다.

5
나머지 시간

오늘도 쏘반은 영일을 찾아 어슬렁거렸다.

얼마 전 근방에 하나뿐인 초등학교에서부터 뒤를 밟아 영일의 집과 영일이 자주 가는 놀이터도 알아두었지만, 쏘반은 쉽게 다가가질 못했다. 멀리서 지켜본 건만 벌써 일주일째였다. 울타리 사이사이에 심어진 화단에는 잎보다 먼저 핀 진달래의 꽃분홍이 봄의 화사함을 더해주고 거리를 오가는 사람들의 옷차림도 한결 가벼워졌는데, 쏘반에게는 여전히 황소 같은 겨울바람이 저 앞에서부터 몰아쳐오고 있는 것만 같았다. 골목길로 접어드는 쏘반의 어깨가 더욱더 움츠러들었다.

사실 쏘반에게 영일은 정 한 번 나눈 적 없고 말 한 번 섞은 적 없는 꼬마일 뿐이었다. 하지만 쏘반은 시연의 독설에 반항이라도 하듯이, 저 애는 내 애가 아니고 타인일 뿐이지만 돌아서서 모른 척하고 싶지 않았던 것이다.

쏘반은 오늘이야말로 기필코 말을 걸겠다고 다짐하면서 놀이터로 향했다. 그런데 이 시간이면 늘 놀이터에 오도카니 앉아 있던 영일이 보이지 않았다. 쏘반은 동네를 돌며 영일을 찾아다녔다. 잠시 후 영일을 찾은 곳은 문방구 쪽이었다. 게임기 앞에 앉아 손가락의 정열을 불태우고 있었다. 한참 뒤 영일은 자리에서 일어나 상가 건너에 있는 분식집으로 들어갔다. 뒤에서 지켜보던 쏘반은 저벅저벅 따라 들어갔다.

"떡볶이 일 인분이요."

쏘반은 소심한 성격을 드러내듯 벽을 보는 자리에 앉았다. 머리 위로 '물은 셀프'라는 직사각형 종이가 붙어 있었다. 이 집 떡볶이는 얼마나 매울까. 쏘반은 물을 떠 올까 말까 고민에 빠진 채 벽에 붙은 종이를 올려다보았다. 그런데 고개를 떨어뜨려 보니 제 앞에 컵이 놓여 있었다. 이게 뭐지 싶어 옆을 보니 어느새 다가온 영일이 빤히 자신을 쳐다보고 있었다. 분식집 점원처럼 영일이 직접 물을 떠서 가져다 준 것이었다. 혹시 해서 쏘반은 탁 트인 주방에서 떡볶이를 만들고 있는 아주머니 얼굴을 건너다보았다. 아주머니 얼굴은 저번에 장례식장에서 본 만석의 부인과 다르게 생긴 것 같았다. 설마 이 녀석 여기 취직했나. 노동법 때문에 애들은 안 되지 않던가. 말도 안 되는 망상이 퍼지려는 찰나 영일이 쏘반에게 대뜸 물었다.

"아저씨 나 납치할 거예요?"

쏘반은 발을 헛디딘 것처럼 소스라치게 놀랐다. 아주머니도 납치 소리에 놀랐는지 이쪽을 돌아보았다. 넙치를 잘못 들었을 리 없었다. 아주머니는 여차 하면 쏘반의 얼굴 위로 봄날 꽃가

루처럼 확 흩뿌리려는 듯 고춧가루를 한 주먹 쥐고 이쪽을 주시했다. 이 상황에 뭐라고 해야 할지 몰라 쏘반은 애매한 표정을 지었다. 어느 부분에서 웃어야 할지 모르는 농담 같았다. 공룡이든 유에프오든 뭐 좀 튀어나와서 이 말도 안 되는 상황을 제압해줬으면 싶었다. 하지만 그런 일은 일어날 것 같지 않았다. 하릴없이 쏘반은 영일을 마주 보았다. 올빼미처럼 동그랗게 눈을 뜬 영일을 향해 쏘반은 천천히 머리를 가로저었다. 널 납치할 생각이 없다는 게 분명히 전해지도록.

"나 계속 따라다녔으면서."

영일은 약간 토라진 듯이 말했다. 쏘반은 당황스러웠다. 졸지에 자신이 영일을 금붕어 똥처럼 끈질기게 따라다닌 예비 범죄자가 되어버린 것이었다. 속이 탄 쏘반은 물을 마셨다. 한 모금만 마시려고 했는데 저도 모르게 원샷을 하고 말았다. 반면 영일은 경계하는 기색도 없이 쏘반의 옆에 앉더니 말을 이어갔다.

"하긴 우리 집 가난해서 나 납치해봤자 소용없어요."

또 납치란 말을 들먹였다. 허름한 분식집에서 나눌 만한 대화는 결코 아니었다. 저쪽에서는 아주머니가 영일이 태연하게 쏘반의 옆에 앉는 걸 보고는 내심 별 관계 아니겠지 생각하면서도 혹시 몰라 이쪽을 주시했다. 쏘반은 저렇게 눈 따로 손 따로 만든 떡볶이가 과연 맛이 어떨지 걱정되었다.

쏘반은 영일의 말이 들리지 않는 척 고개를 다른 곳으로 돌렸다. 차라리 아까부터 한국말은 못 한다는 식으로 나갈 걸……. 쏘반은 지금이라도 늦지 않았다는 생각에 입을 굳게 다물었다. 지금이라도 늦지 않은 건 분식집을 나가버리는 선택 역시 마찬가지였다. 영일에게서 눈을 거두고 분식집 곳곳을 둘러보니 어찌나 허름한지 당장 나가고 싶은 마음이 새록새록 커졌다. 영악한 바퀴벌레는 보이지 않았지만 뻔뻔한 거미는 천장 언저리에서 죽은 척 숨죽인 채 이쪽을 내려다보고 있었다. 쏘반은 천장에 매달린 거미를 뚫어지게 쳐다보았다.

"저건 거미예요, 거어미."

영일은 쏘반이 한국말이 서툴 거라고 생각했는지 친절하게 알려주었다. 쏘반은 한국에 있은 지 햇수로 십 년이었다. 아홉 살 사내 녀석보다는 자신이 훨씬 한국어에 능통하지 않을까 하는 우쭐거리는 마음도 있었던지라 영일의 친절한 설명이 좀 꺼려졌다. 그런데 이 녀석은 왜 이러는 걸까. 자신을 납치할지 모른다고 의심하는 남자에게 계속 말을 걸다니, 아무래도 나사가 빠진 것 같았다. 그게 아니라면 지독히 외로운 녀석이거나. 거기까지 생각이 미치자 영일을 보는 쏘반의 시선이 조금 누그러들었다. 원래 이 녀석에게 접근한 목적도 떠올랐다. 쏘반은 젓가락으로 천장에 있는 거미를 가리키며 말했다.

"아뻥."

영일은 놀랐다. 그건 자신이 방금 알려준 발음과 완전히 달랐기 때문이다.

"캄보디아에서는 저거 먹어."

영일의 얼굴이 세로로 길어졌다. 쏘반은 그래 나 한국어 잘해 하는 듯한 시선으로 어깨를 으쓱했다. 쏘반은 어렸을 때 외가에서 사촌들과 함께 아뻥을 잡았었다. 캄보디아에선 저것보다 수십 배는 큰 걸 먹었다. 영화에서 사람들을 놀라게 할 때 자주 나오는 타란툴라가 그들에게는 맛있는 먹거리였다.

"저거 먹으면 잠 잘 자게 해줘."

쏘반은 드디어 하고 싶던 말을 꺼냈다. 아뻥은 위경련과 불면증 치료에 탁월한 효과가 있기로 유명했다. 시간을 판 후 생겼을지 모를 부작용에 대해 어떻게 물어봐야 하나 고민이었는데, 저 거미가 도와준 것이었다.

"너 아뻥 필요해?"

마치 이 형아한테 약 좀 사라고 강요하는 약쟁이 말투 같았다. 쏘반은 후회가 들었지만 이미 뱉은 말이었다. 영일은 가타부타 대답이 없었다.

그때 아주머니가 떡볶이 두 접시를 들고 왔다. 곧이어 둘은 각자 먹을 것에만 심취했다. 접시는 금세 바닥났다. 먼저 자리에서 일어난 영일은 당연하다는 듯 자신이 쏘반의 것까지 돈을 내려고 들었다. 쏘반은 손사래 치며 어른인 내가 다 내겠다며 막았다. 그런데 주머니에 지갑이 없었다. 당황한 쏘반은 지갑을 놓고 왔다고 해명했지만, 영일은 다 안다는 듯 고개를 끄덕이며 자신이 돈을 냈다. 어린 녀석의 지갑이 제법 두둑했다. 아까 우리 집 가난하다던 영일의 말 뒤로 601호 정경이 떠올랐다. 그때 그 돈 봉투 중에 쓰고 남은 돈일까.

계산이 끝난 후 쏘반은 영일을 따라서 분식집을 나왔다. 어린 꼬마에게 빈대 붙으려고 따라 들어간 건 아니었는데…….늘 마음만 앞섰지 뭐 하나 제대로 되는 게 없었다. 갈퀴손으로 제 머리카락을 흐트러뜨린 후 쏘반은 영일의 옆에서 걸었다. 물어보고 싶은 말이 많은데 어떻게 꺼내야 할지 몰라 쏘반은 옆에서 걷기만 했다. 반면 영일은 누가 자신과 함께 걷는 게 나쁘지 않은 듯 걸음을 쏘반에게 맞춰주었다.

만만한 게 놀이터였다. 그들은 놀이터 벤치에 앉아서 신나게 노는 아이들을 구경했다. 미취학 아동 몇몇이 우리 집에 왜 왔니 놀이를 하고 있었다.

"우리 집에 왜 왔니, 왜 왔니, 왜 왔니."

"꽃 찾으러 왔단다, 왔단다, 왔단다."

"무슨 꽃을 찾으러 왔느냐, 왔느냐."

"태영 꽃을 찾으러 왔단다, 왔단다."

그러자 기다렸다는 듯 양측 대표로 나선 두 아이가 가위바위보를 했다. 꽤 이상한 놀이였다. 쏘반은 자신이 알아들은 한국어가 맞는지 의심스러웠다. 낯간지럽게도 남자 애도 꽃이라고 표현하고 있었다. 고개를 돌려보니 옆에 앉은 영일과 저 애들의 체구가 비슷해 보였다. 쏘반은 놀고 싶으면 나 신경 쓰지 말고 저기 껴서 같이 놀아라 하는 턱짓으로 애들을 가리켰다.

"놀고 싶지 않아요."

영일은 단번에 거절했다. 쏘반은 의아한 눈으로 영일을 보았다.

"너 애들이랑 같이 놀고 싶어서 매일 놀이터에 왔던 거 아니었어?"

영일은 머리를 파묻고 가로저었다. 비어 있는 시소를 향한 영일의 눈가가 지금은 없는 누군가를 보는 듯 일렁였다.

그때였다. 좀 떨어진 곳에서 만석이 영일의 이름을 부르며 찾는 소리가 들려왔다. 주위를 두리번거리던 쏘반의 눈에 곧이어 만석이 들어왔다. 영일을 본 만석이 이쪽으로 거침없이 달려오고 있었다. 말도 없이 어딜 그렇게 돌아다니느냐고 혼내려던 만석의 눈에 쏘반과 영일이 한 프레임 안에 잡혔다. 그 즉시 만석은 도깨비 같은 얼굴로 쏘반을 몰아붙였다.

"내 아들한테 왜 접근한 거야?"

설마 만석도 영일처럼 납치라는 단어를 들먹이는 건 아니겠지, 쏘반은 긴장했다. 이 어색한 상황을 타개해보려고 우리의 마지막 만남이 내가 장례식장까지 당신을 오토바이 뒤에 태워서 데려다준 거라고 상기시켜 보려고 했지만 만석의 불같은 반응이 더 빨랐다.

"설마 너도 그놈들과 한패야? 맞지? 지배인 그년 어디 있는지 알지?"

지배인 그년이란 말에서 말로 다 표현할 수 없는 증오가 느껴졌다. 만석은 쏘반의 눈 속에서 그 대답을 읽어낼 수 있을 것처럼 표독스럽게 쏘반을 노려보았다.

"맞지? 바른대로 불어. 내가 바보로 보여!"

급기야 만석이 쏘반의 멱살을 쥐고 앞뒤로 흔들었다. 만석의 고함이 돌덩이처럼 놀이터에 떨어지자 놀란 아이들이 동심원을 그리듯 놀이터 바깥으로 달려 나갔다. 쏘반의 심장은 두방망이질해서 조리 있게 생각할 틈이 없었다. 눈에서 딱정벌레가 왔다 갔다 하는 것처럼 아찔했다.

"그냥 우연히……."

말이 채 끝나기도 전에 만석은 웃기지 말라면서 쏘반을 밀어붙였다.

"내 아버지도 모자라 내 아들까지 노리는 거지! 그렇지!"

칼부림이라도 일어날 듯한 맹공격에 쏘반은 삼단뛰기 속도로 고백해버렸다.

"저번에 영일이가 601호에서 나오는 걸 봤어요."

커다란 알사탕을 왼쪽 볼에서 오른쪽 볼로 옮기다가 툭 떨어뜨린 것처럼 그 말이 튀어나와 버렸다. 만석이 움직이지 않았

233

다. 서서히 만석의 얼굴이 영일에게로 돌아갔다. 영일은 피노키오가 거짓말을 하면 코가 길어지는 것처럼 얼굴에 감정이 다 드러나 있었다. 충격 받은 만석은 쏘반을 잡았던 멱살을 풀고 영일에게 다가갔다. 그리고 영일의 어깨를 붙잡고 떨리는 목소리로 물었다.

"아니지? 영일아, 아니지? 그런 적 없지?"

영일은 잔뜩 겁에 질려 있었다. 그 모습에 쏘반은 영일이 자꾸 밖으로 도는 이유를 깨달았다. 대길의 죽음 이후 만석은 제정신이 아니었던 것이다.

"설마 널 그 여자가, 아무리 그래도 그렇지, 어떻게 니가 그 방에……."

만석의 말은 해체된 채 끝을 맺지 못하고 허공에 흩어졌다. 영일의 마음이 욕조 안의 고무 오리처럼 마구 흔들렸다. 손바닥으로 물 장풍 한 번 날리면 바로 전복될 것 같았다. 거듭된 만석의 추궁에 영일은 금붕어처럼 입을 뻐끔거리며 고백했다.

"거짓말했어요. 거긴 소개받고 올 수 있는 곳이라고 하길래 나도 아빠한테 다 듣고 온 거라고……."

왜, 라고 만석은 입모양으로 물었다. 소리를 냈다고 생각했는데 충격 때문에 목구멍이 막힌 것 같았다. 왜 그렇게까지 해야 했냐고 찢어지는 가슴으로 물었다. 그러자 영일은 맺혀 있던 이야기를 조심스럽게 털어놓았다.

영일은 반장이 되고 싶었다. 반장이 되면 친구들이 많이 생길 테니까. 그게 아홉 살 영일이의 생각이었다. 아홉 살은 여덟 살 때와는 뭔가 달라야 했다. 하지만 반장이 되는 건 호락호락한 일이 아니었다. 영일도 그걸 잘 알고 있었다. 그래서 꽃 피는 봄이 오면 새로운 선생님에 새로운 반으로 바뀌니까 어쩌면 자연스럽게 새로운 친구들까지 생기지 않을까 기대했지만 학기 초 학부모회의 후 상황은 더 악화되었다. 엄마들이 정애에 대한 이상한 소문을 퍼뜨린 게 아이들 귀에 들어갔던 것이다. 아이들은 한 아이를 무시해도 된다고 엄마의 허락을 받은 것처럼 영일과 말도 섞으려 들지 않았다. 영일은 점점 스스로도 자신이 정말 존재하는 건지 확신할 수 없었다. 문득 들여다보면 제 손이 투명하게 보이는 것만 같았다.

"그 녀석들이 너한테 돈을 가져오라고 시킨 거냐."

만석의 물음에 영일은 그렇다고 말하면 상황이 좀 좋아질까 싶어 눈치를 보았다. 하지만 결국 결심을 굳힌 듯 힘겹게 아니라고 고개를 저었다.

"대체 그럼 돈이 왜 필요했던 거냐."

영일은 고개를 숙인 채 말을 이어갔다. 그즈음 마음속에 눌러왔던 꿈이 다시금 수면 위로 떠올랐다. 역시 반장이 되는 방법뿐이었다. 하지만 반장 선거는 경쟁이 치열했다. 고민이 많던 중에 영일은 학교 화장실에서 다른 반 아이들의 대화를 통해

백화점 문화센터에서 '새 학기 반장 선거 대비강좌'가 열린다
는 걸 들었다. 유능한 화술 강사가 아이의 이미지를 분석해 공
약을 짜고 연설문을 작성한 뒤 목소리 톤과 포즈까지 연습시
킨다는 말에 귀가 번쩍 뜨였다. 그래서 방과 후 백화점으로 달
려가 보았지만, 이미 그곳엔 같은 반 아이가 먼저 와 있었다. 그
애는 반장 엄마 감투를 쓰고 싶었던 엄마의 극성 때문에 등록
을 한 것이었다. 영일은 엄마와 함께 찾아온 그 아이가 몹시 부
러웠다. 영일은 엄마에게도 아빠에게도 심지어 할아버지에게
도 반장의 반 자도 입도 벙긋 못한 자신의 처지가 더욱 초라해
보였다. 왜 반장이 되고 싶으냐고 물으면 친구가 없어서요 하고
봇물 터지듯 고백할까 봐 가족 누구에게도 말하지 못했던 것이
다. 결국 영일은 등록도 못하고 백화점을 나와버렸다.

"반장은⋯⋯."

만석의 물음에 영일은 머리를 숨기는 거북이처럼 움츠러들었
다. 말이 필요 없었다. 물론 반장 선거에 떨어졌다고 해서 친구
를 만들 방법이 없는 건 아니었다. 영일은 두 번째 방법을 떠올
렸다. 그래서 킬링타임모텔로 갔던 것이다. 거기서 시연에게 받
은 돈으로 곧장 유명 학원으로 향했다. 학원 수업 시간이 끝나
고 쉬는 시간엔 아이들과 맛있는 것도 같이 사 먹었다. 돈을 낼
때가 되면 아이들은 당연하다는 듯 영일을 쳐다보았다. 그럴 때
마다 영일은 두말없이 지갑에서 돈을 꺼냈었다. 방과 후 수업이

있다거나 친구 집에서 놀고 온다던 영일의 말은 모두 거짓이었다. 그래서 친구가 생겼을까. 오늘도 영일은 혼자 놀고 있었다.

만석의 입에서 탄식이 새어 나왔다. 영일은 자신과 대길이 일주일 동안 자는 사이 모텔에 갔었던 것이다. 그 시간 동안 만석은 영일을 지키지 못했다. 정애 역시 만석과 대길에게 신경 쓰느라 영일이 일박 이일 캠프 갔다 온다는 말을 덜컥 믿어버렸다. 만석은 가슴이 얼얼하게 아팠다. 반장이 중요한 게 아니었다. 학원이 중요한 게 아니었다. 돈이 중요한 게 아니었다. 영일은 그저 친구를 만들고 싶었던 것이다. 가족 누구도 친구가 없었다. 그랬기에 아빠 친구의 아들 누구, 엄마 친구의 딸 누구로 엮어서 영일에게 친구를 만들어 줄 수도 없었다. 게다가 영일은 외아들이라 형제도 없었다. 친척들과의 교류도 없어서 친한 사촌들도 없었다. 그만큼 영일은 또래에 대한 정이 사무쳤던 것이다.

"난 그것도 모르고……"

만석의 눈이 쏘반에게로 향했다. 다 알고 있었으면서 왜 내게 말해주지 않은 거냐는 원망의 눈빛이었다. 쏘반은 불똥이 튈까 봐 한 걸음 물러서는 것처럼 어깨가 뒤로 밀렸다. 시연의 독설에 움츠러들어 영일의 시간을 빼간 일에 대해 제대로 항의도 못하고 킬링타임모텔을 나왔던 그때가 떠올랐다. 자신은 맞아도 싼 놈이었다. 쏘반은 눈을 감고 이를 꽉 깨물었다. 때리시겠다면 남자답게 맞겠어요. 라는 결연한 의지가 느껴졌다. 하지만 이성을 잃은 만석이 자신을 어떻게 때릴지 몰라 눈가가 찌릿찌릿 떨렸다. 잠시 후 휘익 광풍이 몰아쳐오는 게 느껴졌다. 왔구나. 쏘반은 두 손으로 바지를 그러쥐었다. 그런데 그게 끝이었다.

쏘반이 눈을 떠 보니 저 멀리 만석이 터덜터덜 걸어가고 있었다. 만석은 왜 그냥 가는 걸까. 내가 영일이 걱정돼서 찾아온 거란 걸 짐작한 것일까. 쏘반은 멀어지는 만석을 바라보았다. 만석의 뒷모습이 쓸쓸해 보였다. 한 집안의 가장이 아니라 그 역시 하루하루 나이 들어가는 사내일 뿐이었다.

돌아보니 영일은 힘이 쭉 빠진 듯 그대로 벤치에 앉아 있었다. 쏘반은 맹꽁이 같은 스스로를 탓하며 혼자 남은 영일 옆에 어정거렸다. 졸지에 영일이 시간을 팔았다고 나발 분 밀고자가 되었지만 이 상황에 영일 혼자 남겨두고 갈 수는 없었던 것이다. 그들 사이로 싸늘한 바람이 지나간 듯 침묵이 흘렀다. 영일은 소리 없이 볼 위로 눈물을 뚝뚝 떨어뜨렸다. 쏘반은 영일 옆에 가만히 앉았다. 영일은 쏘반을 밀쳐내지 않았다. 쏘반의 고자질 때문에 얼결에 모든 걸 털어놓게 되었지만 그로 인해 그동안 막혀 있던 가슴이 조금 뚫린 것 같았기 때문이다. 영일은 작은 주먹으로 자신의 볼을 타고 내린 눈물을 닦았다.

"아저씨도 시간 팔았어요?"

영일의 물음에 쏘반은 고개를 돌려 영일을 보았다. 영일도 쏘반을 보았다.

"모텔에서 날 봤다면서요. 거기 시간 팔러……. 혹시, 시간을 샀어요?"

쏘반은 고개를 저었다. 그러고는 또 침묵이었다. 쏘반은 생각했다. 난 말을 참 못 하는구나. 위로해주려고 옆에 앉아놓고는 겨우 머리나 흔들고. 뭔가 말을 해줘야지, 해야지, 해야 할 텐데 속으로 되뇌었지만 어떤 말도 떠오르지 않았다. 그렇다고 내가 좀 살아봐서 아는데 가족이든 친구든 다 소용없다. 어차피 인생은 독고다이다 뭐 이런 얘길 해줄 수도 없었다. 그래도 쏘반은 영일에게 뭔가 말을 해주고 싶었다. 쏘반이 속으로 말을 굴리는 사이 먼저 침묵을 깬 건 영일이었다.

"근데요, 정말 시간을 팔 수 있어요?"

영일은 아무리 생각해도 이상하다는 듯 고개를 갸웃하며 말을 이었다.

"거기서 하루 종일 잠만 잤는데……. 믿을 수가 없어요."

쏘반은 가만히 고개를 끄덕이며 텅 빈 놀이터를 바라보았다. 쏘반과 영일은 말을 잃은 사람처럼 나란히 앉아 앞을 보았다. 동상처럼 앉아 아무것도 하지 않는데도 시간이 흘러갔다. 시계가 돌아가는 소리도 들리지 않았고 아무도 그들에게 시간이 지났다고 알려주지 않았지만 느낄 수 있었다. 시간은 어제와 같이 지금도 계속 흐르고 있다는 것을.

눈앞에 지독한 심연이 입을 벌리고 있었다.

세상의 불이 다 꺼져버린 동굴 속에 갇힌 것처럼 시간이 정처 없이 흘러갔다. 시간을 되돌릴 수도 잠시 멈춰둘 수도 없었다. 속절없이 시간이 지날수록 분노는 더욱 거세게 타올랐다. 하지만 세상은 만석이 분노에 사로잡혀 있도록 내버려두지 않았다. 현실적으로 처리해야 할 문제가 당장 코앞에 있었다.

하루에도 몇 번씩 집을 보러 사람들이 들이닥쳤다. 전세난이 심각하다는 기사가 연일 신문에 보도되면서 신혼부부, 노부부, 사 대가 함께 사는 대가족 등 부동산 업자와 집주인이 끊임없이 사람들을 데리고 들락날락했다. 딩동 소리가 울릴 때마다 만석은 베란다로 나가 담배를 피웠다. 낯선 사람들이 들어찬 거실을 보고 있자니 이제 이 집이 정말 우리 가족과 인연이 끝난 것 같았다. 베란다 바깥으로 저 멀리 킬링타임모텔이 보였다.

집은 꼭 있어야 한다.

대길이 마지막으로 당부한 말이었다. 만석은 가슴을 누르는 바위의 무게를 오롯이 느끼며 눈을 내리깔았다. 몸속 장기가 딱딱하게 석화되어가는 것 같았다.

이번 손님은 정애와 나이가 얼추 비슷한 아줌마였는데 어제에 이어 두 번째 방문이었다. 부동산 업자와 집주인이 잘하면 성사되겠다는 눈으로 집안 구석구석을 살피는 아줌마 뒤를 호위무사처럼 따라다녔다. 정애는 원해서 나가는 이사가 아닌 만큼 화장실이 얼마나 자주 막히는지 장롱 밑 침대 기둥 뒤에 곰팡이가 어떤 모양으로 띠를 그리고 있는지 속속들이 드러내 훼방 놓고 싶었지만, 집주인이 전세가 안 들어와서 돈을 마련 못 했다면서 다음 집에 건넬 돈을 안 주면 큰일이라, 한쪽에 서서 그들이 하는 양을 지켜볼 수밖에 없었다.

"괜찮긴 한데 그 가격은 센 것 같네요."

부엌 베란다 쪽 수납공간을 확인하고 돌아서면서 아줌마가 말했다. 그러자 집주인은 비싼 가격 운운에 시간만 낭비했다는 듯 콧대를 세웠다.

"돈이 안 맞으면 인연이 아닌 거죠. 억지로 애쓸 필요 없어요. 어차피 그쪽 아니어도 그 가격에 여기 들어오겠다는 여자도 있고."

그 순간 검은 잉크가 떨어진 것처럼 만석의 마음속에 의심이 퍼져나갔다.

"단발머리였어요?"

갑작스럽게 베란다에서 거실로 들어와 다붙는 만석의 행동에 집주인은 움찔 놀랐다. 집주인은 저울 눈금을 읽듯이 가늘게 뜬 눈으로 만석을 보았다. 만석의 질문에는 그 여자가 절대 단발머리여서는 안 될 것 같은 위협이 깔려 있었다. 집주인은 뒤로 물러서며 그게 뭐가 중요하냐는 듯 기억 안 난다며 얼버무렸다.

"그 여자 맞지? 당신도 한통속이었던 거야!"

혈압이 만 단위로 팍 올라간 만석은 다짜고짜 집주인에게 달려들었다.

일상이 일탈로 얼굴을 바꾸는 금요일 저녁의 경찰서에서는 모든 게 분주하게 돌아가고 있었다. 취객을 노리는 절도범이 판을 치는 날이라 당직 경찰들에게는 대목과도 같았다. 말썽을 일으킨 사람들이 소시지처럼 줄줄이 경찰서로 연행되었다. 한쪽에서는 용의자가 소개팅 대형으로 마주 앉아 취조 중이었는데 용의자는 줄을 당겨야 말하는 인형처럼 입을 꽉 다물고 있었다. 자꾸 그렇게 묵비권을 행사한다면 묵사발을 만들어줄 기세로 경찰이 용의자를 큰소리로 다그쳤다. 또 다른 한쪽에서는 알코올 중독자 간의 폭행 사건으로 소란스러웠다. 술에 취해 자꾸 혀로 이를 핥는 주정뱅이가 얼굴이 개차반이 된 또 다른 주정뱅이에게 협박하듯 종주먹을 들이대고 있었다. 멍이 한쪽 눈에만 있어서 균형이 안 맞으니 언제라도 다른 한쪽에도 때려줄 수 있다는 것이었다. 이런 소소한 사건들로 경찰서는 포화 상태였다.

이런 소란 속에 잔챙이 사건으로 분류된 만석과 집주인은 담당 경찰이 상대해주러 올 때까지 기다리고 있었다. 만석은 술 취한 사람들이 유난히 드글거리는 경찰서 안에서 정신이 말짱한 사람은 자기 혼자뿐인 것 같았다. 그런데 경찰은 만석에게 내무반 대기 중인 신병에게 이르듯 무조건 기다리라고만 했다. 할 말이 많은 만석으로서는 기다리는 시간이 길어질수록 더 애가 탔다. 마음은 바질거리는데 시간은 이제 겨우 이십팔 분에서 이십구 분으로 바뀌었다. 더는 국으로 기다릴 수 없다며 만석이 벌떡 일어난 순간 담당 경찰이 왔다.

"그러니까 단발머리 여자 때문에 여기까지 오셨다는 거죠?"

경찰은 묻고 있었지만 묻는 게 아니었다. 조용필 노래에 등장하는 꽃다발을 안겨주던 그 소녀도 아니고 단발머리 여자가 만석에게 무슨 의미인지 당최 모르겠다는 표정이었다. 경찰은 목을 길게 빼서 뒤쪽에 앉아 있는 만석의 아내라는 여자의 헤어스타일을 살폈다. 보통 아줌마처럼 짧은 파마머리였다. 그것도 미용실 간 지가 꽤 되었는지 많이 풀려 있어서 우울한 인상이었다.

경찰의 심드렁한 속내를 모르는 만석은 집주인과 작당한 단발머리가 나를 엿 먹인 년이라면서 몽타주부터 그리게 해달라고 난동을 피웠다. 그러자 집주인이 누가 누굴 엿 먹였는데 하고 낯선 어조로 반격해왔다. 또다시 드잡이가 벌어지려는 찰나 정애가 달려와 말렸다. 정애는 제발 진정하라며 만석의 팔에 매달렸다. 하지만 만석은 자신이 더 몰아붙이면 집주인이 이실직고할 거라면서 귀가 먹은 사람처럼 우렁찬 목소리로 더욱 난리쳤다. 뒤이어 만석 때문에 제 목소리가 묻힌다고 생각했는지 이때다 하고 덩달아 주정뱅이들이 날뛰었다. 결국 만석은 그들과 함께 유치장으로 이동되었다.

정애는 집주인과 따로 이야기를 나누고 싶다고 경찰에게 양해를 구했다. 경찰은 고개를 끄덕이며 자리를 피해주었다. 만석의 무람없는 행동에 단단히 화가 난 집주인은 어차피 부부는 한통속 아니냐면서 댁과도 할 말 없다고 딱 잘랐지만 정애는 집주인을 얼러서 바깥으로 나갔다.

"저이가 아버님이 얼마 전에 돌아가셔서 그래요."

정애가 가라앉은 목소리로 선처를 구했다. 집주인은 설마 하는 눈빛으로 정애를 보았다. 일이 잘 해결되지 않을까 하는 한 가닥 희망으로 정애가 말을 이으려는데 집주인이 먼저 입을 열었다.

"설마 그 집에서 죽은 건 아니지?"

정애는 일시정지 버튼을 누른 것처럼 집주인을 보았다. 집에서 사람이 죽어나갔다는 게 집주인에게 어떤 의미인지 그딴 건 모르겠다. 생각 없이 튀어나온 말이라고 해도 절대 용서할 수 없었다. 정애는 팔을 올려 귓방망이를 휘두르고 싶었다. 현란한 드잡이 실력으로 저 머리털을 깡그리 뽑아버려 다시는 바깥출입 못하게 만들어버릴 수도 있었다. 하지만 그러고 난 후에는? 앞으로 자신은 '그 후'를 생각해야 했다. 영일에겐 엄마가 필요하다. 만석에겐 아내가 필요하다. 정애는 그것만 속으로 되뇌며 죽을힘을 다해 참았다.

"병원에서 돌아가셨어요."

그제야 집주인이 안도하면서 방금 한 말이 마음에 걸리는 낯빛으로 바뀌었다. 고소는 하지 않겠지만 집은 하루빨리 비워줘야 한다며 정애에게 다짐을 받았다.

얼마 지나지 않아 정애는 얼른 집에 가자며 유치장에서 나온 만석을 끌었다. 하지만 만석은 이대로 집에 갈 수가 없었다. 어찌되었거나 경찰서까지 왔는데 경찰의 힘을 빌려서라도 그 연놈을 기필코 붙잡아야 했다. 만석은 경찰에게 킬링타임모텔에서 이루어진 시간 거래 피해 사실을 주장했다. 하지만 증거가 없었다. 시간 주사와 관련된 것들뿐만 아니라 시연이 처음 집으로 왔던 날 주었던 시간 거래 계약서인지 안내서인지 하는 것도 모두 감쪽같이 사라졌었던 것이다. 다급한 마음에 만석은 핸드폰을 꺼내 모텔로 전화했던 통화 기록을 보여주며 모텔 주인이나 지배인의 핸드폰 번호를 알아낸 다음 위치 추적해서 잡으면 되지 않겠냐고 제안했다.

"자꾸 통신 수사를 해달라고 하시는데 그건 최후의 방법이에요. 모든 수사 기법으로도 사건이 해결 안 날 때 사용하는 건데 이렇게 막무가내로 통신 수사를 했다가 인권침해가 일어나면 우리도 곤란해진다고요."

경찰은 만석의 주장이 신뢰성 있는지 확인하지 못한 상황에서 무리하게 수사를 할 수 없다는 입장이었다. 하지만 만석은 물러설 수 없었다. 억울하게 당했다는 걸 믿어줄 때까지 이야기를 반복했다. 결국 경찰은 지친 얼굴로 그쪽한테 악감정은 없지만 이건 좀 심하지 않느냐는 듯한 어조로 말했다.

"그러니까 아저씨 시간당 가치가 백만 원이라는 거 아니에요."

만석은 시간당이 아니라 이십사 시간이라고 정정해주려다가 입을 다물었다. 목구멍에 코르크 마개를 끼운 것처럼 소리가 나오지 않았다. 주변을 둘러보았다. 취조 받던 사람들과 경찰 몇몇이 못마땅한 눈길로, 정신병자가 모두 병원에 갇혀 있는 건 아니라는 듯 만석을 보고 있었다. 경찰서까지 와서 억울함을 호소해 보았지만 태풍 속의 우산이었다. 아무 소용없는 헛짓거리였다. 하지만 만석은 꼭 해야만 하는 일이었다. 진짜 있었던 일이니까. 머릿속에서 만들어낸 피해망상 같은 게 아니었으니까.

그때 정애가 이제 그만하고 집에 가자며 만석의 팔을 잡았다. 그 순간 만석은 시간 주사기가 떠올랐다. 자신의 팔에 주사 자국이 있을 터였다. 다시 기운을 끌어올린 만석이 증거를 보여주겠다면서 힘차게 옷소매를 걷어 올렸다.

"여기 주사 자국이 있는데, 여보 당신도 있잖아. 집에 있는 우리 아들도……."

정애가 기함한 얼굴로 말리며 만석의 팔을 더 세게 잡았다. 의붓딸 폭행 문제 때문에 아동 보호소에서 나온 직원들이 이쪽을 주시하고 있었던 것이다.

"여보, 영일이 생각해서 그러지 마."

정애는 울먹이며 만석만 들을 수 있게 아주 조그맣게 애원했다. 만석은 이 상황에 정애가 왜 영일을 들먹이며 자신을 말리는 건지 이해할 수가 없었다.

"당신은 억울하지 않아? 당신도 그 새끼들 때려죽이고 싶다 그랬잖아."

"여기선 안 돼. 지금은 안 돼. 제발."

정애는 만석이 절대로 소매를 올리지 못하도록 옷을 꽉 잡은 채 아동 보호소 직원들을 힐금거리며 입 모양으로 말했다. 다른 사람이 들을까 봐 걱정돼서 최대한 작게 말하다 보니 스피커 전원을 꺼버린 것처럼 소리가 나오지 않았던 것이다. 필사적으로 만석을 말리는 정애의 행동에 이상한 낌새를 느낀 아동 보호소 직원이 경찰과 눈짓을 주고받았다. 담당 경찰이 설마 하는 눈으로 만석을 보다가 목소리를 낮게 깔고 물었다.

"증거가 팔에 있다고요?"

갑자기 관심을 보이는 경찰의 태도에 만석은 그제야 정애가 왜 말리는지 깨달았다. 경찰서 안의 사람들이 모두 자신을 보고 있었다. 사람들의 눈 코 입 하나하나가 정지해 있는 것처럼 보였다. 노래가 나오던 테이프를 억지로 지워버린 듯한 기묘한 정적이 흘렀다. 정애가 옳았다. 자신은 지금 지상으로부터 오십 미터 위에서 이야기하고 있는 것과 같았다. 조금만 방향을 틀면 이야기가 마약중독자 쪽으로 번지점프하려고 자세를 잡고 있었다. 마약중독자든 정신이상자든 신뢰받지 못할 인물로 찍히는 순간 정부에서 아이의 보호를 앞세워 영일을 가족과 떼어 놓으려 들 것이었다.

만석은 아무 말 없이 경찰서에서 나왔다. 아무도 만석을 붙잡지 않았다.

그날 이후 만석은 모텔 연놈을 잡기 위해 동분서주했다. 잠자는 것도 먹는 것도 잊어버린 채 뛰어다녔다. 집에도 들어가지 않고 미친 듯이 그들을 찾아다녔지만, 찾을 수 없었다. 머리카락 보일라 꼭꼭 숨었는지 어디에도 보이지 않았다.

그렇다고 포기할 구만석이 아니었다. 만석은 확실한 증거를 잡기 위해 모텔로 향했다. 모텔에 가까워질수록 쇠구슬 달린 족쇄를 끌고 가는 것처럼 발걸음이 무거워졌다. 모텔에 들어서자 자신이 보지 못한 장면이 눈앞에 그려지는 것 같았다. 시간을 팔기 위해 무거운 걸음으로 이곳에 들어섰을 대길. 그리고 천진난만한 얼굴로 모텔 여기저기를 둘러보았을 영일. 혈관 속으로 불이 타고 흘렀다. 만석은 가슴을 길게 칼로 그어 속을 열어버리고 싶었다.

만석은 대길이 킬링타임모텔로 가기 전 놀이터에서 했던 말이 떠올랐다.

"대신 한 가지 약조허자. 영일인 안 된다. 만석이 니가 내 자식이듯이 영일인 네 하나뿐인 자식이니까 꼭 잘 챙기고 또……."

아버지가 당부한 약조도 지키지 못했다는 절망감에 만석은 산산이 부서져 내렸다. 영일은 자신이 거짓말을 해서 그 방에 들어갔으니 제 책임이라고 했지만 그건 영일의 탓이 아니었다. 영일은 천지분간 못하는 어린아이였다. 하지만 시연은 어른이었다. 사리분별 할 줄 아는 어른이 아이를 상대로 가지고 논 것이었다. 그 사실이 만석을 미치게 만들었다.

만석은 어금니를 꽉 깨물고 모텔 곳곳을 공격적으로 뒤졌다. 하지만 처참하게도 소득이 없었다. 지친 걸음으로 1층으로 돌아온 만석은 마지막으로 카운터 뒷방 문을 열어보았다가 바닥에 굴러다니는 종이 한 장을 발견했다. 허리를 숙이는데 뒤쪽에서 순찰 경찰이 만석을 향해 손전등을 비추었다.

"거기서 뭐하는 겁니까?"

순찰 경찰은 천천히 뒤돌아서는 만석을 알아보았다.

"그 모텔 아저씨네?"

만석은 그들 사이에서 '모텔 아저씨'로 굳어져 있었다. 순찰 경찰은 여긴 사유지라 함부로 드나들면 안 된다고 좋게 타이르며 만석과 함께 모텔 앞으로 나왔다.

"애도 있다면서요? 애 생각해서라도 정신 차리셔야죠."

순찰 경찰의 말에 만석의 눈이 얼음처럼 굳었다. 하지만 곧 만석은 감정을 가라앉히려고 눈을 아래로 돌렸다. 여기서 한 끗이라도 삐끗하면 영일이 아동 보호소에 가야 할지도 모른다는 생각에 겨우 널뛰는 가슴을 진정시켰다.

순찰 경찰이 가고 난 뒤 만석은 고개를 들었다. 모텔로 다시 들어갈 생각은 없었다. 만석은 품속에서 쏜반의 이력서를 꺼냈다.

하늘은 연필로 꾹꾹 힘주어 그은 듯이 어두웠다. 그 어둠으로 끌려가듯이 만석은 하늘과 가까이 있는 옥탑방으로 향했다. 끝도 없는 계단을 걸어서 옥상에 도착했다.

옥상은 생각보다 널찍했지만 반 이상이 마당으로 되어 있어

실제로 지어진 집의 크기는 턱없이 작아 보였다. 그래도 혼자 살기엔 나쁘지 않겠다 싶었다. 만석은 누구 없냐고 물으며 현관문 문고리를 돌렸다. 예상외로 문이 쉽게 열렸다. 그런데 열린 문 안으로 생각지도 못한 광경이 펼쳐져 있었다. 삐으는 귓가에 탁상시계를 바짝 대고 있었고 몽수는 벽에 걸린 시계들을 하나하나 확인하느라 만석이 들어온 것도 모르는 것 같았다. 방 안에 가득 찬 시계 소리에 천둥이 울리는 것처럼 먹먹했다. 설명이 필요 없었다. 만석은 턱에 마비가 온 것처럼 입이 다물어지지 않았다.

그때 쏘반이 식료품 봉지를 들고 옥탑방으로 돌아왔다. 뒤돌아본 만석과 막 들어온 쏘반의 눈이 강렬하게 마주쳤다. 순간 쏘반의 머릿속에 놀이터에서 꼬맹이들이 부르던 노래가 생각났다. 설마. 꽃 찾으러 왔겠어.

"집 어떻게 알았어요?"

가시 돋친 말투였다. 어쩌면 저번에 놀이터에서 자신을 그냥 보내준 게 후회돼서 여기까지 왔는지도 몰랐다. 쏘반은 굳은 얼굴로 주먹을 꽉 쥐었다. 가위바위보 중 으뜸은 단연 바위였다. 굳게 쥔 두 주먹은, 광기로 가득 찬 만석으로부터 친구들을 지키려는 방어 본능 같은 것이었다.

만석은 말없이 이력서를 꺼내서 보여주었다. 쏘반이 적은 가짜 주소에 빨간 줄이 그어져 있었고 그 옆에 다른 필체로 쏘반의 실제 주소가 적혀 있었다. 쏘반은 굳은 얼굴로 이력서를 구겨버린 뒤 뼈으와 몽수에게 먹을 걸 주었다.

곧이어 쏘반과 만석은 마당으로 나왔다. 밤바람이 싸늘했다. 쏘반은 만석을 보았다. 이제 우리 집에 왜 왔냐고 물을 차례였다. 그런데 만석이 먼저 입을 열었다.

"함께 그 연놈을 찾아 죽이자."

만석은 침착하게 말했다. 사람을 죽이면 안 된다는 걸 강하게 인지하면서도 죽일 수 있다는 가능성이 끊임없이 떠올랐다. 근데 왜 죽이지 말아야 하는가. 눈에는 눈 이에는 이 죽음에는 죽음으로 갚던 옛 방식이 잘못됐다는 건가. 살인은 죄니까? 근데 죄라는 게 뭔데? 원하는 방식으로 단죄할 수도 없게 만들면서 그저 죄라고 이름만 붙여 놓으면 끝인가! 낚시찌처럼 갈고리가 날카로운 물음표와 날이 선 송곳 같은 느낌표 사이에서 만석은 어금니를 꽉 물었다. 더러운 공기가 가득 차 있어서 아무리 물속으로 집어넣으려 해도 풍선은 자꾸만 떠올랐다. 만석은 확신에 찬 눈으로 쏘반을 보았다.

"너도 킬링타임모텔로 돌아온 이유가 있을 거 아냐. 복수하려던 거잖아."

만석은 나직이 말했다. 널 뼛속까지 다 알고 있다는 그런 말투였다. 쏘반은 뭔가를 말하려는 듯 입을 우물거리다가 이내 닫아버렸다. 만석은 쏘반이 자신에게로 기울어지는 게 느껴졌다.

"혼자서는 힘들었을 거야. 그러니까 이제 나와 힘을 합치자고. 그것만이 너와 내가 살 수 있는 방법이야."

그런 인간들은 벼락을 맞아야 했다. 만석은 자신이 벼락이 되어서 죽을 때까지 그들을 쫓아다닐 생각이었다. 사람이 한 가지 생각만 가지고 있을 때 그 생각보다 더 위험한 건 없었다. 쏘반은 광기 어린 만석의 말에 주춤했다.

"이걸 끝내야 너도 나도 자유로워질 수 있어."

마지막으로 만석은 쏘반에게 절절히 말했다. 쏘반은 만석을 보았다. 모두 함께 세탁기 안에서 돌아가는 더러운 빨래였다. 끝나기 전에는 이곳을 빠져나갈 수 없었다. 쏘반은 자신이 킬링타임모텔로 부메랑처럼 다시 돌아가야 했던 이유가 떠올랐다. 잠시 잊고 있었다. 아픈 곳을 찔린 것처럼 쏘반의 눈에도 섬광이 번뜩였다. 결심을 굳힌 쏘반이 만석을 향해 고개를 끄덕였다.

만석은 옥탑방 마당의 난간을 잡고 아래를 내려다보았다. 그들을 찾기 위해 눈을 크게 떴다.

시연은 홀린 것처럼 시간을 들여다보았다.

만석의 시간은 보라색이었고 정애의 시간은 노란색이었다. 색을 띤 시간의 먼지가 시간 주사기 속에서 바다 속을 유영하는 플랑크톤처럼 떠다녔다. 아버지의 아버지, 그 할아버지의 할아버지, 그 위로 계속 거슬러 올라가면 애초에 인간이 시작된 거대한 바다로 돌아가듯이, 시간의 먼지는 내가 너의 시초라는 듯 도도하게 움직이고 있었다.

오두막 저편에서 선우는 만석과 정애의 시간을 팔기 위해 국제전화로 협상하는 중이었다. 색깔은 사람마다 달라서 그런 거라면서 설마 주사기에 색소를 첨가했겠냐며 상대에게 일침을 가했다. 덧붙여 이미 시간 주사기의 효과를 시계로 확인하고서도 의심을 버리지 못한 거냐고 쓰게 말했다. 선우의 말처럼 다른 사람의 집중된 이십사 시간을 활용하고 있다는 증거는 손쉽게 시계를 통해 확인할 수 있었다. 시간을 몸에 넣은 후 시계를 보면 시간을 받은 사람의 시선에서는 일 초가 두 배 느리게 흘러갔다. 그렇기 때문에 0.1초를 다투는 육상 선수나 수영 선수의 경우 도핑테스트에 걸릴 염려도 없이 초인적인 힘을 발휘할 수 있다고 선우는 시간 주사기의 효과에 대해 설명했다.

선우의 말에 조금 떨어진 곳에 앉아 있던 시연의 어깨가 움찔 움직였다. 시연은 그쪽으로는 생각해본 적도 없었다. 정정당당히 최선을 다하고 그에 대한 결과를 깨끗이 승복하는 올림픽에서 만일 시간 주사를 맞은 선수가 뛴다면, 그리고 티가 나지 않을 정도로 시간을 적절히 조절해서 사용한다면 어떻게 될까. 선우는 바로 그 가능성을 타진해보고 있었다. 시간 주사는 각성제와 마약은 물론 스테로이드 이뇨제, 호르몬제를 비롯해 경기 전후 감기약이나 진통제도 조심해야 하는 국제 올림픽위원회의 깐깐한 도핑테스트도 통과할 수 있다는 것이었다. 실력보다 야망이 큰 선수와 양심보다 이윤을 먼저 생각하는 스폰서를 찾는다면 시간 주사의 효능을 전 세계인이 숨죽이고 지켜보는 경기에서도 시험해볼 수 있을 것이다. 어차피 시간을 감지해낼 수 있는 방법은 없을 것이다. 시간을 거래할 수 있다는 것도 모를 테니.

거액을 받고 암암리에 시간 주사기를 유통시키게 되면 이 세상에는 세 가지 유형의 사람이 존재하게 된다. 시간을 사는 사람과 시간을 파는 사람 그리고 시간을 사고판다는 것을 모르는 사람. 하지만 그런 사람 축에도 못 드는 게 바로 자신과 선우 같은 브로커가 아닐까. 브로커라는 경제 용어에는 중개 상인이란 뜻 외에도 사기성 있는 거간꾼이란 의미가 있었다. 문득 십장의 말이 떠올랐다. 시간을 사고판다는 게 진짜 사기냐고 물었었다. 그때 뭐라고 대답했더라. 이런 곳에서 그런 일이 진짜 벌어지는 것 같으냐고 능수능란하게 받아쳤었다. 또한 만석과 그의 가족을 시간 거래에 끌어들이기 위해 얼마나 많은 덫을 쳐놓았던가. 시연은 자신이 사기꾼이 아니라고 자신할 수 없었다. 혀 안쪽에 쓴맛이 감돌았다.

시연은 거북한 감정을 억지로 밀어 넣듯이 침을 삼킨 후 선우를 보았다. 선우의 말이 맞았다. 비단 운동 경기뿐만이 아니었다. 시간의 활용은 무궁무진했다. 시간을 지배하면 같은 시간대에 살면서도 뭐든지 남들보다 두 배의 속도로 누릴 수 있다. 뿐만 아니라 고도의 집중된 시간이기 때문에 원하는 만큼 깊이 연구에 매진할 수도 있고 거기서 평생 있을까 말까 한 아이디어가 나올 수도 있으며 그로 인해 사람들이 평생 뼈 빠지게 일해도 얻지 못할 엄청난 부를 이룰 수도 있다. 시간은 활용하는 사람의 능력과 기호에 따라 앞으로의 미래가 무한히 열려 있다.

결국 저들이 시간 주사에 바라는 것은 인생을 후회 없이 살아보게 해 달라는 염원이었다. 노래를 잘하는 사람은 생방송 오디션 무대에서 떨지 않고 자신의 최고 실력을 마음껏 보여주고 싶을 것이고, 골프를 잘 치는 사람은 파이널 우승자를 결정

짓는 날에 최고의 기량을 발휘해 내 생애 길이 남을 타수를 기록하고 싶을 것이다. 모두들 말한다. 단 한 번뿐인 인생이라고. 시간은 되돌릴 수 없다고. 조만간 시간 주사는 사람들에게 돈으로 환산할 수 없는 최고의 가치가 될 것이다.

그런데 시간을 사려는 저들은 시간 주사기에 담긴 한 사람의 하루에 대해 생각해 본 적 있을까. 찬란한 미래를 보장해주는 자신의 하루를 위해서, 다른 누군가는 침대에 누워 이십사 시간 꼼짝없이 잠만 자는 동안 시간을 채취 당한다는 것을 알까. 그에 상응하는 보수를 치르고 본인 동의하에 한 거니까 아무 문제 없다? 시연은 많든 적든 사람의 시간에 값을 매긴다는 것 자체가 모순 같았다. 그러나 따지고 보면 우리는 이미 시간에 돈을 지불하며 살고 있었다. 긴급 배송이라고 붙은 우편물에는 일반보다 값이 더 붙는 것처럼 말이다. 시간이 중요한 세상이니까. 시연은 입안이 바작바작 타들어갔다. 시간에 대한 사람들의 욕망이, 팽창하는 우주처럼 끝없이 넓어질 수 있다고 생각하면, 두려웠다. 그 두려움 속에서 자신이 할 수 있는 일이 고작 이것밖에 없다는 자각은 시연을 더 작아지게 만들었다.

"Pain is……(고통은……)"

노련하게 시간 주사의 효능을 이야기하던 선우의 말이 느려졌다. 부정할 수 없는 고통에 대한 이야기가 나온 것이었다. 그 고통을 여러 번 느껴본 시연은 그들이 주저하는 이유를 이해할 수 있었다. 시제품을 사용했으니 그들도 시연이 느꼈던 고통을 체험했을 것이다. 이것이 바로 필중이 우려하던 사태였다. 시연은 보랏빛 시간 주사기를 손 안에서 한 바퀴 돌려보았다. 이게 정말 그만한 가치가 있는 걸까.

"No pain no gain.(고통 없이 얻을 수 있는 건 없죠.)"

세상 모든 일이 그렇지 않느냐는 듯 선우가 담담하게 말했다. 인정할 수도 그렇다고 부인할 수도 없어 묵묵히 고개를 숙인 시연은 시간 주사기를 테이블 위에 다시 올려놓았다. 시간을 주입하는 순간 자신을 지배한 건 고통이었다. 그 고통을 모질게 견뎌낸 후 내가 얻은 것은 무엇이던가. 시연이 생각의 늪에 빠진 사이에도 협상은 계속되고 있었다. 선우는 다시 그들과 금액 문제를 화두에 올렸다.

이렇게 선우가 거래를 성사시키기 위해 애쓰는 이유는 시연과 필중을 데리고 셋이 도주할 자금을 마련하기 위해서다. 시연이 현재에만 충실해온 반면 선우는 언제나 미래에 대비하는 성격이었다. 그들이 몸을 숨기고 있는 이 오두막의 존재 역시 이번에 일이 터지기 전까지 시연은 전혀 모르고 있었다. 시연이 아무래도 조만간 사채를 써야겠다고 말하던 날 선우는 만일의 사태에 대비해 이곳을 마련해 둔 것이다. 오두막 밑에는 지하실도 있었다. 지진 대비용 지하 대피소처럼 견고하게 생긴 곳이었다. 선우는 언제나 최악의 경우를 염두에 두었고 그런 최악이

닥쳤을 때에도 오로지 시연을 지킬 방법만 생각했다.

문득 시연은 모텔에서 폭풍처럼 사납게 자신을 몰아붙이던 만석의 말이 떠올랐다. 대길이 쓰러진 일에 대해서, 넌 이렇게 될 줄 다 알고 있었던 거 아니냐고, 그런 일이 벌어질 줄도 모르고 자신들을 끌어들였냐고, 진짜 몰랐냐고 고함을 퍼부었었다. 난 진짜 몰랐을까. 앞으로의 일은 전혀 생각하지 않았던 걸까. 하루하루 고비를 넘기듯 살아가기만 하면 된다고 생각했었나.

시연은 숨을 쉬기 위해 서둘러 밖으로 나와 차를 몰았다.

시연은 킬링타임모텔에서 몇백 킬로나 떨어진 곳에 있었지만 그곳을 한시도 잊은 적이 없었다. 지금이라도 달려갈 수 있다는 생각만으로도 심장이 새장을 빠져나오려는 새처럼 퍼덕거렸다. 하지만 지금은 아니었다. 나중에, 아니 조만간 가야지. 시연은 조만간이라는 말로 널뛰는 심장을 누른 후 차를 세웠다.

슈퍼에서 산 먹을거리를 차 트렁크에 싣다가 파라솔 아래에서 풍선을 불던 아이와 눈이 마주쳤다. 아이는 풍선을 불면서 시연을 힐금거리며 보았다. 그런데 보는 방식이 조금 남달랐다. 얼굴 보고 손톱 보고 얼굴 보고 가슴 보고 얼굴 보고 신발 보고 그런 식으로 부분을 볼 때마다 누구의 것인지 그 얼굴을 기억하려는 듯 반복했다. 좀 산만한 아이 같기도 했고 그저 관찰을 좋아하는 수줍은 아이 같기도 했다. 도무지 종잡을 수 없었다. 혹시 내 얼굴을 수배 용의자 포스터에서 보기라도 한 걸까. 만석이 경찰서에 가서 신고한 걸까. 그들은 시간 거래가 자행되고 있다는 것을 믿어주었을까. 시연은 끝도 없는 생각의 흐름을 막으려는 듯 관자놀이를 꾹 눌렀다.

시연은 아이가 부는 풍선으로 눈길을 돌렸다. 풍선은 아이가 숨을 불어넣어 속이 차오를수록 가벼워지고 있었다. 시연은 아이가 부는 풍선에서 눈을 떼지 않았다. 곧이어 아이가 실수로 풍선을 놓쳐버렸고 피융 소리를 내며 바람이 빠져나갔다. 풍선이 어지럽게 허공에서 춤추었다. 그러고는 지구에서 끌어당기는 힘을 이기지 못해 아래로 떨어졌다. 시연과 아이의 시선이 둘 다 떨어진 풍선으로 향했다.

"못 쓰게 되어버렸네."

입안에서 중얼거린다는 게 그만 입 밖으로 나오고 말았다. 그런데 아이는 풍선을 집어서 입술이 닿는 부분에 묻은 흙을 털어낸 후 그걸로 모든 후속 조치가 끝났다는 듯 풍선을 바지 주머니에 소중하게 넣었다. 그 모습에 시연의 입가에 미소가 그려졌다. 시연은 상냥한 목소리로 가까운 곳에 우체통이 어디 있는지 물었다. 아이는 직접 가르쳐주겠다면서 우체통이 있는 곳을 향해 까치발을 들고 손짓 발짓하며 열심히 설명했다. 시연은 아이의 설명이 끝나길 기다렸다가 무릎을 굽혀 아이와 눈을 맞추며 몇 학년이냐고 물어보았다. 아이는 한동안 대답하지 않왔다. 그러다가 손으로 브이를 표시했다.

"이 학년이요."

시연은 영일과 같은 나이의 아이를 물끄러미 바라보았다. 아이는 또래보다 훨씬 어려 보였다. 겨우 유치원생일 줄 알았는데. 영일이도 체구가 좀 작았던 것 같은데……. 시연은 영일에 대한 생각을 지우기 위해 몸을 일으킨 후 차로 가서 트렁크를 닫았다. 쾅 닫히는 소리에 놀라 어깨를 움찔하는 아이를 뒤에 둔 채 시연은 차에 올라탔다. 그리고 오두막으로 가기 위해 다시 차를 몰았다.

오두막을 품고 있는 산은 먹으로 그린 수묵화처럼 가라앉아 있었다. 시연은 좁은 길을 따라 산 속으로 깊이 들어가면서 대길과의 마지막을 떠올렸다. 대길이 601호로 찾아왔을 때였다. 대길은 처음 봤을 때보다 더 신산한 얼굴이었다. 시연은 자신의 탓이 아니라고 책임을 회피하듯 그의 얼굴에서 눈을 돌렸다. 한참 후 대길은 그쪽만이 계약을 끝낼 수 있다고 들었다면서 어렵게 말을 꺼냈다.

"내가 어떻게 하면 되겠나."

시연은 높지도 낮지도 않은 목소리로 대길에게 말했다.

"일주일간의 연속된 시간이 필요해요."

어금니를 물고 있는 듯 대길의 턱선에 변화가 있었다. 턱선이

활시위처럼 팽팽하게 당겨졌다. 잠시 후 대길이 고개를 끄덕인 후 시연에게 부탁했다.

"이걸로 우리 가족 모두 봐주게."

시연이 천천히 고개를 끄덕이자 그제야 대길이 한시름 놓은 듯 숨을 내쉬었다. 이 불편한 만남을 서둘러 끝내고 싶어서 시연이 서둘러 의자에서 몸을 일으켰다. 그런데 급하게 일어나는 바람에 무릎 위에 놓여 있던 스마트폰이 바닥으로 떨어졌다. 마주 앉아 있던 대길이 대신 주워 스마트폰을 뒤집어보니 바탕 화면에 시연과 필중이 함께 찍은 사진이 떠 있었다. 누가 봐도 다정한 부녀의 모습이었다. 대길의 입가에 희미하게 미소가 그려졌다. 대길은 스마트폰을 시연에게 돌려주며 말했다.

"아버지한테 자주 연락드리게. 부모는 자식 목소리만 들어도 힘이 나거든."

그 눈에는 적적한 빛이 담겨 있었다. 그날 대길의 모습이 갈퀴 달린 바늘처럼 시연의 가슴 속에 꽉 박혀버렸다. 그 순간부터 이성이 마비된 것 같았다. 사랑니를 뽑는다고 마취했을 때처럼 내 안에서 뭔가 기구들이 움직이고 무언가 뽑혀나간다는 것만 인식할 뿐 실제로 살을 눌러도 내 살이 아닌 것 같은 그런 기분이었다.

시연은 끼익 차를 멈추었다. 대길은 그때 왜 그런 말을 한 것일까. 내가 아버지도 챙기지 않는 나쁜 딸로 보였던 걸까. 아버지를 잘 챙겨드리는 자식이라면 이런 짓을 하지 않을 거라고 생각한 걸까. 아무것도 모르는 주제에. 아무것도 모르면서 왜 아는 체야. 시연은 괴로움에 핸들 위로 머리를 숙였다.

오두막에 들어섰더니 선우는 아직 통화 중이었다. 다른 게 있다면 이번에는 국내 쪽인지 한국말로 금액을 논의하고 있었다. 선우는 쌀을 씻으면서 돌을 건져내듯 신중하게 말을 골라서 설득해나갔다. 그때 귀를 찌르듯 '아이'라는 말이 들려왔다. 시연은 황급히 선우 쪽을 돌아보았다. 테이블 위에 놓인 주사기가 눈에 띄었다. 못 보던 주사기였다. 그 안에 담긴 색깔은 연녹색이었다. 선우가 지금 거래하려는 건 영일의 시간이었다. 시연은 냉수를 들이부은 것처럼 가슴이 싸늘해졌다.

"이게 어떻게……."

시연은 기억을 되짚어보았다. 영일이 601호로 찾아왔을 때 분명 자신은 일부러 수면 마취제만 놓고 시간 주사기를 꽂지 않은 채 방에서 나왔었다. 그런데 이게 왜.

잠시 후 다시 연락하자면서 전화를 끊은 선우가 시연을 돌아보며 대답했다.

"그때 네가 깜빡 잊어버린 것 같아서 내가 들어가서 주사기를 꽂았었어."

시연은 말을 잃었다. 이십사 시간이 지난 후 601호에 다시 들어갔을 때에도 영일의 팔에는 시간 주사기가 없었다. 시연은 머리를 쥐어짜내 그날의 시작과 끝을 면밀히 검토했다. 내가 정확히 이십사 시간이 지난 후에 들어갔던가. 카운터 뒷방에서 입술에 립스틱을 덧바르는 데에 지나치게 공들이느라 조금 늦었던 것 같다. 그렇게 자신이 립스틱 따위에 집착하는 동안 선우가 정확한 시간에 601호로 들어가서 시간 주사기를 뺐고 으레 그렇듯 트렁크에 따로 챙겨 놓았다는 얘기다.

발끝에 힘이 풀린 시연은 의자에 털썩 주저앉았다. 내가 왜 그렇게 허술했을까. 그 일이 벌어지는 동안 난 어디에 있었더라. 조급증에 걸린 사람처럼 스마트폰도 팽개친 채 쏘반을 뒤쫓느라 영일은 제대로 신경 쓰지 못했었다. 그 후도 마찬가지였다. 쏘반의 옥탑방에서 본 충격 때문이라고? 그걸로 변명이 될까. 변명한다고 달라질까. 애초에 영일을 601호에 들인 건 자신이었다. 그 어린 녀석을 이용해 만석을 조롱하고 비웃어주고 싶었던 것이다. 자식마저 돈벌이에 이용하는 사람들의 시간을 빼는 거라고 생각하면 내가 하는 일이 덜 추해 보이니까.

그런 시연의 맘을 모르는 선우는 통화한 내용을 시연에게 알려주었다. 영일의 시간은 만석과 정애의 시간보다 더 높은 값을 받을 수 있다. 희귀하기 때문이다. 어린 영재가 국제 수학 올림피아드에 우승하기 위해 시간이 필요하다. 국제 콩쿠르 준비를 앞둔 또 다른 신동의 에이전시와도 연락 중인데 둘 중 금액이 높은 쪽으로 조만간 가닥이 잡힐 것 같다. 영일의 시간이 둘 중 누구에게 가든 나라의 위신을 드높이는 일이다. 영일의 시간은 하나뿐이라 시제품이 없어서 바이어 쪽에서 망설이고 있지만 곧 좋은 가격에 성사될 것 같다고 선우가 덧붙였다.

"국제 콩쿠르라면 설마 그 십장 막내딸?"

시연의 음성이 바닥에서 울리는 것처럼 낮았다. 이에 선우는 고개를 가로저었다. 그렇게 되면 중간 연결상과 시간 공급자의 신분 모두 노출될 위험이 너무 컸다. 선우도 그런 위험을 잘 알고 있었다.

"전에 너와 십장이 모텔 앞에서 나눈 대화를 들었던 게 이걸 처리하는 방향에 조금 도움이 됐을 뿐이야. 내가 다 잘 처리할 테니까 안심해."

시연은 말없이 영일의 시간을 내려다보았다. 한참 후 시간 주사기를 한쪽으로 밀며 낮은 목소리로 말했다.

"이건 좀, 두자."

"그래. 시간이 부패하는 것도 아니고 당장 팔 필요는 없지. 좀 더 좋은 거래 조건을 찾아낼 수 있을 거야. 이건 효용가치가 높으니까."

담담히 말하는 선우와 달리 시연은 이 일을 어떻게 받아들여야 할지 몰랐다. 혼란스러웠다. 생각해보면, 애초에 시간을 빼는 사람과 시간을 받는 사람을 이분법적으로 나눈다는 것도 이상하기 그지없었다. 시간을 뺀 사람이 시간을 받아들일 수는 없나. 반대로 시간을 받은 사람에게서 시간을 빼낸다면 어떻게 될까. 생체 시계에 혼란이 올까. 가슴속에서 풍선을 부는 것처럼 공기가 서서히 커져갔다. 갈비뼈를 떠밀어 곧 터질 것 같았다.

괜찮아질 거야, 괜찮아.

시연은 괜찮다고 계속 되뇌었다. 하지만 시연은 알지 못했다. 이미 생채기가 길게 난 마음속에서 서서히 녹이 슬고 있다는 것을. 아무리 아름다운 색깔로 겉을 칠해도 한번 자리 잡은 녹은 안쪽 깊숙이 시연을 파고들어 가고 있었다.

시연에게 시간 거래는 판도라의 상자를 연 것과 같았다. 호기심 때문에 제우스로부터 받은 상자를 열어버린 후 판도라는 후회했을까. 욕심, 질투, 슬픔, 고통 등이 상자에서 나와 세상을 순식간에 어지럽힐 때 그녀는 어떤 표정으로 그것을 바라보았을까. 마지막으로 상자 안에 남은 건 신화 속 이야기처럼 정말, 희망이었을까. 그래서 인간은 어떤 고통의 순간에도 희망을 잃지 않는 존재가 되었다고? 그런 교훈적인 이야기를 곧이곧대로 믿기에 지금의 현실은 냉엄했고 시연은 자신 역시 세상에 닳고 닳은 것처럼 느껴졌다.

만석은 초췌한 모습으로 집에 돌아왔다.

몸에서 벌레가 나올 것처럼 지저분했지만 깨끗이 샤워한다고 한들 더러운 기분까지 씻어낼 수는 없었다. 시연은 머리카락 보일라 꼭꼭 숨어 있었다. 망할 년.

정애는 안방 쪽에서 짐을 싸고 있었다. 이삿짐센터를 부르는 것도 다 돈이라 혼자 어떻게든 해보려고 애쓰는 것이었다. 만석은 미안한 마음에 정애와 눈을 마주치지 못한 채 높게 쌓인 박스들을 헤치며 집안으로 들어왔다. 그런데 바닥에 놓여 있던 작은 박스 하나가 발에 걸렸다. 한쪽으로 치워 놓으려고 들어보니 이사 박스가 아니라 집으로 도착한 소포였다. 우편 소인은 찍혀져 있지 않았으나 주소는 정확히 이 집으로 되어 있었으며 수신인에는 구만석의 이름이 쓰여 있었다.

"이거 언제 온 거야?"

만석이 물었지만 정애는 알지 못했다. 정애도 요즘 넋이 반쯤 나간 상태였다. 외줄타기를 하듯 간신히 버티고 있는 것이다.

"영일이가 받아 놓은 건가?"

"그럼 나한테 말을 했을 텐데, 뭔데 그래요?"

만석도 뭔지 알 수 없었다. 보내는 사람에 주소는커녕 이름도 없었던 것이다. 거침없이 포장을 뜯으니 검은 상자가 모습을 드러냈다. 왠지 익숙한 느낌이 들었다. 만석은 검은 상자를 이리저리 둘러보다가 망치로 맞은 것처럼 기억이 떠올랐다. 킬링타임모텔 로비 카운터에 있던 상자였다. 돈을 빌리러 갔던 날 시연이 뒤쪽 선반 위에 놓았던, 그리고 자신이 혹시 금고가 아닐까 의심했던 바로 그 검은 상자. 임시연, 그년이 보낸 거였다.

만석으로부터 검은 상자의 출처를 들은 정애는 당황했다.

"혹시 경찰한테 말한 거 알고 우리한테……."

정애는 수건을 짜듯이 손목을 비틀며 안절부절못했다. 혹시 상자 속에서 똑딱거리는 소리가 들릴까 봐 바짝 긴장한 채로 소포를 보았다. 폭탄은 아니겠지? 몸속에서 시간도 빼내가는 사람이 뭔들 못 만들까. 심장 박동에 맞춰 작은 망치가 뒤통수를 때리는 것처럼 온몸에 소름이 돋았다. 두려움이 정애를 휘감았다.

한편 만석은 투시라도 할 듯이 검은 상자를 노려보았다. 뚜껑 주위에 테이프가 꼼꼼히 둘러져 있었다. 돈일 수도 있다. 대길의 죽음에 심심한 조의를 표한다는 식으로. 순간 눈에서 광기가 번뜩이고 이마 위로는 마른 지렁이 같은 힘줄이 튀어나왔다. 만석은 검은 상자를 향해 퍼부었다.

"우리가 그렇게 우스워? 그래, 넌 우리 집이 어디 있는지 우리가 어디에 사는지 다 알고 있다 이거지!"

"그거 그냥 치워버려요. 여보, 화내지 말고 그냥……."

정애의 만류에도 불구하고 만석은 마치 검은 상자가 시연인 것처럼 분노를 담아서 벽에 세게 던져버렸다. 그걸로도 분이 풀리지 않아 상자를 발로 마구 짓이겼다. 만석은 더 부술 것을 찾으려고 거침없이 부엌으로 향했다. 그때 거실에서 정애가 떨리는 목소리로 말했다.

"여보, 이거 이상해."

만석이 칼을 들고 거실로 나와 보니 찌그러지고 망가진 검은 상자 안에서 연녹색의 미세한 가루가 뿜어져 나오고 있었다. 만석과 정애가 서로를 보았다. 설마 이거. 만석이 소포에 달려들어 칼로 테이프를 떼어냈다. 끈적끈적한 테이프가 자꾸 칼 옆면에 들러붙어 속도가 더뎠다. 마음이 다급해진 만석은 칼도 내팽개치고 손으로 테이프를 죽죽 잡아 뜯었다. 마침내 상자의 뚜껑이 열렸다. 상자 안에는 산산이 깨진 시간 주사기가 들어 있었다. 시간 주사기의 깨진 유리 틈 사이로 연녹색 가루가 어찌해야 할지 몰라 우왕좌왕하는 것처럼 주변을 떠돌고 있었다. 만석은 주사기에 붙어 있는 스티커를 조심스럽게 펴보았다. 적혀 있는 날짜는 만석과 대길이 일주일 동안 시간을 빼기로 하고 집에서 자고 있을 때였다. 그렇다면 이건 영일의 시간이었다.

만석은 떨리는 목소리로 정애에게 물었다.

"영일이가 캠프 간다고 했던 날이 언제라고?"

"그건 왜요."

되묻는 정애의 목소리도 떨리고 있었다.

"언제냐니까."

"주말이었던 것 같은데…… 아니지? 여보, 아니지?"

정애의 물음에 만석은 대답할 수 없었다. 생각보다 몸이 먼저 움직였다. 만석은 허둥지둥 영일의 시간을 잡으려고 했다. 하지만 중력에 저항하듯 허공을 떠돌던 시간 가루는 바람에 흩날려 사라져버렸다. 안타까운 마음에 만석은 급하게 주사기를 손으로 만지다가 유리에 손이 베였다. 피투성이가 된 손으로 하나라도 더 영일의 시간을 잡으려고 허공에 손을 뻗어서 주먹을 쥐었다.

"왜 이걸…… 왜 보냈을까."

정애는 매달리듯 만석을 껴안은 채 눈물을 흘렸다. 만석도 혼란스러웠다. 왜, 왜 우리한테 이걸 보냈지. 만석은 인쇄가 빗나간 것 같은 얼굴로 시간 주사기를 보았다. 이걸로 내 아들을 구할 수도 있었다. 그런데 내가 이 손으로…… 숨이 한꺼번에 토해졌다. 폐에서 공기가 모두 빠져나가는 것 같았다. 만석은 영일의 시간을 제 손으로 파괴했다는 자책감에 가슴이 다 타버리는 듯 아팠다. 입은 나무 조각처럼 마르고 혀는 입천장에 붙어버렸다. 물을 마시려고 부엌으로 갔지만 컵만 덩그러니 있을 뿐 물통이 없었다. 사막에 버려진 것 같았다. 만석은 수도꼭지를 틀고 입을 댄 채 목구멍으로 물을 벌컥벌컥 들이켰다. 턱밑으로 물이 뚝뚝 떨어졌다. 입 밖으로 흘러넘칠 만큼 물을 많이 마셨지만 아직도 그 느낌이 그대로 남아 있었다. 북극의 눈을 씹어 먹어도 가시지 않을 것처럼 가슴 깊숙한 곳이 모래로 서걱거렸다.

만석은 다시 거실로 와서 검은 상자 속 시간 주사기를 들여다보았다. 이제 어떻게 해야 할지 막막하기만 했다. 그 순간 머릿속에 쏘반이 떠올랐다. 이런 문제에 대해서 의논할 수 있는 사람은 쏘반뿐이었다.

만석은 옥탑방 건물 아래에서 기다렸다. 올라가서 또다시 뼈으와 몽수를 마주할 자신이 없었던 것이다. 잠시 후 밑으로 내려온 쏘반이 만석에게서 검은 상자를 건네받았다. 쏘반은 상자속에 담긴 영일의 시간 주사기를 한참 들여다보다가 물었다.

"검은 상자째로 집에 도착한 거예요?"

"포장지로 덮여 있긴 했는데 거기에도 보내는 사람 주소나 이름은 없었어."

"우표도?"

"우표도."

아무래도 우편 소인이 없다는 게 이상했다. 어쩌면 다 끝나지 않았을지도 모른다는 생각에 쏘반의 마음속에서 희망의 꼬리가 꿈틀 움직였다.

"직접 놓고 간 거 아닐까요?"

쏘반의 물음에 만석은 그럴지도 모르겠다며 검은 상자를 내려다보았다.

"이제껏 우리가 너무 멀리서 찾고 있었는지도 모르지."

당연히 만석은 시연이 모든 걸 버리고 떠나서 어디로 숨어버렸을 거라고만 생각했다. 하지만 그게 아니라면? 만석은 비 오는 날의 진흙처럼 착 스며 있던, 상식이라고 인식되었던 편견을 버렸다. 그러자 한 곳이 떠올랐다. 혹시.

킬링타임모텔 앞에는 험상궂은 어깨들이 진을 치고 있었다. 만석과 쏘반은 옆 건물 쪽에 몸을 숨긴 채 그들의 대화를 엿들었다. 그들은 시연이 먹튀를 해버렸다는 소식을 뒤늦게 듣고는 곧바로 모텔을 점거한 후 시연을 기다리는 중이었다.

"우리가 여기 지키고 있는다고 그년이 오겠어. 돈 될 만한 물건들도 진즉에 다 팔아치웠는데 우리가 왜 계속 여기 있어야 되냐고."

"노숙자들이 드나들다가 잘못해서 불이라도 나면 곤란하다고 형님이 그러시잖아. 내 생각엔 그년을 잡아서 작살나게 본

보기를 보이려는 것 같지만."

가자미 눈은 흐흐 웃으면서 양손을 마주 잡아 바람을 넣어 뿍뿍 소릴 냈다.

"본보길 보여줄 때 우릴 끼워줄 것도 아니면서. 젠장, 이거 원 잠복근무도 아니고. 이딴 거 하려면 경찰을 했지."

어깨들이 키득거리는 사이 잠시 자리를 비웠던 어깨 하나가 무리로 다시 합세했다. 그의 손에는 족발 세트가 들려 있었다. 모텔 건너편에 있는 식당에서 우격다짐으로 강탈하듯이 가져온 것이었다. 거리로 나온 식당 주인이 이를 쑤시는 것처럼 얼굴을 일그러뜨린 채 멀리서 어깨들을 노려보았다. 근처 편의점에서 강탈해 온 파라솔 테이블 위에 족발을 펼치던 칼자국이 그런 식당 주인을 향해 날선 눈길을 날리자, 식당 주인이 조용히 분을 삭이고 다시 식당 안으로 들어갔다. 그 후 어깨들은 신나게 족발을 뜯어 먹으며 시간을 때웠다.

쉽게 물러날 놈들이 아니었다. 그렇다고 계속 그들이 철수하길 기다릴 수만은 없다면서 만석은 몸싸움을 벌여서라도 뚫고 들어가자고 했다. 눈에 불이 나도록 주먹떡을 먹여주면 나가떨어질 거라면서 만석은 자신의 힘을 과대평가했다. 하지만 쏘반은 만석을 만류했다. 정애고 쏘반이고 자신을 자꾸 말리려고만 들자 만석은 스스로가 골칫덩어리로 전락한 것처럼 느껴졌다. 내가 원하는 대로 하게 좀 내버려두라면서 쏘반의 팔을 거칠게 뿌리쳤다.

"나 혼자서라도 할 거니까 안 도와줘도 돼."

이에 쏘반은 짜증 난 어조로 만석을 가로막았다.

"머리 나쁘면 손발이 고생하는 거라고요."

그 말에 만석은 적잖이 상처받은 얼굴로 쏘반을 보았다. 그러니까 지금 내가 머리가 나쁘다는 거냐며 따지려는데 쏘반이 먼저 말했다.

"나랑 힘 합치자면서요? 그러니까 혼자 행동하지 마요."

지난날 만석이 옥탑방을 찾아가서 쏘반에게 했던 말이었다. 만석은 당장 어깨들을 때려눕히고 모텔로 들어가 연놈을 잡아 족치고 싶은 마음에 주먹이 근질거렸지만 쏘반의 단호한 눈빛에 어쩔 수 없이 성질을 죽였다.

"나한테 계획이 있어요."

쏘반은 근처 편의점으로 앞장섰다. 편의점에서 김밥과 컵라면을 잔뜩 사서 다짜고짜 먹기 시작했다. 만석에게도 먹으라고 권했지만 만석은 됐다면서 너나 실컷 먹으라고 쏘반에게 밀어주었다. 이 와중에 먹을 생각이 드는 쏘반이 짠해 보였던 것이다. 얼마나 배가 고팠으면 이걸 계획이라면서 끌고 온 건지. 한편 쏘반은 그런 만석의 속내를 모르는 듯 열심히 김밥과 컵라면을 먹었다. 그런 후 남은 컵라면 찌꺼기와 김밥 부스러기를 손으로 뭉치기 시작했다. 만석이 더럽게 뭐하는 짓이냐며 말렸지만 쏘반은 기다려보라면서 손을 멈추지 않았다. 잠시 후 쏘반은 편의점 직원에게 공짜로 얻은 작은 봉지들에 그 뭉치를 분배해서 넣기 시작했다. 하지만 너무 많이 먹어서 그런지 남은 게 별로 없어 서너 봉지밖에 나오지 않았다. 그러자 쏘반은 편의점 직원을 향해 큰소리로 물었다.

"이거 남은 거 가져가도 돼요?"

핸드폰으로 이상형 월드컵을 하면서 강동원과 송중기 중에 누굴 택해야 할지 고민하던 편의점 직원이 고개를 빼서 쏘반을 보았다. 쏘반이 가리키고 있는 건 라면 국물 버리는 통이었다. 편의점 직원은 진심이냐고 묻는 눈으로 쏘반을 보았다. 쏘반은 안 되면 웃돈을 주고서라도 라면 찌꺼기를 가져가고 싶은 절박함으로 다시 요청을 했다. 편의점 직원은 쏘반을 물끄러미 보았다. 머리가 살짝 간 사람 같았지만 귀찮은 일을 대신 처리해주겠다는 쏘반의 제안이 슬며시 반갑기도 했다. 자신에게 손해 날 일은 없어 보였다. 하지만 한편으로는 사장 허락도 없이 괜히 오케이 했다가 나중에 탈났다 어쨌다 하면 골치 아플 것 같았다.

"설마 그거, 먹을 거 아니죠?"

편의점 직원의 물음에 만석은 너 진짜 그럴 생각이냐며 쏘반을 쳐다보았다. 쏘반은 자신에게 쏟아진 눈길에 어색하게 웃었다. 말도 안 되는 걸 물어보니 당연히 농담이라고 생각했던 것이다. 하지만 쏘반을 보는 만석과 편의점 직원의 눈빛은 진지했다. 그래서 쏘반은 정색한 얼굴로 절대 아니라고 확실히 대답해 주었다. 편의점 직원은 그런 거라면 상관없다는 듯이 고개를 끄덕였다. 쏘반은 커다란 검은 봉지를 빌린 후 그 안에 라면 국물과 찌꺼기를 쏟아 넣었다. 기분 나쁜 악취가 퍼져 나왔다. 만석은 옆에서 그 모습을 지켜보는 것만으로도 눈살이 찌푸려졌다.

"대체 어쩌려는 건데?"

"밀가루보단 이게 더 죽일 것 같아서요."

추억을 되새김질하는 것처럼 쏘반은 국물이 가득한 봉지를 내려다보았다. 그러더니 자신만만하게 봉지들을 들고 밖으로 나왔다. 곧이어 후미진 골목에서 쏘반은 폭탄 제조를 하듯 정성스럽게 작은 봉지들에 김밥 부스러기를 분배해서 담았다. 그런 후 마지막으로 넘치지 않을 만큼 라면 국물을 넣은 후 봉지의 윗부분을 총총 졸라맸다. 꼬마 물풍선처럼 봉지가 빵빵하게 부풀어 올랐다. 얼추 준비가 끝나자 쏘반은 자신이 어깨들의 눈길을 끄는 동안 뒤쪽 담을 넘어서 세탁실로 연결된 반지하 창문으로 들어가라고 만석에게 길을 알려주었다.

"근데 이걸로 뭐하려는 건데? 설마 너 이걸로……."

"나만 믿어요."

쏘반은 작은 봉지들을 가슴에 끌어안고 링 위에 오르기 전의 복싱 선수처럼 목을 좌우로 찍어주며 모텔 쪽으로 향했다.

잠시 후 땅 소리도 없이 쏘반이 뛰어나갔다. 그러고는 어깨들의 가슴과 얼굴을 향해 핸드볼 선수처럼 날쌔게 작은 봉지를 던졌다. 총알처럼 날아간 봉지들은 어깨들의 몸에 맞아 터졌고 곧이어 그 안에서 라면 국물과 김밥 건더기가 흘러나왔다. 코를 찌르는 냄새와 더불어 라면 국물이 피처럼 옷에 번졌다. 어깨들은 창졸간에 당한 일에 당황했다. 얼마 지나지 않아 작은 봉지의 정체를 확인한 어깨들이 분통을 터뜨렸다.

"저 새끼 뭐야!"

"야, 너 거기 딱 서!"

잡히는 즉시 머리 가슴 배로 세 토막 내주겠다는 어깨들의 위협에도 쏘반은 전혀 위축되지 않았다. 쏘반의 얼굴이 비장한 결의로 일그러졌다.

"에라이 복 받아라!"

곧이어 쏘반은 라면 국물 폭탄을 한꺼번에 어깨들에게 투척한 후 부리나케 도망갔다. 그러자 칼자국이 똘마니들에게 쏘반을 쫓아가라고 지시했다. 그렇게 쏘반이 죽을힘을 다해 도망가는 모습을 벙찐 얼굴로 보던 만석은 그들이 사라진 후에야 정신을 차렸다. 좀 이상한 방법이긴 했지만 어쨌거나 쏘반이 만들어준 금쪽같은 기회였다. 만석은 건물 뒤로 돌아가 담을 넘어 세탁실 반지하 창문으로 들어갔다. 칼자국은 질주에 눈이 팔려 뒤쪽으로 만석이 들어가는 걸 눈치채지 못했다.

어둠이 내려앉은 모텔은 귀살스러웠다. 그간 사채업자들이 모텔에서 팔 수 있는 건 죄다 팔아넘겨서 그런지 떼어낼 수 있는 가구들이 죄다 사라져 있었던 것이다. 짐승들이 무덤 위로 기어 올라갈 때 깔리는 음악처럼 모텔을 감싸는 정적이 음산하기 짝이 없었다.

만석은 1층부터 6층까지 샅샅이 살펴보았지만 허탕이었다. 잘못 생각한 건가. 한숨을 쉬며 6층을 둘러보는데 누군가 뒤에서 만석의 어깨를 툭 쳤다. 뒤따라 온 쏘반이었다. 한쪽 눈은 벌에 쏘인 듯 퉁퉁 부어 감겨 있었고 몸 곳곳에는 선명하게 발자국이 나 있었다. 최신형 세탁기에 들어가 삼백육십 도 회전 모드로 전신 마사지를 받고 나온 듯한 몰골이었다. 어깨들에게 잡혀 한바탕 곤욕을 치른 것이었다. 그나마 이 정도로 끝날 수 있었던 건 때마침 나타난 경찰 덕분이었다. 경찰들이 거기 뭐냐 며 달려오는 틈에 어깨들에게서 벗어나 모텔 정문으로 부리나케 도망쳤던 것이다.

"모텔 정문으로 들어왔다고?"

입구는 아까 분명 칼자국이 지키고 있었는데, 무슨 소리인지 당최 알 수 없었다. 만석이 되묻자 쏘반이 민망해하면서 말을 이었다.

"그 식당 주인이 조폭들이 모텔 앞을 지키고 있어서 불안하다고 신고했더라고요. 경찰이랑 싸우다가 결국 그놈들 죄다 도망갔어요."

모텔 앞에 진을 치면서 자꾸 음식을 갈취해가는 어깨들에 불만을 품은 식당 주인이 경찰서에 신고를 했던 것이다. 허탈했다. 조금만 기다렸으면 이런 고생을 안 해도 될 걸 굳이 사서 한 거였다. 만석은 엉망이 된 쏘반의 얼굴 위로 다정하게 말했다.

"머리가 나쁘면 손발이 고생이지."

쏘반이 얼굴을 찡그리듯이 미소 지었다. 하는 것마다 이상하게 잘 안 풀리는 현실이 자신이 생각해도 우스웠던 것이다.

"아 참, 아까 그건 뭐였어? 오물 폭탄을 던지면서 복 받으라니?"

만석의 물음에 쏘반은 멋쩍게 뒷머리를 긁적이며 설명해주었다. 캄보디아에선 설 연휴인 쫄츠남 때 성스러운 물로 붓다 상을 씻는 스렁 쁘레아가 열렸다. 불도들이 재스민 꽃을 띄운 깨끗한 물로 불상을 씻어준 후 불상에서 흐르는 물을 받아 집으로 가져가 아이들의 머리를 적셔주었다. 그러면 축복을 받을 거라 믿었기 때문이다. 하지만 쏘반은 그런 재미없는 전통 대신 또래들과 오래된 밀가루에 성스러운 물을 묻혀 떡처럼 만들어 눈싸움하듯 패를 갈라 서로에게 던지며 놀았던 것이다.

"스렁 쁘레아 업그레이드죠."

브이를 그리듯 씨익 웃는 쏘반에게서 그가 고향에 두고 온 뜨거운 청춘의 한 조각이 보였다. 싱싱한 젊음에 동조되듯 고개를 끄덕이면서도 만석은 참으려고 했지만 이 말은 꼭 해야겠다며 입을 열었다.

"나도 이런 말 할 처지는 안 되지만 너 냄새 진짜 독하다."

쏘반은 자신의 손바닥 냄새를 맡아보았다. 천 년 동안 고등어를 지지다 나온 사람도 무릎 꿇고 갈 만한 냄새였다. 쏘반은 가까운 604호로 들어가 화장실로 향했다. 세면대에서 팔목까지 꼼꼼히 씻은 후 붙박이장 안에서 수건을 꺼내 손을 닦았다. 수건을 다시 그 안에 넣고 방을 나오려던 쏘반이 갑자기 뒤를 돌아 방안을 훑어보았다.

"방의 크기가……."

크기가 달랐다. 예전에 시연이 일일이 방문을 열어주며 확인시켜 주었을 때는 갑작스러운 시연의 행동에 불안 초조해진 탓에 6층 방들의 차이를 미처 깨닫지 못했던 것이다. 쏘반은 604호 방에서 나오자마자 복도 끝을 향해 뛰었다. 쏘반이 발을 멈춘 곳은 602호 앞이었다. 역시나 문이 열려 있었다.

"이 방이 작아요. 다른 방보다."

쏘반은 휴대폰 카메라로 동영상을 찍는 것처럼 방안을 훑었다. 눈이 붙박이장에서 멈추었다. 붙박이장 위치가 다른 방과 달리 601호와 맞닿아 있는 벽 쪽에 있었던 것이다. 서둘러 붙박이장 문을 열어봤지만 아무것도 없었다. 문을 닫으려다가 혹시 해서 다시 열었다. 벽 쪽을 자세히 보니 오돌토돌한 부분이 있었다. 문고리였다. 쏘반이 문고리를 잡고 안쪽 문을 열자 601호와 602호 사이에 숨겨진 방이 모습을 드러냈다. 만석은 간덩이가 튀어나올 것처럼 놀란 얼굴로 쏘반을 따라 안으로 들어갔다.

방 안에는 늙은 남자가 퇴적물처럼 홀로, 잠옷 같은 면바지 위에 반팔 셔츠를 걸친 채 의자에 앉아 있었다. 그의 눈은 개개 풀려 있었다.

"임필중 박사예요. 임시연이 이 사람 딸이죠."

쏘반의 설명에 만석은 혼란스러운 얼굴로 방 안을 둘러보았다. 책상 위에 액자가 있었다. 쏘반의 말이 맞았다. 이 남자와 시연은 아버지와 딸 관계였다. 억세고 질긴 시선이 액자에 들러붙었다. 고스란히 서리를 맞은 것처럼 온몸이 저릿저릿해지면서 눌러져 있던 증오가 다시금 커져갔다.

그때 책상 위에 놓인 과도가 만석의 시선을 끌었다. 과도에는 끈적끈적한 게 남아 있었고 휴지통에는 사과 껍질이 들어 있었다. 말라비틀어진 상태로 보아 하루 이틀 지난 것 같았다. 저 정신 빠진 노인이 스스로 사과를 깎아먹었을 것 같지는 않았다. 설마 시연이? 쏘반의 말대로 시연이 필중의 딸이라면 왜 자신의 아버지를 여기 버리고 갔을까. 이해가 되질 않았다. 만석은 발로 휴지통을 밀어 책상 밑으로 넣고 칼도 다시 책상 위에 툭 던져버렸다.

돌아서려는데 책상 위의 노트가 눈을 잡아끌었다. 펼쳐보니 노트에는 알 수 없는 말뿐이었다. 그런데 끝부분에 익숙한 게 보였다. 구대길, 아버지의 이름이었다. 거동도 못하던 필중이 대길의 시간을 받아들인 횟수가 늘어갈수록 시간 주사를 맞지 않은 상태에서도 조금씩 운신이 가능해졌다고 일기처럼 쓰여 있었다. 그러나 중풍 걸린 사람처럼 필중은 숟가락도 잘 못 쥐었고 의사소통도 잘 되지 않았다. 눈앞에 있는 필중은 칠백 살 먹은 노인처럼 의자에 힘없이 기대앉아 있었다. 만석은 계속해서 노트를 읽어 내려갔다. 만약 대길의 시간을 추출하기 시작하는 시간대를 바꾼다면 농도가 더 진해질까 하는 의문이 마지막 장에 쓰여 있었다. 만석은 시연이 필중을 위해 대길의 시간을 뺐다는 사실에, 뒷덜미 언저리의 살갗이 푸들푸들 떨려왔다.

그사이 쏘반은 좁은 연구실 안을 미친 듯이 헤집고 있었다. 한참의 수색 끝에 침대 밑에 숨겨져 있던 트렁크를 찾아냈다. 그런데 그 안에 주사기들은 많았으나 시간이 담겨 있는 것은 없었다. 쏘반은 뒤집혀진 목소리로 빈 주사기들을 쥐고 울분을 토했다.

"여기 적힌 날짜들은 내가 시간을 판 날인데, 다 써버렸어. 친구들 것까지 죄다."

쏘반은 되든 안 되든 마지막으로 시도해볼 기회조차 사라진 것에 절망했다. 이제껏 시간 주사기를 찾아서 자신의 시간을 다시 제 몸에 넣는다면 예전으로 회복될 수 있을 거라고 기대했던 것이다. 또한 시간 주사기를 찾으면 친구들도 다시 옛날처럼 돌아올 수 있다고 여겼었다. 그래서 여기까지 온 것이다. 만석이 영일의 시간 주사기가 집에 소포로 도착했다며 보여주었을 때 자신의 시간 주사기도 그대로 남아 있을지 모른다고 기대했었는데……

분노로 타오르는 쏘반의 두 눈이 순간 한 치의 오차도 없이 필중에게로 향했다.

"당신은 내 친구들을 병신으로 만들었어! 당신이 이 꼴이니까 만족하라고? 아니, 안 돼. 당신이 안 그랬으면 모두 잘 살 수 있었어. 그리고 당신 딸!"

모든 일에는 결과가 따르는 법이라며 자신을 몰아붙였던 시연의 독설을 되갚아주려는 듯 쏘반은 사나운 고함을 필중에게 퍼부었다.

"당신 딸은 사람들을 마음대로 조종하려는 악마야! 천벌을 받을……"

그 순간 쏘반의 얼굴 위로 침이 쏘아졌다. 필중은 온몸을 떨면서도 있는 힘껏 쏘반에게 맞서고 있었다. 몸도 제대로 못 움직이고 물건도 꽉 쥘 수 없고 사리분별도 명확하게 하지 못했지만, 필중은 깨어 있었고 귀는 열려 있었으며 자신의 딸 이야기만큼은 알아들을 수 있었던 것이다. 필중은 매서운 눈빛으로 쏘반을 노려보았다.

그런 필중의 시선에 쏘반은 가슴이 콱 오그라들었다. 필중의 얼굴이 시연과 겹쳐 보였다. 시연이 악마라면 필중은 악의 근원이었다. 이제껏 억눌러왔던 설움과 두려움과 미움이 한꺼번에 뒤엉켜 쏘반의 갈비뼈를 밀어 올렸다. 심장은 할 수 있는 최대치로 피를 뿜어주겠다고 용을 썼다. 터질 듯이 가슴이 요동쳤다. 쏘반은 시연이 가장 아끼는 단 한 사람을 죽여서 이 고통을 되갚아주고 싶었다. 마그마처럼 끓어오르는 분노에 휩싸인 쏘반은 거칠게 숨을 쉬면서 주변을 훑었다. 책상 위에 놓인 칼이 보였다.

쏘반은 거침없이 칼을 들었다. 그런데 차갑게 빛나는 칼을 손에 쥐는 순간 생각의 방향이 조금 휘어졌다. 임 박사를 죽이고 나면? 그런다고 달라지나? 악마의 저주에서 풀리는 것처럼 친구들이 다시 말짱하게 변신하고 나도 새사람으로 거듭날 수 있나? 서서히 쏘반의 눈이 슬픔으로 일렁였다. 솔직히 고백하자면 쏘반은 이 모든 것에 지쳐 있었다. 자신이 없었다. 더는 당해낼 수 없었다. 그냥 나 하나만 다 포기해버리면 되는 일이다. 쏘반은 입을 옥다물고 칼의 방향을 바꿔 자신의 손목 위로 댔다. 그리고 두 눈을 질끈 감았다. 그 순간 정신없이 펼쳐지는 상황에 넋을 놓고 지켜보던 만석이 더는 안 되겠다 싶어서 쏘반을 뒤에서 붙잡아 칼을 빼앗으려 들었다. 쏘반은 만석에게서 벗어나기 위해 몸부림치며 소리쳤다.

"시간 주사기도 없으니 이제 내 친구들은 평생 병신으로 살아야 되고. 난, 난 더는 못하겠어. 그냥 내가 죽어버리면 되잖아. 그러면 다 끝난다고! 말리지 마!"

만석은 그런 쏘반을 더 세게 껴안아서 팔을 꽉 잡았다.

"니가 왜, 우리가 왜 그래야 하는데. 나 똑바로 봐. 정신 차리라고!"

만석은 쏘반을 돌려세운 뒤 돌처럼 굳은 얼굴로 말했다.

"이건 우리 때문에 시작된 일이 아니야. 망할 첫 단추는 우리가 아니라고. 처음부터 빌어먹을 시간 주사기를 만든 놈도 저놈이고. 임시연 그년이 내 아버지 시간을 원한 것도 저놈 때문이야. 죽어야 할 사람은 니가 아니라 저놈이야. 그래, 저놈만 죽이면 끝나. 너랑 나 둘 다 이 미친 소용돌이에서 자유로워질 수 있다고."

만석은 이 노인네 때문에 시연이 자신의 아버지를 이용했다는 사실을 확인하자 가슴에 빙초산을 병째 들이붓는 것처럼 고통스러웠다. 발끝에서부터 체온이 빠져나가버렸고 온몸에 고압 전류가 흐르는 것처럼 저릿저릿했다. 반면 원유처럼 검은 만석의 눈동자 앞에 쏘반은 몸에 힘이 풀려 주저앉아버렸다. 만석은 그런 쏘반을 놔주었다. 이미 칼은 만석에게 넘어가 있었다.

쏘반에게서 칼을 빼앗은 만석은 그대로 필중에게로 몸을 돌렸다. 오늘 아침 집으로 도착한 시연의 값싼 동정에 흔들려 일생일대의 기회를 놓칠 순 없었다. 지금 이 순간 이놈을 죽이지 않으면 종당에는 내가 미쳐버릴 것이다. 아버지의 복수도 못했다는 자책감에 평생 시달리느니 모든 일의 원흉인 늙은이를 죽였다는 죄책감에 시달리는 게 훨씬 나았다. 복수는 죽은 자를 위한 게 아니라 남은 자의 자기만족일 뿐이래도 이 일은 꼭 해치워야 했다. 만석의 눈이 화톳불처럼 이글거리며 한참 동안 필중을 향해 있었다. 얼음과 불을 양손에 쥐고 있는 것처럼 손끝이 따가웠다.

만석에게서 살기를 느낀 필중의 몸이 가늘게 떨렸다. 방금 전까지 쏘반에게 침 세례로 맞서던 꼬장꼬장한 기운은 사라지고 없었다. 죽음에 대한 공포로 얼어붙어 필중은 숨조차 제대로 쉴 수 없었다.

만석은 이 좁은 방 안에 자신과 필중 둘만 있는 것 같았다. 자신과 늙은이 그 사이에 칼만 존재했다. 칼자루를 쥔 손에 감각이 없었다. 전쟁에서 극적으로 살아 돌아온 상이군인의 갈고리 손처럼 칼과 팔이 하나로 연결된 것 같았다. 이제 그대로 발을 옮겨 직각으로 되어 있는 팔을 앞으로 내밀면 끝이다. 만석은 오른발 왼발 한 발씩 필중에게로 걸어갔다. 만석은 마음이 약해질까 봐 공포에 떠는 필중의 눈을 보지 않기 위해 얼굴이 아닌 몸의 다른 곳으로 눈을 돌렸다. 사시나무 이파리처럼 부들부들 떨리는 필중의 팔이 보였다. 팔 위에 남겨진 갈색 점들이 같이 떨리고 있었다. 만석은 그 점의 정체를 알아보았다. 바로 주사 자국이었다.

만석은 뒤통수를 꽝 맞은 것처럼 눈앞이 아득해졌다. 필중은 대길의 시간을 받은 유일한 사람이었다. 어쩌면 필중의 몸속에 대길의 시간이 남아 있을지 몰랐다. 대길의 시간을 받아들이면서 필중의 상태가 몰라보게 호전되고 있다고 적혀 있던 노트의 구절이 떠올랐다. 어쩌면 그것은 단순한 시간이 아닐지도 몰랐다. 필중의 몸 어딘가에 대길의 숨결이 남아 있을 것만 같았다.

하지만 발은 앞으로 계속 움직이고 있었다. 멈출 수가 없었다. 만석은 겁에 질린 얼굴로 필중에게로 가까이 더 가까이 다가갔다. 의자에 앉은 필중의 다리와 만석의 정강이가 밀착되었다. 저승꽃이 지천으로 핀 것처럼 가득한 필중의 주사 자국이 더 선명하게 보였다. 발끝에서부터 지진이 일어난 것처럼 만석은 온몸이 흔들렸다. 곧이어 만석의 손에서 분리된 칼이 바닥으로 떨어졌다. 그제야 칼의 무게가 느껴진 듯 만석의 손이 부들부들 떨렸다. 만석은 바닥에 떨어진 칼에서 눈을 들어 필중을 보았다. 눈앞에 강시가 사라진 것처럼 필중의 입에서 무겁게 숨이 토해져 나왔다. 만석의 눈에 짧게 숨을 들이마셨다 내뱉는 필중의 가슴이 보였다. 만석은 두 눈을 질끈 감은 채 그 앞에 무릎을 꿇었다.

"오래 살아주세요, 제발."

끄륵끄륵 울음이 새어 나오려 해서 더는 말을 잇지 못했다. 울지 않기 위해 만석은 어금니를 꽉 깨물고 고개를 떨어뜨렸다.

오래 살아주세요, 제발.

시연은 만석의 목소리가 메아리치며 돌고 도는 동굴에 갇혀 버렸다. 며칠 전 602호 붙박이장 앞에서 만석과 쏘반의 말을 모두 들었던 것이다. 오두막 창가에 앉아 어둠이 내린 바깥을 응시하며 시연은 필중을 모텔에 두고 온 날을 떠올렸다.

그날, 선우의 가격으로 쓰러진 만석을 1층에 둔 채 시연은 필중을 데리고 나오기 위해 황급히 6층으로 올라갔었다. 그런데 필중은 모텔 밖으로 나가자는 말에 공황 발작을 일으키며 한사코 나가려들지 않았다. 시연이야말로 공황에 빠지기 일보 직전이었다. 만석은 곧 깨어날 테고 쏘반 역시 모텔로 출근할 시간이 바투 다가오고 있었다. 빨리 모텔을 나가야 했다. 결국 보다 못한 선우가 필중을 업어서 강제로 끌고 나가려고 했다. 그러자 필중은 어미에게서 떨어지지 않으려는 새끼처럼 책상 모서리를 잡고 꺼이꺼이 울부짖었다. 필중의 처절한 몸부림은 안절부절 못하던 시연을 다시금 이성적으로 만들어주었다. 시연은 때를 봐서 모텔로 다시 와야 할 것 같다면서 선우를 말렸다. 그 후 시연은 시간과 관련된 물품을 챙겨오기 위해 만석의 집으로 내달렸다.

그 사이 1층 계단에 몸을 숨기고 있던 선우는 아침이 되어서야 일어난 만석이 쏨반과 함께 모텔을 나가는 모습을 보자마자 본격적으로 작업에 들어갔다. 대형마트에서 사들인 붉은색 스프레이와 커다란 망치를 이용해서 모텔을 망가뜨리기 시작했다. 선우가 모텔을 폐허로 만든 이유는 사채업자 때문이었다. 시연이 사라졌다는 소식이 퍼지면 사채업자가 모텔로 득달같이 들이닥칠 게 뻔했다. 모텔 주인 행세를 하며 급한 대로 방 곳곳에 손님을 들여 돈을 회수하려 할 텐데 그것만은 꼭 막아야 했다. 6층 방에 손님을 들였다가는 벽에서 나오는 희미한 소음이라든지 다른 방에 비해 너무 협소한 602호의 크기에 의구심을 느낄 테고 그럼 숨겨진 방이 탄로 나는 건 시간 문제였기 때문이다. 선우는 온힘을 다해 망치로 벽과 가구를 내리치며 청춘을 바쳐서 지켜왔던 모텔을 부수었다. 그곳에 혼자 남을 수밖에 없는 필중을 지키기 위한 필사적인 노력이었다.

모든 작업이 끝난 후 시연은 필중에게 곧 다시 올 테니 얌전히 있어달라고 부탁한 후 산골 오두막으로 와서 몸을 숨겼다. 하지만 모텔 앞을 지키고 선 사채업자들 때문에 필중을 빼올 기회는 잘 포착되지 않았다. 혼자서는 틈을 봐서 몰래 들어갔다 나올 수 있었지만 거동이 불편한 데다 한사코 모텔 밖으로 나서려 하지 않는 필중을 데리고 나오는 건 쉽지 않은 문제였다. 그렇게 시연은 그날도 기회를 엿보며 모텔에 잠입했다가 만석의 말을 듣게 된 것이었다.

시연은 그 말을 곱씹을수록 으슬으슬 몸이 추워졌다. 다리를 몸 쪽으로 당겼다.

내 아버지를 살리자고 난 남의 아버지를 죽음으로 내몰았다.

날카롭게 날을 세운 정으로 심장 한가운데를 꽝 내리치는 것 같았다. 반동처럼 벌떡 일어난 시연은 오두막에 있는 문을 모두 열었다. 스스로가 온갖 음식물 찌꺼기가 뒤섞여 꽉 막혀버린 수챗구멍처럼 느껴졌던 것이다. 문짝을 떼어버리고 싶은 것처럼 활짝 열어젖혔지만 갑갑증은 가시질 않았다. 할 수만 있다면 숨 한 번 내쉬는 것만으로 모든 걸 토해내고 새로 시작하고 싶었다. 하지만 이곳은 모텔이 아니었다. 오두막의 문을 열고 닫는 것은 아무런 도움도 되지 않았다. 시연은 낙엽처럼 축 늘어뜨린 손으로 천천히 문을 닫았다. 그러고는 닫힌 문 옆에 등을 댄 채 자포자기한 사람처럼 스르륵 주저앉았다.

마음이 다 부서져 내린 얼굴로 주머니에서 지포 라이터를 꺼냈다. 성냥팔이 소녀가 성냥을 켜면서 따뜻한 상상으로 현실의 고통을 누르려고 한 것처럼 지포 라이터 뚜껑을 열었다. 하지만 어떤 걸 상상해야 이 고통을 밀어낼 수 있을지, 자신이 없었다. 다시 뚜껑을 닫았다. 그렇다고 그 말을 계속 머릿속에서 돌려야 하나. 미쳐버리기 전까지? 다시 뚜껑을 열었다 닫았다. 딸각거리는 소리가 오래도록 오두막에 떠돌았다.

시연은 지포 라이터를 보았다. 모든 걸 다 버리고 여기까지 왔다고 생각했는데 자신의 손에는 지포 라이터가 남아 있었다. 광고쟁이로 사는 것에 미련이 남은 건 아니었다. 내가 정말로 원하는 것은 뭘까. 시연은 뚜껑을 열어서 엄지로 돌 부분을 돌려서 불을 켰다. 불빛이 타올랐다. 그 불빛을 들여다보았다.

아버지. 내 아버지. 임필중 박사. 시간 거래. 시간을 받는 사람과 시간을 빼내는 사람. 고통과 부작용. 시간 주사기. 킬링타임모텔. 일주일. 아버지.

해체된 단어들이 불빛 사이로 들락날락거렸다. 붉은 듯하지만 노랗고, 노란 듯하면서 검은 불빛을 계속 바라보았다. 모든 걸 집어삼킬 것 같은 어둠에 팽팽하게 당겨진 신경이 뚝 끊어질 것만 같았다.

결국 그 방법밖에 없는 걸까.

맹렬하게 한 길로 달려가는 생각에 사로잡힌 시연은 다른 방법은 없는지 되짚어보았다. 없었다. 대길과 필중 사이를 오가며 시간을 빼고 넣으면서부터 떠올랐던 이 한 가지 생각은 여태껏 시연의 그림자 속에 숨어서 튀어나올 기회만 엿보고 있었던 것이다.

꼭 이렇게까지 해야 할까.

시연은 마지막으로 자신에게 되물었다. 이것뿐이었다. 자신이 지금 할 수 있는 유일한 방법이었다. 시간을 최대한 빼서 스스로를 아버지의 연구 대상으로 만드는 극단적인 방법이 아니면 이 위험한 질주를 멈출 수 없었다.

하지만 내가 과연 할 수 있을까.

시연은 약해지려는 불빛을 붙잡듯이 지포 라이터 돌에 얹은 엄지에 힘을 주었다. 엄지가 녹아내릴 듯 뜨거웠지만 그 열기를 놓치지 않으려는 듯 더욱 세게 힘을 줬다.

그때 생필품을 사 가지고 들어오던 선우가 그 모습을 보았다. 선우는 시연의 손에서 지포 라이터를 잡아채서는 뚜껑을 닫아버렸다. 마치 관 뚜껑이 닫히는 것처럼 딱 하는 소리가 오두막 안을 울렸다. 시연의 엄지는 화상을 입은 듯 빨갛게 부풀어 있었다. 제 살이 아픈 것처럼 선우는 안쓰러운 시선으로 시연을 보았다.

"모텔에 다녀온 거 때문이야?"

선우의 물음에도 시연은 대답이 없었다. 며칠 전 필중을 보고 오겠다면서 모텔에 다녀온 후부터 시연은 이상한 행동을 자주 보였다. 혼자 보내지 말았어야 했다. 대체 무슨 일이 있었던 걸까. 정신 나간 필중이 또 시연에게 얼마나 상처를 준 걸까. 선우는 시연이 겪는 고통을 자신이 나눠서 지고 싶었지만 시연은 가족 문제와 시간 거래 문제에 있어서는 일정 부분에서 선을 그은 채 혼자서만 감당하려고 했다. 그런 면은 필중과 꼭 닮아 있었다. 이러다가 시연도 필중처럼 되진 않을까, 마음 밑바닥에서부터 불길한 생각이 올라왔다.

"냉찜질해 줄게."

일어나려는 선우를 시연이 붙잡았다. 시연의 시선에서 확 당겨진 성냥불 같은 빛이 타올랐다. 두 사람의 눈길이 서로에게 향해 있었다. 주위의 모든 게 사라지고 오로지 상대만 보였다. 시연에게는 선우가, 선우에게는 시연이. 시연은 선우의 목을 끌어당겨 격렬하게 키스했다. 선우는 갑작스러운 시연의 행동에도 피하지 않았다. 마음을 괴롭히는 모든 걸 지우고 싶은 마음에 그들은 서로를 탐닉했다. 선우는 눈을 감은 채 시연을 뜨겁게 안아 몸을 밀착시켰다. 시연의 따뜻한 숨결이 귀에 닿자 전율이 느껴졌다. 시연의 향기가 자신에게 들어오고 있었다. 피가 달아오르고 아주 붉게 진해졌다. 시연이 검지로 선우의 아랫입술을 살짝 벌려 그 속으로 제 혀를 집어넣었다. 혀는 붉고 뜨거웠다. 선우는 제 몸속이 환해지는 걸 느꼈다. 이제 선우의 차례였다. 선우는 시연의 몸 깊은 곳으로 자신을 넣었다. 그 속으로 미끄러져 들어가는 순간 선우는 독특한 기름 속에 빠진 듯한 기분이 들었다. 이에 반응하듯 바이올린 줄처럼 탱탱한 시연의 몸이 탄력적으로 휘어졌다. 휘감고 일렁이고 무너져 내리고 조이는 시간이 이어졌다. 시연은 절정에 가까워지자 고개를 뒤로 젖힌 채 입술을 벌렸다. 벌어진 입술 끝이 미세하게 떨렸다.

다음 날 뜨거워진 햇살이 산 위를 걸어 내려올 때쯤 시연은 선우가 요리하는 소리에 눈을 떴다. 대학생 때 그의 자취방에서 종종 그랬던 것처럼 선우가 늦은 아침으로 오믈렛을 준비하고 있었다. 그런 선우를 바라보는 시연의 시선에는 아직 말하지 못한 슬픔이 일렁이고 있었다.

"우리 처음 봤을 때 기억해?"

갑작스러운 시연의 질문에 선우는 담담한 척 오믈렛을 만들며 대답했다.

"나 대학교 일 학년 때 동아리 신입 신고식이었지 아마."

"바보. 그건 우리가 통성명한 때고 처음 본 건 너 고등학교 일 학년 때잖아."

바지를 주워 입으며 일부러 밝게 말하는 시연의 모습에 선우는 무겁게 침묵했다. 시연의 말이 맞았다. 선우는 고등학교 선배인 시연이 축제 때 노래하는 걸 보고 첫눈에 반했었다. 졸업 후 선우는 시연과 같은 대학교에 진학했고 시연의 동네로 이사 왔으며 시연이 속한 동아리에 들어갔다. 거듭된 우연을 필연으로 만들며 선우는 천천히 시연에게 다가갔고 결국 연인이 되었던 것이다.

시연은 풋풋했던 추억을 들여다보듯 꿈결처럼 말했다.

"고등학교 축제 때 내가 무대에서 갑자기 가사를 잊어버리는 바람에 사람들이 쟤 뭐냐고 웅성거리던 거 생각하면 지금도 아찔해. 진짜 쥐구멍에라도 숨고 싶었는데 그때 저 뒤쪽에서 한 사람이 큰소리로 응원해주더라. 괜, 찮, 아 하고."

선우는 시연을 돌아보았다. 그때처럼 다시 한 번 괜찮다고 말해주길 원하는 걸까. 정말 이런 순간에 나에게서 그런 말이 듣고 싶다고? 선우는 폭포처럼 쏟아내고 싶은 말을 꾹 참고 쟁반에 오믈렛과 오렌지주스를 올려서 침대로 가져왔다.

반면 정갈한 아침상을 받은 시연은 가슴이 따끔거렸다. 선우는 아직 아무것도 모르는데, 이렇게 좋은 남자에게 어떻게 말해야 할지 앞이 막막했다. 시연은 오믈렛을 입에 넣은 후 선우를 향해 정말 맛있다고 있는 힘껏 미소를 지은 뒤 고개를 떨구었다. 저 끝에서부터 밀려오는 슬픔이 애써 지은 미소를 삼켜버리기 전에 얼른 옆에 있는 오렌지주스로 손을 뻗어 끝까지 마셨다. 그런데 맛을 알 수 없었다.

"이거 왜 맛이……"

시연은 뒷말을 잇지 못하고 선우를 보았다. 선우는 시연과 눈을 마주치지 못하고 있었다. 시연은 창문 내림 버튼을 누른 것처럼 점점 눈이 감겨왔다. 컵에 담긴 주스를 내려다보았다. 마치 어두운 블랙홀로 끌려가듯이 발밑의 땅이 무너지는 것 같았다. 설마 하는 순간 블랙아웃 되어버렸다.

코끝을 자극하는 매캐한 연기에 정신이 들었다. 시연은 굴삭기로 흙더미를 퍼 올리듯이 눈꺼풀을 겨우 끌어올렸다. 바깥에는 오징어가 적을 공격하기 위해 피를 토하듯 뿜어낸 먹물 같은 어둠이 번져 있었다. 강제로 삭제당한 시간을 가늠해보았다. 방에 벽시계는 없지만 대략 대여섯 시간인 것 같았다. 시연은 주위를 둘러보았다. 자신은 더 이상 침대에 있지 않았다. 오두막 가운데 놓인 의자에 앉아 있었고 상체는 묶여 있었다. 반면 선우는 시연으로부터 등을 돌린 채 책상 앞에 앉아 있었다. 시연을 깨운 연기는 선우 쪽으로부터 스멀스멀 피어오르고 있었다. 선우가 지포 라이터로 무언가를 태우고 있었다.

"왜 이러는 거야."

너무도 깊어 빛을 잃은 심해처럼 시연의 음색이 어두웠다.

"나한테 갑자기 왜 이러는 건지 묻잖아!"

"갑자기? 나야말로 묻고 싶다. 갑자기 왜 그러려고 했는지."

시연에게 몸을 돌린 선우의 손에 편지가 세 통 들려 있었다. 아까 새벽에 시연이 우체통에 넣고 온 편지였다. 만석과 쏘반 그리고 필중에게 보내려던 것이었다. 시연은 선우가 곯아떨어진 사이 급하게 편지를 써서 마을의 우체통까지 다녀왔다. 혹여 선우가 깰까 봐 차도 몰지 않았지만 선우는 그때 이미 깨어 있었던 것이다. 시연이 펜으로 편지를 쓰는 소리도 들었고 밤이슬을 밟고 돌아온 것도 모두 다 알고 있었다. 시연이 다시 침대로 돌아와 잠들 때까지 기다렸던 선우는 뭔가 이상한 느낌에 그 즉시 마을의 하나뿐인 우체통으로 향했다. 그리고 망치로 우체통을 파손시켜서 편지를 꺼내왔던 것이다. 편지 두 개를 순식간에 태워버린 선우는 마지막으로 시연이 필중에게 쓴 편지를 꺼내들었다.

"아버지만이 날 되돌릴 수 있다고? 왜 이렇게까지 해야 하는데!"

"선우야……."

"어떻게 나를 두고 그렇게 무모한 짓을 하려들어? 시간을 받았던 사람이 시간을 모조리 빼는 건 이제껏 한 번도 연구해본 적 없는 일이잖아. 쥐새끼들한테 실험도 안 해본 일이란 말이야. 왜 안 했겠어? 안 해봐도 뻔하니까. 결과가 좋을 리가 없으니까. 잘못하다간 네가 죽을 수도 있다고!"

눌러왔던 감정이 콘크리트를 뚫고 올라오는 잡초처럼 속을 비집고 튀어나왔다. 땅을 엎고 하늘을 가르는 선우의 분노에 시연은 아무 말도 하지 못했다.

"너 지금 폼 잡는 거야. 그런다고 누가 널 알아줄 것 같아? 넌 그냥 네 인생이나 살면 돼. 임시연, 니 인생이나 잘 살라고."

"이건 내 선택이야. 언제까지나 이렇게 피하면서 살 수는 없어. 내가 얼마나 힘든지 알아? 지옥이야. 살아도 사는 게 아니라고. 선우야, 나 제대로 살고 싶어. 다시 시작하고 싶다고. 그래서 이러는 거야."

선우는 시연의 말을 듣지 않기 위해 입을 옥다물고 고개를 내저었다.

"선우야……."

선우는 변명 따윈 듣고 싶지 않다는 듯 시연에게서 야멸차게 몸을 돌렸다. 시연이 필중에게 쓴 편지를 한 손으로 구기며 다른 손으로 펼쳐져 있던 책장을 넘겼다. 시연의 기억을 지워버릴 방법을 찾는 중이었다. 협심증 치료에 쓰이는 프로프라놀롤은 대형사고 등을 당해 외상 후 스트레스 장애를 겪는 사람들의 고통을 덜어주는 데 효과가 있었다. 하지만 효과를 확신할 수 없어 계속 자료만 뒤적이고 있었다.

"어떻게든 그딴 모텔이니 시간 거래니 하는 것들을 네 기억 속에서 다 지워버릴 거야. 뭐가 쓰인 거야. 너 아니야, 지금."

시연의 침묵에 저항하듯 소리쳤지만 선우도 알고 있었다. 시연의 고집과 결단력 모두 선우가 사랑했던 시연의 모습이었다. 하지만 그 모습이 지금 와서 이렇게 자신에게 괴롭게 다가올 줄은 몰랐다. 시간을 되돌려서 처음 만났던 그때로 돌아가 이런 여자니까 아예 상종을 말라고 미래의 내가 충고해주었다면 나는 피했을까. 그럴 수 없었다. 처음부터 시연은 내 사람이었다.

한편 이런 선우의 모습에서 시연은 필중을 살리려고 필사적으로 매달렸던 자신의 모습이 떠올랐다. 이 남자는 왜 이렇게 나를 구하려고 할까. 가족도 아닌데. 시연은 하염없이 선우를 보았다. 그리고 깨달았다. 결혼이란 제도로 묶이지 않았을 뿐 오래전부터 그에게 자신은 가족이었던 것이다. 지키고 싶은 단 한 사람이었고.

"만약 네가 강제적인 방법으로 내 기억을 지워버린다면 난 너도 잊어버리게 될 거야. 우리 처음 만났던 순간도 사랑했던 날들도 다."

"너를 잃는 것보단 나아. 그리고 난 네가 날 다시 사랑하게 할 자신 있어. 그러니까……."

선우는 말을 끊고 책을 덮었다. 아무리 책을 보고 약을 조합해본들 시연의 기억을 지우는 건 선우가 할 수 있는 영역의 일이 아니었다. 선우도 그걸 알고 있었다. 자신이 지금 이러는 건 마지막 발악 같은 몸부림이라는 것을.

"선우야."

선우는 시연을 돌아보았다. 그리고 뚜벅뚜벅 걸어갔다. 꽁꽁 묶여 있는 팔을 보았다. 너무 세게 묶어서 피가 통하지 않았는지 시연의 얼굴이 창백해 보였다. 그 앞에 무릎 꿇은 선우는 의자에 묶었던 밧줄을 풀어주었다. 그리고 자신의 심장을 꺼내 보이듯 고통을 삼키며 말했다.

"사랑해. 널 너무 사랑해."

그래서 네가 그렇게 하도록 놔둘 수 없다고 말했다. 선우는 할 수만 있다면 시연이 앞으로 아무 짓도 못하게 이십사 시간 뜬 눈으로 감시하겠다고 결심했다. 시연을 지킬 수 있는 일이라면 무슨 짓이든 할 준비가 되어 있었다. 하지만 시연은 묵묵부답이었다. 선우는 흔들리지 않는 바위 같은 시연을 차마 볼 수 없어서 몸을 돌렸다. 잠시 후 등 뒤로 따뜻한 온도가 스며들었다. 시연이 뒤에서 선우를 껴안았던 것이다. 그런데 점점 숨을 쉴 수가 없었다. 시연이 선우의 목을 팔로 두르고 강하게 압박하고 있었다. 쾌락을 위해서 하는 섹스 게임이 아니었다. 그렇다고 널 죽이고 말겠다는 살의도 아니었다. 사람의 몸에는 급소가 있기 때문에 경동맥을 압박하면 머리로의 혈류를 막아서 상대를 십 초 안에 기절시킬 수 있었다. 시연이 미국으로 떠나기 전 낯선 땅에서 시연에게 언제 어떤 일이 닥칠지 몰라 걱정이 태산이었던 선우가 직접 시연에게 가르쳐준 방어술 중 하나였다. 십 초였다. 제발 저항하지 말고 그대로 있어달라고 시연은 선우에게 간청했다. 십 년 같은 십 초가 지난 후 선우의 몸이 축 늘어졌다.

시연은 선우를 힘겹게 어깨에 메고 끌어서 오두막 지하실에 내려놓았다. 제 몸속 근육들이 방금 화살을 쏜 활처럼 떨려왔다. 시연은 정신을 잃은 선우의 얼굴을 보지 않으려 눈을 돌렸다. 선우의 팔만 잡았다. 바로 어젯밤 따뜻하게 자신을 감싸주었던 그 팔이었다. 이래서는 아무것도 안 된다. 흔들려서는 안 된다. 심호흡을 크게 한 뒤 시연은 선우의 팔을 의자 뒤로 돌린 다음 밧줄로 단단히 묶었다. 밧줄로 선우의 몸을 한 번씩 휘감을 때마다 제 심장을 조이는 것처럼 아팠지만 시연은 어금니를 꽉 물었다.

곧이어 시연은 차를 몰고 산 밑으로 내려가서 지구 종말을 준비하는 광신도처럼 발작적으로 슈퍼에서 식료품을 최대한 많이 사들였다. 그러고는 슈퍼 앞에서 풍선을 가지고 노는 아이를 불러서 오두막에서 급하게 휘갈겨 쓴 네 번째 편지를 주었다. 선우를 위한 편지였다.

다시 오두막으로 돌아온 시연은 먹을거리와 물병을 지하실로 옮겼다. 아직 선우는 물 밖으로 나온 물고기처럼 늘어져 있었다. 시간이 얼마나 걸릴지 모르겠지만 선우가 어떻게든 밧줄을 풀어버릴 거란 걸 시연도 짐작하고 있었다. 시연이 아는 선우는 강한 남자였다. 하지만 그런 선우라도 잠긴 지하실 문을 쉽게 열 수는 없을 것이다.

어쩌면 마지막으로 보는 것일 수도 있다는 생각에 시연은 선우의 뺨에 가만히 제 손을 얹었다. 따뜻했다. 손바닥으로 그 온기가 전해졌다. 시연은 선우에게 다가가 이마에 입맞춤을 길게 했다. 아까 미처 하지 못한 말, 나도 사랑한다고 말하고 싶었지만 입에서 나온 건 미안하다는 말이었다.

선우의 입에 재갈을 물리고 돌아서려는 순간 선우가 눈을 움찔거리며 깨어났다. 선우는 시연을 보았다. 옴짝달싹 할 수 없는 자신의 상태를 확인한 선우는 시연의 눈을 필사적으로 붙들었다. 이 시선을 놓치면 시연을 영영 놓쳐버릴 것 같았다. 선우는 그러지 말라고 고개를 힘껏 내저었지만 시연은 문 쪽으로 돌아섰다.

밖으로 나온 시연은 눈물을 참으며 지하실 문을 닫은 후 자물쇠로 잠갔다.

오두막으로 올라온 시연은 고개를 뒤로 젖혀서 눈물이 마를 때까지 기다렸다. 지금은 자신을 원망하겠지만 아주 먼 훗날에는 선우도 자신을 이해해주리라는 실낱같은 희망으로 버텼다.

눈물을 날려버린 후 시연은 지체 없이 움직였다. 제일 먼저 대길의 주사기를 찾아서 꺼냈다. 만석의 집에서 챙겨온 대길의 시간 주사기에는 엿새 치의 시간이 담겨 있었다. 제발 선우가 편지에 쓰인 대로 이걸 잘 전해줘야 할 텐데. 시연은 대길의 시간 주사기와 지하실 자물쇠 열쇠를 테이블 위에 조심스럽게 놓았다.

이젠 실행에 옮길 차례였다. 시연은 책장 맨 밑에서 시간 주사기를 꺼냈다. 최대 일주일의 시간을 담을 수 있는 대용량 시간 주사기였다. 하지만 그래봤자 일주일이었다. 이 정도 시간으로는 결과를 예측할 수 없었다. 그래서 시연은 돌이킬 수 없는 결과라는 걸 알면서도 주사기 끝부분에 칼끝으로 흠집을 내서 작은 구멍을 뚫었다. 시연은 잠시 후에 벌어질 일들을 머릿속으로 그려보았다. 투명 세포가 담긴 시간 주사기의 피스톤을 주욱 누르면, 제 몸속으로 들어간 물질이 시간을 잡아내기 위해 활발하게 온몸을 돌아다닐 것이다. 물론 이때는 주사기 끝에 난 칼집이 전혀 해가 되지 않을 것이다. 어차피 투명 세포는 젤 같은 성질로 뭉쳐 있기 때문에 미세한 칼집의 틈으로 새어 나올 수 없는 것이다. 하지만 시간 유전자를 찾아내서 주사기 안으로 다시 그것들을 끌어올 때는 이야기가 달라진다. 시간은 먼지처럼 작고 가벼운 형태이기 때문이다. 제 몸에서 주사기로 추출될 시간의 먼지는 주사기 안을 정처 없이 떠돌다가 결국 뒤쪽의 틈을 찾아내서 서서히 바깥으로 흘러나가 버릴 것이다. 그럼 더 많은 양의 시간을 빼낼 수 있었다. 그러나 이건 목숨을 두고 도박을 하는 것과 다름없었다. 빠져나가는 시간의 양을 제어할 수 없기 때문이었다. 그걸 잘 알고 있었지만 시간을 뽑아낼 대형 특수 용기를 만들 시간도 장비도 없었기에 이 방법밖에는 떠오르지 않았다.

시연은 지하실 쪽으로 눈을 돌렸다. 만약 선우가 도와주기로 맘을 바꾼다면 그러면 위험 요소가 훨씬 줄어들 수 있었다. 어쩌면 다시 한 번 설득해볼 수 있지 않을까. 하지만 이내 시연은 무겁게 고개를 저었다. 선우는 절대 그럴 수 없었다. 자신의 확고한 결심만큼이나 선우의 사랑 방식 또한 견고해서 결코 바뀔 수 없으리라는 것을 알기에 시연은 지하실 쪽에서 눈을 거두었다.

시연은 살고 싶었다. 그러려면 슈퍼 아이가 약속된 시간에 오두막으로 올라와 테이블 위에 있는 열쇠로 지하실 문을 열고, 아이에게서 건네받은 편지를 읽은 선우가 제시간에 시연을 발견해서 필중에게로 데려가고, 필중은 시연을 보고 곧바로 연구에 들어가서 결과물을 만들어야 했다. 그렇게 되지 않는다면 지금 자신이 하는 행동은 무의미한 자살행위일 뿐이었다. 자신의 상태가 쏘반의 친구들과 똑같은 케이스는 아니겠지만 딸의 상태가 계기가 되어 지금이라도 아버지가 시간을 빼낸 사람들을 위해 연구에 힘써 주길 바라는 것이었다. 시연은 지금 아버지에게 오랫동안 하지 못했던 질문을 던지려고 하고 있었다. 아버지에게 난 어떤 존재냐고.

그때 지하 쪽에서 선우가 머리를 문과 벽에 쿵쿵 찧으며 나오려고 울부짖는 소리가 들렸다. 시연을 막기 위해서 온몸으로 내는 소리였다. 시연은 가슴을 부여잡았다. 약해지지 않기 위해 영양제 주사기를 꺼내들었다. 한쪽 팔에 먼저 영양제 주사기를 연결했다. 팩에서 똑똑 몸속으로 포도당이 흘러들어왔다. 수액의 주입 속도가 빨라져 수액이 과도하게 체내로 들어가면

혈관 속의 순환 혈장량이 많아져 심장에 부담이 가서 급성 심부전이나 호흡곤란이 일어날 수 있다. 잠든 동안 어떤 일이든 벌어질 수 있지만 지금은 이 수액이 명운을 늘려주기를 기대할 수밖에 없었다. 얼마나 버텨줄 수 있을지 알 수 없었으나 영양제를 연결하는 건 꼭 살아야 한다는 강한 의지였다.

"제발, 제가 하는 일이 헛되지 않게 해주세요."

시연은 기도하듯 두 손을 모은 채 오두막 바닥에 등을 대고 누웠다. 불현듯 눈앞에 킬링타임모텔 601호가 떠올랐다. 그곳은 사람들의 시간을 빼던 장소이면서 또한 제 몸에 다른 사람의 시간을 주입하던 곳이기도 했다. 늘 웃는 얼굴처럼 동그란 침대, 태양을 가까이 끌어온 것처럼 붉은 등, 네모난 방을 뜨거운 기운으로 감싸던 붉은 벽지가 아슴아슴 눈앞에 펼쳐졌다. 눈이 흐릿해지면서 오두막이 점점 601호로 보였다. 심심한 베이지색 벽지 위로 거친 붓질이 슥슥 지나는 자리마다 와인처럼 붉게 물들고, 토성의 고리처럼 동그랗게 둘러져 있던 천장의 형광등 안에 석류 알알이 속이 꽉 찬 붉은 등이 아래를 내려다보고, 주술을 걸듯 바닥에 불꽃으로 크게 그려진 원 아래에서부터 마법처럼 동그란 침대가 스윽 올라왔다. 그 위로 함박눈처럼 어둠이 내려왔다. 달은 구름에 가려져 있었다.

결심을 굳힌 시연은 수면 마취 없이 시간 주사기를 다른 쪽 팔에 꽂았다. 망설임 없이 피스톤을 꾹 눌렀다. 몸속에 들어간 약물이 생체 시계 세포를 찾아내려고 활발하게 움직이는 게 느껴졌다. 생각보다 참을 만했다. 쥐와 사람은 다르다고 안도하면서 눈을 밑으로 내려 확인하는 순간 시간 주사기 바늘을 꽂은 팔 쪽으로 엄청난 것이 몰려오는 게 보였다. 온몸을 돌고 돌아 잡아낸 시간을 주사기 속으로 옮기기 위해 몰려드는 것이었다. 그때였다. 바늘이 빼곡히 꽂힌 수천 개의 공에 맞는 것 같은 통증이 밀려왔다. 시간을 받아들일 때와는 비교도 되지 않을 만큼 끔찍했다. 시연은 이를 악물었다.

소리를 내면 안 된다. 소리를 내고 싶지 않다. 견딜 수 있다. 참을 수 있다.

하지만 참을 수 없었다. 시연은 핏발 선 눈으로 자신의 팔을 내려다보았다. 주사기 뒷부분의 미세한 틈 사이로 시간이 빠져나가는 게 보였다. 선홍색이었다. 마치 피가 빠져나가는 것처럼 붉은 시간 가루가 갈 곳을 잃은 먼지처럼 오두막을 떠다니고 있었다. 시연은 고통스러운 비명을 질렀다.

쏘반은 스스로가 요요처럼 느껴졌다.

아무리 재주를 부리고 아무리 멀리 나아가도 결국 다시 손아귀에 돌아올 수밖에 없는 요요처럼, 천년만년이 지나도 결코 벗어날 수 없는 것처럼, 쏘반은 취한 중에도 갈지자걸음으로 킬링타임모텔로 향하고 있었다. 근래에 쏘반은 매일 술이었다. 술을 아무리 마셔도 목구멍 언저리에 넣어둔 약솜이 모든 맛을 빨아들이는 것처럼 쓴맛도 단맛도 느껴지지 않았다. 쏘반은 휘청거리며 걷다가 돌멩이에 꽈당 넘어지고 말았다.

아스팔트 바닥에 대자로 누워 하늘을 올려다보니 머리 위로 킬링타임 간판이 보였다. 지난 사건 이후로도 뭔가 끝났다는 느낌이 들지 않았다. 그래서일까. 쏘반은 아직도 이곳을 떠나지 못하고 있었다.

그때 누군가 모텔 안쪽에서부터 걸어 나오는 기척이 느껴졌다. 설마 선우? 시연? 쏘반은 주먹을 쥐고 일어났다. 그런데 모텔에서 나오는 사람은 만석이었다. 쏘반을 보고 놀란 듯 멈춰 선 만석의 손에 봉지가 들려 있었다. 흰 봉지 바깥으로 어렴풋

이 음식물 찌꺼기가 비쳤다. 만석은 필중의 끼니를 챙겨주고 나오는 길이었던 것이다.

"지금 내가 생각하는 거 아니죠?"

쏘반의 물음에 만석은 시선을 멀리 던지며 말했다.

"나도 내가 왜 이러는지 모르겠다."

그날 이후로 쏘반과 만석은 출근 도장 찍듯이 모텔을 드나들었다. 쏘반은 만석을 말리러, 만석은 쏘반 얼굴도 볼 겸 해서 오는 거라고 했지만 어디까지나 둘 다 핑계였다. 일주일이 지난 후 그들은 인정하기로 했다. 자신들이 자꾸 모텔로 오는 건 시연과 선우를 잡기 위해서라고. 그렇게 정의 내리자 한결 마음이 편해졌다. 그게 진실인지는 그들을 잡게 되면 분명해질 일이었다.

그러던 어느 날 선우가 시연을 안아들고 모텔 앞에 나타났다. 1층 화장실에서 용무를 보고 나오던 만석이 거기 서라며 붙잡았지만 선우는 살벌하게 만석을 쏘아보며 손을 뿌리쳤다. 적반하장도 유분수라며 만석이 한바탕 따지려는데, 쏘반이 말렸다. 선우에게 안겨 있는 시연이 어딘가 달라 보였던 것이다. 시연은 겁에 질린 눈으로 쏘반과 만석을 보고 있었다. 만석이 어떻게 된 거냐고 물어보려 했지만 몸을 돌린 선우는 시연을 안은 채 계단으로 6층까지 단숨에 올라갔다. 쏘반과 만석은 벙찐 얼굴로 서로를 보다가 곧 그들을 뒤따라갔다.

　선우는 602호 붙박이장 문을 열고 연구실로 들어갔다. 필중은 면벽한 채 앉아 있었다. 상해서 천천히 무너져 내리는 커다란 과일처럼 보였다. 필중에게서 등을 돌린 선우는 일단 시연을 침대에 내려놓았다. 그리고 품안에서 시간 주사기를 꺼냈다. 주사기 안에 담긴 시간의 색은 황토 빛이었다. 선우는 대길의 시간을 곧장 필중에게 넣었다. 뒤이어 필중이 경련을 일으켰다. 시간을 받는 사람의 처절한 고통을 처음 목격한 쏘반과 만석은 충격에 휩싸였다.

　힘든 시간이 한차례 지나간 후에야 필중이 제정신으로 돌아왔다. 이번 고통은 이전과는 비할 수 없을 정도로 최악이었다. 지옥을 세 바퀴는 돈 듯한 기분이었다. 이 문제를 기필코 고쳐야겠다고 마음먹은 필중에게 선우가 짓씹어뱉듯이 당신 딸을 다시 되돌려놓으라고 말했다. 이에 필중은 불쾌한 눈으로 선우를 쳐다보았다. 한낱 조수였던 놈이 왜 갑자기 무례하게 구는지 알 수 없었다. 하지만 선우의 얼굴만 본다고 답이 나올 리 없었다. 필중은 시연에게로 시선을 돌렸다. 그런데 뭔가 이상했다. 자신의 딸이 아닌 것처럼 보였다. 시연은 중요한 연결고리가 빠진 것처럼 변해 있었다. 필중이 시연의 이름을 부르며 다가가자 시연은 선우 뒤로 몸을 숨겼다. 필중은 어떻게 된 거냐며 선우를 보았다. 선우는 시연이 필중에게 남긴 편지를 건넸다. 편지에는 손바닥의 실금처럼 심하게 구겨진 흔적이 있었다. 편지를 읽고 난 후 필중은 떨리는 눈으로 시연을 바라보았다.

"시간이 가고 있어요."

선우는 빨리 연구를 시작하라고 재촉하며 책상 위의 시계를 가리켰다. 타이머는 144에 맞추어져 있었다. 필중도 상황의 심각성을 깨달은 듯 허둥지둥 노트를 펴고 먼지가 쌓인 기구를 마른 수건으로 닦으며 연구를 서둘렀다.

한편 뒤쪽에 서 있던 만석은 그제야 선우가 방금 필중에게 넣은 것이 대길에게서 빼낸 마지막 엿새의 시간이라는 것을 깨달았다. 하지만 이미 그 시간은 필중의 몸속으로 들어가버린 후였다. 갑작스럽게 돌아가는 상황에 만석이 우왕좌왕하는 사이 선우는 필중이 연구에 집중할 수 있도록 시연을 안고 602호 쪽으로 나왔다. 상황을 살피던 쏘반은 일단 저들이 못 가게 막아야 되지 않겠냐면서 만석을 데리고 602호 쪽으로 뒤따라 나왔다.

하지만 선우는 딴 데로 갈 생각이 없는 듯 시연과 바닥에 자리를 잡고 앉았다. 모든 가구가 빠진 602호는 앉을 만한 곳도 마땅치 않았던 것이다. 선우는 만석과 쏘반은 무시한 채 필중의 연구와 시연의 안위에만 신경 썼다. 반면 만석과 쏘반은 그동안 목을 빼고 기다리던 순간이 왔건만 시연 때문에 어찌해야 할 바를 몰랐다. 시연은 대체 어떻게 된 것일까. 설마 연기일까.

그렇다면 선우의 행동은? 우리에게 연기를 보여줄 필요가 뭐가 있지.

복잡다단한 심경에 어두운 얼굴로 침묵하는 세 남자와 달리 시연은 즐거운 눈으로 602호 안을 돌아다녔다. 시연은 신기한 걸 발견한 듯 쏘반에게 다가가 피부를 만져보려고 했다. 쏘반의 피부색이 자신과도 달랐고 가무잡잡한 편인 선우와도 달랐던 것이다. 쏘반은 진짜 이러지 말라는 표정으로 시연의 손가락을 제 얼굴 위에서 치웠지만 시연은 파리처럼 끈질기게 들러붙었다. 만석은 그런 시연의 이상행동이 믿기지 않아 말도 안 나왔다. 쏘반도 미치고 팔짝 뛸 노릇이었다.

"어쩌다가……."

쏘반의 물음에 선우는 시연을 보며 고통스럽게 말했다.

"바보 같은 짓을 해버렸어."

선우는 오두막에서 시연이 비명을 지르던 순간을 떠올렸다. 두개골의 안쪽을 못으로 긁는 것만 같았다. 그러다가 소리가 뚝 끊겨버렸다. 그때부터 선우는 두 가지 마음과 싸워야 했다. 죽은 걸까. 시연이 죽었다면 자신도 살아야 할 이유가 없었다. 하지만 만약 죽지 않았다면, 고통 때문에 혼절한 것일 수도 있었다. 그럼 지금 이 순간에도 시연의 몸속에서 시간이 빠져나가고 있을 텐데……. 선우는 마음을 다잡고 지하실 문을 열기 위해 사력을 다했다. 하지만 밖에서부터 굳게 잠긴 문은 열리지 않았다. 끝날 것 같지 않은 사투의 시간이 이어졌다. 얼마나 시간이 흐른 걸까. 드디어 문이 열렸다. 시연의 부탁으로 온 슈퍼아이가 오두막 테이블 위에 있던 열쇠로 지하실 문을 열어준 것이었다. 그러나 아이는 시연과 약속한 날짜보다 훨씬 늦게 올라오고 말았다. 어찌해야 할지 아이가 고민하는 사이 시연이 시간을 뺀 지 보름이 지나 있었다. 선우는 아이를 제치고 서둘러 오두막 위로 올라갔다. 선우가 오두막 문을 열었을 때 시연은 아직 숨이 붙어 있었다. 영양제 덕분에 겨우 목숨을 부지할 수 있었던 것이다. 살아 있는 것만으로도 기적이었다. 그 즉시 선우는 시연을 안고 근처 병원으로 향했다. 하지만 며칠 후 깨어난 시연은 달라져 있었다. 의사는 시연의 영양실조를 지적하며 아사 직전에 이르면서 뇌에 영양 공급이 끊겨 뭔가 어긋난 것 같다고 했지만 선우는 그 말을 믿지 않았다. 이건 모두 빌어먹을 시간 주사 때문이었다.

"시연이 죄책감 느낄 필요도 없는 거였는데…… 당신 친구들 말이야. 어쩌다 그렇게 됐을 것 같아? 누구 탓도 아니지. 다자신의 죗값을 받는 것뿐인데."

선우는 쏘반에게 저주를 걸듯 짓씹었다.

"그게 무슨 소리예요?"

쏘반의 물음에 선우는 비틀린 시선으로 물었다.

"정말 듣고 싶은 거야?"

선우는 쏘반에게 이제부터 자신이 들려줄 이야기를 감당할 수 있겠냐고 묻고 있었다. 쏘반은 감당할지 말지 결정하는 건 내 몫이라면서 어서 이야기해 달라고 했다. 선우는 만석과 쏘반을 번갈아 보았다. 곧이어 이렇게 파국으로 치닫게 된 것에 대한 책임을 떠넘기듯이 선우가 입을 열었다.

　일 년 전쯤이었다. 만석의 신고로 인해 모텔이 영업정지를 당하자 필중은 패닉에 빠졌다. 미국 체류 중인 시연에게 보내는 생활비에 임상 실험 대상자들에게 주는 사례비까지 대느라 통장이 비어버린 지는 오래였다. 근근이 모텔 수입으로 연구비용을 겨우 이어가던 차에 모텔이 영업정지까지 당하자 앞으로 어떻게 해야 할지 막막했던 것이다. 결국 궁지에 몰린 필중은 아직 완전하지 않은 시간 주사기를 세상에 내놓기로 결정했다.

　필중은 미국으로 샘플을 보내기 위해 선우를 불렀다. 시간 거래를 원하는 사람들이 있으니 그들에게 시간 주사기를 주고 오라는 것이었다. 그래서 선우는 미국으로 날아갔다. 하지만 세상을 바꿀 만한 획기적인 프로젝트에 물심양면으로 지원을 한다는 그 단체는 선우에게 시간 주사기 샘플을 놓고 가라고 사무적으로 말할 뿐이었다. 검토해봐야 하는 다른 과학자들의 연구가 밀려 있어서 언제 연락 줄지 모르겠지만 일단 기다리고 있으라는 말과 함께 선우에게 연락처를 달라고 했다. 이쪽에서는 아쉬울 것 없다는 고압적인 태도였다. 이에 선우는 연락은 추

후에 우리 쪽에서 먼저 하겠다면서 샘플만 놓고 돌아서서 나왔다. 거래를 유리하게 하기 위해 이쪽의 정보를 최소한으로 알려주라던 필중의 충고가 떠올랐기 때문이다.

임무를 마친 후 선우는 시연을 찾아갔다. 하지만 차마 시연에게 다가갈 순 없었다. 선우는 당장 시연에게 달려가 한국에서 어떤 일이 벌어졌는지 그리고 자신이 왜 미국에 와야 했는지 다 말하고 싶었다. 하지만 내 마음 편하자고 시연을 괴롭게할 순 없었다. 함께 나락으로 끌어들이고 싶지 않았다. 모든 게다 잘되면 그때 시연에게 다시 오자. 선우는 그렇게 마음을 다잡고 한국으로 돌아왔다.

그런데 모텔에 도착해보니 모든 게 엉망이었다. 601호에 있던 쏘반의 친구들은 과도하게 시간을 빼서 정신을 잃은 상태였고 필중은 온몸에 피멍이 가득했다. 선우는 그 몸으로 시간 연구를 계속 하고 있는 필중을 다그쳤다. 무슨 일이 일어난 거냐고. 아니 그건 제쳐두고 우선 병원부터 가자고. 하지만 필중은 선우에게 눈길 한 번 주지 않고 시간 주사기만 들여다봤다. 일단 선우는 쏘반의 친구들을 동남아시아 노동자 쉼터 부근에 몰래 두고 모텔로 돌아왔다.

"근데 그게 왜 쏘반의 친구들 탓이라는 거야?"

만석이 물었다. 하지만 쏘반은 선우의 말이 뜻하는 바를 이해했다. 이제야 쉼터 근처 뒷골목에서 뼈으와 몽수를 발견했을 때 손뼈가 골절상을 입은 채로 버려져 있었던 이유를 알 수 있었다. 누군가를 죽일 만큼 때릴 때 그들 역시 상처를 입은 것이었다. 유리창의 균열처럼 소름이 온몸으로 뻗어 나갔다.

선우가 낮은 목소리로 말을 이었다. 쏘반의 친구들은 필중이 전과 달리 시간을 빼는 대가로 턱없이 적은 돈을 주려 하자, 속일 생각 말고 돈을 내놓으라며 필중을 죽기 직전까지 폭행했던 것이다. 그래서 만신창이가 된 필중은 목돈을 주겠다면서 회유해 뻐으와 몽수의 시간을 빼버렸다. 시간을 뺀 후에는 어느 정도 사이를 두어야 하는데 시간을 뺀 지 한 시간도 지나지 않아 다시 시간을 빼자고 한 것이었다. 그때 이미 필중은 시간에, 뻐으와 몽수는 돈에 눈이 뒤집혀 있었다.

필중은 뻐으와 몽수가 잠든 동안 그들의 시간을 하루가 아니라 일주일에 맞추었다. 사전 동의는 없었지만 필중은 그들에게 목돈을 주려면 자신도 그 정도 시간을 확보해야 한다고 생각했던 것이다. 그리고 뻐으와 몽수의 일주일을 확보하자마자 다시 연구에 들어갔다. 이미 필중의 눈에는 정신을 잃은 뻐으와 몽수는 보이지 않았다. 필중은 이제 한시라도 빨리 시간 연구에 성공해야 한다는 생각뿐이었다. 그때 선우가 미국에서 돌아온 것이었다.

선우는 쏘반의 친구들을 캄보디아인의 쉼터 앞에 내려놓고 다시 필중에게로 갔다. 그리고 아무 대답 없는 필중을 향해 결국 큰소리를 냈다. 이제 제발 그만하자고. 하지만 어떤 소리에도 필중은 반응하지 않았다. 결국 폭발한 선우는 필중을 흔들었다. 그의 몸을 흔들어 그의 정신을 깨우고 싶었다. 그 순간, 필중이 쓰러졌다. 뼈으와 몽수가 가한 폭행의 충격 때문인지, 선우의 과격한 말과 행동 때문이지, 필중 자신의 광기 때문인지…… 맥없이 쓰러지는 필중을 보니 선우 역시 머릿속이 어질어질해졌다. 하지만 선우는 이내 정신을 차렸다. 차라리 잘됐다고 생각했다. 이제 시연을 불러와서 모든 걸 정리하고 평범하게 살 수 있겠다고…… 선우는 전화를 들어 시연에게 연락했다. 그런데 돌아온 시연은, 필중의 연구가 지긋지긋해 떠났던 시연은 필중이 되어 돌아왔다. 필중이 되어 필중의 연구를 계속하는 시연을 말릴 수 없었다. 말릴 수 없어도 말렸어야 했는데. 아니, 차라리 처음부터 필중을 말리지도 않았다면 시연까지 이렇게 되진 않았을 텐데.

선우는 시연이 필중에게 처음 대길의 시간을 넣은 날을 떠올렸다. 그날에야 필중의 입으로 확인한 진실. 그 진실이 선우의 기억과 함께 밝혀지는 사이 하루가 흘렀다. 아무도 모텔 밖으로 나가지 않았다.

둘째 날. 하루가 지나자 시연은 좀이 쑤셔서 못 견디겠다는 듯 아이처럼 풍선 풍선 하면서 선우에게 매달리며 몽니를 부렸다. 선우는 필중을 두고 나갈 수가 없어서 조금만 참으라고 달래봤지만 시연은 미운 네 살처럼 선우의 옷을 잡아당기며 계속 떼를 썼다. 그때 도저히 못 참겠다는 듯 벌떡 일어난 만석이 밖으로 나가버렸다. 만석의 돌발 행동에 쏘반은 당황했다. 이렇게 되면 쪽수가 3 대 1로 밀렸다. 만석에게 다시 돌아오라고 말하면 자신이 더 초라해 보일까 봐 상대편 세 명쯤은 아무것도 아닌 듯한 다부진 얼굴로 쏘반은 두 주먹을 쥐고 앉았다.

잠시 후 다시 돌아온 만석의 손에는 먹을거리가 한가득 들려 있었다. 만석은 주머니에서 풍선 묶음을 꺼내 시연에게 주었다. 시연은 과자를 씹으며 중간 중간 풍선을 불었다. 그제야 시연의 칭얼거리는 소리가 멈추었다. 시간은 부지런히 흘러갔다.

셋째 날, 여전히 필중이 연구실에 틀어박혀 있는 동안 쏘반은 선우에게 만석과 정애의 시간에 대해 물었다. 만석도 귀를 세우고 그들의 대화에 집중했다.

"팔았어요?"

쏘반은 단도직입적으로 물었다.

"팔려고 했었지."

선우가 대답했다. 만석과 정애의 시간 주사기는 정신없이 시연을 데리고 나오던 중에 그만 깨져버렸다고 고백했다. 만석은 허탈한 표정으로 자조했다.

넷째 날, 온종일 연구실 안쪽에서 선우와 필중이 다투는 소리가 들렸다. 선우는 자신의 시간을 빼서 시연에게 넣어보자고 주장했고 필중은 그렇게 했다가는 자칫 생체 시계의 혼란으로 불안정한 상태인 시연에게 어떤 일이 벌어질지 모른다며 극구 반대했다.

"확실한 게 아니라면 실험할 수 없네. 우리 시연인 하나뿐이야."

쏘반은 생각했다. 이 세상에 단 하나뿐이지 않은 사람은 없었다. 쏘반은 시연을 보았다. 시연은 풍선에 공기를 불어넣었다가 다시 그 안에 있는 공기를 들이마셨다. 커졌다 작아졌다 하는 풍선을 보며 아이처럼 즐거워하고 있었다.

다섯째 날, 드디어 필중이 생체 시계 대체제가 담겨져 있는 주사기를 들고 연구실에서 나왔다. 유리 주사기 안에 담겨 있는 물처럼 투명한 약물은 모든 사물과 빛을 통과시키며 찰랑이고 있었다. 선우가 고개를 끄덕였다. 곧이어 주사기를 두려워하는 시연을 선우가 꼭 잡는 동안 필중이 시연의 팔에 주사를 놓았다. 그러나 시간이 지나도록 시연의 몸에서는 아무 반응도 없었다. 고통이 없다는 걸 다행으로 여겨야 하나 싶은 순간 시연의 바지가 젖어갔다. 오줌을 싼 것이다. 시연은 감각이 없는 듯 자신이 오줌을 싼 것도 몰랐다. 부작용으로 몸이 더 악화되고 말았다.

팔에서 주사기를 뺀 선우는 묵묵히 시연을 데리고 화장실로 들어갔다. 샤워기에서 물이 흐르는 소리 사이로 괴롭게 토해내는 선우의 숨소리가 들려왔다. 터지려는 울음을 참는 것 같았다. 쏘반은 복도 쪽으로 고개를 돌렸다.

여섯째 날이 끝나기 몇 시간 전, 연구실에서 괴로운 신음이 들려왔다. 곧이어 필중이 602호로 나왔다. 그런데 필중의 손에는 아무것도 들려 있지 않았다. 필중은 눈을 내리깔고 방을 둘러보았다. 시연이 불어놓은 알록달록한 풍선들이 바닥 여기저기 열매처럼 열려 있었다. 필중은 자신은 시연을 되돌려놓을 능력이 없다고 꺼져가는 목소리로 고백했다.

선우는 자신의 어깨에 매달려 있는 시연을 돌아보았다. 필중이 할 수 없다는 말을 들은 건 처음이었다. 이제껏 필중은 자신의 불가능을 단 한 번도 인정한 적 없는 사람이었다. 그렇다면 정말로 이젠 방법이 없는 건가.

"내가 그때 미국에 있는 시연에게 연락하지만 않았어도 시연이 한국에 돌아와 당신을 되돌리겠다고 애쓰지 않았을 거고, 거기서 멈출 수 있었는데……"

선우는 힘없이 일어나 시연을 안아들었다. 시연은 새끼원숭이처럼 선우의 목을 팔로 껴안고 어깨에 머리를 기댔다. 선우는 한일자로 입을 다문 채 복도 끝으로 걸어갔다. 꽁꽁 휘감는 절망을 뒤로하고 그렇게 선우와 시연은 모텔 밖으로 멀어져갔다.

그들이 떠나는 모습을 보면서도 필중은 차마 막지 못했다. 망연자실한 얼굴로 바닥에 주저앉아 널려 있는 풍선들을 그러모았다. 시연의 숨이 들어간 풍선들을 알처럼 품에 안고 눈을 감았다. 내 새끼가 다시 태어나게 할 수 없음에 온몸을 떨었다. 감은 눈 밑으로 소리 없이 눈물이 흘렀다. 깨진 창으로 들어오는 바람이 필중의 눈물을 바닥에 흩뿌렸다.

길게 이어지는 정적 속에서 쏘반은 타이머를 확인했다. 3이란 숫자가 차갑게 빛났다. 이제 남은 시간은 세 시간이 전부였다. 필중도 자신이 처한 상황을 깨달았는지 다시 시간이 없는 상태로 돌아갈 수 없다며 만석의 팔을 잡고 애원했다. 만석의 눈에 갈등이 일렁였다. 필중과 나이대가 비슷한 노인을 데려와 시간을 빼고 그 시간을 다시 필중에게 넣어서 계속 연구를 하게 해야 하지 않을까. 만석의 심장이 거세게 뛰었다. 물끄러미 그들의 모습을 보던 쏘반이 필중을 602호에 둔 채 만석을 데리고 601호로 향했다.

만석은 필중에게서 멀어지자 요동치던 심장이 좀 안정을 찾은 듯 숨소리가 잦아들었다. 자신이 서 있는 601호를 둘러보았다. 이 방에 온 지 오랜만이었다. 씁쓸한 기억을 지우려는 듯 마른손으로 얼굴을 문질렀다. 손을 내리고 주위를 보는데 정면으로 화장실 문이 보였다. 이 방에서 유일하게 들어가보지 못한 구역이었다. 터벅터벅 화장실로 걸어가 문을 열었다. 화장실은 숨 막힐 만큼 좁디좁았다. 달랑 세면대만 있을 뿐 좌변기도 없었다. 시연은 숨쉬기도 힘들 만큼 좁은 이 화장실 안에서 오래도록 손을 씻으며 무슨 생각을 했을까. 만석은 화장실 문을 다시 닫았다.

"어쩌면 시간이 채워지길 기다리면 좋아질 수도 있지 않을까. 기력이 돌아올 때까지 기다리면 될지도 몰라. 굳은 믿음으로 기다리면 어쩌면……."

만석은 문득 떠오른 생각을 갈무리하지 않은 채 입 밖에 냈다. 어떻게든 좋아질 수 있다는 희망을 찾아내려 애쓰고 있었다. 그게 없으면 살아갈 이유가 없다는 듯이. 이에 쏘반은 한 박자 쯤을 들인 뒤 신중하게 말했다.

"평생이 가도 채워지지 않을 수도 있죠."

하지만 아직 희망을 끈을 놓지 못한 만석은 방 안을 맴돌며 계속 생각을 굴렸다. 쏘반은 그런 만석을 말없이 바라보았다. 한때 자신은 만석을 멍청하고 충동적이라며 비난했었다. 하지만 지금 제 눈앞에 있는 만석은 그 어느 때보다 진지했다. 자신의 가족이 걸린 일이기에 저리도 애쓰는 것이었다. 반면 난 친구들을 위해 얼마나 적극적이었을까. 모텔에 위장 취업한 이후에도 뭐 하나 이룬 일 없이 시간을 흘려보냈다. 어쩌면 허세를 부리고 있었는지도 모르겠다. 이제부터 친구들이 내 가족이라고 잘난 척하면서, 실제로 피를 나눈 내 가족은 지독하게 원망하며 등 돌리고 살면서, 나 자신이 정당한 척 그리고 꽤 괜찮은 척. 쏘반은 스스로를 비웃고 싶었다. 하지만 웃음도 울음도 어떤 감정도 표출할 수가 없었다.

한편 생각에 사로잡힌 만석은 계속 말을 이었다.

"저 사람에게 다시 시간을 넣으면 마누라도 영일이도 그리고 너와 네 친구들까지 모두 다시 정상으로 되돌아올 수 있어."

만석의 이론은 다시 필중에게 다른 사람의 시간을 넣는 방법으로 돌아와 있었다. 물론 그것은 필중의 연구가 성공한다는 전제 아래에서였다. 하지만 필중의 입으로도 인정하지 않았던가. 육 일이란 시간이 주어졌는데도 필중은 자신의 딸조차 되돌릴 방법을 알아내지 못했다. 지금 필중은 자신에게 시간이 더 주어진다면 기필코 성공할 거라고 애원하고 있지만……

만석이 놀이터의 뺑뺑이를 돌리는 것처럼 끊임없이 질문의 고리를 돌리는 동안 쏘반은 복도로 나와서 다시 602호로 향했다. 고개를 떨어뜨린 채 풍선을 내려다보고 있던 필중에게 쏘반이 물었다. 맨 처음에 왜 우리를 타깃으로 한 거냐고. 필중이 천천히 고개를 올려 쏘반을 보았다. 방금 자신에게 던진 쏘반의 질문 속에 바닥에 놓인 바나나 껍질처럼 함정이 도사리고 있다고 느꼈기 때문이다.

"지금 상황에 그런 게 중요한가."

필중은 쓰게 말한 후 타이머로 눈을 돌렸다. 이제 남은 시간은 한 시간도 채 되지 않았다. 필중은 자신에겐 지금 시간이 없다며 앓는 소리를 했지만 쏘반은 고개를 끄덕인 후 혼잣말처럼 말했다.

"당신은 진실을 말할 수도 있고 거짓을 말할 수도 있겠죠."

그리고 아무 말 하지 않을 수도 있었다. 세 가지 선택권 모두 필중에게 있었다. 하지만 마음이 조급한 필중에게 선택권 따위는 보이지 않았다. 진실을 말해주면 그 보답으로 다시금 시간을 넣을 기회를 혹시 주지 않을까. 기대가 꿈틀거렸다.

"시간을 받고 처음 깨어난 날에 내게 딸이 물었었지. 내 최종 목표가 식물인간에게서 시간을 빼서 사용하려는 거냐고. 그때 난 아니라고 정정해주지 않았어."

"그게 진실이라서요?"

"자네가 원하는 대답은 아니겠지."

오랜 침묵 끝에 필중은 거대한 바윗돌을 떨어뜨리듯이 이야기를 시작했다.

"하지만 처음부터 그랬던 건 아니네. 아주 오래전 이 연구를 시작했을 때만 해도 난 사람들이 자신의 시간을 빼서 저장해두었다가 인생에서 중요한 순간에 다시 넣어서 활용할 수 있게 만들 생각이었지. 인생이 언제나 구회 말 투아웃인 건 아니니까."

절체절명의 순간을 위해서 여유 있는 날에 자신의 시간을 미리 빼놓는 것이다. 마치 정자나 난자를 보관시켜 놓는 것처럼. 시간 거래가 상용화되면 중요한 시험을 앞둔 학생이나 회사의 향후 운명을 쥔 프레젠테이션을 앞둔 직장인 등이 자신의 시간을 자유롭게 빼두었다가 요긴한 때에 다시 넣을 수 있을 거라 여겼다. 필중이 꿈꾸는 미래는 본인이 자신의 시간을 제어할 수 있는 완전히 새로운 세상이었다.

그러나 세월이 흐를수록 이렇다 할 성과가 나오질 않자 필중은 절망했다. 누군가에게 의지하고 싶던 절박한 그때, 꿈처럼 자신에게 다가온 아름다운 여자를 만나 결혼을 하게 되었다. 얼마 지나지 않아 딸이 생기자 필중에게도 가장으로서의 책임감이 생겼다. 실현 가능성이 적은 연구를 관두고 다시 제약회사에 들어가 일자리를 구해보려던 찰나 아내가 이혼을 요구해왔다. 감정 표현에 서툰 자신의 탓인 것 같아 아내를 되돌리려고 애써보았지만 변호사들은 아내가 출산 직후 만나기 시작한 젊은 간부의 존재를 필중 앞에 내밀었다.

쓰디쓴 배신 앞에서 필중은 사랑이든 사람이든 더는 믿지 않고 자신의 모든 것을 오로지 시간 연구에 불태우리라고 결심했다. 세상에 믿을 사람 하나 없었다. 의지할 사람은 오로지 자기 자신뿐이었고 시간 연구에 있어서 가장 소중한 사람 역시 자신뿐이었다. 만약 자신이 잘못되면 시간 연구를 이어갈 사람이 아무도 없었다. 시연은 자신을 닮아 머리가 영특했지만 이쪽 분야로는 열정과 사고력이 부족해보였다. 결국 그날 이후 필중은 무엇보다 제 몸을 우선으로 챙기기 시작했다. 몸을 보할 수 있는 영양제도 먹었고 연구 틈틈이 줄넘기도 하며 체력도 키웠다. 그러는 사이 필중의 연구 방향이 일 도 틀어졌다. 하지만 그때 움직인 그 일 도가 먼 훗날 연구의 목표 전체를 흔들게 될 줄은 필중 자신도 몰랐다.

그로부터 오랜 세월이 지난 후 필중은 제 몸에서 시간을 빼냄으로써 반쪽의 성공을 이루어냈다. 완전한 성공을 이루기 위해 사이를 두고 다시 제 몸에 주사하면 되는 일이었다. 하지만 주사하기 직전 필중은 두려워졌다. 타임머신을 타고 과거로 돌아간 주인공이 과거의 자신과 부딪치게 되면 물리학이 뒤틀린다는 영화의 한 장면이 별안간 필중을 사로잡았다. 쥐 실험에서는 아무 일도 없었지만 쥐와 사람은 엄연히 달랐다. 자신은 만물의 영장인 사람이었고 시간 연구에 있어서 세상에 단 하나뿐인 개발자였다. 자신의 시간이 서로 충돌할 수도 있다는 일말의 걱정이 현실화된다면 다신 되돌릴 수 없는 일이었다. 필중은 차마 도박을 할 수 없었다. 그러기엔 자신이 너무도 소중했다.

그래서 필중은 거리로 나가 자신과 연배가 비슷한 한 노숙자를 골랐다. 그는 집중력 장애가 있는 것처럼 이 말 했다가 저 말로 건너뛰는 등 한시도 가만있질 못했다. 실험 대상으로 아주 적합해 보였다. 필중이 그에게 잠자리와 끼니를 약속하자 그는 냉큼 몸을 일으켰다. 필중은 안대로 그의 눈을 가리고 601호로 데리고 왔다.

필중은 곧바로 그에게 자신의 시간을 주입했다. 그는 시간을 주입받은 후 극심한 경련을 일으켰지만 곧이어 집중된 시간에 적응했다. 필중은 간단한 방법으로 시간 주사의 효과를 확인하기 위해 테트리스 게임을 시켜보았다. 그는 온몸을 게임에 풍덩 빠뜨린 것처럼 놀라운 집중력을 보이며 매번 신기록을 갈아치웠다. 성공의 기쁨에 취한 필중은 그에게 가장 잘할 수 있는 걸이 기회에 해보라고 거듭 권했지만 그는 우물쭈물했다. 자신의 능력을 최대한으로 발휘하게 해주는 최고의 시간이 몸속에 흐르는데도 뭘 해야 할지 몰라 속수무책이었다.

필중이 계속 뭘 하고 싶으냐고 화를 내며 다그쳐 묻자 그는 조심스럽게 자신의 바람을 이야기했다. 이 방에서 텔레비전을 보며 맛있는 음식을 먹고 푹신한 침대에서 오랫동안 잠을 자고 싶다고. 선물처럼 주어진 안락한 하루를 조금이라도 더 길게 느끼고 싶었던 것이다. 오랜 세월 정처 없이 거리를 떠돌던 그에게 그것은 작지만 간절한 소망이었다.

하지만 그런 그의 태도에 필중은 화가 나서 견딜 수가 없었다. 시간 혁명을 이따위로 낭비하다니 도저히 묵과할 수 없었다. 필중은 보너스로 약속한 돈도 잊은 채 그의 눈을 가린 후 데리고 나와 도심 한가운데 버려두고 혼자 모텔로 돌아왔다.

그 후 다시 자신에게서 시간을 빼려던 필중은 손을 멈추었다. 세상에는 시간을 빼도 아무렇지 않은 사람과 시간이 더없이 소중한 사람이 있었다. 이번 임상 실험 결과가 그걸 증명하지 않았던가. 필중은 주사기를 내려놓았다.

그때부터 필중은 시간을 뺄 대상자를 본격적으로 물색하기 시작했다. 만만한 게 노숙자들이었다. 일분일초를 아껴가며 평생을 너무도 열심히 살아온 필중의 눈에 노숙자들은 능력이 있으면서도 의지박약을 핑계 삼아 노력조차 하지 않는 사회의 기생충으로 보였던 것이다. 그들이 흘려보내는 귀한 시간을 좀 더 효율적인 곳에 쓸 수 있다면 이 사회도 더 나아질 것이었다.

늦은 밤 필중은 서울역으로 향했다. 서울역은 찬바람을 피하면서 텔레비전까지 볼 수 있어서 노숙자들에게는 안식처와 같은 곳이었다. 히터가 나오는 2층 남자 화장실로 몰린 노숙자들이 오물이 가득한 바닥에 누워 쪽잠을 자고 있었다. 필중은 혐오스러운 시선으로 그들을 보다가 다시 대합실로 나왔다. 노숙자들 중에서 좀 깔끔한 사람을 찾으려고 여기저기 서성이는데 저번에 시간을 넣었던 노숙자가 필중을 알아보고는 마약 실험을 하는 괴팍한 노인이라고 옆 사람에게 수군거렸다. 그러자 노숙자 몇이 나도 약 한 대만 놔달라면서 필중에게 몰려들었다.

기겁한 필중은 손을 내저으며 도망치듯 그 자리를 떴다.

그렇게 정신없이 도망치던 필중은 마주 오던 덩치 큰 사내에게 다급히 도움을 청했는데, 그 사내가 바로 몽수였다. 몽수는 필중의 뒤로 달려오는 한 무리의 사내들을 쳐다보았다. 힘없는 노인을 맹렬히 쫓아오는 노숙자들이 얼핏 영화 속 좀비처럼 보였다. 몽수는 자신의 등 뒤로 필중을 보호한 후 거리에 굴러다니는 쓰레기통을 무기처럼 번쩍 들어 위협해서 노숙자들을 쫓아주었다. 그런데 노숙자들이 사라진 후 몽수는 그에 대한 답례로 약간의 돈을 원했다. 그제야 필중은 야심한 시각에 몽수가 나온 건물을 보았다. 그곳은 외국인 전용 도박장이었다. 그래서 필중은 몽수에게 물었다. 시간 있냐고.

필중은 긴 이야기 후 입을 다물었다. 이제 시간이 얼마 남지 않았던 것이다.

"후회해요?"

처음 목표와 달리 시간을 빼는 사람과 받는 사람으로 나눈 걸 후회하는지 묻는 것이었다. 필중은 고개를 저었다. 그러고는 쏘반을 정면으로 보았다.

"세상은 지금 이 순간도 파멸해가고 있지. 조금 더 빠른 속도로 성과가 나타나지 않으면 파괴의 속도에 따라잡혀서 결국 우리 모두 잡아먹히고 말 거야. 능력이 부족한 다수가 업적을 이룰 수 있는 소수를 집중적으로 지원해주는 것만이 인류의 자멸보다 앞서나갈 수 있는 유일한 방법이지."

　두개골 옆에 양초를 켠 것처럼 필중의 얼굴이 별안간 환해져 있었다. 어떤 말로도 필중을 설득시킬 수 없을 것 같았다. 몸을 일으킨 쏘반은 나가기 위해 뒤를 돌았다. 602호 앞에 만석이 서 있었다. 만석은 너무 많은 생각과 가능성 때문에 머리가 몸보다 무거운 가분수가 되어 한 발짝도 움직이지 못하고 있었다. 쏘반은 필중을 남겨둔 채 만석에게로 향했다.

　복도 끝 창가로 앞서 걸어간 만석이 뒤따라온 쏘반에게 힘겹게 말을 꺼냈다.

　"그 여자 말이야, 대체 왜 그랬을까."

　쏘반은 굳게 입을 다문 채 602호 쪽을 돌아보았다. 필중은 예전이나 지금이나 자신의 시간 연구가 더 나은 세상을 만들기 위해 꼭 필요한 일이라는 것을 믿어 의심치 않았다. 그러나 필중이 생각하는 것은 육십 억 인구 모두가 시간을 받아서 활용하는 게 아니었다. 인생에서 중요한 찰나의 시간을 위해 수많은 무의미한 시간을 과감히 버릴 수 있다고 생각한 것처럼 세계를 이끌 만한 각 분야의 탁월한 몇몇을 위해서 수많은 둔재들이 자신의 시간을 희생해야 한다고 생각한 것이었다. 필중의 연구는 시간 제공자와 시간 수여자가 엄격히 분리된 이분법적 사고가 전제되어 있었다. 시연은 그런 필중에게 직격탄을 던진 것이었다. 처음으로 아버지에게 소리 낸 것이었다. 시연이 온몸을 던져 냈던 그 소리가 메아리처럼 퍼지면서 점점 사라지고 있었다. 쏘반은 고개를 돌려 다시금 만석을 보았다. 만석의 눈도 아픔으로 일렁이고 있었다. 만석도 자신과 같은 생각을 하고 있는 것이다.

"이 문제에 정답은 없어요. 선택만 있지."

쏘반이 되짚어주었다. 만석도 알고 있었다. 그 선택의 무게가 느껴졌다.

"자신 있어요?"

쏘반의 물음에 만석은 고개를 저었다. 어떻게 될지 모르는 미래 때문에 또 다른 사람의 희생을 만들어내야 하는 악순환의 무게를 감당할 자신이 없었다. 쏘반은 고개를 끄덕인 후 복도를 걸어가 602호 문을 열었다. 복도로 나온 필중이 간절한 눈으로 쏘반을 보다가 만석을 보았다. 만석은 턱 끝이 보이지 않을 정도로 고개를 숙이고 있었다. 밑바닥에 가라앉은 검은 돌처럼 무거운 침묵이었다. 상황을 감지한 필중이 가슴이 무너져 내리는 얼굴로 시연을 애타게 부르며 방을 뛰쳐나갔다.

하지만 6층을 벗어나지 못한 채 필중은 전원을 내려 화면을 끈 것처럼 쓰러지고 말았다. 시간이 다 되어버린 것이었다. 만석은 고개를 반대편 창가 쪽으로 돌렸다. 쏘반은 넋이 빠진 필중을 들쳐 멘 다음 연구실 침대에 다시 눕혔다. 그리고 붙박이장 문을 닫은 후 만석의 팔을 잡고 모텔 밖으로 나왔다.

모텔 앞에서 쏘반은 아무 말 없이 만석과 반대 방향으로 헤어졌다. 늦은 밤 차가운 기운에 눈이 시렸다. 사람 한 명 지나지 않는 거리에 침묵이 흘렀다. 너 참 소름끼친다, 고 말하는 것처럼 침묵이 바닥 깊은 곳을 찍어 눌렀다. 쏘반은 야맹증에 걸린 사람처럼 전에 없이 어둠 속에서 걷는 게 지독히 무서웠다.

첫새벽이 되어서야 쏘반은 옥탑방으로 돌아왔다. 지난 6일간의 일이 현실 같지 않았다. 연극의 암전처럼 다시 불이 밝아졌을 땐 행복한 결말로 바뀌어 있기를 바라는 마음으로 심호흡을 하고 문을 열었다. 그곳에는 뻐으와 몽수가 있었다. 어디 가지도 않고 오늘도 그 자리에 그대로. 몽수는 벽시계를 들여다보고 있었다. 먼지가 내려앉은 시계의 유리면에 몽수의 얼굴이 비쳤다. 고개를 돌려 뻐으를 보았다. 탁상시계를 귀에 바짝 대고 있는 뻐으의 얼굴에는 여전히 표정이 없었다.

시연은 되돌릴 수 없는 상태가 되어버렸고 필중은 다시 암연 같은 시간의 덫에 갇혀버렸다. 선우의 품에 안긴 시연을 떠나보낸 것과 필중의 시간을 다른 사람의 시간으로 이어가지 않고 포기한 것이 무엇을 의미하는지, 이 방에 돌아와서야 쏘반은 그 선택의 무게를 오롯이 느낄 수 있었다.

쏘반은 차마 뻐으와 몽수의 얼굴을 똑바로 쳐다볼 수가 없었다. 고개를 숙인 채 넋이 빠진 친구들을 두 팔로 끌어와 꽉 껴안았다. 두 눈에서 눈물이 흘러내렸다.

한여름이었다.

은하수가 길게 기울어진 깊은 밤 시연은 눈을 번쩍 떴다. 한
숨도 안 잔 눈이었다. 시연은 뒷머리를 쿵쿵 눌러댔다. 팔베개
를 해주고 있는 선우가 쉬이 깰 것 같지 않았다. 잠꾸러기. 시연
은 투정 부리듯 말해보았지만 역시나 선우는 깨지 않았다. 선
우는 진흙처럼 잠들어 있었다. 시연의 볼이 바람을 넣은 듯 빵
빵하게 차올랐다. 흙장난이나 해볼까. 갑작스러운 충동에 시연
은 신발도 신지 않은 채 마당으로 달려 나갔다. 한낮은 쩌죽을
것 같더니 밤이 되자 오소소 소름이 돋을 만큼 찬 공기가 팔을
스쳤다.

시연의 눈에 굳게 닫힌 대문이 보였다. 흙장난 하려던 생각
은 어느새 까맣게 잊어버린 채 이젠 대문 밖으로 나갈까 말까
고민이었다. 나가면 숨바꼭질하는 것처럼 재미있었지만 그러면
저번처럼 선우가 또 불같이 화낼 거란 생각에 시연은 금세 시무
룩한 얼굴이 되었다. 시연은 손바닥으로 턱을 괴고 대문 앞에
쪼그리고 앉았다. 고민하는 건 하나도 재미없었다. 하품이 나

올 만큼 금세 지루해졌다.

따분해진 시연 앞에 점점 자신에게 다가오는 초록색 눈이 느껴졌다. 하나에서 둘 셋으로 늘어났다. 괴물인가? 혹시 도깨비? 시연의 눈에 생기가 돌았다. 시연은 눈썹을 모으고 초록색 눈을 들여다보았다. 주위의 배경이 흐려지고 어둠속에서 딱 그 두 눈만 보였다. 슬금슬금 다가간 시연이 손부터 뻗었다. 파리를 잡아채는 개구리 혀처럼 재빨리 움직여서 손에 쥐었는데, 이런 씨. 개똥벌레였다. 모든 소리가 사라진 듯 고요한 가운데 개똥벌레 아랫배에서 나오는 초록색 불빛이 반짝거렸다. 모기는 날개를 떨어서, 개구리는 소리로, 박쥐는 초음파로 말을 하는 것처럼 개똥벌레는 빛으로 말하고 있었다. 개똥벌레는 손동굴에 갇혀서도 사랑의 깜빡이를 내는 걸 멈추지 않았다. 몸도 마음도 어지간히 급해 보였다. 시연은 그중 제일 큰 한 마리를 잡아 돌려보았다. 몸은 연탄팩을 뒤집어쓴 것처럼 까맸지만 앞가슴은 정열을 품은 카사노바처럼 붉었다. 손가락 한 마디도 채 되지 않을 만큼 작은 몸집의 개똥벌레가 난 거친 놈이야 하고 말하듯이 여섯 개의 다리를 버둥거렸다. 개똥벌레가 도깨비로 보일 만큼 어지간히 심심했던 것이었다. 시연은 개똥벌레를 놓아주었다. 개똥벌레는 바람에 떠다니는 형광 먼지처럼 멀리 사라져갔다.

이제 또 뭐하지?

손가락으로 머리카락을 뱅글뱅글 돌리던 시연은 바닥에 냅다 대자로 누워버렸다. 시연은 그 자세로 하늘을 보았다. 덜 익은 노른자를 젓가락으로 뽁 찌르면 와아아 소리를 지르며 터져나올 것처럼 달이 노랬다. 술래 몰래 얼음을 풀어주려고 살금살금 다가오는 것처럼 입속에 점점 침이 고였다.

"시연아, 시연아!"

이른 새벽 선우가 우당탕 나오는 소리에 장난기가 발동한 시연은 잠든 척하려고 재빨리 눈을 감았다. 하지만 입은 계속 벌리고 있었다. 혹시라도 노란 달에서 한 방울 또옥 떨어뜨려 줄지도 모르니까. 마당에서 시연을 찾은 선우가 낮게 읊조렸다.

"내가 자면 안 되는데……."

선우는 잠을 자는 자신이 원망스러웠다. 늘 깨어 있는 눈으로 시연의 옆을 지키고 싶었지만 고된 일에 지친 몸은 끈질기게 잠을 원했다. 선우는 눈을 감은 채 입을 벌리고 있는 시연을 물끄러미 바라보다가 흠 소리를 삼키며 시연의 몸을 반쯤 일으켜주었다. 그러고는 시연의 머리카락을 귀 뒤로 넘겨주었다.

"많이 길었네. 이제 묶을 수도 있겠다."

슬그머니 눈을 뜬 시연은 어깨에 닿는 머리카락이 간지러운 듯 목을 길게 뺐다. 그래도 자꾸 머리카락이 어깨에 닿으려고 했다. 어깨를 올렸다 내렸다 하며 머리카락이 닿지 못하게 하려 애썼다. 으쓱 체조를 하는 것처럼 쉴 새 없이 몸을 움직이는 중에도 입을 벌리고 있었다. 이미 달은 희미하게 자취를 감추었건만 하늘에서 떨어질 한 방울에 대한 미련을 버리지 못했던 것이다.

"아침밥 먹을까?"

선우의 물음에 시연은 반달 같은 눈으로 고개를 세차게 끄덕였다. 밥 지어서 오겠다며 일어서서 가려던 선우가 시연을 돌아보았다. 저번처럼 나비에 홀려서 무작정 밖으로 뛰어가다가 또 언덕에서 구르기라도 하면 어쩌나 하는 걱정에 불안해진 선우는 시연의 손을 잡고 부엌으로 함께 들어갔다. 한쪽에 쪼그리고 앉은 시연이 소꿉장난용 숟가락과 포크를 들고 얌전히 아침을 기다렸다. 곧이어 선우가 숟가락 위에 올려주는 반숙 계란 후라이와 김치로 밥 한 공기를 뚝딱 해치웠다. 간단한 식사가 끝난 뒤 선우는 방에서 성인용 기저귀를 들고 나왔다. 시연은 얼굴을 찡그리면서 몸을 뒤로 뺐다.

"그거 하면 밑에가 아파."

선우도 알고 있었다. 하지만 이럴 수밖에 없었다.

"저번처럼 실수하면 어떡해. 아파도 조금 참자. 이따 집에 오면 바로 벗겨줄게."

"그냥 거기 안 가면 되잖아."

선우는 말없이 눈을 내리깔고 기저귀를 한쪽으로 치웠다. 시연은 그 표시가 옆집에 안 가도 되는 건 줄 알고 좋아했지만 곧이어 선우는 시연과 함께 집을 나섰다. 오늘은 별 탈 없이 지나길 바라며 옆집으로 향했다. 옆집이라고는 하지만 인적이 드문 곳이라 족히 오 분은 걸어가야 했다.

텃밭에 쌀뜨물을 뿌리고 있던 옆집 할머니는 마당으로 들어서는 시연과 선우를 내다보았다. 시연은 지금이라도 다시 집에 가면 안 되냐며 선우를 보았지만 선우는 그럴 수 없다며 고개를 내저었다.

그때 방 안에서 옆집 손녀가 꼬리에 불붙은 것처럼 마당으로 잽싸게 튀어나왔다. 방학을 맞아 할머니네에 놀러온 여아는 체셔 고양이같이 눈을 가늘게 뜨고 입이 찢어질 것처럼 크게 미소 지으며 선우를 보았다. 선우가 여아의 머리를 쓰다듬어주며 오늘도 시연일 잘 부탁한다고 말했다. 그러자 여아는 발개진 얼굴로 머리부터 빗자면서 시연의 손을 끌고 방으로 들어갔다. 곧이어 선우는 아침 고등어 출하 작업 때문에 서둘러 길을 나섰다.

방에서 여아는 시연의 머리카락을 총총 땋아주었다. 시연이 머리가 당겨 아프다고 얼굴을 찡그리며 뒷머리에 손을 대려 했다. 그러자 여아는 때찌 하고 맴매했다. 또 맞았다는 서러움에 단단히 삐친 시연은 화장실로 달려 들어가 문을 잠가버렸다. 할머니는 하고 많은 곳 중에 왜 맨날 화장실로 숨는 거냐며 얼른 나오라고 문을 두드렸지만 시연은 안쪽에서 문을 꽉 쥔 채 꼼짝 않았다. 할머니는 다 늙어서 이게 웬 고생이냐며 바지춤을 쥐고 바깥으로 나갔다. 밭일 하러 가는 길에 수풀에서 일을 해결할 요량이었다. 오늘도 근처 잡초들은 생각지도 못한 거름에 수지맞았다.

한편 여아는 시연이 그러거나 말거나 텔레비전 만화에만 집중했다. 어른들이 아홉 시 뉴스를 보며 세상을 걱정하듯이 여아는 만화 주인공들이 지구를 잘 지키는지 살펴야 했다. 세계 평화를 위해 노력하는 건 미스코리아만이 아니었다.

몇 시간 후 여아는 챙겨봐야 할 만화가 모두 끝나자 화장실 앞으로 왔다.

"삼 초 안에 나오면 과자 줄게."

여아의 말이 떨어지자마자 시연이 화장실에서 튀어나왔다. 하지만 여아는 삼 초가 지났다면서 얄미운 표정으로 혼자 과자를 먹었다. 요즘따라 여아는 시연을 약 올리는 데에 재미 들려 번번이 시연을 괴롭혔다. 밭일을 하다가 잠깐 물을 마시러 집에 왔던 할머니는 혼자만 먹으면 쓰냐고 여아에게 지청구를 놓았다.

"할머니는 참견 마삼."

시연이 할머니의 관심을 받는 게 못마땅한 듯 입을 삐쭉빼쭉거리던 여아는 별안간 시연의 손을 잡더니 발을 쿵쾅거리며 밖으로 나가버렸다.

집 근처 언덕배기 들판에 자리 잡은 여아는 오늘도 꽃놀이를 했다. 개나리 노란 꽃그늘 아래를 흥얼거리며 여아는 시연의 귀 뒤에 커다란 꽃을 꽂아주었다. 그 모습에 만족스러운 듯 여아가 씨익 웃었다. 덩달아 기분이 좋아진 시연이 예쁜 꽃을 골라 여아의 머리에도 꽂아주었다. 그러자 여아가 찍 화를 냈다.

"내가 너랑 같아!"

시무룩해진 얼굴로 시연은 자신의 귀 뒤에 꽂힌 꽃을 내리려 손을 올렸지만 곧바로 여아가 그러지 못하게 막았다. 늘 이런 식이었다. 제 손으로 아무것도 할 수 없게 막는 여아 때문에 화가 난 시연은 단단히 삐쳤다는 표시로 등을 돌리고 앉았다. 그러고는 너 없어도 나 혼자 잘 놀 수 있다고 시위하듯 주머니에서 지포 라이터를 꺼내 뚜껑을 열었다 닫았다 하며 화풀이하듯 손장난을 쳤다. 그런 시연의 모습을 못마땅한 눈길로 째려보던 여아는 별안간 시연을 향해 저기 유에프오 좀 보라며 크게 소리쳤다. 어디 어디 하며 호들갑스럽게 시연의 시선이 여아가 가리킨 하늘 방향으로 돌아갔다. 시연이 틀린 그림 찾기를 하듯 구름 사이로 유에프오를 찾느라 정신이 팔린 사이 여아는 시연의 손에서 지포 라이터를 빼앗아 제 주머니에 넣었다. 한참 후에야 유에프오 찾기를 포기한 시연은 아쉽다는 듯 입을 다시며 다시 제 손을 보았다. 그런데 지포 라이터가 없었다. 시연은 울상이 된 얼굴로 애타게 지포를 부르며 들판 여기저기를 손으로 헤집으며 찾아다녔다.

한편 여아는 시연 몰래 지포 라이터를 주머니에서 꺼내 살펴보고 있었다. 뭔가 굉장한 거라도 그려진 줄 알았더니 평범하게 생긴 사람의 옆모습뿐이었다. 시연이 하던 것처럼 지포 라이터를 열었다 닫았다 따라 하다가 그만 손의 살이 뚜껑 사이에 집혔다. 으아앙 여아가 우는 소리에 시연이 바람처럼 달려왔다. 여아가 우는 모습에 시연도 곧이어 따라 울었다. 시연은 여아가 왜 우는지 몰랐고 자기가 왜 우는지도 몰랐다. 그저 다른 사람이 하품을 하면 자기도 따라서 하품하는 것처럼 여아의 아픔이 그대로 전해져 울어버린 것이었다.

먼저 울음이 그친 건 여아였다. 여아는 손등으로 눈물을 닦은 뒤 응징하기 위해 지포 라이터를 때찌 하고 때렸다. 그제야 시연의 눈에 여아의 손에 들린 지포 라이터가 보였다. 그건 분명 자기 거였다. 시연이 달라고 손을 뻗자 여아는 심술궂은 눈으로 지포 라이터를 있는 힘껏 멀리 던져버렸다.

"저 꼬물 너 다 가져."

뿌하게 부은 여아의 볼에서 심통이 뚝뚝 떨어졌다. 화가 난 시연은 장풍을 날리듯 손바닥으로 퍽 여아의 이마를 쳐버렸다. 여아는 갑작스러운 공격에 엉덩방아를 찧으며 뒤로 넘어졌다.

그 사이 시연은 지포 라이터가 날아간 쪽으로 다람쥐처럼 날쌔게 달려갔다. 손바닥으로 한참 풀밭을 뒤진 끝에 지포 라이터를 찾아냈다. 햇빛에 반짝 빛나는 지포 라이터를 손에 들고 시연이 환하게 웃었다.

그런데 저쪽에서부터 수상쩍은 시선이 느껴졌다. 이상한 기운에 시연이 휙 고개를 돌려보았더니 한 남자가 시연을 몰래 엿보고 있었다. 두 사람의 커다란 울음소리를 듣고 시연이 있는 쪽으로 왔던 것이다. 얼굴이 검은 남자였다. 뚫어져라 마주 보던 시연은 순간 모텔에서 봤던 남자가 떠올랐다. 그보다 키는 훨씬 작았지만 눈이 부리부리한 거 하며 얼굴색 하며 꽤나 비슷했다. 잠시 후 남자는 갑자기 시연이 손을 뻗으며 자신에게 다가오려고 하자 화들짝 놀라서는 줄행랑쳤다.

한발 늦게 여아가 시연 쪽으로 뛰어왔다. 원래는 자신의 이마를 때린 것에 대한 보복으로 시연을 꼬집어주려고 왔는데, 목도리도마뱀처럼 이상한 자세로 도망가는 낯선 남자의 뒷모습에 눈이 팔려 본래의 목적을 깜빡 잊어버렸다.

"배에서 일하는 아저씨 같은데 여긴 왜 왔지? 설마 너 바람피워? 그 오빠 말고 딴 놈이랑 만나냐고!"

"그 오빠가 누구야?"

"그 잘생긴 오빠 말이야. 에이씨."

여아는 새삼 화가 나는 듯 시연을 흘겼다. 그 잘생긴 오빠가 시연만 예뻐하는 게 요즘따라 더 싫었던 것이다. 벌떡 일어난 여아는 집에나 가자면서 시연의 손을 잡고 종종걸음을 쳤다. 시연은 여아보다 훨씬 커서 등을 구부정하게 한 채 손을 앞으로 내밀어 따라가야 했다. 시연은 아까부터 선우가 몹시 보고 싶었다.

여아와 시연이 들어서는 소리가 조용한 마당을 총총 깨웠다. 방에서 통화 중이던 할머니는 이따 화투 치러 갈 테니 국수 좀 삶아 놓으라고 말하고는 전화를 끊었다. 옆집 총각이 올 시간이 됐다며 방에서 나오던 할머니는 시연의 모습을 보고는 기함했다. 할머니는 황급히 뛰어나와 시연의 귀 뒤에 꽂혀 있는 꽃을 빼서 던져버렸다. 그러고는 손녀의 엉덩이를 야무지게 때렸다.

"할미가 그러면 못 쓴다고 했지!"

"왜, 미친년이라는 표시는 하고 다녀야지."

할머니가 살뚱맞은 여아를 혼찌검 내려는데 어느새 일을 마치고 온 선우가 마당으로 들어섰다. 할머니는 무슨 일이 있었는지 감추려고 신발로 바닥에 떨어진 꽃을 지르밟아 숨겼다. 저번 날 건넛집 장씨가 술에 취해 저게 미친년이어도 얼굴이 반반하니까 저 총각이 품고 사는 거라고 생각 없이 뱉은 소리에 선우가 꼭지가 돌아 장씨를 곤죽이 되도록 패놓은 일이 있었던 것이다. 할머니는 아무 소리 하지 말라고 시연에게 단단히 눈짓한 후에야 시연을 선우에게로 보내주었다.

시연은 몹시 반가운 마음에 마당을 가로질러 번개처럼 달려가서 두 팔로 선우를 꽉 안았다. 그런데 선우에게서 비린내가 진동했다. 오늘따라 더 지독한 것 같았다. 코를 찌르는 냄새에 시연의 얼굴이 가스불 위에 올려놓은 마른 오징어처럼 쪼그라들었다. 그 모습에 선우는 선장 아저씨가 챙겨 주셨다며 생선 봉지를 들어 보였다. 선우가 일하는 곳은 고등어 가두리양식장이라 멀리 배를 타고 나가는 선장이 선우를 챙겨야 할 필요는 하등 없었다. 하지만 선장은 몸집이 다부진 선우를 탐내고 있었다. 인력난이 심각한 어촌에서 자기 배에 일꾼으로 태우고 싶어 대놓고 기름칠하는 중이었다. 어민들은 대부분 고령이거나 의사소통이 불편한 외국인 노동자가 많아서 선우를 눈독 들이는 배가 한둘이 아니었다. 그래서 욕지도에 들를 일이 있을 때마다 이 배 저 배에서 좋은 생선을 챙겨주는 것이었다.

선우는 바다를 보고 싶어 하는 시연 때문에 무작정 남해로 내려왔지만 처음에는 낯선 이곳에서 당최 무슨 일을 해야 할지 몰랐다. 배를 타려고도 해보았지만 오징어잡이든 홍게잡이든 기본으로 이박 삼일 혹은 사박 오일을 꼬박 바다에 나가 있어야 했다. 그동안 정신이 온전치 못한 시연을 맡길 사람도 없는 데다가 걱정이 돼서 시연을 멀리 둘 수도 없었다. 결국 선우는 출퇴근할 수 있는 일을 구하던 중에 욕지도의 고등어 양식장까지 오게 된 것이다.

"우리 시연이 생선 많이 먹고 머리 좋아지라고 챙겨주신 거야."

"시연인 생선 대가리 싫은데."

시연의 투정에 선우는 희미하게 웃으며 시연의 손을 잡았다. 그러고는 다른 손에 든 봉지를 내려다보았다. 어떻게 할까 잠깐 고민하던 선우는 할머니에게 알배기가 가득한 생선 봉지를 내밀었다. 할머니는 뭘 매번 이런 걸 하면서도 넙죽 받아들었다. 선우는 내일도 또 부탁드린다고 인사한 후 시연과 밖으로 나왔다.

손을 꼭 잡고 걷는 선우의 팔에는 상처가 가득했다. 적조가 시작되기 전 그물갈이를 해야 해서 팔이 성할 날이 없었다. 잘못하면 그물 무게에 바다로 휩쓸려 들어갈 수 있기에 한쪽에선 누르고 다른 쪽에선 당기는 사투를 벌이다 보면 그물 바닥에 집을 빼곡히 지은 홍합에 살이 베이는 건 예사였다. 그런데 시연은 오늘따라 선우의 다친 팔에는 관심도 없는 듯 무심한 표정으로 걸어갔다. 그물 작업을 하고 오는 날에는 시연이 빨갛게 생채기가 난 부분 하나하나에 호 해주느라 바빴는데……. 선우는 시연의 무관심에 서운한 마음이 들었다. 등도 뻐근했고 어깨도 아팠다. 햇빛에 얼굴은 화끈거렸고 눈도 따가웠다.

킬링타임모텔을 박차고 나온 지도 어느덧 한 계절이 지나 있었다. 선우가 외진 섬으로 들어온 건 시간 주사기를 손에 넣으려는 이들의 눈을 피하기 위해서였다. 갑자기 선우에게서 연락이 끊기자 시간 주사기의 효능을 본 투자자가 직접 한국으로 건너와서 그들을 추적했던 것이다. 경쟁에서 꼭 앞서고 싶은 욕망에 사로잡혀 다급해진 투자자가 시간을 넣고 빼는 방법을 알아내기 위해 필중과 시연에게 무슨 짓을 저지를지 알 수 없었다. 자칫 필중과 시연을 실험도구로 삼을지도 몰랐다. 이렇게 섬에 숨어서 사는 건 떼어놓고 온 필중과 함께 있는 시연을 동시에 지키는 일이었다.

선우는 애틋한 시선으로 시연을 바라보았다. 여전히 시연은 얼굴을 찡그린 채 제 머리카락만 매만지고 있었다. 이제야 그 의미를 눈치챈 선우가 시연의 머리카락에서 끈을 빼서 풀어주었다. 얼마나 꽉 잡아맸는지 머리카락이 고불고불해져 있었다. 곧이어 바람이 스윽 불어와 시연의 머리카락을 어루만졌다. 금세 기분이 좋아진 시연은 방금 핀 꽃처럼 환해진 얼굴로 선우의 손을 잡고 이끌었다. 또 바다로 가자는 것이었다.

근처 바닷가 모래사장으로 간 시연은 문어처럼 배를 깔고 납작 엎드렸다. 그 자세로 손으로 모래장난을 쳤다. 두꺼비집처럼 모래를 수북이 쌓아 놓고 맨 위에 깃발처럼 지포 라이터를 꽂았다. 조촐한 짐 속에서 선우가 지포 라이터를 찾아낸 후로 시연은 늘 이것만 가지고 놀았다. 시연이 지포 라이터에 집착하기 시작한 시기는 섬 슈퍼에서 파는 풍선이 다 떨어졌을 때부터였다. 선우는 풍선을 사 달라고 떼쓰는 시연에게 다음 배가 들어오면 사다주겠다고 약속했지만 시연은 아이들이 흔히 그러듯이 지포 라이터를 발견하자마자 풍선에는 금세 시들해져버렸다. 요즘 시연의 관심사는 오로지 지포 라이터뿐이었다. 기름이 떨어진 지포 라이터는 엄지에 힘을 주어 돌 부분을 돌려도 칙칙 소리만 뱉을 뿐 불꽃을 일으킬 수 없었다. 하지만 시연은 지포 라이터가 불꽃을 일으키지 못한다고 속상해하지 않았다. 그냥 그 자체로 좋은 것이었다. 선우에게 시연이 그런 것처럼.

곧이어 시연은 반들거리는 지포 라이터 단면으로 바다를 향해 햇살을 반사시키며 장난쳤다. 시연은 모든 걸 다 가진 것 같기도 했고 아무것도 없는 것 같기도 했다. 시연은 순간을 살고 있었다. 시연에게 행복은 입으로 불어넣는 숨만큼 정직하게 부풀어 오르는 색색깔의 풍선이었고 흙이 묻어도 소매로 닦아내면 반들반들 다시 윤이 나는 지포 라이터였다. 행복처럼 넘실대는 파도는 한 발 내밀었다 뒤로 뺐다 어느 순간 확 덮쳤다 슥 사라졌다가 또 나타났다. 욕지도에서의 시간은 세 살짜리가 모는 세발자전거처럼 급할 거 없다는 듯 느릿느릿 흘러가고 있었다.

붉은 해가 물들어가는 바다 끝에서부터 바람이 일렁였다.

바람 한 점 불지 않았다.

지구가 공전을 때려치운 것처럼 푹푹 찌는 날이 계속되었다. 매미가 악을 쓰며 울어댔고 상인들은 대야를 들고 나와 후끈 달아오른 거리로 물을 뿌려댔다. 이상 기온으로 축 늘어진 빨래처럼 걸어 다니는 사람들과 달리 쏘반은 진즉에 더위를 팔아버린 사람처럼 여유만만 거리를 걷고 있었다. 쏘반은 시연이 있는 곳을 찾았다고 알리기 위해 만석의 동네로 가는 중이었던 것이다.

얼마 전 쏘반은 외국인 노동자들이 근황을 올리며 교류하는 사이트에 시연이 있는 곳을 알려주는 이에게 사례하겠다고 글을 올렸었다. 큰 도움을 받은 공장장 딸이라면서 부모의 반대를 무릅쓰고 한 결혼과 도피 등 손발이 오그라드는 러브 스토리를 업로드한 결과 드디어 소식이 날아온 것이었다.

만석의 집 앞에 당도한 쏘반은 초인종을 누를까 아니면 깜짝 쇼를 벌일까 고민했다. 그러는 사이 공장에 다녀오겠다면서 만석이 집 밖으로 나오는 소리가 들렸다. 쏘반은 재빨리 집 앞에 세워 둔 만석의 트럭 뒤로 풀쩍 올라탔다. 이 기쁜 소식을 밋밋하게 알려주는 건 왠지 재미없어 보였던 것이다.

한편 만석은 쏘반이 뒤에 탄 줄은 꿈에도 모른 채 트럭을 몰고 도로로 나갔다. 트럭 뒤쪽에서 등을 기대고 누운 쏘반은 이 차 그대로 그들이 있는 곳으로 달려가도 좋겠다고 생각했다. 하지만 그곳은 섬이었다. 중간에 배도 타야 할 텐데 섬까지 가는 배가 차를 실어주는지 어쩌는지 알 수 없었다. PC방에 들러서 욕지도 가는 길을 자세하게 검색해봐야 할 것 같았다. 트럭 뒤로 풍경이 점점 밀려나가며 눈에서 멀어져갔다. 쏘반은 팔베개를 한 채 살포시 잠이 들어버렸다.

잠깐 잔다는 게 깨어보니 시간이 꽤 지나 있었다. 쏘반은 황급히 주위를 둘러보았다. 차가 주차되어 있는 곳은 공장이 아니었다. 비몽사몽에도 왠지 이곳의 정경이 익숙했다. 눈을 비비고 자세히 훑어보니 이곳은 노인 전문 요양원이었다. 저번 날 만석과 쏘반이 몰래 필중을 데려다 놓은 곳이었다. 선우가 시연을 데리고 떠난 다음 날 만석과 쏘반은 약속하지도 않았는데 모텔에서 다시 만났다. 거동이 불편한 데다 정신도 온전치 못한 필중을 거기 혼자 둘 수 없었던 것이다. 고민 끝에 쏘반은 만석에게 필중을 요양원 앞에 놓고 오자고 했다. 만석도 동의한 일이었는데 갑자기 여긴 왜 온 걸까. 쏘반은 한일자로 입을 다물고 요양원으로 향했다.

요양원에는 영양사, 간호사, 생활복지사, 생활지도원 등 여러 사람들이 있었지만 그들만으로는 자꾸만 늘어가는 노인들을 제대로 보살피기가 어려웠다. 하루 종일 눈코 뜰 새 없이 움직여도 늘 낙오자는 생기기 마련이었다. 치매나 뇌혈관성 질환 등 노인성 질병으로 고생하는 환자가 많아 자원봉사자의 도움이 절실했는데, 뜻밖에도 그들 사이에 만석이 끼어 있었다. 봉사 조끼를 입은 만석의 식사 담당은 공교롭게도 필중이었다. 필중은 이런 얄궂은 상황을 아는지 모르는지 눈 뜨고 자는 것처럼 눈이 공허했다. 만석이 필중에게 밥을 많이 퍼주려고 하자 노련한 생활지도원이 말렸다.

　　"달란다고 다 줬다간 비만 돼요. 그리고 화장실도 너무 자주 가서 안 좋고요."

　　먹은 만큼 운동하고 싸고 싶을 때 싸면 되는 일이었지만 이미 정원이 넘친 요양원에서는 모든 사람을 일일이 챙겨주기가 버거웠던 것이다. 자원봉사로 한 달 넘게 이곳을 드나든 만석은 그 사정을 너무도 잘 알고 있었지만 싫다고 고집 피우듯 숟가락을 꽉 쥐었다. 규칙에 민감한 생활지도원의 끈질긴 시선이 이어졌다. 그쪽은 일주일에 하루 와서 인심 좋게 봉사하고 가면 그만이겠지만 이쪽은 잘못된 습관으로 인해 꼬박 엿새 밤낮을 실랑이를 벌이며 책임져야 했다. 간단히 물러설 수 없는 문제였다. 곧이어 만석은 음 소리를 내며 필중에게 주려던 밥을 빈 그

룻으로 덮었다.

그 모습을 창밖에서 지켜보던 쏘반은 건물 바깥벽으로 몸을 돌려 숨겼다. 자원봉사자든 환자든 직원이든 그 어느 누구라고 해도 믿어주지 않을 만큼 자신은 튀는 외모였다. 이상한 사람이 요양원을 훔쳐본다면서 신고라도 하면 골치 아팠다. 쏘반은 어딜 가든 자꾸 숨어야만 하는 스스로의 신세가 문득 처량했다. 시옷 자로 입을 다물고 다시 식당을 들여다보았다. 만석은 대체 무슨 속셈인 걸까. 필중을 못 죽인 걸 후회하는 걸까. 아니면 필중에게 넣어줄 시간이라도 찾았나. 이제 와서 뭘 어떻게 하겠다는 건지. 쏘반은 답답한 마음으로 만석이 하는 양을 지켜보았다.

그런데 별안간 만석이 필중을 부축해서 가만가만히 복도로 나갔다. 다른 봉사자가 어딜 가냐고 물으니 만석이 화장실 가는 거라고 답했다. 그 즉시 쏘반은 화장실로 가기 위해 건물 쪽으로 향했다. 화장실에서 만석에게 한바탕 따질 셈이었다. 그런데 쏘반이 미처 건물 출입구에 다다르기 전에 만석이 필중과 함께 밖으로 어기적어기적 걸어 나왔다. 뒤편 마당에서 기저귀 쓰레기를 태우고 건물 쪽으로 오던 생활복지사가 심각한 얼굴로 걸어가는 만석과 필중을 이상한 시선으로 보았다. 어디 가냐는 물음에 만석은 쉽게 대답하지 못했다. 한동안 우물거리다가 입속의 싫은 것을 뱉어내듯이 말했다.

"산책 좀 하려고……."

만석은 지어낸 듯한 순한 얼굴로 양이 메에엥 우는 것처럼 말꼬릴 흐렸다.

"점심시간 아닌가요?"

비쩍 마른 게 닭뼈처럼 생긴 생활복지사는 은근히 예리한 구석이 있었다. 그런 만석의 태도에 쏘반도 어이없긴 마찬가지였다. 아깐 화장실 간다고 식당에서 데리고 나오더니 이젠 산책 간다며 건물 밖으로 나오다니, 숲속에 들어가서 거름이라도 줄 생각인가. 그때 만석이 멀찍이 떨어진 곳에 서 있던 쏘반을 알아보았다. 천진하게도 반갑다는 표정이 만석의 얼굴에 스리슬쩍 스쳤다. 하지만 쏘반은 나 지금 무지 황당해서 할 말 잃었다는 표정으로 만석을 마주 보았다. 그러자 만석은 작게 헛기침을 한 뒤 필중을 부축한 채 무작정 뚜벅뚜벅 걷기 시작했다.

"할아버지 이리 오세요. 다시 식당으로 가요."

생활복지사가 다가오자 필중이 기분 나쁘다는 듯 팔을 크게 휘둘러 그의 얼굴을 밀쳤다. 생활복지사가 엉덩방아를 찧으며 넘어진 사이 만석은 부싯돌 불이 번쩍이는 것처럼 재빨리 필중을 업고 질풍처럼 뛰었다. 그 모습이 크게 확대되어 쏘반의 망막을 지배했다. 쏘반은 석상으로 변하는 주문에 걸린 것처럼 그 자리에 선 채 꼼짝도 못했다. 그때 만석이 기차 화통 삶아 먹은 목청으로 쏘반에게 트럭으로 먼저 가라며 냅다 소릴 질렀다.

이게 무슨.

순간 쏘반은 생활복지사가 경비를 부르는 소리에 놀라 반사적으로 트럭으로 뛰었다. 트럭에 도착해 앞자리에 탔더니 키가 꽂혀 있었다. 쏘반은 서둘러 시동을 걸었다. 곧이어 만석이 옆자리에 필중과 함께 올라탔다. 저쪽에서는 사람들을 불러 모으느라 우왕좌왕 난리도 아니었다. 몸집 좋은 사내 몇이 눈총을 쏘며 달려왔다. 눈총이란 단어에 왜 총이 들어갔는지 이번 기회에 확실히 알 수 있었다. 긴장한 쏘반은 난데없는 후진으로 뒤에 있던 화단을 박아버렸다. 자신들을 깔아뭉개려는 줄 알고 놀란 사내들이 어어 하면서 뒷걸음질 쳤다. 쏘반은 창밖으로 몸을 내밀어 소리쳤다.

"미안해요!"

그러고는 요양원을 뒤로하고 직진했다. 생활복지사와 경비를 비롯한 자원봉사자 몇몇이 한 블록 정도 쫓아왔지만 숨이 턱까지 차오른 반백의 원장이 거리에 주저앉으면서 흐지부지되고 말았다. 백미러를 본 쏘반은 뭔가 해냈다는 성취감에 가슴 한쪽이 뿌듯해져왔다. 트럭은 힘차게 도로를 내달렸다.

하지만 성취감은 오래가지 못했다. 트럭 앞쪽에 남자 셋이 앉으려니 너무 비좁았다. 게다가 긴장한 몸으로 달린 탓인지 전에 없이 팔꿈치에도 땀이 나는 것 같았다. 만석과 필중도 다를 바 없었다. 찐득하게 들러붙는 더위 때문에 겨드랑이엔 동그란

땀자국이 달려 있었다. 필중을 데리고 오십 미터도 안 되는 거리를 뛰었을 뿐인데도 선연한 겨드랑이 땀과 친구가 되어 있었던 것이다. 쏘반은 그제야 자신이 처한 상황이 인식되었다. 똥인지 된장인지도 모르고 도주에 꼈다가 어느새 운전수 노릇까지 하고 있던 것이었다. 게다가 미안하다는 말을 한답시고 얼결에 창밖으로 몸을 내미는 바람에 얼굴도장까지 찍어버렸다. 납치범으로 신고하면 어쩌지. 그건 호환 마마 전쟁보다 끔찍한 일이었다. 뇌에 걸쭉한 돼지 본드를 짜 넣은 것처럼 아찔했다.

침착하게 생각해보자며 쏘반은 심호흡을 했다. 묘안이 분명히 있을 것이다. 만약 차를 돌려 요양원으로 가면 그래서 다시 필중을 내려놓는다면 좋게 좋게 해결되지 않을까. 옳거니, 상하로 끄덕여지던 고개가 금세 좌우로 흔들렸다. 이미 경찰에 신고해버렸을지도 몰랐다. 진짜 아무것도 모르고 한 행동이라는 변명이 통할까. 쏘반은 혹시 경찰차가 따라오진 않을까 걱정이 되어 돌아봤지만 뒤쪽은 고요했다. 개미 한 마리 뒤따르지 않았다. 그래도 진짜 이건 아니었다. 전속력으로 달려가면서 매번 등장하는 허들을 넘어야 하는 뜀뛰기 주자처럼 피로가 몰려왔다. 쏘반은 운전대를 쥔 채 만석을 쏘아보았다.

"데려가서 두고두고 괴롭히려고요?"

하지만 만석의 눈빛을 보니 그건 아닌 것 같았다. 그럼 뭐야. 혹시? 말도 안 돼. 쏘반은 죽었다 깨나도 만석을 이해할 수 없었다.

"어떻게 벌써, 이렇게 빨리 용서할 수 있어요?"

"용서한 적 없다."

만석은 딱 잘라 말했다. 이 문제는 빗자루로 싹싹 쓸어버린다고 사라질 문제가 아니었다. 잊으려야 잊을 수도 없고 떼어놓을 수도 없는 문제라면 일단 꼭 쥐고 갈 수밖에 없었다. 혼자만의 문제가 아니었으니까.

"네가 말했었잖아. 정답은 없고 선택만 있을 뿐이라고. 그 말이 맞아."

치사하게 상대가 했던 말을 되받아치는 게 어디 있냐며 쏘반이 따지려는데 만석이 담담한 얼굴로 말을 이었다.

"예전엔 몰랐지만 이제는 시간이 얼마나 빠르게 가는지, 지금도 흐르고 있는 이 시간이 얼마나 귀한지 아니까 이러는 거야. 먼 훗날 깨닫고 나면 그땐 이미 너무 늦어버렸을까 봐……."

쓸개 씹은 표정으로 쏘반은 거기서 잘 지내고 있는 사람을 대체 왜 빼온 거냐고 다른 방식으로 반격했다. 만석은 필중의 괴팍한 성격 탓에 직원들이고 봉사자들이고 다 그를 싫어해서 그래서 집으로 데려가는 거라고 답했다. 다른 요양원도 아니고 집? 진짜 이 아저씨 머리에 총 맞은 게 분명했다.

"데려가자마자 후회할 거예요."

"지금도 후회 중이야."

만석이 순순히 고개를 끄덕이며 자인했다. 진짜 후회한다는 사람 얼굴이 어떻게 저렇게 담담해? 쏘반은 부루퉁 튀어나온 입으로 앞만 보았다. 여전히 손은 핸들 위에 있었다. 차선을 변경하면서 쏘반은 필중을 보기 위해 눈을 힐금거렸다. 필중의 눈은 진주알이 빠져나간 빈 조개와도 같았다. 대체 이런 노인네를 데리고 가서 뭘 하려는 건지. 쏘반은 결코 만석을 이해하지 않겠다며 어금니를 물었다.

그렇게 부어터진 얼굴로 쏘반은 자신의 동네로 향했다. 만석의 동네를 모르는 것도 아니면서 이 정도 반항은 해줘야 한다는 듯 부득불 끌고 온 것이었다. 조수석에서 내린 만석이 운전자석으로 향했다. 쏘반은 트럭 앞을 막아섰다.

"내려요. 할 얘기 있으니까."

문어처럼 입을 뾰족하게 만든 채 쏘반은 필중을 힐금거렸다. 저 인간 곁에서는 말하기 싫다는 것이었다. 만석은 희망대공원 한쪽에 트럭을 주차한 후 트럭이 보이는 곳에 위치한 벤치에 앉았다. 땀에 젖은 살갗이 지글지글 타들어가는 것 같았다. 쏘반은 어금니에 뭔가 낀 것처럼 눌러서 말했다.

"친구한테 들었는데 임시연이랑 남선우가 남쪽 섬에 있는 것 같아요."

친구라고 말했지만 엄밀히 따지면 친구는 아니었다. 어떤 친구냐고 물어보면 어떻게 대답할까. 쏘반은 다음 말을 고민했다.

하지만 만석은 캐묻지 않았다. 이렇다 저렇다 대답 없이 묵묵히 쏘반의 말을 들었다.

"내가 말한 거랑 얼굴이랑 키가 비슷하다는데 이번엔 진짜 같아요. 개네들은 거기서 행복하게 잘 살고 있더라고요."

진짜 세상이 이렇게 불공평하게 돌아갈 수는 없는 거였다.

"그러니까 지금이라도 저 사람 거기 놓고 와요."

쏘반이 시연과 선우를 끈질기게 찾은 이유가 필중의 거취 때문은 아니었지만 만석이 계속 반응이 없자 어째 이야기가 그쪽으로 휘어버렸다.

"이번엔 그 사람들이었으면 좋겠네."

만석의 말에 기운을 얻은 쏘반은 만석에게로 몸을 틀며 몰아붙였다.

"지금 잡으러 가요."

그때는 정신없어서 선우가 시연을 안고 모텔을 떠나가는 걸 보고서도 놓쳤지만 붙잡아서 따질 건 확실하게 따져야 하지 않겠냐며 쏘반은 만석을 재우쳤다. 만석은 오랜 침묵 끝에 입을 열었다.

"넌 아직 젊어. 너도 이제 네 인생 살아야지."

"사장님은요? 사장님도 계속 이러면서."

쏘반은 필중이 탄 트럭을 턱짓으로 가리켰다.

"이건 내가 살기 위한 방법이야. 너도 너만의 방법을 찾아."

"나도……."

쏘반은 입을 다물었다. 만석이 옥탑방을 처음 찾아온 날 자신에게 이걸 다 끝내야 너도 나도 자유로워질 수 있다고 말했던 게 떠올랐다. 만석에겐 그게 다 끝난 걸까. 벌써? 정말 만석은 어쩌려는 걸까. 난 어째야 하는 걸까. 복수를 궁리하는 사람은 영원히 상처가 아물지 않는다는 걸 쏘반도 모르지 않았다. 하지만 이렇게 할 수밖에 없는 자신을 만석은 이해해줄 줄 알았다. 이런 얘길 나눌 수 있는 사람도 쏘반에겐 만석밖에 없었다.

그때 빠아앙 클랙슨 소리가 가라앉아 있던 공원을 흔들어 깨웠다. 만석의 트럭에서 나는 소리였다. 필중이 땀을 뻘뻘 흘리며 운전자석으로 몸을 뻗어 핸들 가운데를 어깨로 내려치고 있었다. 만석은 자리를 털고 일어나 트럭으로 향했다. 운전자석에 오른 만석은 트럭을 몰고 도로로 나갔다.

쏘반은 그들이 멀어지는 모습을 보며 십 리도 못 가서 발병이 나라고 저주했다. 아침마다 밤마다 밥 먹을 때마다 똥 쌀 때마다 필중의 얼굴을 보면 상처에 부은 소금처럼 고통스러워질 것이다. 영원히 상처는 아물지 않고 덧날 것이다. 팔을 도려내고 다리를 잘라내고 결국 미쳐서 병신이 되어버릴 것이다. 쏘반은 뒤돌아서 씩씩거리며 걷다가 문득 발을 멈추었다. 마지막 미련처럼, 쏘반은 진짜 마지막이라고 생각하고 뒤를 돌아보았다. 마침 트럭은 오거리에서 신호 대기에 걸려 멈춰서 있었다.

주말도 아닌데 도로는 꽉 막혀 있었다. 트럭이 도통 눈앞에서 사라지질 않았다. 한참을 지켜보았지만 트럭은 귀지를 파서 손가락을 튕기면 뒤통수에 맞을 만한 거리에 있었다.

곧이어 파란불로 신호가 바뀌자 트럭이 움직이기 시작했다. 만석이 팔을 창밖으로 내밀었다. 뒤쪽에 서 있는 쏘반을 향해 인사하는 것 같았다. 화답하듯 쏘반도 한 손을 올렸다. 질문 있다고 하늘을 향해 팔을 쭉 뻗은 아이처럼 트럭이 사라질 때까지 계속 손을 들고 있었다.

그 후로 아무것도 하지 않는 날들이 지나갔다. 선선한 가을 거리에는 녹색을 빼앗겨버린 낙엽 조각들이 흩뿌려져 있었다. 옥탑방 평상에 누워 쏘반은 하늘을 올려다보았다. 구름 한 점 없어야 할 가을 하늘이 잔뜩 얼굴을 찌푸리고 있었다. 나무에 불이 숨어 있듯 뺨을 스치는 바람에 비가 묻어 있었다.

"메일 쩡 플리웅.(비가 올 것 같아.)"

쏘반이 읊조리듯 말했다. 하늘이 만삭의 임산부처럼 무거워 보였다. 곧 한바탕 쏟아질 것 같았다. 빨래도 걷어야 하는데 움직이기가 싫었다. 그냥 그렇게 몽수와 뻐으와 함께 셋이서 흐린 하늘을 올려다보았다. 몽수는 심각한 얼굴로 제 귀를 뻐으가 귀에 댄 시계 반대편에 바짝 붙이고 있었다. 음악을 나눠 듣는 형제처럼 퍽 다정해 보였다. 그들 위로 드리워진 하늘에 구름이 흘러가는 모양새가 꼭 고향 같았다. 하지만 아직 가슴속에서는 잘못 배열된 자석들이 서로 밀어내고 붙었다가 다시 밀어내는 것처럼 꿈틀거리고 있었다. 그 때문에 아무 일도 안 하는데도 허공에 팔다리를 엑스 자로 묶어둔 것처럼 피로했다. 내 몸에 자유의지로 움직일 수 있는 힘이 과연 남아 있을까.

그때였다. 골목 쪽이 소란스러웠다. 일대에 출입국 관리소에서 단속이 뜬 것이었다. 몸을 일으킨 쏘반은 부랴부랴 몽수를 먼저 집 안에 넣었다. 그런데 삐으가 보이지 않았다. 혹시 해서 난간 쪽을 보니 삐으가 몸을 빼고 아래를 내려다보고 있었다. 쏘반은 난간으로 달려갔다. 삐으를 잡는 순간 밑에서 달리던 단속 직원과 눈이 마주쳤다. 캐러멜처럼 네모반듯하게 생긴 얼굴이 위쪽을 보고 있었다. 젠장. 본능적으로 쏘반은 삐으와 몽수를 챙겨서 도망갈 준비를 했다. 몽수의 발작을 잠재우기 위해 급박한 와중에도 손목시계를 채워주었다. 손목시계는 속옷처럼 맨살에 착용하는 제 몸에 가장 가까운 시간이었다. 제발 이 손목시계로 만족하길 바라며 쏘반은 몽수와 삐으를 양팔에 끼고 계단으로 내려갔다. 단속 직원이 잠긴 대문을 두드리며 문 좀 열어보라고 말하는 사이 쏘반은 뒷문으로 친구들과 함께 나갔다.

거리로 나선 순간 느닷없이 크고 단단한 쇠구슬이 쏟아져 내리는 것처럼 빗줄기가 따닥따닥 떨어졌다. 정신없는 와중에도 불법 체류자들을 잡으려는 질주전은 계속 되었다. 단속 직원들은 매처럼 무서운 속도로 거리를 좁혀오고 있었다. 미친 듯이 달음질쳐서 겨우 따돌렸다 싶었는데 미로 같은 골목 속으로 뛰다가 그만 쏘반이 돌멩이에 발이 걸려 넘어지고 말았다. 이인삼각 경기를 하는 것처럼 세 사람이 동시에 바닥에 엎어져버렸다. 다시 일어서려는데 뼈으가 쏘반의 팔을 꽉 잡았다. 쏘반은 뼈으의 손길에 놀라 멈칫했다. 입을 헤 벌린 뼈으의 시선이 쏘반을 지나쳐 몽수에게 향해 있었다. 쏘반은 고개를 돌려 몽수 쪽을 보았다. 몽수가 하늘을 보며 활짝 웃고 있었다. 눈이고 입이고 비가 들어가는데도 아랑곳하지 않고 비가 와서 너무 좋은 것처럼 해맑게 웃고 있었다. 불현듯 쏘반은 만석의 말이 떠올랐다.

"어쩌면 시간이 채워지길 기다리면 좋아질 수도 있지 않을까. 기력이 돌아올 때까지 기다리면 될지도 몰라. 굳은 믿음으로 기다리면 어쩌면……."

쏘반은 몽수를 보았다. 그리고 고개를 돌려 다시 뼈으를 보았다. 몽수와 뼈으가 자신에게 이런 반응을 보인 적이 처음이었다. 식물인간이 처음으로 발가락을 움찔한 것처럼, 병아리가 알에서 부리로 쪼아 작은 구멍을 낸 것처럼, 뼈으가 자신의 팔을 움켜쥔 것이었다. 그리고 몽수는, 캄보디아에 있는 그의 아버지가 내리는 비를 맞으며 밤새 춤을 출 때 짓는다던 그 함박

웃음을 자신에게 보여준 것이었다. 이제 됐다고 쏘반을 위로해 주듯이. 언제든지 어디든지 얼마든지 시간이 있을 것 같지만 그렇지 않다는 걸 잘 알잖아. 쏘반은 스스로에게 말했다. 지금이야말로 오랫동안 기다려온 순간이었다.

그래, 어쩌면.

쏘반은 더 이상 뛰지 않았다. 내리는 빗속으로 시원한 바람이 지나가는 듯 쏘반의 입가에 미소가 크게 그려졌다.

다시 겨울이 왔다.

만석은 트럭을 몰고 킬링타임모텔로 향했다. 쏘반과 함께 필중을 연구실에서 데리고 나온 날 이후 처음 오는 것이었다. 트럭 앞 유리에 폐허가 된 모텔 모습이 을씨년스럽게 비쳤다. 허물어져가는 오래된 영화 촬영장을 보는 것 같았다. 트럭에서 내려 차 문을 닫자 그 소리에 놀란 듯 가로수 나무에 간신히 매달려 있던 잎들이 앞 유리 위로 우수수 떨어졌다.

만석은 천천히 모텔 쪽으로 걸어갔다. 한때 현란한 빛깔의 곤충이 꿈틀대는 것처럼 네온사인이 반짝이던 간판은 돌멩이의 습격을 받은 것처럼 곳곳이 깨진 채 바닥에 흉물스럽게 나뒹굴고 있었다. 만석은 입구를 가로막고 있는 간판을 크게 뛰어 넘어 로비로 들어섰다.

그동안 버려진 시간을 고스란히 증명하듯 곳곳에 켜켜이 먼지가 쌓여 있었고, 깨진 창문으로는 바람이 들어와 오래 묵은 쓰레기 냄새를 애써 흩어냈다. 그때 아래쪽에서 십대 두엇이 후다닥 반지하 창문으로 도망가는 뒷모습이 보였다. 만석의 발소리에 순찰 경찰이 또 뜬 줄 알았던 것이다. 만석은 흠 소리를 삼키며 천천히 비상구 계단으로 올라갔다.

6층 역시 잠시 머물다간 사람들의 흔적이 남아 있었다. 문짝이 뜯겨 나간 방도 보였다. 나무 문짝은 누군가 이 겨울 유용하게 땔감으로 썼을 것으로 짐작되었다. 바닥에 굴러다니는 컵라면과 나무젓가락 사이로 만석은 복도 끝까지 걸어갔다. 601호 문은 그대로 남아 있었다. 만석은 먼지가 내려앉은 호수판을 가만히 보았다. 헐거워진 숫자 6이 약간 기울어져 있었다. 제자리에 놓으려고 손을 올렸다가 불현듯 6을 옆으로 움직였다. 놀이기구에 탄 것처럼 6이 천천히 세상을 돌았다. 거꾸로 된 6은 9로 보였다.

구영일.

만석은 소리 내지 않고 입으로 말했다. 문패를 보는 눈빛이 흔들렸다. 가슴에 단단한 탄환이 박혀 있는 것 같았다. 가만히 숨을 들이마시며 손으로 숫자 위의 먼지를 정성스레 쓸어냈다. 창가로부터 들어오는 은은한 달빛을 받아 901이 수줍게 반짝였다. 그 모습에 흔들리던 만석의 눈동자가 서서히 중심을 찾았다. 건물 밖으로 나온 만석은 다시 한 번 모텔을 올려다본 뒤 트럭을 몰고 영일에게로 향했다.

집에 도착해보니 하루 종일 피곤했는지 초저녁부터 방에서 영일이 잠들어 있었다. 정애의 말로는 아까 오후에 이웃 학교와 친선 경기가 있었다고 했다. 얼마 전 새로 옮긴 학교의 어린이 야구부에 들어간 영일은 요즘 밤낮없이 글러브를 끼고 살았다. 지난가을 내내 아침마다 만석과 영일이 동네 뒷산으로 공원으로 뛰어다니며 함께 운동한 결과, 얼마 전 칠전팔기 끝에 간신히 야구부 기초 체력 테스트에 통과할 수 있었던 것이다. 공을 잘 던지지도 빨리 달리지도 그렇다고 방망이로 기차게 공을 치지도 못했지만 영일은 그 누구보다 성실했다. 사람들은 그런 성실한 영일을 믿음직스러워했다. 운동하는 사람들 특유의 끈끈함이 울타리를 만들어주어 영일은 친구도 형도 그리고 동생도 생겼다. 영일은 작은 바람이 생겼다. 나중에 세상에서 가장 공을 잘 받는 사람이 되고 싶었다. 상대편 타자가 어떤 강한 공을 던져도 꼭 받아내는 믿음직스러운 외야수가 되기 위해서 영일은 오늘도 열심히 뛰어다녔다.

만석은 영일의 침대로 다가갔다. 영일은 유니폼도 벗지 않은 채 침대에 쓰러져 잠들어 있었다. 씻지도 않았는지 땀 냄새가 솔솔 풍겼다. 만석은 세상에서 가장 행복한 냄새를 맡은 아빠처럼 흐뭇하게 미소 지었다. 영일이 깰까 봐 조심조심 방을 나가려는데 영일이 꿈꾸는 것처럼 말했다.

"아빠, 나 꿈에서 할아버지 봤어. 진짜 우리 할아버지."

돌아보니 영일은 어느새 잠에서 깨어 있었다. 몸이 유독 피곤한 날이면 꼭 꿈을 꾸는 버릇이 있는 영일은 만석이 필중 이야기로 오해할까 봐 뒷말을 덧붙인 것이었다. 만석은 침대로 걸어와 땀 때문에 이마에 들러붙은 영일의 머리카락을 말없이 넘겨주었다. 영일은 눈치 보듯이 문 쪽을 힐끔 보더니 만석에게 물었다.

"아빠는 할아버지 안 보고 싶어?"

너무도 물어보고 싶었지만 차마 물어볼 수 없던 질문이었다. 할아버지랑 같이 자던 방이 있던 집도 옮기고 할아버지가 마중 나오던 학교도 옮기고 할아버지랑 자주 놀았던 놀이터도 멀어서 못 가본 요즘, 영일은 이렇게 꿈에서나마 할아버지를 만나는 게 무척 좋았다. 하지만 만석이 느닷없이 필중을 집으로 데리고 온 후 그동안 영일은 차마 대길의 이야길 꺼내지 못했던 것이다. 만석은 영일의 두 손을 모아 앞으로 포개서 잡은 후 고개를 숙였다.

"보고 싶지, 아주 많이."

"근데 왜 우리 집에 저 할아버지를⋯⋯. 너무 보고 싶어서 그래?"

먹먹한 눈으로 만석은 영일을 꼭 안았다. 영일도 만석을 꼭 안아주었다. 서로의 온기를 느끼며 부자는 한동안 그렇게 안고 있었다. 작은 몸으로 종일 뛰어다닌 게 꽤나 피곤했는지 내일 아침 일찍 깨워달라는 말과 함께 영일의 눈이 스르르 감겼다.

영일은 유독 잠이 많았다. 그 모습이 만석은 가슴 아프게 고마웠다. 영일의 숨소리가 새근새근 잦아들자 만석은 영일을 다시 침대에 누이고 이불을 덮어주었다.

몸을 일으키려는데 문득 책상에 놓인 편지가 눈에 띄었다. 캄보디아에서 온 국제 우편이었다. 보내는 주소에 쏘반이라는 이름이 적혀 있었다. 만석은 반가운 마음에 편지를 꺼내서 읽을까 하다가 참았다. 받는 사람이 구영일로 되어 있었던 것이다. 만석은 편지 대신 영일이 곤히 자는 얼굴을 하염없이 바라보았다.

새벽녘이 되어서야 만석은 작은방에서 나왔다. 정애는 식탁 앞에 앉아 나무 도마 위에 단무지를 놓고 소리 나지 않게 천천히 칼로 썰고 있었다. 만석은 손을 씻은 후 정애 옆에 앉아서 능숙하게 김 위에 밥을 얹어서 폈다.

"들어가서 눈 좀 붙여요. 나야 아침나절 팔고 들어와서 잠깐이라도 누우면 되지만 당신은 저녁때까지 꼬박 밖에 있다가 오잖아."

"머리가 너무 아프면 트럭 안에서 잠깐씩 눈 붙이기도 해."

입으로는 괜찮다고 했지만 만석의 눈빛은 그렇지 않았다. 만석은 속내를 덧붙였다.

"가끔은 백만 원을 줘도 되니까 하루만이라도 맘 편하게 자봤으면 좋겠어."

　다른 누구에게도 대신 맡길 수 없는 일이 바로 잠이었다. 요전날 만석과 정애는 병원에 가서 수면 검사를 받아봤지만 진단 결과는 참혹했다. 특별한 원인 없이 발생하는 원발성 불면증이라는 것이었다. 의사에게 시간 거래에 대해서는 입도 뻥긋 못했으니 그런 결과가 나올 수밖에 없었겠지만 그 진단에 가슴이 무너져 내리는 것 같았다. 어쩌면 신체적으론 건강한데 시간 계약서에 적힌 조항에 얽매여 불면증이 생긴 건 아닐까 생각도 해보았지만 그런 생각도 치료에 별 도움이 되지 않았다. 그 후 의사의 처방으로 한때 졸피뎀과 잘레플론 같은 수면제도 먹어봤지만 그래 봤자 한두 시간이었다. 게다가 그런 약을 먹고 난 후에는 철인 삼 종 경기를 뛴 것처럼 오히려 몸이 더 피곤하고 괴로웠다. 바쁜 현대인들에게 잠은 성공의 왕도로 갈 수 있는 길을 방해하는 생리적인 현상일 뿐이었지만 그들에게 잠은 특별했다.

　정애는 단무지를 썰던 칼을 멈추고 만석을 보았다.

　"나만 그런 생각 하는 줄 알았더니……."

　"부부는 일심동체라잖아. 둘이 하니까 금방 끝나겠네."

　밤새 만석과 정애는 부지런히 김밥과 샌드위치를 만들었다.

　이른 아침 유동 인구가 많은 지하철역 앞에 정애를 내려준 뒤 만석은 트럭을 몰고 고속도로로 향했다. 오늘은 옛날 일터에 가는 날이었다. 물건이 나왔다고 연락이 왔던 것이다. 옛 동료에게 다시 찾아가기까지 쉽지 않은 결정이었다. 처음엔 친구도 아니라고 생각하는 놈들에게 읍소하지 않을 거라고 큰소리 뻥뻥 쳤지만 목구멍이 포도청인데 알량한 자존심만 내세울 수 없었다. 만석에겐 지켜내야 할 가족이 있었다. 광장시장에서 그들과 소주를 막걸리처럼 대접에 부어 주거니 받거니 마시면서 모른 척 지내왔던 지난날은 묻어두기로 했다. 그들에게도 만석에게도 지금이 중요했기 때문이다.

포천 염색 공장단지에 도착한 만석은 시동을 끄고 트럭에서 내렸다. 주문을 넣을 때만 해도 광장시장으로 배달 나왔던 그들과 만난 것이기에 직접 공장으로 찾아온 건 십 년 만이었다. 강산이 변했을 시간인데도 여전히 같은 자리에서 같은 일을 하고 있는 공장을 마주하자 어부가 바다에서 그물을 건져 올리듯 이곳에서 일했던 기억이 딸려 올라왔다.

작업장은 사시사철 뜨거운 수증기로 꽉 차 있었다. 사십 도에 육박하는 더위에 몸은 물 먹은 솜처럼 무거웠고 땀은 비 오듯이 흘렀다. 염색공의 복장은 언제나 반팔 아니면 민소매였다. 더위에 지쳐 러닝셔츠 차림으로 돌아다녔지만 한증막처럼 숨막히는 건 어쩔 수 없었다. 하루에 소화해야 하는 작업량도 만만찮았다. 제 몸보다 긴 원단을 지고 나르는 것도 수백 번이었고 맑은 물이 나올 때까지 계속되는 세척 작업 때는 원단이 엉킬까 봐 한시도 눈을 팔 수 없었다. 그래서 일하다가 한 시간도 채 되지 않아 슬그머니 없어진 일꾼도 부지기수였다. 바깥세상에는 실업자가 넘쳐난다지만 염색 공장에서는 먹여주고 재워준다고 해도 일할 사람이 늘 부족했다.

이곳에서 처음 일을 시작한 쏘반과 삐으와 몽수가 어수룩한 얼굴로 공장 이곳저곳을 돌아다니며 바지런히 움직이던 모습이 눈앞에 선했다. 한국에서 하는 첫 일이라 뭔가 잘해보고자 의욕이 앞섰지만 맘과는 달리 실수가 많아 공장으로서는 배보다 배꼽이 더 커 손해가 막심한 날도 많았다. 그래서 속상한 마음에 만석이 지청구라도 하면 그 다음 날 슬그머니 지각해버렸던 삐으, 산 같은 덩치에 과묵하기가 묵언 수도승 뺨치던 몽수, 그리고 군대에 온 이병처럼 군기가 바짝 잡혀 있던 쏘반의 모습이 눈앞에 아른거렸다. 퇴근할 때나 되어서야 깨끗한 옷으로 갈아입은 그들을 붙잡고 만석은 니들이 막걸리 맛을 아냐면서 대포집으로 끌고 가 일장 훈계를 늘어놓기도 했었다. 다단계에 빠져서 직원들 월급도 못 챙겨주면서 늘 말만 앞섰던 사장이 그들의 눈에는 얼마나 한심해 보였을지, 생각할수록 얼굴이 화끈거렸다.

뒷머리를 쓸어내리며 추억을 흩어내는데 공장 한쪽에서 '저쪽으로 옮깁네까' 하고 묻는 소리가 들려왔다. 조선족인 것 같았다. 십 년 전이나 지금이나 공장들은 외국인 노동자들에 의지해 힘차게 돌아가고 있었다.

그때 봉제 공장 사장이 다가와서 만석의 어깨를 툭 쳤다.

"물건 출고는 우리 쪽인데 왜 여기 와 있어?"

"옛날엔 여기가 전부 염색 공장 천지였는데······."

"요즘은 원스톱이 대세잖아. 뭐든지 빨리 빨리. 염색, 재단, 봉제까지 근방에 다 모여 있으니까 도로에서 시간 안 버리고 좀 좋아."

이곳에선 시간이 곧 돈이었다. 늦은 날짜만큼 지불할 돈에서 제하는 법칙이 철저하게 적용되고 납품 날짜가 늦은 만큼 신용이 깎여 블랙리스트에 오르는 이곳은 유독 시간의 잣대가 엄격했다. 문득 만석은 킬링타임모텔이 떠올랐다. 시연에게 물어보지 못했다. 그렇게 사들인 시간을 어떤 사람들에게 팔려고 했는지. 더 많은 시간을 사는 게 정말 도움이 되는 건지. 시간을 사고판다는 것 자체가 우리 스스로가 만들어 놓은 시간의 덫에 빠진 것 같았다.

봉제 공장으로 간 만석은 새 물건을 확인하고는 만족스럽게 웃으며 트럭에 실었다. 아이들 장난감처럼 네 면이 뚫린 요상한 베개는 만석이 예전에 한솥밥 먹던 동료들에게 자투리 천을 얻어서 만든 것이었다. 동고동락하던 사장들에게 아쉬운 소리 해가며 최대한 저렴한 가격으로 만든 최고의 물건이었다. 트럭 뒤에 물건을 모두 옮겨 실은 만석은 다시 서울로 향했다.

　해가 중천에 떴을 때 만석은 점심 먹을 겸 해서 집에 들렀다. 도착한 집은 반지하였다. 집을 못 구해서 월세로 갔다가 얼마 전에야 겨우 전세로 얻은 곳이었다. 그래도 반지하치고는 창문이 좀 크다는 장점이 있었다. 그런데 창문 앞에 택시가 세워져 있었다. 2층 김씨가 새벽 근무를 끝내고 들어와서 쉬는 것이었다. 만석은 트럭을 다른 골목에 세워두고 짧지 않은 거리를 다시 걸어왔다. 집으로 들어오니 택시에 창문이 가려져서 그런지 한낮인데도 집 안으로 들어오는 빛이 밝지 않았다. 트럭보다는 택시가 작은데도 집 앞에 내 차를 세워둔 것과 남의 차를 세워둔 느낌이 달랐다. 만석은 한숨을 삼키며 신발을 벗었다. 반지하는 어쩔 수 없는 반지하였다.

　정애는 일자리 교육 때문에 나가고 없었고, 건넛방에서 나온 필중은 배가 고픈지 벌써부터 식탁에 앉아 입을 오물거리고 있었다. 냉장고에 있는 반찬을 꺼내 간단하게 점심상을 차린 만석은 숟가락으로 밥을 크게 퍼서 필중에게 먹여주었다. 필중은 손이 떨려서 아직 혼자 밥을 먹기는 힘들었다.

　점심을 다 먹고 설거지를 하는데 필중이 만석의 뒤에 딱 붙어 서 있었다. 필중은 깨어 있을 때면 늘 만석의 뒤를 그림자처럼 쫓아다녔다. 그럴 때마다 만석은 살아 움직이는 그림자를 보는 것 같아 순간순간 놀랄 때가 많았다. 그러지 말라고 해도 필중은 만석과 떨어지면 불안한 기색이 역력했다. 만석이 필중을 옆으로 옮겨 놓은 후 밖으로 나가려는데 화장실 문 앞에 놓인 쓰레기봉투가 보였다. 지금 치우지 않으면 붙박이가구로 변신하겠다고 시위하는 것 같았다. 만석이 허리를 굽혀 쓰레기봉투 윗부분을 묶고 일어서보니 필중이 현관문 앞을 막고 있었다. 하는 수 없이 만석은 쓰레기봉투를 현관문 쪽에 밀어놓고 큰방 옷장에서 필중의 옷을 꺼내왔다. 필중에게 외투를 입히고 털모자를 씌워주었다. 허리를 잘 굽히지 못하는 필중을 위해 신발을 신겨주고 일어서보니 이번엔 필중이 쓰레기봉투를 소중한 보퉁이처럼 가슴에 꺼안고 있었다. 만석은 너무 집에만 있으면 안 좋다면서 필중을 부축해서 집밖으로 데리고 나왔다.

한 블록 너머에 세워둔 트럭으로 향하던 만석은 필중에게 쓰레기봉투를 전봇대 밑에 놓으라고 눈짓했지만 필중은 쓰레기봉투를 더 꽉 끌어안았다. 필중은 나한테서 뭘 더 빼앗으려는 거냐고 질책하듯 고약한 눈길로 만석을 쏘아보았다. 버리고 가야 한다 빼앗지 마라 한참 실랑이를 벌였지만 노인네 고집이 쇠심줄 같아서 쉽게 결판이 나지 않았다. 필중의 얼굴 근육이 일그러졌다. 입을 웅얼거리는 걸 보니 또 입에 담지 못할 욕을 하는 것 같았다. 혀가 제대로 돌아가지 않아 분명치 않은 발음과 크게 낼 수 없는 목소리에 새삼 분한 듯 필중의 턱이 파르르 떨렸다. 만석은 필중의 괴팍한 성격 때문에 요양원 종사자들과 자원봉사자들이 모두 혀를 내둘렀던 게 떠올랐다. 모르고 데려온 것도 아니고 이 정도는 약과였지만 이럴 때마다 필중의 격앙된 감정이 너무도 진심으로 느껴져서 오만정이 다 떨어졌다. 만석은 고함을 내지르고 싶을 만큼 뱃속에서부터 쐐한 기운이 올라왔다.

"그럼 나 혼자 갈라오."

만석은 야멸치게 돌아서서 휘적휘적 걸어갔다. 뒤통수에 뜨겁게 들러붙는 눈이 느껴졌지만 돌아보지 않았다. 그대로 걸어서 지구 끝까지 걸어갈 수 있을 것 같았다.

그때 충돌사고가 일어난 것처럼 등 뒤로 뭐가 쿵 맞고 튕겨나갔다. 쓰레기봉투가 옆쪽에 떨어져 있었다. 돌아보니 있는 힘을 다해 쓰레기봉투를 만석의 등에 메다꽂은 필중이 숨을 쎅쎅 몰아쉬고 있었다. 곧이어 만석은 아무 말 없이 필중에게로 걸어가 그의 팔을 붙잡고 다시 트럭으로 걸었다. 필중은 의외로 순순히 한 발 한 발 디뎌 만석 옆에서 부지런히 걸었다. 만석은 거리 한쪽에 나뒹구는 쓰레기봉투를 발로 툭 차서 전봇대 쪽으로 밀어버린 후 트럭 옆자리에 필중을 태웠다.

만석은 킬링타임모텔 앞에 트럭을 세워두고 물건을 팔았다. 간혹 지나가던 행인이 트럭 뒤에 진열된 베개를 보고는 왜 구멍이 다 뚫려 있냐고 물으며 관심을 보였다. 만석은 베개를 들고 신나게 설명했다.

"텔레비전용 베개거든요. 텔레비전 볼 때 옆으로 누워서 보시죠? 그러면 팔 저리고 한쪽 귀는 눌려서 잘 들리지도 않고 얼마나 불편해요. 그런데 요렇게 가운데가 동서남북 뚫려 있는 베개를 사용하면 소리도 잘 들리고 어찌나 편한지 개팔자가 따로 없다니까요."

"이 아저씨 재미있네. 하나 줘 봐요. 마누라 갖다 주게."

"사장님도 한번 써보시지. 두 개 어때요? 싸게 줄게."

만석은 넉살 좋은 인심으로 물건을 팔았다. 지나가던 손님이 이렇게 호기심이라도 보이면 나았지만 손님도 없이 계속 서 있어야 할 때는 매서운 추위를 견디기가 힘들었다. 뒷머리가 삐죽 솟을 만큼 차디찬 기운이 화살처럼 날아와 꽂힐 때면 다리가 후들후들 떨렸다. 만석은 얼어버린 손을 호호 불며 트럭 안으로 들어와 잠시 몸을 녹였다. 만석은 근처 편의점에서 사 온 손난로를 주머니에서 꺼내 흔들었다. 몸까지 같이 흔들리는 것 같았다. 흔들리는 시선의 끝에 조수석에 앉은 필중이 보였다.

만석이 필중을 집으로 데려왔을 때 정애는 당신 미친 것 같다며 경악했지만 지금은 죗값을 치르는 심정으로 필중을 돌보았다. 누가 자신에게 당신도 혹 그런 마음으로 지금 이러는 거냐고 묻는다면 만석은 쉽게 대답할 수 없었다. 필중이 제정신으로 돌아와서 잃어버린 모든 걸 되돌려놓을지 모른다는 희망 때문에 이러는 건 아니었다. 아니, 그 마음이 전혀 없다고도 못하겠다. 그런 상상도 하루에 수천 번씩 하니까. 필중의 눈이 또렷해지기만 해도 희망으로 가슴이 두근거리니까. 킬링타임모텔 앞으로 필중을 데리고 나온 것도 혹시나 하는 마음에서였으니까. 어쩌면 기적 같은 일이 벌어질지 모른다는 생각만으로도 만석은 가슴이 터질 것 같았다. 하지만 그런 마음이 들 때면 더는 이래선 안 된다는 자책감 역시 커졌다. 필중에게 원하는 바가 커질수록 그리고 필중이 자신의 소망을 채워주지 않을수록 더 미워질 텐데 그런 감정은 서로에게 상처가 될 뿐이었다. 아버지 대길을 잊지 못하고 때때로 필중을 지독히 미워하면서 만석은 오늘도 희망을 버리지 못했다.

눈도 두 개 귀도 두 개 만석의 마음도 두 개였다. 단순하게 이분법으로 나눌 수 없는 그 마음의 조각을 합치면 결국은 하나였다. 어린이 야구부에 들어간 후 매일 땀으로 목욕하고 흙먼지 뒤집어쓰고도 집에 웃으며 들어오는 영일을 보면서 만석은 조금씩 바뀌고 있었다. 만석은 필중과 함께 가족처럼 사는 것이 매일매일 복을 짓는 것이라 여겼다. 영일이 지금껏 건강하게 잘 자라주는 것도 모두 그 덕분이라 생각하면 반으로 쪼개졌던 마음이 둥글게 한 덩어리로 뭉쳐서 앞으로 굴러가는 것 같았다.

그 희망의 노래는 기다리는 일에서부터 시작되었다. 그 어떤 거창한 염원도 피 끓는 열정도 위대한 노력도 기다리는 일에 비하면 아무것도 아니었다. 세상에서 가장 어려운 일은 기다리는 일이었다. 사람이 사람을 기다리고 무언가 이루어지길 기다리고 그리고 내 안에서 그것이 사라지길 기다리고. 기다리는 건 너무 어려웠다. 빨리 세상에서 무언가를 이뤄내길 바라고 빨리 내 소망에 화답해주길 바라고 빨리 그 사람이 변하길 바라는 욕심 모두 기다리지 못해 벌어지는 것이었다. 빨리, 라는 독이 빨리 없어지길 바라는 마음에는 희망이 내려앉을 자리가 없었다.

만석은 필중을 보았다. 필중이 쓰러진 건 이 년여 전이었다. 시연은 제 아비를 빨리 눈 뜨게 할 욕심에 일 년 동안 온몸을 바쳐 애쓰다가 다른 사람의 시간을 사용하기로 결심한 것이었다. 지난 일 년 사이 만석에게도 수많은 일이 있었기에, 그래서 일 년이 천 년처럼 긴 시간이 될 수도 있음을 알기에, 절박함에 눈이 멀어 극단적인 선택을 하고 만 시연을 조금이나마 이해할 수 있었다. 하지만 자신은 결코 시연처럼 그러지 않겠다고 만석은 오늘도 아프게 다짐했다. 기다릴 것이다. 조급해하지 않을 것이다. 가장 낮은 곳에서 고요히 흐르는 시간을 견디며 온힘을 다해 지켜내는 기다림 속에 희망이 피어나고 그 끝에 사람이라는 소중한 열매를 맺는다는 것을, 대길이 절절하게 말하던 순리를 만석은 이제야 조금씩 알아가고 있었다.

만석은 자신의 손난로를 필중에게 주었다. 필중은 손에 힘이 없어서 쥐지 못하고 손난로를 툭 떨어뜨렸다. 만석은 허리를 굽혀 손난로를 주워서는 필중의 손에 다시 올려주었다. 필중의 손이 조금씩 따뜻해졌다.

그때 핸드폰으로 문자가 왔다. 엄마가 닭볶음탕 했는데 아빠 언제 들어오느냐고 묻는 내용이었다. 정애의 핸드폰으로 영일이 문자를 보낸 것이었다. 만석은 지금 간다고 답문을 보낸 후 필중의 가슴 위로 안전벨트를 매주었다. 필중은 갑갑한지 몸을 뒤틀었다. 하지만 만석은 안전벨트는 절대 양보할 수 없다는 듯 단단히 매준 후 자신도 안전벨트를 하고 시동을 걸었다.

"자, 출발합시다."

만석은 집으로 가기 위해 킬링타임모텔을 뒤로하고 골목을 빠져나갔다. 그들을 응원하듯 저 멀리 남쪽에서부터 미소를 지으며 바람이 불어왔다.

〈끝〉

작가의 말

"시간이 뭐예요?"

소설 속에서 영일이 만석에게 물었던 말이다. 그때 만석은 간단하게 시간이 뭔지 말해주려 했지만 도무지 설명할 수 없었다. 지금 이 순간에도 시간이 흐르는 것을 느끼고 있지만, 시간이 뭐냐고 묻는 순간 어떻게 설명해야 할지 아득해지는 것이다.

나 역시 만석과 영일이 그러했듯 시간이 무엇인지 간절히 알고 싶었다. 그러던 중에 강렬하게 나를 사로잡은 말이 있었다.

시간은 돈이다.

그때부터 내 안에서 질문이 꼬리잡기를 하듯 이어졌다. 정말 그럴까? 만약 시간을 팔아서 돈을 벌 수 있다면? 매일 잠으로 흘려보내는 아까운 시간에 차라리 돈이라도 벌면 얼마나 좋을까. 처음 구만석을 붙들고 이 이야기를 시작한 오 년 전만 해도 나는 그런 마음이었다.

하지만 시연이 필중에게서 받은 상처를 선우로부터 치유받고, 쏘반이 어려움 속에서도 끝까지 친구들과 함께하고, 만석이 대길을 통해 영일을 돌아보게 되는 모습을 통해 나는 그동안 내가 잊고 있던 한 가지를 깨달았다. 시간은 돈이다, 라는 경제적인 명언 속에는 그 시간을 누구와 함께 보내는지가 빠져 있었던 것이다.

연인, 친구, 그리고 가족. 그들과 함께하는 지금 이 시간은 되돌릴 수 없는 소중한 것이 아닐까. 그 마음으로 오랜 시간 이 이야기를 써왔다.

지금 이 순간, 당신이 이 시간을 함께 나눌 소중한 사람을 돌아볼 수 있기를 소망한다.

2013년 5월

김영리